KB112287

책이
　너무
많아

■ 이 도서의 국립중앙도서관 출판예정도서목록(CIP)은
서지정보유통지원시스템 홈페이지(http://seoji.nl.go.kr)와
국가자료공동목록시스템(http://www.nl.go.kr/kolisnet)에서 이용하실 수 있습니다.
(CIP제어번호: CIP2016000140)

책이
너무
많아

사카이 준코

김수희 옮김

마음산책

책이
너무
많아

1판 1쇄 인쇄 2016년 1월 15일
1판 1쇄 발행 2016년 1월 20일

지은이 | 사카이 준코
옮긴이 | 김수회
펴낸이 | 정은숙
펴낸곳 | 마음산책

편집 | 이승학 · 최해경 · 김예지 · 박선우   디자인 | 이혜진 · 이수연
마케팅 | 권혁준 · 김종민   경영지원 | 이현경

등록 | 2000년 7월 28일(제13-653호)
주소 | (우 04043) 서울시 마포구 잔다리로 3안길 20(서교동 395-114)
전화 | 대표 362-1452 편집 362-1451   팩스 | 362-1455
홈페이지 | http://www.maumsan.com
블로그 | maumsanchaek.blog.me
트위터 | http://twitter.com/maumsanchaek
페이스북 | http://www.facebook.com/maumsanchaek
전자우편 | maum@maumsan.com

ISBN 978-89-6090-255-8 03830

* 책값은 뒤표지에 있습니다.

책을 다 읽고 난 뒤,
오른손의 가벼움.

책이 이어지는 기쁨

서점이나 도서관에서 엄청난 양의 책에 둘러싸여 있을 때. 인터넷이나 신문에서 연이어 출판되는 책의 정보를 보았을 때. '세상에는 이렇게도 많은 책이⋯⋯' 하고 현기증을 느낍니다. 마치 망망대해에서 혼자 표류하는 것 같은 기분이 들어서요.

'책을 읽는다'는 행위에 관해서는 쭉 열등감을 품어왔습니다. 책이 싫은 것은 아닙니다. 그러나 결코 '독서가 특기'라고는 말할 수 없었어요.

예를 들면 어릴 때부터 독서 감상문은 너무 싫었습니다. '재미있음', '보통', '약간 아님' 정도의 감상밖에 없었어요. 책을 읽어도 읽으면서 바로바로 잊어버립니다. 이른바 명작에 대해서도 잘 모릅니다. 세계 명작이 화제가 되면 '안 읽었는데요'라는 말을 차마 꺼내지 못한 채, 난처하게도 마지막까지 애매한 웃음을 짓고 있을 수밖에 없어요. 열차 안에서 책을 펼치면 10분이 채 지나기도 전에 자버리거나⋯⋯.

이런 제게도 책을 읽는 의미가 있는 걸까요. 항상 그런 생각이 떠나지 않았지만, 때때로 책은 이러한 인간에게도 '읽는 행복감'을 가져다주었습니다. 홀로 책장을 넘기는 것만으로도 어딘가 머나먼 곳으로 갈 수 있습니다. 그것이 바로 책입니다. 기억력이나 독해력, 지적 호기심이 많고 적음을 떠나 모든 사람에게 새로운 세계로 순간 이동하는 기쁨을 주는, 그런 의미에서 실로 평등한 오락이라 할 수 있습니다.

또한 책은 다른 책을 데리고 옵니다. 어떤 책을 읽고 있으면 또 다른 책에 대한 이야기가 나오고 그 책을 읽으면 역시 또 다른 책을 읽어보고 싶어집니다. 읽고 싶은 책들이 고구마 줄기처럼 파도 파도 계속 나올 때의 즐거움이란! 그런 기쁨을 주는 '읽고 싶은 책'이 머리맡이나 책상 위에 놓여 있을 때는 '약속된 행복한 미래'가 책의 형태로 존재하는 것 같지 않을까요?

책의 바다를 허우적거리면서도 저는 그런 식으로 오밀조밀한 망을 발견하고는 그것에 몸을 기대고 느긋하게 어딘가를 향해 나아가고 있습니다. 도착지가 어디인지 그리고 정말 어딘가에 도착하기는 하는지, 그런 것은 전혀 알 수 없습니다. 그러나 발끝이 닿지 않는 망망대해 속에서 오밀조밀한 망을 발견할 때의 기쁨 또한 정말 각별한 것입니다.

이 책은 그런 저의 '책들이 이어지는 기쁨'에 대해 적어놓은 글입니다. 좀처럼 이렇게 쓰지는 않습니다만, 일기 형식이기 때문에 정중체독자에게 경의를 표하는 문체가 아닌지라 좀 잘난 척하는 것 같기도 하고 다소 부끄럽습니다. 실은 숨조차 쉴 수 없지만, 그럼에도 진지하게 책의 바다를 헤엄치는 척하는 제 또 다른 얼굴을 아주 살짝 훔쳐봐주신다면 더할 수 없이 기쁘겠습니다.

사카이 준코

차례

까칠까칠한 종이의 감촉.

관능적이다…….

▪ 일러두기

1. 이 책은 2005년 4월부터 2013년 11월까지 사카이 준코酒井順子가 쓴 책에 대한 일기를 엮은 『本が多すぎる』(文藝春秋, 2014)를 번역한 것이다.
2. 글줄 상단에 작게 표기한 이 책의 주는 모두 옮긴이의 것이다.
3. 저자가 원서에 " "로 강조한 부분은 볼드체로 표기했다.
4. 국내에 소개된 작품명은 번역된 제목을 따랐고, 국내에 소개되지 않은 작품명은 우리말로 옮겼다.
5. 언급된 출판사명은 원어 발음대로 표기했다.
6. 외국 인명, 지명, 작품명 및 독음은 '외래어 표기법'을 따르되 관용적인 표기와 동떨어진 경우 절충하여 실용적 표기에 따랐다.
7. 영화명, 텔레비전 프로그램명, 잡지와 신문 등의 매체명, 곡명은 〈 〉로, 책 제목은 『 』로, 단편소설 제목, 기타 편명은 「 」로 묶었다.

1

내일이 좋은 날이 되길

누군가를 위한 일

화장실에서 『그때그때의 노래』를 펼쳐 놓고 필요한 시간에 맞추어 와카和歌나 시를 읽는 일이 많다. 그러다 보니 『똥 사랑 마음UNCOCORO』도 화장실에 상비하고 싶은 책이다.

어릴 적에는 툭하면 똥이니 오줌이니 하는 단어를 입에 달고 살던 우리도 나이 들어 남녀상열지사 이야기로 흥미가 옮겨가면 똥에 대해서는 잊어버리고 '그런 건 몰라요'라는 얼굴을 하기 마련이다.

그러나 작가 요리후지 분페이寄藤文平 씨는 어릴 적 '똥 사랑 마음'을 여전히 간직한 사람이다. 일찍부터 나는 대변을 '응가'가 아니라 '똥UNCO'이라고 잘라 말하는 사람의 기개를 존경했는데 그런 까닭에 이 책에서 '똥'이라는 단어를 연발하는 데는 상쾌함마저 느꼈다.

그래서 나도 작심하고 '똥'이라고 쓰는데 요리후지 씨는 이 책에서 진정한 똥 사랑 인간이 아니면 묘사할 수 없는 일러스트를 많이 실었다. 좋은 똥을 싸는 것이 얼마나 소중한가를 가르쳐주고 똥을 애써 외면하는 현대인에게 경종을 울린다. 화장실에 두면 똥 컬러 차트로 건강 체크도 할 수 있어서 쾌변에 좋을 것 같다.

재미가 붙어 신간은 아니지만 야마다 미노루山田稔의 『분뇨 이야기』도 읽었다. 고금동서 문학 가운데 보이는 분뇨 취향을 자유자재로 담아낸 책이다. 그 누구라도 배설에서는 평등하다. 똑같은 생리 현상이라도 먹는 것에 대해 쓰는 사람은 때로는 묘하게 폼을 잡거나 고상한 척하지만 분뇨에 대해서 말하는 사람은 항상 생기 넘치고 동시에 겸허하다.

화장실용으로 적합한 책이 또 한 권 있다. 『휴대전화 스토리스』. 배리 유어그로Barry Yourgrau는 무척 기묘한 초단편소설을 쓰는 작가인데 이 책은 제목 그대로 '신초新潮 휴대전화 문고'에 실린 이야기를 모은 것이다.

책을 펼쳤을 때 한 쪽 또는 좌우 두 면으로 끝나는 배리 유어그로의 스토리는 아닌 게 아니라 분명 휴대전화용으로 적합하다. 만원 전철에서 휴대전화를 조작하면서 승객이 모두 타조가 된다는 이야기를 읽는 건 자못 근사할 것이다.

……화장실에 앉아 이런저런 생각을 하면서 코를 부풀려 웃으며(껄껄거리는 느낌은 아니다) 이 책을 읽는다. 소변이라면 한 쪽짜리 한 편으로도 가능하다.

요즘 '읽는 수공예책'이라는 장르가 붐인 것 같다. 바라보는 것으로도 충분히 즐거운 사진집 같은 책이어서 직접 만들지 않아도 그다지 죄책감이 생기지 않는다.

서점의 수공예 코너에 가면 참으로 근사한 책들이 진열되어 있다. 수공예책이라고 하면 옛날에는 실용적인 사진과 만드는 방법만 나열한 것이 대부분이었지만 요즘 '읽는 수공예책'은 모델풍 인간도 배치되어, '라이프 스타일을 제안해드립니다' 하는 자세다. 옛날에는 완성품도 '누가 이런 걸 갖고 싶어 할까' 했던 작품이 많았지만 요즘에는 실제로도 사용할 수 있을 듯한, 진짜에 가깝다가 아니라 진짜 수공예품인 것이다.

예를 들어 『천을 자를 뿐』의 띠지를 보면 '딕 브루너Dick Bruna, 야나기하라 료헤이柳原良平, 믹 이타야MIC*ITAYA, 나가사키 구니코長崎訓子의 일러스트를 종이 본 삼아 생활용품을 직접 만들 수 있습니다!'라고 한다. 책을 펼치니 '어머나 귀여워라, 나도 만들 수 있을 것 같아!' 하는 생각이 드는 사진이 수없이 많다. 완성된 모티브를 자연스럽게 인테리어에 담아내거나 아이 옷에 장식한다면 멋진 핸드메이드 생활이 실로 아주 가까이 있을 듯하다…….

그러나 나는 천을 자르지 않는다. 학창 시절 참고서를 사서 보기만 하면서 '아……! 공부 많~이 했네'라고 만족스러워했던 것처럼, 바라보기만 해도 내 안의 수공예 욕구를 만족시킬 수 있기 때문에 더더욱 의미가 있는 '읽는 수공예책'이다.

최근에는 수공예뿐 아니라 요리책에도 이런 종류가 많다. 소박하고 정갈한 느낌을 주는 사진을 많이 사용한 매거진하우스의 라이프 스타일 잡지 〈Ku:nel〉 같은 책이다. 저자명은 히라가나로 표기하거나 '-씨'가 붙어 있다. 예를 들어 '사카이 준코 씨의 풀꽃 자수책' 같은 제목이 많다. '사카이 준코 씨'를 전혀 몰라도 그 분야의 권위자일 거라는 생각은 든다.

니트의 귀공자라면 히로세 미쓰하루廣瀬光治, 비즈 계통의 귀공자라면 다가와 게지田川啓二…… 등 자칫 여성 전용으로 생각되는 수공예 세계에는 의외로 카리스마를 가진 남성들이 존재한다. 그러나 남성의 세계에 군림하는 여성 카리스마는 없다고 생각할 즈음 읽게 된 것이 수공예와는 전혀 무관하지만 『여자 매니저의 탄생과 미디어—스포츠 문화의 젠더 형성』이라는 책이었다.

고등학교나 대학 남자 운동부에는 여자 매니저가 있다. 직접 선수로 뛰는 쪽인 나는 대학 때 미식축구부 매니저가 된 동급생을 보고 '도대체 뭐가 즐겁다는 거지?' 하며 그 심정을 이해하지 못한 채 의아해 했다. 그러나 여자 매니저라는 존재에 제법 선연한 위화감을 가진 것은 비단 나뿐이 아니고, 사회학 분야에서도 연구 대상이었나 보다.

여자 매니저. 남자 운동선수들을 그늘에서 돕는다는 사실에(보이지 않는 곳에서 남자 운동부원의 버팀목이 되는 것에) 기쁨을 느끼는 일군의 여자의 발생 역사를 원점에서 고찰해가며 그 입장의 변용과 정체성에 대해 쓴 책이다. 내가 계속 품어온 제법 선연한 위화감의 정체를 아주 잘 이해할 수 있었다.

일본인은 동성끼리의 결합이 이상하리만큼 강하지 않나 하는 생각을 옛날부터 해왔다. '같은 부류끼리 뭉치는 것이 자연스럽다'는 감각이 배경에 있겠지만, 그렇다면 여자 매니저가 동성의 결합에 새바람을 불러일으키는 존재가 되는가 하면 꼭 그렇지도 않다.

사내들의 강고하고 아름답다는 우정에 기반한 호모소셜(호모섹슈얼이 아니다)한 집단을 동경하는 여자들은 그 집단에 접근하기 위해 매니저가 되지만 양자 사이에는 절대로 넘을 수 없는 경계가 있다. 남성 집단의 호모소셜성은 여자 매니저라는 타자의 시선이 끼어듦에 따라 보다 강해지고, 젠더의 재생산과 남성 지배 구조가 강화되는데……

그러나 그녀들은 누가 강제로 시켜서가 아니라 어디까지나 주체적으로, 정말로 하고 싶어서 매니저를 하고 있다. 현대 일본에서 그런 여자 매니저들의 주체성은 앞으로 어딜 향하게 될까. 인기 만점의 여자 매니저들을 질투 어린 시선으로 내려다보는 나로서는 다소 신경이 쓰이는 바다.

둘도 없는 절친 사기사와 메구무鷺澤萌가 세상을 떠난 지 1년이 지났다. 그 후에도 그녀가 쓴 책은 계속 간행되고 있는데『내일이 좋은 날이 되길』은 그녀의 공식 사이트 '오피스 메메'에 기록된 일기를 추린 것이다. 세상을 떠나기 직전 하루하루에 대한 가벼운 언급이 웃음을 자아내는 무수한 구절과 함께 수록되어 있다.

이 일기만 읽어도 알 수 있지만 그녀는 내내 '누군가를 위한 일'을 생각하며 무척이나 깊고 깊은 배려를 가지고 살아간 사람이었다. 사이트 안의 가상국 '달팽이 나라' 헌법 제1조가 '약자에게는 동정이 아니라 애정을 기울일 것'임을 보면 그녀의 '타인을 위한' 행동이 여자 매니저풍의

봉사 플레이와는 다르다는 것을 이해할 수 있지 않을까 싶다.

이제 그녀의 모습은 더 이상 볼 수 없다. 그러나 '좋은 내일'을 생각하는 그녀의 소망은 앞으로도 한없이 계속될 것이다.

마지막까지
일을 좋아한 사람

교토京都 도착. 저녁 식사 시간까지 여유가 있었기에 구사마 야요이草間彌生 전시를 기대하고 교토국립근대미술관에 갔다. 그러나 구사마 야요이 전시는 이미 끝났고 가와이 간지로河井寬次郎에 대한 전시를 하고 있었다. 언젠가 그가 살던 집을 그대로 보존한 가와이 간지로 기념관에 가본 적이 있는데 감각이 참 좋다고 생각했다. 그 정도 지식밖에 없었지만 모처럼의 좋은 기회니 일단 입장했다.

……막상 살펴보자, 뭐랄까 스스로도 깜짝 놀랄 정도로 격한 감동이 밀려온다. 계속해서 눈앞을 압도하는 주발, 항아리, 합자盒子 하나하나에 나도 모르게 신음 소리가 나올 뻔했다. 직사각형과 원의 절묘한 조합에 그 색상하며 두께까지, 생리적으로 쾌감을 불러일으키는 도예 작품들이었다! 재능은 말할 것도 없고, 정말로 좋아서 만들고 있다는 느낌이 아주 잘 전해졌다. 문을 닫을 때까지 끝까지 버티며 찬찬히 둘러보았다.

그 뒤 『가와이 간지로 작품집』을 입수했다. 발색이나 질감 등 실물이 더 훌륭한 것은 어쩔 수 없지만 다시금 음미하기에는 충분하다. 느닷없는 간지로 붐에 관련 서적을 몇 권이나 구입했다. 가와이 간지로 전시회는 4월 3일까지다.

교토나 오사카大阪에 가면 종종 사는 잡지 〈Meets Regional〉. 지역 정보도 다채롭지만 나카바 리이치中場利一─오사카 출신의 작가, 우치다 다쓰루内田樹

도쿄 출신의 철학 연구가 등 간사이関西 지역교토나 오사카를 중심으로 한 지역 초호화 인맥에 관한 연재도 매력적이라 단순한 지역 잡지 이상으로 제법 읽을 만하다.

도미오카 다에코富岡多恵子가 〈Meets Regional〉 등에 연재한 에세이를 모아 단행본으로 엮은 것이 『여하튼 옳고 그름―오사카 편』이다. 책의 띠지에 '오랜만에 나온 에세이집'이라는 문구가 있다.

도쿄에서 나고 자랐기 때문에 간사이 감각에 무지한 편인데 그 때문에 더더욱 간사이라는 지역에 강한 흥미를 느낀다. 이 책에는 오사카 출신의 저자가 오사카를 떠나 도쿄 부근에 거주하면서 '오사카의 **말의 문화**가 통용되지 않는다'는 사실에 '상당히 괴로웠다'는 것이 거듭 언급된다.

오사카 방언 및 '말씨'의 특징은 '자신과의 거리, 상대방과의 거리를 순간적으로 파악하는 거리 감각'으로, '거리 감각의 **거리**는 쑥스러움일 것이다'라는 대목에서 완전 납득이 갔다. '간사이에 있는 도쿄 사람'이라는 입장에서 느끼는 고독은 저편과 이편이 느끼는 쑥스러움의 질적 차이에서 생긴 것이리라.

그러나 저자가 느끼는 고독은 비단 '도쿄에 있는 간사이 사람'이기 때문만은 분명 아닐 것이다. 예민한 쑥스러움의 감각 그 자체가 이미 쑥스러움을 잃어버린 세상에 더 이상 통용되지 않는다는 '괴로움'도 상당했으리라 여겨진다. 장정이 참으로 아름답다고 생각했는데 저자가 직접 디자인한 것이라고 해서 다시 한 번 놀랐다.

간사이 쪽이 아니더라도 한 달에 두세 번 여행이나 출장 등으로 집을 비운다. 우리 집에는 일본 전역의 가이드북이 제법 있는데, 그런데도 가이드북을 사면서 '이 장정하며 레이아웃하며 진부한 내용하며, 어떻게 좀 안 될까?'라는 생각을 한다.

서점 만화 코너에 JTB의 『루루부』가 꽂혀 있는 것을 발견했다. '왜 여기에 이 책이 있지?' 하며 한참을 살펴보니 정확하게는 『모에 루루부 도쿄 안내』였다.

표지에는 커다란 눈망울에 분홍빛 머리카락, 살짝 팬티까지 보이는 여동생 캐릭터 '루루'가 있다. 사실 이 책은 도쿄에 있는 동인지를 비롯해서 피규어 등의 전문 판매점, 메이드 카페까지 망라한 '사상 최고의 고농도! 분명 도움이 될 모에만화나 애니메이션, 비디오게임 등의 캐릭터에 대한 호감을 나타내는 일본어 표현 계열 가이드북'이었다. 깜찍한 루루가 도쿄를 찾아온 '오빠들'을 열심히 안내한다!

너무나도 '모에'스러운 편집이지만 역시 여행 전문 JTB다. 아키하바라秋葉原를 중심으로 신주쿠新宿, 이케부쿠로池袋, 나카노中野 등의 모에 명소를 제대로 짚어준다. 요즘에는 바야흐로 애니메이션 문화를 탐방하려는 해외 관광객이 몰려드는 도쿄인지라 모에 문화는 중요한 관광자원이다.

'여러 가지 의미에서 편집장의 목숨(?)을 건 책입니다'라는 편집후기가 최고였다. 개인 취향이나 나이 등 전례가 없는 접근 방식으로 한 지역을 안내한다는 의미에서 가이드북의 새로운 방향을 제시한다고 볼 수 있지 않을까.

인기 여성 사진가들의 여러 작품을 모아 놓고 바라본다. 가와우치 린코川內倫子의 『쿠이쿠이CUI CUI』, 사와다 도모코澤田知子의 『맞선♡ OMIAI♡』, 나가시마 유리에長島有里枝의 『낫 식스not six』 등이다.

가와우치 린코가 찍은 사진의 '색'은 아름답다. '15세까지 여덟 식구였다'던 그녀는 가족의 13년간의 변모를 담았다.

생활과 행사, 식사와 산책, 죽음과 탄생. 어떤 가족에게나 있을 법한 평범한 사건이 찍혀 있는데 여기에 흐르는 것을 한마디로 표현하자면 '행복감'이다.

하지만 이런 행복감을 문장으로 표현했다면 너무나도 진부했을 것이다. 사진이기 때문에 이 행복을 위화감 없이 만끽할 수 있었다. 할아버지가 슈퍼마켓에서 물건을 사는 사진은 왠지 눈물이 날 것 같았다.

작가가 피사체가 되어 여러 패턴의 맞선 장면을 찍은 『맞선♡』. 누군가 이 사진집을 '맞선이라는 오랜 제도에 대한 반발을 나타낸 것'이라고 평했는데, 과연 그럴까 싶다. '마음만 먹으면 어떤 캐릭터로도 변신하여 자신을 상품화할 수 있는 **맞선**, 참 재미있는 제도네요'라며 젊은 사와다 씨가 '맞선'을 관광하는 것처럼 느껴졌다.

나가시마 유리에는 자신의 남편을 찍었다. 섹스 후 전라의 모습, 자는 얼굴, 우는 얼굴, 뭐든지 찍는다. 남자와 여자가 있고 카메라가 있다면 옛날에는 일반적으로 남자가 여자를 찍었다. '당해버린 후'라고 해야 할까, 무방비한 얼굴로 프린트된 것은 대부분 여성이었는데, 지금은 이 얼굴을 남성이 보인다. 이것도 남녀공동참화男女共同參畫라고 할 수 있으려나.

'남편'은 젊고 육체도 아름답기 때문에 섹스 후 자고만 있어도 어쩐지 예술적이다. 사소설 같은 사진을 찍는 젊은 여성 작가들인데, 이들이 나이 들어가면 그와 함께 생겨날 것도 있으리라. 부패, 포기 등등의 주제는 과연 어떻게 찍을지 실로 흥미롭다.

세 사진작가의 사진집 배경에는 모두 집이라든가 가족이 있다. 가족이란 어떠어떠해야 하며 결혼이란 당연히 해야 한다는 등의 규범이 없어지고 있기 때문에 여성들의 머릿속에서 더더욱 가족에 대한 문제는 사라지지 않는다. '눈에 보이는' 사진은 가족이라는 이해하기 어려운 개념을 포착하는 데 적합한 방법이라고 생각했다.

18대 나카무라 간자부로中村勘三郎 습명襲名 기념 가부키歌舞伎 음악과 무용, 기예가 어우러진 일본의 전통 연극를 감상한다. 간자부로에 대해서는 많은 분의 이런저런 지적이 있을 것이니 생략하고, 나는 최근 84세의 나카무라 자

쿠에몬中村雀右衛門4대 나카무라 자쿠에몬. 가부키에서 여성 역할을 담당하는 '온나가타'로 활약
했다에 무척 관심이 간다. 평론가들은 한목소리로 '요염하다'고 하지만 도
무지 이해가 되지 않기 때문이다.

수수께끼를 풀기 위해 나카무라 자쿠에몬의 『개인적인 일』을 읽는다.
책에 따르면 그가 '온나가타女形란 이런 것이구나' 하고 몸소 느꼈던 것
은 81세 때라고 한다. 놀랍다! 그 경지에 이르기까지의 인생 경험, 풍요
로운 어린 시절, 남성 주연배우로 활약하다가 여성 배역인 온나가타로
전향, 출정했을 때 겪었던 일, 나카무라 우타우에몬中村歌右衛門6대 나카무라
우타우에몬. 제2차 세계대전 이후 온나가타의 최고봉으로 평가된다에 대한 각별한 마음 등
이 담겨 있다. 부제 '죽었다는 생각으로 살아가고 있다'는 전쟁 경험에서
온 발언이다.

가부키란 가부키의 역사와 연기하는 사람의 경험을 통째로 보는 것이
라는 사실을 어쩐지 이해할 수 있어서, 다음에 나카무라 자쿠에몬을 볼
때는 감흥이 달라질지도 모르겠다고 은근히 기대한다. 그나저나 나카무
라 자쿠에몬이든 가와이 간지로든 '마지막까지 일을 좋아한' 사람, 이 얼
마나 멋진가.

나를 찾는 여행

주변 사람 대부분이 영어가 가능한 것 같은 요즈음. 특히 여자 친구들은 어릴 적 외국에서 살다 왔거나 유학 경험 등이 있어서 온통 영어가 유창한 사람뿐이다. 함께 해외여행이라도 간다면 마음이야 든든하겠지만 나 자신이 약하고 멍청하고 혼자 뒤처진 듯한 기분도 든다.

하지만 괜찮아, 나는 일본어를 할 수 있으니까, 일어를 최고로 잘할 테야! 이런 생각을 하며 약하고 멍청하고 뒤처져버린 기분을 애써 외면하지만 영어 콤플렉스를 도저히 숨길 길이 없어서 이토 히로미伊藤比呂美 씨의 『영어로 말하자』를 발견했을 때 나도 모르게 집어 들었다. 이토 씨의 영어책이라면, 하면서 말이다.

미국에서 결혼하여 아이를 데리고 캘리포니아로 이주한 이토 씨. 이 가족의 다사다난은 이전 책을 보고 이미 알고 있었는데 일본어로 글쓰기가 직업인 일본어 네이티브가 이국에서 하는 영어 생활도 우여곡절이 끊이지 않는다.

서른 이후 영어 생활을 시작한 저자와 열 살쯤 미국에 온 큰딸, 태어나자마자 영어를 쓰기 시작한 둘째 딸. 영어 습득 정도가 각각 다른가 하면 사고방식도 다르다. 저자가 직접 영어의 소용돌이에서 부대끼면서 알아차린 영어 잘하는 비결과 본질에 대한 해설서, 그것이 바로 이 책이다.

'일상에 완전히 젖어버렸다면, 이러지도 저러지도 꼼짝할 수 없게 되어버렸다면' '자신을 뒤흔들어 돌파구를 발견하기 위해' '저는 무엇보다 먼저 영어 회화를 시작하면 좋을 거라고 지금도 생각합니다'. '그런 뒤섞이고 뒤흔들린 기분, 땅에 떨어진 기분, 모든 것을 잃고 원점으로 되돌려진 기분은 뭐랄까, 쾌감이기도 했습니다' 등의 문장을 읽으면 일본어라는, 너무나 오랫동안 입어 낡아빠진 파자마 같은 존재의 언어로 보호받고 있다는 다소의 위태로움과 '나는 이 파자마를 진정 이해하는가?'라는 의문이 솟구친다.

정말이지 최근에는 해외에서 마음 편하게 살게 되었지요, 특히 젊은 여성들이…… 하며 다음으로 손에 든 것은 『주무르며 뉴욕』이다. 일류 대학을 나와 대규모 광고 대리점에서 일하던 다케나카 아코竹中あこ는 노래 공부를 위해 뉴욕에 간다. 왕년에 엄마 어깨 주무르던 실력을 발휘하여 뉴요커들에게 지압을 해주었더니, 평판이 평판을 불러 집세 대신 혹은 스튜디오 비용 대신 다른 사람을 주무르는 생활이 이어진다. 거의 옛날이야기에나 나올 법한 내용을 담은 에세이다.

때로는 유명 프로듀서, 때로는 범죄와 싸우는 경관, 때로는 매일 철야를 하는 웹디자이너를 주무르는 동안 그녀의 눈과 몸은 뉴욕이라는 도시의 어디가 어떻게 뭉쳐 있는지, 일본인의 어디가 어떻게 결리는지 느낀다. 뭔가 하나의 축으로 자르는 여행 기록은 그 축을 가지지 않은 독자에게 재미있기 마련이다.

'나를 찾는 여행'의 일종이겠지만 『주무르며 뉴욕』을 읽고 '그렇구나, 해외로 나가면 새로운 재능을 찾을 수 있을지도 모르겠네!'라고는 생각하지 않는 편이 나을 것이다. 이 책 한 줄 한 줄 사이에는(실제로 행간이 엄청 넓습니다) 주도면밀한 준비와 재능을 가지고 뉴욕에서 지압을 하는 그녀의 모습이 보인다. 그 언저리의 '행간'도 문자로 읽어보고 싶다.

이런 책을 읽으면 국내형 인간인 나도 '세계로 날개를 펼치는 일본 여성, 좋네'라는 기분이 들지만, 『USA 가니바케쓰』를 읽으면서 '역시 나는 일본에서 땅이라도 파먹으며 조용히 살아야겠다'는 생각을 했다. '많은 게가니를 바케쓰양동이에 넣으면 굳이 뚜껑을 닫지 않아도 도망가지 않는다고 한다. 한 마리가 양동이에서 나가려고 하면 다른 게에게 이끌려 아래로 떨어지기 때문이다'라는 문장으로 시작하는 이 책은, 미국에 사는 마치야마 도모히로町山智浩가 미국의 범죄, 스포츠, 연예계 등 사회면 기사에 나오는 이야깃거리를 모은 칼럼집이다. 아메리칸드림이라는 단어도 있지만, 이 책은 '미국이라는 피라미드의 정점은 높지만 저점은 무서울 정도로 넓다. 탈출하는 것이 일본 이상으로 어려운 가니바케쓰다. 그런데도 인간을 승자와 패자로 곧장 나누고 싶어 한다'며 누군가의 실패담을 다수 실었다.

내가 싸움에서 진 개(마케이누)에 대한 책을 냈을 때 '미국에서는 스스로 루저loser라고 말하는 것은 생각할 수 없어요'라고 이야기한 분이 있었는데 위너winner를 목표로 하지 않으면 생존 자체가 불가능한 곳이 미국일 것이다. '컬럼바인 고등학교 총기 난사'는 교내 영웅이자 다른 학생을 괴롭히는 쪽이었으며 승자이기도 했던 미식축구부원을, 오히려 그동안 괴롭힘을 당했던 아이들이 공격한다는 도식의 사건이다. 그 이후 '약한 아이가 집중적으로 공격을 받아 이지메의 온상이 된다'는 이유로 전미 각 지역 학교에서 피구가 금지되었지만 한편으로는 이라크에 집중 공격을 하고 있는 것도 미국이다.

온갖 방식으로 망가져가는 인간들이 사는 미국에서는 대응책도 점차 다양해지고 있다. 그러나 사람들은 이를 능가하는 속도로 망가진다. 망가져가는 방식의 규모와 속도에 압도된다. 무슨 일이든 미국은 일본의 선행지표가 되고 있다. 그러고 보니 얼마 전 야마구치 현립 히카리 고등학교에 직접 만든 폭탄을 던진 학생이 있었다! 일본도 루저인 채로는 견딜 수 없는 사회가 된 것 같다.

서점 미술서 코너에서 표지에 얇게 자른 수박 같은 혹은 연꽃잎 같은 너무나도 아름다운 도자기가 그려진 책을 발견했다. '아!' 하고 봤더니 역시 『루시 리』였다. 그녀 가까이에 있던 사람들이 쓴 에세이, 작품과 제작 노트도 수록되어 있다.

수년 전, 시가라기信楽의 박물관에서 도예가 루시 리Lucie Rie의 전시를 보고 그 정갈하고 섬세하며 동시에 강렬한 아름다움에 눈동자가 저절로 하트 모양이 된 적이 있다. 1902년 빈에서 태어나 런던으로 이주하여 1995년 세상을 떠날 때까지 대부분의 시간을 도예 작품을 만들고 가르치는 일에 바친 이 여성은 사진이나 영상에서 보면, 역시 정갈하고 섬세하고 강하다. 이마 뒤로 넘긴 은발, 하얀 작업용 앞치마에 하얀 바지에 하얀 신발. 자그마한 체구로 혼신의 힘을 다해 작품을 만드는 할머니. 그런 모습을 동경해 마지않는 이들은 아마도 '서예가 시라스 마사코白洲正子는 너무 멋져'라고 생각하는 사람이기도 할 텐데 두 사람은 모두 '귀여운' 노인이라기보다는 '멋진' 노인이다.

최근에는 온통 '귀여운 할머니가 되고 싶다'는 사람들뿐이다. 노인이 되어서까지 귀여운 척을 해야 하나 싶어 진저리 치지만, 뭔가 '끝까지 관철하는 것'이 있다면 굳이 타인에게 아양 떨지 않아도 되겠지. 이런 생각이 들게 만드는 루시 리의 자태와 작품이다. 그런데 너무나 아담한 그녀가 전기 가마 속에 빠질 것 같자, 기록 영상을 촬영하던 데이비드 아텐보로David Attenborough에게 발을 잡아달라고 하는 모습 등은 충분히 귀여운데 본인이 의도한 바는 아니리라.

'책을 읽는 건 어쩜 이리도 즐거울까!'라고 흠뻑 취한 첫 경험은 어린 시절 이노우에 히사시井上ひさし의 『분과 훈 선생님』을 읽었을 때다. 몰입하여 웃으며 읽었다.

오랜만에 『이솝 주식회사』에서 그런 어린 시절 기분을 떠올린다. 엄마를 잃은 누나와 남동생이 할머니가 계신 시골에서 여름 한철을 보낸다는 이야기다. 형광등 불빛을 따라 빙그르르 돌고 있는 여름날 제등提燈. 식은 국수, 약간의 모험과 아픈 마음. 어린이들의 성장담인 만큼 이야기는 두 겹, 세 겹으로 이어져 있는데, 부디 직접 읽고 맛보시길. 여기까지 쓰고 보니, 글쎄요, 올해도 여름이 왔네요…….

여자가 왈가닥이 된다?

최근 아무래도 만화를 제대로 읽기 힘들다. 한동안 보지 않은 탓인지, 글과 그림을 동시에 이해하는 '만화 뇌'가 퇴화해버렸는지도 모른다. 그러던 중 『페르세폴리스』는 간만에 몰입할 수 있었던 만화였다. '그래픽노블' 장르라고 한다.

작가 마르잔 사트라피Marjane Satrapi는 1969년 이란에서 태어나 현재는 파리에서 살고 있다. 이슬람 혁명이 일어난 것은 그녀가 열다섯 살 무렵으로, 그때부터 스물네 살까지 10여 년의 사건이 1권 '나의 어린 시절 이야기'와 2권 '다시 페르세폴리스로'에 담겨 있다.

1969년생이라는 말은 나와 불과 세 살 차이, 요컨대 작가는 나와 동년배인 것이다. 같은 세대의 서양인 여성 작가 글이라면 일반적으로 '나라는 달라도 감각은 똑같네!'라는 감상을 갖는데, 『페르세폴리스』는 나와 비슷한 감각과 극단적으로 이질적인 감각이 혼재해 있어서, '알아, 정말 알겠어!'와 '전혀 이해할 수 없어, 모르겠어'라는 감상의 차이가 너무나도 현저했다. 여태까지 한 번도 느낀 적 없는 신선함이었다.

마르잔이 가지고 있으나 나는 좀처럼 이해하기 힘든 감각의 원천은 혁명과 전쟁과 이슬람에 있다. 10대에 이란이라크전쟁을 겪고 죽음을 눈앞에서 경험한 그녀는 이윽고 혼자 빈으로 유학(또는 피난)을 갔다. 빈에서는 이슬람 여성에게 금기인 연애도 마약도 해보고 결국 만신창이가 되어 고향으로 돌아왔지만, '전쟁을 회피했다'는 생각과 이란 전통의 무게 사이에서 고민한다. 마침내 대학에 들어가 결혼, 이혼 그리고……. 일본에서 거품경제 시절을 만끽하며 살아온 인간으로서 도저히 '알아, 정말 알겠어!'라고 차마 말할 수 없는 다수의 경험.

만화라고 해야 할지 그래픽 노블이라고 해야 할지 모르겠지만, 이런 방식은 '도저히 이해할 수 없는 경험'을 친근하게 느끼도록 하는 데 적합하다. 우메즈 가즈오楳圖かずお를 방불케 하는 상세한 컷 분할과 콘티에, 흑백 구별이 확연히 두드러지는 독특한 터치의 그림 그리고 센스 있는 유머로 다채롭게 구성된 대사를 읽는 동안 나는 마르잔과 함께 싸우고 싶어졌고 이루어질 수 없는 사랑에 눈물을 흘렸다.

이 만화는 나로 하여금 이슬람 혁명 이후 이란 여성이 반드시 쓰게 된 검은 베일의 의미에 대해서도 깊이 생각하게 했다. 베일의 길이나 앞머리를 내놓을지 여부로 그 사상을 알 수 있는 세상에서도 10대인 마르잔은 멋을 부리려고 한다. 그리고 빈에서 돌아올 때 그녀는 머리에 검은 스카프를 두르며 '개인적·사회적 자유는 이걸로 끝이지만' '고향에 너무나도 돌아가고 싶다'고 말한다.

우리에게는 베일을 둘러쓸 의무가 없으며 다리든 배든 자기 맘대로 노출할 수도 있다. 하지만 한편으로는 보이지 않는 베일로 자신을 감싸고 있을 거라고 까맣게 칠해진 베일을 보며 생각했다.

보이지 않는 베일에는 어떤 것이 있을까. 이런 생각을 하며 집어 든 것은 『블루머의 사회사—여자 체육에 대한 시선』이다. 삼각형 혹은 사각형 핫팬츠 형태의 속옷이자 운동복인 블루머라는 의류가 어떻게 일본 여성 체육 업계에 수용되었으며 어떻게 보급되었다가 마침내 추방되었는지 이해할 수 있게 해주는 책이다.

돌이켜 보면 나도 학창 시절에 블루머를 입었다. 초등학교 때는 조금 펑퍼짐한 형태였고 중고등학교 때는 이 책에 '몸에 착 달라붙는 짧은 블루머!'라고 표현된 폴리에스테르 재질의 남색 블루머였다.

블루머 모습이 귀여운 것은 고작해야 초등학교 저학년 때까지다. 제2차 성징이 나타나면 블루머 차림이 갑자기 육감적으로 보이기 때문이다. 한참 살이 오른 여고생들이 착 달라붙는 블루머를 입고 나란히 걸어올 때 그 허벅지들이 연출하는 모습은 '장관'이라고밖에 달리 적절한 말을 찾을 수 없었다.

내 경우는 여학교라서 '남자애들이 보는 것은 싫어'라는 감정은 없었지만 '왜 우리는 이런 옷을 입어야 하지?' 하는 의문을 품은 사람도 상당하지 않았을까.

모두들 다리 부분이 두 갈래로 갈라지지 않은 기모노를 입던 일본에서는 '하늘하늘하면서도 사내 같지 않은' 여성의 몸을 이상적이라 여겼다. 그러던 것이 근대국가를 목표로 하게 되자 장래 군인이 될 건강한 아이를 낳을 모체로서 튼튼한 신체를 위해 여자들에게도 운동이 장려된다.

당초에는 여학생들이 일본식 전통 의복을 입고 운동했는데, 1900년 이후 미국 여자 체조복을 모방한 블루머(이슬람 여성만큼이나 당시 일본 여성에게 맨살을 내보이는 것은 금기였기 때문에 길고 헐렁한 것)가 고안되었다.

이 복장이 세상에 나오자 '여자가 왈가닥이 된다'는 혹평이 쏟아졌다. 평상복으로도 소수만 입던 양장, 게다가 남성복처럼 바짓가랑이가 갈라져 있다. 이런 옷을 젊은 여성이 입는다는 것을 사회가 용납할 리 없었다.

그럼에도 블루머는 점차 보급되었고 보다 움직이기 편하게 길이가 계속 짧아졌다. 도쿄올림픽에 출전한 전설의 일본 배구 대표팀, 이른바 '동양 마녀'는 허벅지 끝까지 보이는 다소 헐렁한 블루머 차림이었지만 이때 이미 다른 나라에서는 몸에 착 달라붙는 블루머를 입었다. 이 시기를 기점으로 일본에도 착 달라붙는 블루머가 보급되었고 블루머와 세일러복 붐을 거쳐 블루머는 남성의 성적 대상으로 간주되고 마침내 반바지를 대신하게 되었다.

'하늘하늘하면서도 사내 같지 않은'이라는 개념에서 여성을 해방시켰지만 한 세기가 지나자 남성에 의해 성 상품화의 상징이 된 블루머. 그러나 '강한 병사를 낳을 수 있도록 여자들에게 운동을 시킨다'고 해도 '전원이 똑같은 통일미를 표현하기 위해 여성이 블루머를 입어야 한다'고 해도 근본적인 문제는 나라든 학교든 누군가가 강제로 무언가를 시킨다는 부분에 있는 것이 아닐까.

저자 다카하시 이치로高橋一郎가 서문에 '전멸하고 있는 블루머에 대해 일찍이 블루머 애호 세대였던 남성의 한 사람으로서'라고 당당히 적은 기세에는 아무래도 의아함을 감출 길 없다.

여성성의 표상을 어떻게 다룰 것인지는 남자에게도 여자에게도 어려운 문제다. 성서의 여성 등장인물 중 성모 마리아 다음으로 유명한 막달라 마리아의 긴 머리칼도 그녀의 이미지를 좌우하는 표상이었다는 사실을 『막달라 마리아』를 통해 알게 되었다.

예술 작품 속 막달라 마리아는 하나같이 길고 숱이 많은 금발이다. 이는 성서에 '예수의 발을 눈물로 적시고 자신의 머리카락으로 닦았다'는 에피소드가 남아 있기 때문인데, 실은 복음서에 그 사람이 막달라 마리아라고 명확히 적혀 있지는 않다. '막달라 마리아는 이랬으면 좋겠다'는 읽는 이의 희망 사항으로 인해, 성서의 여러 에피소드를 자르고 연결한 끝에 그녀는 '정절을 지녔지만 음란하고 심지어 아름답고 신성하다'는 개성을 가진 사람으로 표현되었다. 동정녀 성모 마리아와는 다른 개성을 가진 여성인 것이다.

이 책에 담긴 예술 작품 가운데 막달라 마리아상을 보면 성적 코드가 완연한 오늘날 그라비아성인 화보 아이돌의 포즈와 놀랄 만큼 일치한다. 촉촉한 눈망울, 반쯤 열린 입술, 개연성 없는 각도로 드러누운 자태, 흐

트러진 머리카락, 풍만한 가슴…….

실은 '막달라 마리아는 창녀였다'는 것도 성서에 기록된 바 없다. 남성이 궁극적으로 여성에게 원하는 것은 성모상과 창녀상이라고 하는데, 막달라 마리아는 성서를 읽는 사람과 예술을 감상하는 사람에 의해 계속해서 창녀상을 맡아온 존재인 것이다.

기다림이 농밀했던 시대

올 예정인 휴대전화 메시지를 기다리며 서점에서 책을 바라보고 있다. ……그러자 눈에 들어온 것은 『도쿄 약속 장소 안내』라는 책. 책장을 넘겨보니 예쁘고 흥미로워서 샀다.

도쿄에서 누군가를 만날 때 적합한 장소가 소개된 책인데, 단순히 유명한 곳을 소개하는 데 그치지 않고 '기다린다'는 행위 자체에 애정이 느껴지도록 만들었다.

중요한 약속 장소를 다루는 방법도 지나치지 않고 아주 딱 좋은 느낌이다. 예를 들어 데이코쿠 호텔이라면 1층 랑데부 라운지가 아니라 17층 임페리얼 라운지 아쿠아를 추천한다.

막상 누군가를 만나기로 하면 허둥대기 일쑤인 공항도, 하네다와 나리타 각각에 대해 설명한다. 약속 장소라면 기념비적인 곳 앞이나 찻집, 서점 등을 생각하기 쉬운데 꽃집이라든가 에스컬레이터 같은 장소도 소개해서 '아, 괜찮을지도 모르겠네!'라는 생각이 든다.

물론 구체적인 장소 지도도 나오지만 '롯폰기六本木 가에서 시부야渋谷 방면으로 메이지야 가게 앞을 오른쪽으로 돌아 1분 정도 가다 오른쪽' 등의 설명까지 있어 친절하다. 메일에 첨부된 무뚝뚝한 지도보다 이렇게 설명해주면 안심이 되는 성격이라서.

휴대전화와 메일이 생기고 나서 약속 장소를 정하는 사정은 상당히 변했다. 시간도 장소도 대충만 정해놓고, '그럼 나중에 도착하면 또 전화

할게'라는 식이 일반적이다. 그에 익숙해지니 '정말이지 휴대전화가 없던 시절에는 다른 사람들을 어떻게 만났지?'라고 생각한다.

그러나 휴대전화의 출현과 함께 타인과 만날 약속을 할 때의 정취 같은 것은 사라졌다. 상대방은 왜 이리 늦는지, 정말로 만날 수 있으려나, 행여 못 만나면 어쩌지…… 이런 걱정을 하면서 '기다리는' 시간은 지금 생각해보면 스릴 넘치고 로맨틱한 것이었다.

아마도 이 책은 '기다리는' 시간이 농밀했던 시대에 대한 오마주이기도 한 것 같다. 유명한 장소에 대한 소개 사이사이에는 호리에 도시유키堀江敏幸소설가이자 프랑스 문학가, 아오야마靑山의 다이보 커피점 사장 등이 쓴 '기다림'에 대한 에세이가 실려 있다. 책의 마지막에는 누군가를 기다림에 있어서의 룰과 매너까지 담겨 있다. '기다림'에 괴로워하지만 '기다림'이 싫지 않은 사람들의 마음을 담아 만든 책이다.

나는 기차 타기를 좋아하는데 이 취향은 애당초 철도 기행문을 좋아했던 것에서 기인한다. 요컨대 기차를 타는 것도 아니요, 철도를 촬영하는 것도 아닌, 철도에 대해 읽는 것을 좋아하는 사람 출신이다. 그래서 손에 들어본 것이 철도에 관한 앤솔러지, 그 이름도 『철도애—일본편』이다.

철도라고 하면 요즘에는 소박하고 노스탤지어를 자아내는 분위기를 풍긴다. 그러나 나가이 가후永井荷風는 「후카가와의 노래」에 '나는 지금 수염을 기르고 양복을 입고 있다. 전철을 타고 철로 만들어진 에이타이바시永代橋를 건너는 것이다. 시대의 격변을 어찌 아니 느끼리요', '한심스러운 전차나 선로나 천박한 서양식 건물을 바라보는 불행'이라고 썼다.

도쿄의 노면 전철을 타며 그런 장면을 떠올린다. 당시 철도는 새롭고 진보적인 것이었다. 이는 우리가 지금 컴퓨터라든가 롯폰기힐스 등에 대해 느끼는 것과 비슷한 감정일지 모른다.

그러나 나가이 가후보다 10년 늦게 태어난 우치다 햣켄内田百閒나쓰메 소세키 문하의 소설가이자 수필가은 물론 철도를 좋아해서 「시간은 변한다」에 '기차를 눈 안에 담아 달리게 해도 아프지 않을 정도로 너무 좋다'고 쓰기도 했다. 이 글을 보면 우치다 햣켄은 철도 80주년 기념으로 의뢰받은 도쿄 역 일일 역장을 수락한다. 그러면서 '당일에는 제복에 제모를 착용해달라고 한다. 나는 원래 단추를 끝까지 채우는 단정한 복장을 좋아한다'고 썼다. 이 부분을 읽으며 어쩐지 기뻐졌다. 왜냐하면 나는 예전에 '철도를 좋아하는 사람은 제복을 좋아하는 게 아닐까?'라는 가설을 세웠기 때문이다. 역시 일일 차장 이야기인 아카와 히로유키阿川弘之소설가이자 평론가의 「가짜 차장의 기록」에도 제복 착용에 대한 고양감이 드러나 있어 '역시 그럼 그렇지'라고 생각했다.

철도에 관한 좋은 에세이로 이름 높은 미야와키 슌조宮脇俊三편집자이자 기행 작가의 「요네사카센米坂線 109열차」도 수록되어 있다. 미야와키 소년이 요네사카센 이와이즈미今泉 역 앞에서 맞이한 1945년 종전의 날. 그 광경이 마치 눈앞에 보이는 듯하다…….

이쯤에서 시간을 현대로 옮기자. 나는 〈월간 IKKI〉를 「데쓰코의 여행」기쿠치 나오에菊池直가 쓴 논픽션 철도 기행 만화을 연재하는 만화 잡지로 인식하고 있다. 이 작품은 철도에 전혀 흥미가 없는 여성 만화가가 철도 마니아 남성과 함께 전국을 여행하면서 철도 및 철도 마니아 등에 대한 인식을 심화하는, 혹은 매우 신기해한다는 내용의 만화다.

〈월간 IKKI〉에는 딱히 철도 만화는 아니지만 또 하나 「쓰키다테의 살인」이라는 철도 미스터리 만화가 실려 있는데 이번에 그 상권이 나왔다. 원작은 아야쓰지 유키토綾辻行人, 그림은 『동물 의사 선생님』『오탄코 간호사』의 사사키 노리코佐々木倫子다. 철도물, 나아가 미스터리기 때문에 많은 기대를 모으고 있다.

태어나서 처음으로 열차를 탄 17세 소녀와 동승한 철도 마니아들. 그리고 거기서 일어나는 일은? 철도 촬영에 열광하는 마니아들이 중요한 열쇠가 되는 듯하지만 그 진상은?

나는 〈월간 IKKI〉 10월호에서 제2부 첫 부분을 이미 읽었기 때문에 알고 있지만, 과연 이것은 '철도' 미스터리인 걸까 아닌 걸까? 이런 부분도 실은 미스터리다.

「데쓰코의 여행」과 마찬가지로 진짜 철도 마니아는 철도에 대한 묘사에 반발할지도 모르지만 일반인이 본 철도 마니아는 으레 모두 그런 법이다, 라고 해두자.

연예인책이라는 장르가 있다. 가끔 엄청 잘 팔리기도 하는데 주변에 '읽었다'는 사람이 그다지 없는 신기한 책들이다. 그런데 종종 '거기까지 말하지 않아도 될 텐데' 싶을 정도로 진실을 적나라하게 보고하는 책도 있다. 일찍이 『닮고 닮은 사람』을 읽고 텔레비전에서 본 얼굴과 책 내용이 이렇게 달라도 되나 싶었던 적도 있었다(당시에는 스기타 가오루杉田か おる도 지금만큼 솔직하게 텔레비전에서 자기 캐릭터를 보이지 않았기 때문에).

연예인책을 읽는 데 달인이라고 한다면 요시다 고吉田豪칼럼니스트. 연예인 책 등의 수집가로 알려졌고 유명인 인터뷰를 많이 했다가 먼저 떠오르지만 개그맨 만담 콤비 아사쿠사키드浅草キッド 중 한 명인 스이도바시水道橋 박사가 쓴 『본업』은 '연예인이 쓴 연예인책 서평'이라는 점이 핵심이다.

아사쿠사키드라면 『개그맨의 성좌』를 애독하고 있다. 스이도바시 박사가 『본업』에서 연예인책을 '너무나 엄청나서 도저히 다 지불할 수 없을 정도의 유명세에 대한 연예인 본인이 쓴 청색 신고서'라고 정의한 대목을 보면 아무리 연예인이라 해도 과연 훌륭한 문장가다. 일반인은 도저히 헤아릴 수 없는 유명세의 무게감을 충분히 상상할 수 있게 하는 문장이다.

소개된 것은 저자와 직접 교류가 있는 연예인의 책뿐이라서 책에 기록된 적나라함 이외에 극히 내부적인 이야기도 들여다볼 수 있다. 나베야칸なべやかん은 과연 어떤 사람일까? 아이카와 쇼哀川翔의 진정한 모습은? 그리고 모모세 히로미치百瀬博教는?

하지만 『본업』이 연예인책의 줄거리를 간추린 책인가 하면 꼭 그렇지도 않다. 스이도바시 박사는 의협심으로 연예인과 책을 가늠한다. 연예인책을 조소하면서도 존경한다는, 문필가지만 연예인이기도 한 스이도바시 박사의 정체성이 잘 드러난 책이라고 생각한다.

잠들 수 없는 밤

헤이안시대의 여성은 '쓰고' 있었지만 그 이후의 여성은 갑자기 쓰지 않다가 근대에 이르러 마침내 여성은 다시 뭔가를 '쓰기' 시작한다.

막연하게나마 그런 이미지가 있었다. 그러나 전에 『꽃 같은 할머니의 꽃 같은 여행길—오다 이에코의 동국 여행 일기』를 읽었을 때 '에도시대 여성들도 상당히 **쓰고** 있었던' 것을 새삼 발견했다.

에도시대였던 1830년부터 1844년 무렵 현재의 후쿠오카福岡 현 북서부에 해당하는 지쿠젠筑前 지역. 상인 가문 사모님 중 특히 사이좋은 사인방이 함께 여행을 떠난다. 그러고는 오늘날 미에三重 현 근처인 이세伊勢, 젠코지善光寺, 닛코日光 등을 방문했다. 다나베 세이코田邊聖子가 사인방 중 오다 이에코小田宅子의 여행 일기를 바탕으로 쓴 것이 이 책이다. 각지에서 특산물을 사고 와카를 읊고 이름난 음식을 먹으며 50대 여성들은 다섯 달에 걸친 여행을 놀랄 만큼 정력적으로 만끽하고 있다. 책을 읽으며 '옛날에도 그런 사람들이 있었구나!' 하고 기쁜 생각이 들었다.

그리고 시바 게이코柴桂子가 쓴 『근세의 여성 여행 일기 사전』이라는 책을 펼치자 여행하며 일기를 남긴 여성은 비단 오다 이에코뿐이 아니었다.

시대는 근세였으며 여성들의 여행이었다. 현재의 해외여행보다 훨씬 어려웠을 것이다. 출입 금지 장소도 많았고 검문하는 곳에서도 '여성들만의 통행증'이 필요해서 특히 4대 검문소에서는 수차례에 걸쳐 엄격한 검사를 했다. 병에 걸렸거나 살아서 고향에 돌아갈 수 없는 경우도 있었다. 그래도 여성들은 여행을 떠났다.

이 책에는 여성들의 여러 가지 여행 사례가 나오는데 오다 이에코처럼 관광이나 와카를 읊기 위해 나선 사람이 있는가 하면 볼모로 에도에 가거나 에도에서 돌아오거나 하는 정치적 배경을 가진 여행도 있었다. 막부 말기에는 조정에 탄원하기 위해서라든가 일종의 스파이 활동으로 여행을 하는 여성도 존재했다. 이 책에는 생각보다 훨씬 활동적인 여성의 모습이 담겨 있었다.

이런 사실은 그들이 여행 일기를 남겼기 때문에 비로소 알 수 있는 것이었다. 여행에 대한 인상을 글로 남기거나 전하고 싶은 욕구는 우리가 여행길 풍경이나 먹은 음식 등을 누군가에게 사진 메일로 보내고 싶어 하는 것과 마찬가지다.

여행하는 과거의 여성들. 기록을 보면 그들도 지금 우리와 전혀 다를 바 없는 호기심을 갖고 있는 것 같아 친한 친구를 발견한 기분이 든다. 그와 동시에 언제라도 훌쩍 여행을 떠날 수 있고, 온 세상이 인터넷으로 언제든지 연결되는 오늘날을 사는 우리 쪽이 여행을 순수하게 즐길 줄 아는 힘을 잃고 있다는 사실 또한 절실히 느낄 수 있었다. '일생에 단 한 번'이라는 각오로 여행을 떠났을 여성들과 비교해 보면 여행하다 이런저런 일로 삐걱거리는 나 자신을 발견하지 않을 수 없다.

그러다 보니, 『클럽 컬처!』 역시 일종의 여행 일기라는 생각이 들었다. 혹시나 싶은 마음에 주를 달아놓자면 이 '클럽'이란 언니들이 있는 '크'에 악센트가 오는 클럽이 아니라, 춤을 추거나 음악을 듣는 클럽을 말한다. 그 클럽의 궁극적인 핵심에 대해 저자가 온 세상의 클럽을 돌아다니면서 생각한 것을 단숨에 쓴 책이다.

돌아보면 나는 클럽이란 장소에 제대로 가본 적이 없다. 고등학교나 대학 시절에는 아직 디스코텍이 대세였는데 그곳은 좀 긴장하면서 놀러

가는 장소였다. 거품경제 시절에 회사원이 되고 나서 시바우라芝浦에 생긴 거대 홀 형태의 'GOLD'에 아주 가끔 갔는데, 이 책을 읽고 내가 처음으로 갔던 그 GOLD가 거대 홀 형태 클럽의 선구적 장소였으며 이후의 클럽계를 짊어진 인재를 다수 잉태했다는 사실을 새삼 알게 되었다. 그러고 보니 그 무렵 나는 분명 '여기는 여태까지의 디스코텍과 분위기가 사뭇 다르네!'라고 느꼈는데 그런 분위기의 차이야말로 클럽 감각일 것이다.

그러나 그 이후 나는 클럽의 흐름을 전혀 따라가지 못한다. 디스코텍처럼 모두 똑같은 동작으로 춤추지 않으며 애써 멋을 내고 가지 않는 곳이 클럽이라는 정도의 인식만 가지고 있었을 뿐이다.

이 책을 읽자 클럽 문화가 분명 지금 시대에 합치한다는 것을 알 수 있었다. 모두 같이 무언가를 하는 것이 아니라 어디까지나 점과 점의 개인적인 관계뿐이다. 이는 인터넷에서의 관계와 조금 비슷한 면을 갖고 있는 듯하다. 유야마 레이코湯山玲子는 『여자 혼자 스시』 등의 저서에서 항상 혼자서 버티고 우겨대는 느낌을 자아내던 저자였는데 마흔 가까이 되고 나서 클럽에 푹 빠진 것이었다. 종이 위의 문자로만 읽을 뿐이었는데도 클럽에서의 쾌감은 실로 생생하게 전해진다.

'세상이 평화롭게 완전히 잠들어 있을 때 나는 놀고 있다고 확인하는 것은 클럽 마니아들의 극강의 맛. 아무리 생각해도 이 쾌감은 한때만 가능한 젊은 혈기의 극치 따위가 아니라 죽을 때까지 쭉 계속될 것이다'라는 후기의 문장에서 어떤 각오도 전해진다.

디스코텍 시대도 너무나 잘 아는 그녀가 상세히 고찰하는 디스코텍과 클럽 문화의 차이는 최근 일본의 과거사이기도 했다. 클럽이라는 하나의 포인트로 사회를 본다. 클럽이라는 하나의 포인트로 여행한다. 이런 여행 일기를 읽으면서 내가 절대로 할 리 없는 여행에 대해 하염없이 생각을 내달려본다.

잠들 수 없는 밤, 나는 필사적으로 무언가를 생각해내서 그 수를 센다. 옛날 동급생의 이름이든 지명이든 하여튼 그 수를 세는 동안 어느 사이엔가 잠이 든다는 방법이다. 그중에서도 특히 좋아하는 것은 나라 이름을 세는 것이다. 아직 가본 적 없는 여러 나라명을 생각해내는 동안 '어떤 나라일까' 하고 흥분이 되어 잠들지 못하게 된다는 폐해는 있지만 '정말 나라가 많네' 하고 지도를 보면서 국가명을 외우는 것 또한 즐겁다.

그 가운데 기억하는 나라 이름이 아프리카의 '감비아'. '잠비아'도 있고 '감비아'도 있고 '우간다', '르완다', '브룬디'가 나란히 있는 곳이 바로 아프리카다.

위와 같은 이유로 서점에서 『감비아 체재기』를 발견했을 때는 당장 사버렸다. 『토끼 미미리』의 저자 쇼노 준조庄野潤三가 아프리카에 가본 적이 있다니 의외네…… 하면서.

그러나 바로 읽어보았더니 그것은 착각이었다. 저자가 록펠러재단의 초청으로 미국 오하이오 주에 있는 감비아라는 작은 마을에서 1957년부터 그다음 해에 걸쳐 1년간 유학했을 당시의 이야기라는 사실이 책장을 펼쳐본 후 판명된 것이다. 뭐야, 미국이었어……. 순간 완전 실망했지만 읽기 시작하자 즉시 빠져들어버렸다. 그가 『토끼 미미리』 등과 마찬가지로 담담하면서도 행복감 넘치는 문체를 50년 전부터 이미 간직하고 있었다는 사실이 읽는 사람을 행복하게 만들었다.

저자 부부는 일본에 아이를 두고 유학길에 나섰다. 불안감과 외로움이 엄청났겠지만 그럼에도 그런 감정은 이 책에 전혀 언급되어 있지 않다. 밝은 감정도 거의 드러나지 않는다. 신중하게 선택되었다고 생각되는 사실만이 담담히 기록되어 있을 뿐인데 독자는 '다행이야. 정말 다행이야'라는 마음이 든다.

제2차 세계대전이 끝난 뒤 그리 긴 세월이 지나지 않은 미국의 한 마을에서 일본인 부부가 건너편 집 가족과 친해지는 모습. 핼러윈 날 아이들의 모습. 다람쥐가 나무 열매를 먹는 모습. ……이런 이야기를 읽고 책을 탁 하고 접으며 '아아, 책을 읽는다는 것은 너무 즐거워'라고 생각하면서 이불을 조금 두꺼운 것으로 막 바꾼 침대 안에 쏘옥 들어가는 그 행복감이란! 오늘 저녁은 나라 이름을 세지 않고도 잠을 잘 수 있을 것 같다.

2
우리들의 사막

나태하려는 욕구라니

뉴욕 등지에서 '뜨개질 카페'가 유행하는 것 같다. 요컨대 모두 뜨개질을 하고 있는 카페, 라는 말인데 9·11 테러 이후 상처 받은 사람들의 마음을 달래주는 데는 한 땀 한 땀 손으로 직접 만드는 느낌을 맛볼 수 있는 뜨개질이 적합했을 것이다.

도쿄에서도 종종 세련된 카페에서 뜨개질 모임이 열린다고 한다. 여성들이 차를 마시고 수다를 즐기면서도 뜨개질을 하고 있다는 말이다. 나도 '이 스트레스 넘치는 세상에서 그런 카페는 분명 즐거울 것'이라고 생각했다.

나는 가정 수업을 받던 시절부터 뜨개질을 싫어했지만(입체적 구조에 대해 생각하는 것을 엄청 못한다) 자수는 좋아했다. 어른이 된 후에는 오로지 'ㅡ'를 계속 그리면서 도면이 드러나게 하는 십자수에 한때 푹 빠졌다. 완전히 침울해져서 그 무엇도 할 기력이 없을 때는 향정신성의약품을 대신하는 존재였다. 오로지 바늘을 박았다가 빼기를 반복하는 단순 작업을 하는 동안 머릿속을 텅 비게 할 수 있다. 그 때문에 『근대 일본의 '수공예'와 젠더』를 서점에서 발견했을 때는 '앗!' 하고 생각했던 것이다. 수공예와 여성의 관계에서 분명 묘하게 마음에 걸리는 게 있었는데, 그 느낌이 무엇인지 알려주지 않을까 하는 생각이 들었다.

메이지明治시대의 학제에서 수공예는 여자들에게만 부과된 교과목이었다. 이 시대의 수공예란 지금과 같은 뜨개질 등 수예만이 아니라 요리나 세탁, 양잠이나 물레질까지도 그 범위에 있었다.

'여성들이 노동을 하는 것은 비천하지만 그렇다고 나태하게 놀기만 하는 생활도 바람직하지 않다'고 해서 이 시기의 중·상류층 여성은 한가한 시간에 가족을 위해 경제활동을 동반하지 않는 수작업인 수공예를 해서 나태하려는 욕구를 억압해야 한다고 여긴 것 같다.

그때 중요한 존재가 황후 폐하였다. 미치코美智子 님이 누에에게 뽕잎을 주는 영상을 보고 나는 '무슨 전통 행사겠지' 하고 생각했는데 알고 보니 메이지시대에 시작된 행사라고 한다(고대 스이코推古 천황이 행했다는 기록은 있지만).

당시 여성지를 보면 수공예 가운데서도 양잠이 가장 중요한 일이었고(!) 그때 이상적인 모습으로 그려진 것이 양잠하는 황후였다. 누에를 자상하게 돌보는 것은 어머니로서 그리고 부인으로서 필요한 덕성이 함양되는 작업으로 간주되었다. 누에에게 뽕잎을 주는 황후는 실로 이상적인 국모의 모습이다. 요컨대 수공예는 가족을 위해 아무런 대가 없이 봉사적 노동을 하는 모성 넘치는 여성을 함양하기 위해 필요한 행위였다.

그러나 지금 문득 주위를 둘러보면 결혼도 하지 않고 아이도 낳지 않고…… 그런 친구들이 '정신을 차리고 보면 눈알이 어떻게 될 정도로 뜨개질을 하고 있다'고 말하며 의외로 수공예를 좋아하기도 한다. 그러나 그녀들이 수공예에 몰두하는 이유는 부덕婦德의 양성을 위해서가 아니라 마음의 위로 혹은 스트레스 발산이 목적이다. 현대에는 수공예가 갖는 의미 또한 변해가는 것 같다.

그러나 어머니와 함께 누에에게 뽕잎을 주던 따님 노리노미야紀宮 공주님도 이번에 무사히 결혼을 했다. 궁중에서 '양잠에 의한 부덕의 함양'은 성공하고 있는 것 같은데, 이미 우리 서민은 그런 부분을 이해하지 못하는 시대가 되었다.

차례에 보이는 '아스파라거스', '꽈리', '지마키', '상하이 수프' 등의 단어. 장정도 여성스럽고 세련된 느낌. 저자가 직접 그린 일러스트도 들어 있다. 책을 보고 구리하라 하루미栗原はるみ 씨 같은 분의 에세이집일까 했는데, 바로 그 순간 다나카 마키코田中眞紀子 씨의 『나의 세시기歲時記』였다는 것을 확인했다.

서점에서 책을 손에 들었을 때 저자 이름을 보고 '혹시 동성동명의 요리 연구가가 있나?'라는 의문이 들었지만 차례를 잘 살펴보니 '아버지 다나카 가쿠에이田中角栄일본의 전설적인 수상, 20년 만의 베이징'이라는 제목을 발견하고, '역시 그 다나카 마키코인 거네'라고 겨우 납득을 했다.

그러나 이 책은 '그 다나카 마키코'이기 때문에 더더욱 재미있었다. 우선 첫 장은 '살아간다—가족의 시간'이다. 어머니 마키코와 아이들이 둘러앉은 식탁에서의 대화. 다나카 가쿠에이는 어떻게 복숭아를 먹었는지, 니가타新潟에서의 어린 시절에 대한 추억 등등이 아주 탄탄한 그러나 너무 딱딱하지 않은 필치로 묘사되어 있다.

다음 장은 '만들다—부엌에서의 발신'이다. 이 부분을 읽으면 저자가 단순히 '주부 발상'을 정치가로서 내세우기 위해 주부라는 직함을 소중히 하는 것이 아니라 그녀가 상당히 요리를 좋아하는 동시에 잘하는 사람이라는 사실을 이해할 수 있다. 나도 모르게 '이거 나도 만들어볼까?' 하는 생각이 드는 멋진 레시피가 달려 있다.

그러나 당연히 다나카 마키코의 이야기가 단순한 음식 에세이로 끝날 리 만무하다. 니가타의 찹쌀밥을 보다가 우편 민영화를 걱정하고, 대파를 썰다가 아버지가 이루어낸 중일 국교회복 시절로 하염없이 마음이 달려간다. 그리고 글의 후반, 아버지에 대한 마음은 더욱더 뜨거워지는데 독자는 '아이들을 사랑하는 어머니 마키코'와 '아버지를 사랑하는 딸 마키코' 양쪽 모두를 느낄 수 있다.

그녀의 주부 발상은 후지노 마키코藤野真紀子(앗 이쪽도 마키코!)와는 다르다. 여자로서 정치 세계에 있다는 것이 태어났을 때부터 당연했고, 계속해서 마돈나로 그 운명이 정해져 있던 다나카 마키코이기 때문에, 더더욱 선거 응원과 요리를 한 권의 에세이에 아주 자~알 담아낼 수 있었던 것이리라.

「스피치 알레르기」에 '다른 사람 앞에서 말하는 것이 서툴다'는 부분이 있었는데 무척 놀랐다. 그러나 '연설하기 직전의 나는 모든 신경이 하나의 점에 집중되어 극히 냉정해진다. 마침내 에너지가 만개한 상태가 된다. 마치 우주를 향해 날아오를 발사대 위의 로켓이 카운트다운을 기다리는 것과 비슷하다'고도 말한다. 어쩌다 나와서 느닷없이 마돈나가 되는 사람들과는 근본적으로 다른 피 같은 것이 드러나 있었다.

사극도 좀처럼 보지 않는가 하면 역사소설도 그다지 읽지 않는다. 이제 곧 정년퇴직이거나 그 정도쯤일 초로의 남성이 전철 안에서 역사소설을 읽는 것을 보고 '왜 사람들은 나이가 들면 역사소설을 읽게 되는 걸까'라고 생각하고 있었다.

그런 내가 나도 모르게 야에스八重洲 북센터에서 집어 든 것이 『야마모토 슈고로 중단편 수작 선집 1—기다리다』다.

왜 읽을 마음이 들었는가 하면 '기다리다'라는 부제에 매료되었기 때문이다. 앞서 약속 장소에 대한 책을 거론했는데 최근 갑자기 '기다린다'는 행위의 묘미에 대해 생각하게 된 것이다.

어차피 야마모토 슈고로이기 때문에 괴로움을 맛보면서도 무언가를 믿고 계속 '기다리는' 사람이 많이 등장한다. 그들이 반드시 행복해진다고는 할 수 없겠으나 그 심정들이 참으로 기특하고 순수하다.

사람이 나이가 들면 역사소설에 끌리는 이유는 무엇일까. 아마도 아직 순수하고 심플했던 일본의 모습에 안도하기 때문일 것이다. 지금을 살아가는 어른들은 니트NEET족도 오타쿠도 자아 발견도 없었던 시대속 마음의 움직임을 책에서라도 되찾고 싶은 게 아닐까. 결코 오지 않을 누군가를 기다리면서 술 단지를 데우는 요릿집 주모 등에 감정이입하면서 이 책을 읽는다. 그런 나를 돌아보면서 '상당히 멀리 와버렸네……'라고 생각하는 것이다.

나이를 먹어가는 이야기

새해. 우리 집에 도착한 연하장을 바라보고 있노라면, '올해는 드디어 마흔이네요!'라든가 '두 번째 성인식이 돌아옵니다'라고 적혀 있는 것이 많다.

그렇다. 우리 병오년생은 올해로 불혹의 나이를 맞이한다. 내 동급생들에게는 개띠가 어쩌고……보다 이것이 올해 가장 대단한 화제인 것이다.

그런 와중에, 거문고 소리가 흐르는 새해 아침의 서점을 천천히 돌아보다가 우연히 발견한 책이 『즛코케 중년 삼인방』이다. 띠지에 '바로 그 즛코케 삼인방도 28년의 세월이 지나 불혹을 맞이했다'고 쓰여 있기에, '그랬구나……' 하며 집어 들었다.

'즛코케 삼인방'은 남자 초등학생 세 명이 주인공인 아동용 읽을거리로, 1978년 이래 50편 이상이 나온 인기 시리즈다. 하치베, 하카세, 모짱 삼인방은 28년 전에는 열두 살이었지만 올해 마흔 살이라고 하는데 실은 나도 그들과 같은 나이였던 것이다.

일반적으로 아동용 시리즈에 나오는 등장인물은 나이를 먹지 않는 법이다. 〈사자에 씨〉의 일가도 할아버지, 할머니 역할로 나오는 후네나 나미헤이는 언제까지고 마냥 살아 있어 결코 죽지 않으며 다라짱은 영원히 초등학교에 입학하지 않는다. '즛코케' 시리즈에서도 세 사람은 계속 나이를 먹지 않았지만 재작년에 시리즈가 완결되었다. 그리고 이번에 세 사람은 마흔이 되어 돌아온 것이다.

'나이를 먹어가는 이야기'는 한참 전에 『어린이 형사』에서 본 후(고마와리 군이나 사이조 군이 중년이 되어 콩나물시루 전철을 타고 회사에 출퇴근하고 있었다) 처음이다.

장난꾸러기·공붓벌레·뚱보 등 일본에서 즐겨 사용하는 캐릭터 설정을 제대로 답습하는 세 사람. 불혹이 되어 어떻게 되었느냐 하면 채소 가게 아들 하치베는 상점 거리의 불황을 끝내 이겨내지 못하고 편의점으로 업종을 바꾼다. 하카세는 연구자에 대한 꿈을 이루지 못한 채 아직도 독신인 중학교 교사다. 그리고 모짱은 다니던 회사가 도산하여 비디오 가게에서 아르바이트 중이다. 모두들 요즘 세상에 종종 보이는 '약간 인기 짱'의 잔뜩 들뜬 중년은 결코 아니다.

중년의 위기감이 느껴지는 삼인방인데, 이때 나타난 것이 초등학교 시절에 대결했던 대도大盜 X다. 가감 없이 표현하자면 인색하고 초라하기 그지없는 중년 삼인방은 과연 어린 시절 같은 모험심을 되찾을 수 있을까?

'그 무렵이 가장 행복했을지도 모르지'라며 초등학교 때를 떠올리는 불혹의 삼인방. 약간 씁쓸하지만 다소나마 희망도 보이는 이 이야기는 방황하는 마흔 살의 가슴에 생각보다 깊숙이 파고든다.

마흔 살 붐인지 어떤지는 모르겠으나 또 한 권 발견한 책은 『40대 따위는 두렵지 않다!』다. 미국의 40대는 어떤 생활을 하는지에 대한 통계 자료와 아울러 유명인들은 40세에 무엇을 하고 있었는지를 보여준다. 독특한 미국식 농담이 이해하기 어려운데, 참고로 미국의 40대는 평균 일주일에 1.8번의 섹스를 하며 남성의 57퍼센트는 흉부확대수술을 한다. 남성도 참 살기 힘든 것 같다.

최근 나이 탓인지 갑자기 '그리운 것들'에 반응하게 된다. 캐릭터의 경우도 마찬가지며 노래 또한 그러하다. 가라오케는 같은 세대끼리 가고 그 세대에서만 통용되는 노래를 부를 뿐이다.

그런 가운데 오랜만에 고단샤講談社 문고의 '무민 골짜기' 시리즈를 읽어본다. 마법 모자 때문에 무민이 이상한 모습으로 변하거나 꿈틀거리는 섬에 가거나 티우흐티와 비우흐티가 등장하거나……. 지금 무민에 등장하는 캐릭터 '미'가 그려진 옷을 입고 있는 나는 희한한 생물이 활약하는 이야기를 그리움과 함께 즐긴다.

그러나 성인이 되고 나서 보니 이야기가 상당히 기묘하고 심각하다는 사실을 알아차리게 되었다. 스너프킨이나 헤뮬렌 씨는 무민 일가에 그냥 얹혀사는 존재며 등장인물은 모두 성격에 문제가 있다. 이런 책을 즐겼다는 것에서 어린이의 흡수력이 얼마나 대단한지도 느낄 수 있다.

무민 시리즈를 번역했으며 이미 고인이 된 야마무로 시즈카山室静는 북유럽 문학을 일본에 많이 소개한 사람인데 안데르센 탄생 200주년을 기념하여 그의 저서 『안데르센의 생애』가 새로운 장정으로 발간되었다.

동화라고 하면 그 기저에는 아이들에게 전해주어야 할 인생의 교훈이 있고 작가는 고결한 인격자라는 이미지가 있다. 그러나 이 책을 읽어보면 「성냥팔이 소녀」「미운 새끼 오리」「엄지 공주」 등의 명작을 탄생시킨 안데르센도 성격에 상당히 문제가 있는 사람이었다는 것을 알 수 있다.

유럽의 작은 나라 덴마크의 가난한 집안에서 태어나 극도로 민감한 정신과 허영심을 지녔던 안데르센은 인형 옷을 꿰매는 것을 무척 좋아했다는, 뭐랄까 현대적인 여자아이 같은 구석이 있는 사람이다. 동화 작가로서의 지위는 얻었지만 이성에게는 인기가 없었으며 평생 독신이었다. 즉 「미운 새끼 오리」는 자신이 모델이었으며 「성냥팔이 소녀」의 가난도 어린 시절 경험이었다. 글쓰기는 일종의 복수이기도 했을 거라는 생각이 든다.

전기라는 형태도 어린 시절 많이 읽도록 강요되지만 위인의 고생담 같은 것을 읽어본들 어릴 때는 그 리얼리티가 전혀 이해되지 않는다. 하지만 나도 조금이나마 작은 언덕들을 넘어서고 보니 이제는 위인의 배경에 있는 슬픔, 추함 등이 저절로 보이는 나이가 되어 '전기 따위는 성인이 되고 나서 읽는 편이 더 즐길 수 있는데 말이지'라는 생각이 들고, 동시에 '위인이 된다는 것은 과연 어떨까' 싶은 기분도 든다.

저자도 안데르센에 대해서는 '그의 남자다움 결여, 인간적 무게감 부족이 결국 여성으로 하여금 의지하기에 약한 사람으로 느끼게 하여 마지막 순간 그 사랑에 보답하는 것을 주저하게 만들었음에 틀림없다'고 냉정하게 평가한다. 약간의 비아냥과 슬픔이 북유럽 문학의 흥취를 더하고 있다.

설음식에 질린 1월 3일 밤, 산노山王의 캐피털토큐에 있는 '오리가미'에서 식사를 했다. '오리가미'는 캐피털토큐가 힐튼 호텔이었던 시절부터 무척 좋아했던 커피숍으로, 중국식 탕면이라든가 애플빵케이크라든가 옛날과 변함없는 메뉴와 서비스가 정말 포근하게 해준다.

지금 도쿄는 호텔 전쟁이라 불리는 시대다. 작년부터 올해에 걸쳐 콘래드나 만다린 등 외국계 자본 호텔이 문을 열었고 내년에도 리츠칼튼이나 페닌슐라 등의 호텔 오픈이 계속된다.

그런 현황의 이면을 서술한 것이『호텔 전쟁』이다.

나는 기리야마 히데키桐山秀樹가 〈올 요미모노〉에 연재한「호텔 천야일야」를 애독했고 저자의 호텔에 대한 평가를 신뢰한다. 지금까지 호텔 관련 서적 출판을 자제하고 있었던 그가 굳이 지금 이 시점에 이 책을 낸 것은 그만큼 도쿄의, 아니 일본의 호텔 업계가 변혁기를 맞이했기 때문이다. 일본 호텔의 역사 그리고 서비스를 다시금 생각하게 만드는 책이다.

그렇지만 나는 이 책에서 올해 캐피털토큐가 문을 닫고 다른 곳에서 새로운 호텔로 다시 태어난다는 것을 알게 되었다. 목욕물도 뜨거운 물을 막 받아 놓으면 첫 물은 너무 강한 법이다. 조금은 시간이 지나야 물도 부드러워진다. 나는 완전히 새로운 호텔의 강도 높은 서비스나 시설보다도 클래식한 호텔의 부드러운 온천수 같은 것을 선호한다. 아아, 이제부터 한밤중에 어디에서 차를 마시면 좋단 말인가……?

이렇게 특별한 연애를 합니다

연애물은 그다지 읽지 않는다. 연애에 대해서는 그다지 쓰지 않는다.
……그렇게 되면 세상에 나와 있는 책 대부분이 연애물이고 연애 이야기는 모두가 좋아하기 때문에 상당히 힘들어지는데, 나에게는 '연애 따위는 읽거나 쓰는 것이 아니잖아?'라는 의식이 깊이 박혀 있다. 지금 세상이 '이렇게 많이 연애하고 있습니다', '이렇게 특별한 연애를 하고 있습니다'라고 경쟁적으로 자랑하고 그에 대해 격하게 반응하기 때문인지도 모른다.

『짝사랑하시는 분』은 제목만 보면 연애물처럼 느껴진다. 분명 이 책은 짝사랑에서 좀처럼 벗어나지 못하는 한 여성이 쓴 에세이지만, 지금 같은 연애지상주의 그러나 그에 비해 결실이 적은 세상에서, 이 책에 쓰여 있는 것은 격하게 신선했다.

저자는 딱히 10대도 아니며 총명한 성인이다. 그렇기 때문에 놀랍도록 솔직하게 스스로를 객관화한다. 자기를 객관화한 문장에는 때로는 자만심이나 자기 연민의 분위기가 감돌기 마련이지만 그러한 분위기가 전혀 없다는 것은 책을 읽어가며 저절로 알 수 있다. 그 이유는 저자가 매우 제대로 된 사랑을 받으면서 성장했기 때문일 것이다. 그런 까닭에 트라우마를 자랑하는 듯한 문장은 물론 없다.

사카자키 지하루坂崎千春 씨는 전문적으로 글을 쓰는 작가는 아니다. JR동일본의 교통카드인 스이카Suica의 캐릭터 펭귄을 그린 일러스트레이터이자 그림책 작가다. 사카자키 씨의 그림을 보고 있노라면 원래 겸비하고 있는 다정함, 청결함, 정중함, 우아함 등을 항상 느낀다. 문장에도 그런 감각은 이어진다.

책에는 에세이 외에 글에서 다룬 책 소개나 직접 손으로 쓴 요리 레시피 그리고 일러스트도 살짝 들어가 있다. 담담한 나날 가운데 느끼는 행복, 불안, 기쁨, 슬픔을 결코 들뜨지 않은 채 단단히 담아낸 책이다.

짝사랑을 하고 있으나 '어설프게 마음을 전해 오해받는 것도 싫고……'라는 생각 따위를 하며 그저 수수방관하는 그 달콤 쌉싸름한 기분. 그 '아련한' 느낌이 되살아나며 내 안에 있는 처녀성 같은 것이 다시 상기되는 책이다.

『짝사랑하시는 분』을 읽은 다음 날 만난 것은 이 책과 정반대 분위기인 『콜걸』이었다. 띠지에는 '미국에도 도쿄 전력 여직원1997년 도쿄 전력의 간부였던 여성이 살해된 사건이 있었는데, 이른바 도덴東電 여직원 살인 사건으로 불린다. 훗날 조사에서 피해자가 퇴근한 뒤 길에서 손님을 모아 매춘을 한 사실이 밝혀졌다. 낮에는 대기업 간부, 밤에는 매춘부라는 두 얼굴을 가진 여성으로 매스컴에 자주 언급되었다이!? 나는 대학 강사 그리고 매춘부'라고 쓰여 있다. 낮에는 대학에서 인류학을 가르치고 밤에는 매춘을 하여 돈을 벌던 여성이 쓴 논픽션이다.

그러나 성 관련 업계에서 일할 가능성에 대해 한 번도 생각해보지 않은 여성이 과연 있을까. 물론 있기야 있겠지만, 의외로 이 업계는 우리와 멀지 않은 곳에 있다. 고 히로미郷ひろみ가 〈How Many 좋은 얼굴〉에서 노래한 것처럼, 여성이란 처녀와 소녀와 창부와 숙녀 사이를 왔다 갔다 하며 살아가기 마련이다.

실제로 낮에는 종합상사에서 열심히 일하는 커리어우먼인 친구가 '아는 아저씨가 돈을 대준다고 해서 괌에 다녀왔어, 물론 식비와 교통비 모두 포함'이라고 아무렇지도 않게 말해서 '어쩌면 매춘이라는 행위일지도……?'라고 생각하기도 했다. 그러나 '그쪽 방면'으로 갈 가능성은 누구에게나 있기 때문에 더더욱 도쿄 전력 여직원 사건에 그만큼 집중적으로 공감할 수 있었던 거라고 생각한다.

이 책의 저자 자네트 에인절Jeannette Angell은 도쿄 전력 여직원과 달리 단순히 '돈이 너무 없어서' 매춘업을 시작했다. 도쿄 전력 여직원은 마음속에 도저히 채워지지 않는 공허함이 있었기에 성을 파는 일로 채워보려고 했던 것이겠지만, 저자는 긴급 아르바이트로 그 업계에 종사하게 되었고 점차 프로 의식을 가지게 되었으며, 그 안에서 창부라는 직업의 특수한 지위를 이해하게 되었고 책을 쓰기에 이르렀다. 마치 인류학 필드워크를 하듯이.

창부라고는 해도 길거리 창녀가 아니라 조직에 소속되어 전화를 받고 지정된 장소에 가는 에스코트 서비스를 했다. 위험한 손님, 약물, 체포될 공포와 조우하면서도 '비밀을 간직하는 것은 즐겁다. 또 한 사람의 내가, 표면의 인생에 항상 에너지를 주입해주었다. 그것은 둘의 간극이 너무나도 크고 에스코트 서비스가 사회적으로 금기였기 때문에 더더욱 그러했다'고 하는 그녀는 분명 도쿄 전력 여직원보다 강인한 정신을 가지고 있다. 요컨대 연애의 섹스와 업무상의 섹스를 구분하여 생각할 수 있는 사람인 것이다.

이 책이 가진 커다란 의미는 '여자를 사는 남자'의 행동과 심리가 정확한 눈에 의해 '보였다'는 것이다. 저자도 '성욕과 금전욕을 동시에 만족시키고 있다는 잘못된 착각 때문에 그녀(창부)들은 손님보다 도덕적으로 열등한 존재로 간주되는 경우가 있다'고 지적하는데, 분명 세상 사람들은 '사는 남자' 쪽에 대해 그다지 생각하려 하지 않는다.

그리고 이 책에서 가장 공감했던 부분은 '매춘이란 여행 같은 것'이라는 비유였다. 손님 입장에서 창부를 부르는 것은 다른 세계로 초대된다는 의미다. 그리고 창부 역시 '그날그날 달라지는 무전여행처럼 그 앞에 기다리는 것을 알지 못한 채, 무엇이 있다 해도 대처할 수 있도록 냉정하게 대응하지 않으면 안 된다'.

나도 옛날부터 '남녀 교제란 여행 같을지도 모르겠네'라고 생각했다. 누군가와 사귈 때는 다른 세계를 보게 되고 자극적이거나 시시하거나 빨리 집에 돌아가고 싶어지거나 계속 거기에 있고 싶어지거나 한다. 그리고 여행만 하고 있으면 마음 어딘가가 닳으면서 뭐랄까 허무해진다.

아마도 여행을 하지 않고 견딜 수 있는 사람이란 행복할 것이다. 이 책의 저자도 지금은 '여행자' 생활을 그만둔 듯하다.

『콜걸』을 읽고 도쿄 전력 여직원은 신을 경배하는 대신 매춘을 하고 있었던 것이 아닐까 생각했다. 사람들은 누군가가 항상 어딘가에서 '봐주기를' 바라는 법이다. 누군가가 봐주지 않아도 신이나 부처님이 보고 있다고 생각할 수 있기 때문에 종교를 원하겠지만, 일본에서는 종교라고 하면 아무래도 '내용 없이 빈 껍질만 남아 있는 것', 그렇지 않으면 '미심쩍은 것'이라는 이미지가 있어서 쉽사리 손을 내밀지 못한다.

『불교 vs. 윤리』를 읽는다. 윤리적 올바름, 종교라는 것에 우선 의심을 품고 그 바탕 위에서 윤리가 담당하는 영역과 종교가 담당하는 영역을 생각한다.

이때 타자로서 사자死者와의 관계가 중요시되는데, 장례식과 연관되면 항상 드는 생각은 '어찌해서 불교는 장례식이라는 기회를 이용하여 좀 더 종교로서 침투하지 않는 걸까' 하는 것이었다. 죽음과 관련된 의식을 정말 제대로 해주면서 그 이상도 이하도 아닌 채 우리 주변을 맴도는 것이 불교다.

장례식 불교 일본의 불교는 '장례식 불교'라고 불린다. 일본인은 태어나서 신도神道식으로 출생 신고를 하고 죽을 때는 불교식으로 한다 주변에는 조~금 싫은 느낌이 드는 것이 많다. 그러나 일본에서 죽음을 관장하는 입장에 있는 종교로서 불교는 죽은 자와 산 자의 관계를 의의 있게 해주는 역할을 한다고 생각했다. 적어도 우리는 불교적인 관습을 통해 죽은 자의 시선을 항상 느끼고 있기 때문이다.

단어를 발견하다

상하이에 다녀왔다. 점점 새 빌딩, 타워 등이 생기고 있는 상하이는 내가 처음으로 중국에 갔던 톈안먼사건 직전 때와는 전혀 다른 도시 같았다.

새로운 거리에는 '수상함' 같은 것이 그다지 느껴지지 않았다. 빌딩도 길도 깨끗하다! 세련된 가게들도 생겼다. 그러나 커다란 도시라면 어디에든 있을 법한 외설스러움은 교묘하게 감추어져 쉽사리 눈에 들어오는 일이 없다.

실제로 중국에서는 외설적인 것에 대한 단속이 매우 엄격한 듯하다. 주간지에 누드가 실리는 따위의 일은, 없다. 가장 성욕 왕성한 청년 대상 잡지에서도 기껏해야 수영복 차림의 젊은 여성이 미소짓는 정도다. 성 산업 계열 서비스도 찾으면 있을 테지만 도무지 드러나지 않는다.

그런데 중국 사람들은 과연 이 상황에 만족하는 것일까……라고 생각하며, 돌아와서 『중국 성애 박물관』을 읽었다. 중국 성애 문화의 역사를 풍부한 그림과 함께 해설한 책이다. 음식에 대한 탐구심이 그리도 깊은 중국인이 성에 대해서 무관심할 리 없고 지금까지 발견된 가장 오래된 성 기구는 자그마치 2천 년 전의 것이었다. 그것도 안에 온수를 주입할 수 있거나 '음경의 말단 부위에 자그마한 혹이 돌출되어 있어서 여성의 클리토리스를 자극하는 데 이용했다'고 한다. 고안에 고안을 거친 작품이다.

중국에서는 뭔가를 먹을 때 식자재가 가진 효능을 소중히 여기는데 그런 감각도 성애에 해당된다. 음양오행설에 근거하여 섹스를 음과 양의 교접으로 파악해서 심신의 건강이라는 효능을 위해 방중술이 발전해온 것이나 마찬가지다.

또한 '다리 네 개 달린 것은 책상 말고는 다 먹는다'고 회자되는 중국에서 수간獸姦의 역사를 보면 책상 외에 그 무엇과도 '교접'하고 있는 게 아닐까 하는 생각마저 든다.

그토록 탐구심 왕성한 중국인이 누드나 성인 화보마저 금지인 상황에서 만족할 수 있을까. 심히 의문이지만 어쩌면 그들은 억압이라는 상황에 에로스를 느끼는 측면이 있을지도 모른다. 전족이든 환관이든, 무언가를 빼앗는 것에 의해 생기는 다른 효과를 그들은 알고 있었다.

그러고 보면 포르노 금지에 한 자녀 정책이라는 상황 자체가 그들의 에로티시즘을 자극할지도 모르며, 반대로 그쪽 방면의 해방이 너무 지나친 일본인의 성욕이 오히려 감퇴 기미인 것도 어쩐지 이해되는 기분이 들었다.

일본 춘화에 영향을 미친 것은 중국에서 성교육 등에 사용한 춘궁화春宮畫라고 한다. 여러 방면에서 중국의 영향을 많이 받았다는 생각을 하던 중, 성서 역시 그렇다는 것을 『성서의 일본어』를 읽고 이해했다.

나는 가톨릭과 프로테스탄트 교회 공동 번역인 최근의 성서가 너무나도 문장이 평이하고 바로 그 때문에 신기함이 약간 부족하다고 느낀다. 그러나 성서가 이토록 평이하게 되기까지는 긴 역사가 필요했을 것이다.

쇄국 시절에는 조난하여 외국에 갔던 일본 화물선 선원의 힘을 빌려 번역한 경우도 있었다는(그 때문에 번역에 방언의 영향이 있다고 한다) 성서. 그러나 본격적으로 완역에 이르기까지는 앞서 번역된 중국어의 영향도 상당했다.

그도 그럴 것이 성서 용어를 어떻게 번역해야 할까가 매우 곤란했기 때문에 같은 한자 문화를 가진 중국의 영향이 결정적이었다. 불교와 마찬가지로 기독교 역시 중국에서 전해졌다고 해도 무방하지 않을까?

'사랑'이라든가 '신'이라는, 지금에 와서는 매우 일반적인 단어도 옛날부터 일본에 현재의 의미로 존재했던 것은 아닌 듯하다. 가장 초기 성서에서 'Love'는 '은혜', '자애'로 번역되었다. 당시 '사랑愛'이란 단어는 부모나 친구들과의 사이에서 관능적이며 약간 맹목적인 정을 나타내는 말이었고, 막부 말기부터 성서의 일본어 번역에 착수한 헵번일영사전을 만든 외국인 선교사 등은 'Love'를 '사랑'이라고 번역하는 것에 저항감이 있었다고 한다.

그러나 결과적으로 성서에 채용된 '사랑'은 아마도 성서라는 책에 의해 그때까지와는 다른 의미로 일본인에게 널리 인식되었을 것이다. '사랑한다'는 말이 '막무가내로 좋아할 뿐만 아니라 당신의 존재를 존경하고 존중하고 있다'와 비슷한 의미가 된 것은 기독교의 영향이지 않을까.

말이 새롭게 발견되며 여태까지 보이지 않았던 존재가 갑자기 부상하는 경우가 있다. '스토커'라든가 '니트족' 따위의 말을 발견함으로써 어떤 사람들이 갑자기 분류되고 눈에 띄게 된 것처럼 말이다.

그리고 그 옛날 일본인은 성서 안의 '사랑'이라는 말에 의해 '사랑하다'라는 감정을 발견했다. 혹은 발견한 것 같은 기분이 들지 않았을까. 앞으로 언젠가, 아직 말이 발견되지 않았기 때문에 의식하지 못했던 새로운 종류의 감정을 스스로의 내면에서 발견해내는 일이 있을지도 모른다.

성애性愛와 **성애聖愛**로 사랑 이야기가 이어지는 대목에서 또 하나, 이번에는 우애 이야기다.『여자 친구들의 유효기간』은 미국 여성들이 여자 친구와의 절교 체험에 대해 쓴 책이다.

여자들의 우정이란 반드시 영원하지는 않다, 라는 사실은 여성이라면 누구든 알고 있지만 자칫 모르는 척하기 쉬운 일이기도 하다.

여성들이 살아가는 방식이 다양해진 만큼, 친구의 소중함은 중요성이 더해지고 있다. 나에게도 친구는 가장 소중한 존재다. 애인과 달리 헤어졌다고 해서 그를 대신할 존재는 발견할 수 없으며 이성 관계와는 달리 '우정의 원 나이트 스탠드'라는 것도 있을 수 없다.

그러나 '살아가는 방식이 다양해진' 만큼 우정이 깨지기 쉬워진 것도 사실이다. 우정의 기반이 '같은 입장'에 있는 경우라면 어느 편인가의 입장이 바뀌었을 때 의외로 간단히 금이 갈 수도 있다.

독신으로 일을 하는 나도 일찍이 사이가 좋았던 친구가 결혼해서 아이를 낳으면 서로의 생활이 너무나 달라졌기 때문에 우정이 지속되지 않는 경우가 있었다.

또한 글 쓰는 작업을 하다 보면 친구에 대해 쓴 것 때문에 그에게 상처를 줄 때도 있다.

나는 '우정의 결렬'이라는 사태를 애써 외면하며 없었던 일로 하려는 경향이 있었다. 애인과의 결렬보다 훨씬 가벼운 의미라고 애써 생각하려고 한다. 그러나 이 책의 한 편 한 편을 읽노라니 실은 내 마음에 깊은 상처를 남기고 있었다는 것을 느끼지 않을 수 없었다.

그중에서도 하나의 절교 사례를 각자의 입장에서 기록한 첫머리의 두 편 「절교의 이유」 A면·B면은 매우 흥미롭다. 동성 친구 간의 우정은 이성 간의 우정과 마찬가지 혹은 그 이상으로 섬세하다. 경쟁의식, 열등감, 독점욕 그리고 애정. 여러 가지 감정이 뒤엉킨 가운데 우정은 기적처럼 수놓아지기 마련이다.

또한 우정은 사이가 틀어지는 이유로만 결렬되지는 않는다. 이 책에도 한 편 포함되어 있는데 '죽음'에 의해 갈라진 우정도 있다. 친구가 이 세상에서 돌연 사라졌을 때 남겨진 추억과 후회를 떠올려본다. 거기에는 이미 회복할 길이 남아 있지 않다는 사실을 이렇게 성인이 되고 나서야 간신히 알아차리게 되는 것이다.

화장은 최소한의 매너

같은 세대 친구들과 가라오케에 갔을 때(가라오케와 건강 이야기는 같은 세대끼리만 한다는 것이 나의 지론), '화장품 시엠송 제한'이라는 것을 했다. 일찍이 일본 화장품 제조업체들은 계절마다 대대적인 신제품 홍보를 실시했고, 광고에 사용된 노래는 반드시 히트했다.

함께 생각해내면 〈하루사키코베니春咲小紅〉에서 〈신기한 피치파이〉까지 줄줄이 나오는 화장품 관련 온갖 노래들. 그 모든 노래를 터질 것 같은 그리움으로 계속 부른다.

모두가 똑같은 화장을 하던 시대가 분명 있었지……라고 노래를 부르면서 생각했는데 그 구조를 이해하게 된 것은 『화장을 하지 않는 것은 불량소녀의 시작』을 통해서였다.

'화장을 하는 것은 사회인으로서의 매너'이기 때문에 고등학교를 졸업하는 여학생을 대상으로 화장품 회사들이 미용 강좌를 연다. 고도 경제성장기 때의 일이다. 화장품 회사 입장에서 봄은 신규 고객이 대거 세상에 쏟아져 나오는 계절이기 때문에 그 시점에서 대대적으로 홍보를 하게 되었다는 것이다. 홍보 세례를 마음껏 받으며 자란 나는 '과연! 납득!'이라며 무릎을 탁 쳤다.

이 책은 일본 여성과 화장의 관계를 메이지시대부터 훑어 내려오는 이른바 화장의 근대사다. 제목은 메이지시대 여학교에 '여학생은 당연히 올바른 몸가짐으로 화장을 해야 한다'는 의식이 있었다는 사실에서 온

68

것이다. '화장은 최소한의 매너'라는 의식은 한참 옛날부터 일본에 계속 존재했다는 사실을 알 수 있었는데 이 책의 백미는 현대에 들어선 이후의 기술이다. 저자 야마모토 게이코山本桂子가 미용 관련 글을 쓰는 작가로서 화장품과 여성지 업계에 오랜 세월 관계해온 만큼 여성지 세계에서 내추럴 메이크업이 어떻게 탄생했는지, 〈앙앙〉과 〈JJ〉의 대립 시절 화장에 대해서 보다 전위적이었던 것은 〈JJ〉였다는 사실 등이 매우 리얼하게 쓰여 있다. 그리고 그 이면에 있는 것은 '어떻게 보이고 싶은가?'라는 여성들의 의식 변천이다.

저자는 서두에 '언제나 **이건 다소 촌스러울지도**라는 생각이 드는 메이크업을 대중이 선호하는 것을 보아왔다'고 기록한다. 화장뿐 아니라 일본에서 항상 가장 큰 힘을 가진 것은 '약간의 촌스러움'을 지지하는 사람들인데, 왜 우리는 다소 촌스러운 것에 끌리는지 화장이라는 창을 통해 바라볼 수 있다.

이렇게 말하는 나도 회사원이던 거품경제 시절, '푸른 핑크'로 명성이 자자했던 입생로랑 19번 푸시아 핑크 립스틱을 애용했다. 형광등 아래에서 빛이 나는 푸시아 핑크 입술은 분명 그 시대를 상징했지, 하며 완전히 내추럴 계통의 립스틱만 바르게 된 지금에 와서 생각한다. 내추럴 핑크가 이렇게나 오래 유행하는 것도 당연히 지금이라는 시대를 나타낸다고 할 수 있다.

개인적으로 생각하는 것은 요즘 메이크업의 가장 특징적인 흐름은 '립글로스의 발견'이지 않을까 한다. 거품경제 시절 직후 여성들은 푸시아 핑크나 짙은 빨강 립스틱으로 '나는 여자라고!' 하며 강렬한 섹시함을 전면에 내세웠는데, 오늘날의 사회 및 남성은 그렇게까지 강한 어필을 마주하면 오히려 뒤로 물러나버린다. 그렇기 때문에 더더욱 립스틱 색깔은 얌전하지만 립글로스로 촉촉한 느낌을 내면서 사회와 이성에게 은근히 어필하고 있는 게 아닐까 하는 생각이…… 과연 어떻게들 생각하시나요?

　나도 립글로스를 몇 개인가 가지고 있는데 과연 지금 나이(30대 가장 말기)에 사용해도 좋을지 다소 고민스럽기도 하다. 이전에 텔레비전에서 여배우 와카무라 마유미若村麻由美 씨의 결혼 발표 기자회견을 보았을 때, 지나치게 많이 바른 립글로스가 조명의 열과 합쳐진 탓인지 침처럼 입술에서 떨어지던 것을 보고 '립글로스의 은퇴 연령이란 것이 있을지도 모르겠다'고 생각했다.

　그런 것을 고민하는 이유는 내가 아줌마라고 불리는 연령이 되었음에도 '하지만 아직 어떻게든 먹히지 않을까' 같은 마음도 동시에 가지고 있는 아줌마 사춘기의 한가운데 있기 때문일 것이다. 오쓰카 히카리大塚ひかり의『아줌마론』은 중심축을 아줌마 편에 놓으니 훨씬 살기 쉬워졌다고 선언하는 발견, 아줌마책이다. 저자의 전문 분야인 고전 영역에서 엄선한 여러 아줌마의 실례가 소개되어 있다.

　고전을 읽는 즐거움 중 하나는 '옛날에도 나와 똑같은 사람이 있었네!'라든가 '지금보다 좀 더 대담한 사람이 있었네!' 등을 발견하는 것이라고 생각한다. 고전에 등장하는 사람은 현대인보다 성실하고 제대로 된 인간이라고 자칫 생각하기 쉬우나 전혀 그렇지 않고 오히려 옛날 사람 쪽이 앞서가는 경우도 종종 있다.

　고전 세계에도 아줌마가 있다는 것을 미처 알아차리지 못했다. 헤이안시대를 예로 들면 주니히토에열두 겹으로 된 헤이안시대의 여성 의상를 입은 여성 가운데 솜털이 보송보송한 젊은 아가씨도 아줌마도 할머니도 있었다는 사실을 실감하지 못했다.

　이 책에서 특히 인상적인 것은『겐지모노가타리源氏物語』무라사키시키부가 쓴 헤이안시대를 대표하는 일본 굴지의 장편소설에 나오는 겐노나이시노스케에 대한 분석이다. 겐노나이시노스케는 궁중에서 색을 밝히는 할머니로 묘사된

인물이다. 무라사키시키부紫式部와 세이쇼나곤清少納言무라사키시키부와 쌍벽을 이루는 헤이안시대의 대표적인 여성 작가은 못생긴 여자나 밝히는 할머니에 악의를 가지고 있다는 측면에서 공통점이 있는데, '싫다'고 딱 잘라 말하는 세이쇼나곤과 비교할 때 전편에 걸쳐 스에쓰무하나와 겐노나이시노스케에 대해 혹평을 하는 무라사키시키부는 성격적으로 상당히 음습하다고 생각한다.

밝히는 할머니에 대한 악의는 현대에도 강하다. 얼마 전 동료 여자 아나운서 결혼 피로연에 참석한 40대 여자 아나운서의 드레스 노출 정도를 다룬 기사에서는 분명 그런 악의가 보였다. '나이를 아무리 먹어도 밝히는 마음은 사라지지 않는다'고 머리로는 알고 있어도 막상 그런 여성을 보면 비판하고 싶어지는 것은 예나 지금이나 변함없다. 그러나 저자는 『겐지모노가타리』의 겐노나이시노스케는 의외로 행복한 사람이라고 지적한다. 히카루겐지의 사랑을 독점하지 못해 괴로워하거나 출가하거나 빨리 죽거나 하는 여성들 가운데, 겐노나이시노스케는 '알아차리지 못한다'는 재능이 있었기 때문에 즐겁게 장수했다는 것이다.

'언제까지라도 젊고 아름답게'라며 안이하게 아줌마가 되는 것을 용인하지 않는 요즈음. 에로틱하거나 당당하거나 지적인 여러 시대의 옛날 아줌마들 모습은 듬직하기도 하고 눈부시기도 하다.

화장이든 아줌마든. 어떤 것이 시간이 흐르면서 변화하는 모습을 보는 작업은 즐겁다. 막 그런 생각을 했을 때 발견한 것이 『일본의 여성 이름』이라는 책이었다.

이 세상에는 '명부를 좋아하는 사람'이 있다. 다른 사람의 이름이나 주소를 그저 바라보고 있는 것이 견딜 수 없이 즐겁다는 인종이 바로 그런 사람들인데, 이렇게 말하고 있는 나도 그중 한 명이다. 만난 적이 없어도 아주 옛날 사람이라도 이름의 배경에는 뭔가가 보인다.

부제가 '역사적 전망'인 이 책은 '히미코卑弥呼3세기경 일본 열도에 있었다고 추정되는 야마타이국의 전설적인 여왕. 일본 역사상 최초의 여성 지배자다'에서 시작해서 쇼와昭和시대까지 여성 이름을 망라·분석했다. 엄청 많은 여성들을 만난 것 같은 기분이 드는 책이다. 서민들 사이에서 유행한, 근대 이후라고 해도 매우 역사가 긴 '○코子'형 이름은 헤이세이平成라는 연호의 시대인 지금 전멸 직전이다. 이름이 어떤 다양한 형태라도 가능하다는 의미에서 명명 혼돈기라고 할 수 있는 현대. 그러한 현대에 대한 분석을 좀 더 읽고 싶다고 할머니·어머니·나, 여자 3대가 '○코'형의 이름인 사람으로서 생각했다. 아, 물론 제가 아이를 낳는다면 '○코'로 하겠습니다.

하얀 반팔 세일러복

아아, 빨리해야 하는데……라고 생각하면서도 안쪽에서 여름옷을 계속 잡아당겨 꺼내 입고 있었는데 마침내 미루고 미뤘던 계절 옷 정리를 감행했다. 이런 계절이 오고 나서야 겨울옷을 세탁소에 가지고 가는 것이 너무나도 부끄럽다.

세탁소 아저씨에게 "전혀 서두르지 않으셔도 돼요"라고 안 해도 될 말을 하자, "옷 서랍 안에서 방해가 되지요"라고 빙긋 웃으신다.

문득 근처 학원에 다니는 여고생들의 교복도 하복으로 바뀌었다는 것을 느꼈다. 하얀 반팔 세일러복이 눈에 스며들 것만 같다. 계절별 옷을 바꾸는 '임팩트'는 간편한 정장형 재킷인 블레이저보다도 세일러복이 훨씬 크다고 생각한다.

지금 조선인 학교 중고등학부(중고교에 해당한다) 여학생들은 통학할 때 거의 블레이저 스타일의 '제2교복'을 입고 다닌다는 것을 『치마저고리 교복의 민족사』를 읽고 알게 되었다.

조선인 학교 교복이라고 하면 동복은 상하 모두 검은색(혹은 남색) 치마저고리, 여름에는 위가 흰색으로 그 변화의 묘妙와 우아한 실루엣이 멋졌다. 그러나 1980년대 후반부터 일본과 북한 관계에 문제가 생길 때마다 치마저고리 교복을 입은 여학생이 공격받는 사건이 빈발했다. 북한이 일본인 납치를 인정한 이후에는 안전에 대한 배려에서 통학할 때는 주로 블레이저 스타일의 제2교복을 착용한다고 한다(교내에서는 제1교복인 치마저고리로 갈아입는다).

일본에서 교복이 기모노인 학교가 없는 것처럼 한반도에서 치마저고리 교복은 일반적이지 않다. 일본에 사는 조선인의 학교이기 때문에 치마저고리가 교복으로 채택된 것이다.

또한 조선인 학교의 남학생 교복은 단추를 끝까지 채우는 딱딱한 정장에서 비교적 간편한 블레이저로 바뀌었지만 민족의상은 아니다. 그에 비해 여성들만 치마저고리 교복을 입는 것은 '재일 조선인 커뮤니티 안의 젠더 격차의 상징'으로 여겨졌다.

그러나 저자 한동현韓東賢은 조선인 학교 졸업생 및 교사에 대한 면밀한 사전 조사를 통해, 이 교복이 누군가의 '강요로 입혀진' 것이 아니라 여학생들이 1960년대 초반 민족의식 고양과 함께 자발적으로 착용했다는 사실을 명확히 한다. 치마저고리 교복은 민족적 자의식과 여성이라는 자의식이 교차하는 부분에 존재했다.

치마저고리 교복에는 여학생들의 마음만이 아니라 재일 조선인의 역사가 가득 담겨 있다. 그리고 지금 우리는 여학생이 이 교복을 입고 걸어다닐 수 없는 사회에서 살아간다.

대학원 석사논문으로 쓴 글이 바탕이기 때문에 치마저고리 교복에 대한 개인적인 감상은 적혀 있지 않지만 제2교복이 도입되기 전에 조선인 학교를 다닌 저자는 분명 그 교복을 좋아했던 게 아닐까. 표지에는 그 유명한 『도쿄 여고생 교복 도감』의 모리 노부유키森伸之 씨가 그린 치마저고리 교복 일러스트가 있고 이는 저자의 의지임이 후기에 담겨 있다. 그런 이 책의 외관을 보고 있노라면 '교복 사랑' 마음이 느껴진다.

교복이라고 하면 보통 누가 명령하여 입는다고 생각하지만 요즘 일본에서는 자신의 의사로 입는 현상이 나타나고 있다.

일찍이 고교생은 위에서 정해져 내려온 교복에 반발하기 위해 치마를 길게 하거나 학생복을 개조했지만 요즘 여고생들은 사복을 입는 학교에 다녀도 일부러 '자주 교복'을 맞추어 입고 통학한다.

'여고생입니다'라는 브랜드를 짊어지는 편이 이익이라는 사실을 알아차린 탓이겠지만 이는 조선인 학교의 치마저고리 교복이 가지는 자주성과는 별개의 것이다.

메이드 카페의 메이드들도 누군가가 메이드복을 억지로 입힌 것이 아니라 바야흐로 포장의 일종이다.

미국에 사는 친구로부터 '일본에 잠깐 돌아간 사람들 모두 메이드 카페에 다니고 있어!'라는 보고도 받았다. 지금 한창 관광자원이 된 메이드 카페지만 서점에서 『그림 해설 메이드』를 발견하고 놀라면서도 나도 모르게 손이 갔다.

메이드 카페의 메이드가 아니라 주로 영국의 여성 고용인인 메이드에 대한 알찬 지식이 많이 수록되어 있다. 아울러 집사에 대해서도 실려 있다. 무리하게 그림으로 설명하지 않아도 될 텐데 하는 생각도 들었지만 '메이드 제복이 성립된 것은 빅토리아조'라든가 '가령家令과 집사執事와 하인과 급사 등의 차이'에 대해서는 금시초문인지라 깜짝 놀랐다. 참고로 나는 읽으면서 '설리번 선생님 같은 분이 야단을 쳐주는 가정교사 카페는 어떨까?'라고 생각했다. 신업종 개발에는 도움이 될지도 모르겠다.

옛날 영국 소설을 읽다 보면 고용인에 대한 취급이 너무 지나쳐 놀라곤 했는데 신분제도가 있는 사회는 아마도 그런 느낌일 것이다. 고용인 세계의 세분화된 서열 등은 헤이안시대와 비슷하다.

그렇게 보면 하위 신분으로 일평생을 보내야 했던 메이드라는 직업을 의식적으로 연기하는 여성과 자주적인 메이드로부터 '주인님'이라 불리면서 지배당하는 것을 즐기는 남성이 다수 존재하는 현대 일본의 평화로움에 대해 생각해보지 않을 수 없다. 격차 문제가 자주 논의되고 있지만 그러한 플레이가 가능한 동안에는 '차이'라는 것의 진정한 잔혹함을 이해할 수 없으리라.

제복이 아니라도 모든 의복은 '어떤 나이고 싶은가'라는 의식에서 결코 자유로울 수 없다. 그 가운데 가장 강력하게 자신을 어필할 수 있는 것은 핸드메이드이지 않을까 하는 생각을 『와일드 핸즈』를 읽고 해보았다. 저자가 격하게 핸드메이드를 좋아한다는 것은 우치다 슌기쿠內田春菊 팬에게는 잘 알려진 바. 이 책은 그녀의 핸드메이드 나날에 대해 적은 코믹 에세이다.

핸드메이드라고 해도 분야가 다양한데 슌기쿠 씨는 뜨개질, 재봉, 케이크와 빵 만들기 등 만들 수 있는 것은 뭐든지 만든다. '뜨개질을 하는 동안은 긍정적인 의미에서 자연스럽게 환각 상태, 정신적 고양을 경험할 수 있기 때문에 무척 기분이 좋다', '확실히 뇌에서 쾌락 물질이 나오고 있을 거라고 생각해요'라는 감각은 이런 일을 좋아하는 사람들이라면 누구라도 이해할 수 있으리라. 이 책에는 핸드메이드 작품을 기꺼이 몸에 걸치거나 먹거나 혹은 같이 만드는 슌기쿠 씨의 네 자녀 모습이 많이 수록되어, 독자는 직접 만들지 않아도 그 모습에서 쾌감을 얻을 수 있다. 물론 만드는 방법도 담겨 있다.

핸드메이드를 좋아한다고 하면 '와, 대단하네~', '가정적이네~'라고 지나칠 정도로 말하는 것에 슌기쿠 씨는 화를 낸다. 그녀는 가정적으로 보이려고 핸드메이드 작품을 만드는 것이 아니라 견딜 수 없을 정도로 뭔가를 만들고 싶어서 만드는 것뿐이다. 일이 바빠서 재봉일을 못할 때는 '좋아하는 옷에 바느질된 실을 물끄러미 응시하여 기분을 가다듬는' 사람이다.

다 읽자 핸드메이드는 실은 '가정적' 따위의 이미지와는 정반대로 가장 과격한 자기표현 수단이라는 것이 절로 이해되었다. 그리고 출산·육아 역시 가장 고도의, 가장 궁극적인 '핸드메이드'일지도 모른다는 기분이

들기도 했다.

　이렇게 말하는 나는 뭔가를 직접 만들고 있는 걸까…… 하고 생각해 본다. 나는 문장을 만들어내는 정도가 고작이어서 이 책에서 아주 제대로 핸드메이드를 통한 자연스러운 환각 상태, 정신적 고양에 이르는 기분만을 맛보았던 것이다.

3
좋아하는 일로 일을 만들자

가끔은 모녀 여행

'그립다'는 감각은 어딘가 육체적 쾌락과 이어지지, 라고 청춘 시절 체험했던 음악, 놀이, 패션 따위를 접할 때마다 항상 생각한다. 가라오케에서도 옛날 노래에 푹 빠져서 부르고 있노라면 그 노래를 몰라서 차마 함께 분위기를 타지 못하는 젊은 친구에게 '죄송해요…… 하지만 지금 당장 여기서 사라져줬으면 좋겠어요'라고 말하고픈 심정이 된다.

올해 마흔이 된 나는 동급생과 얼굴을 마주할 때마다 '요즘 **그리움을 느끼고 싶어, 옛 우정을 되찾고 싶어, 과거를 돌아보고 싶어** 하는 마음이 괜스레 너무 강해지지 않아?'라는 이야기를 한다.

'뭐, 그럴 나이가 된 거겠지'라고 납득은 하지만 아마도 내 연배의 사람들은 전체적으로 그러한 마음이 드는 것 같다. 그런 탓인지 우리의 청춘 시절, 즉 1980년대라든가 거품경제 시절을 회고하거나 분석하는 책이 눈에 띄게 많아진 느낌이다.

그런 책을 보면 집어 들지 않고는 견딜 수 없는데, 그중 가슴에 팍 다가온 것은 『도쿄대학 '1980년대 지하 문화론' 강의』다. 비정규 시간강사인 저자 미야자와 아키오宮澤章夫는 도쿄대학 교양학부 표상문화론 교실에서 했던 강의를 한 권으로 정리했다. 1982년 하라주쿠原宿에 생긴 최초의 클럽 '피테칸트로푸스 에렉투스'를 통해 1980년대는 어땠는지를 되묻는 것이 취지다.

첫 장에서 '피테칸트로푸스 에렉투스'라는 문자를 본 순간, 내 몸 안에서는 바로 육체적 쾌감을 동반하는 그리움, 이라는 것이 분출되었다. 통칭 '피테칸'이 생겼을 때, 나는 16세 고등학생이었는데 가게 문을 닫은 것이 18세 때다. 롯폰기나 시부야 디스코텍에는 다니고 있었지만 하라주쿠 중심부에서 벗어난 장소에 있는 '피테칸'은 '엄청 가보고 싶지만 무서워서 갈 수 없는' 곳이었다. '레드 슈즈'라는 바 정도라면 어떻게든 무리해서라도 가볼 수 있었지만 '피테칸'에는 웬만하면 출입해서는 안 된다는 자제심이 발동했다. 그 멋지고 배타적인 특별한 아우라는 오늘날 그 아무리 세련된 가게라도 발하지 못할 것 같다.

그렇기 때문에 더더욱 나는 피테칸을 통해 1980년대를 보고자 하는 시도는 온전히 합당하다고 순간적으로 느꼈던 것이다. 구와하라 모이치桑原茂一를 중심으로 한 피테칸 문화의 '멋진' 느낌에 주목하며 그 근사함이란 도대체 무엇이었는지를 분석한다. 그리고 그를 통해 피테칸 문화의 그림자로서 싹튼 오타쿠 문화의 기원도 자연스럽게 보인다.

생각해보면 피테칸 문화와 오타쿠 문화는 '멋진' 성격에서는 대극에 있지만 지하 같은, 실내 같은, 폐쇄적인 것 같은, 이라는 의미로 보면 공통점이 있다.

1980년대적인 문화의 또 한 주축을 이루는 것이라고 한다면, 아키모토 야스시秋元康, 톤네루즈とんねるず, 후지TV가 중심이 되어 전개된 오로지 밝디밝은 '양陽'의 문화(당시는 컬처culture라는 말을 '컬처輕チャー'라고 말했는데……).『도쿄대학 '1980년대 지하 문화론' 강의』에서는 이토 세이코에 대해서 매우 다양하게 언급하지만 아키모토 야스시의 '아' 자도 안 나온다. 굳이 '지하'만을 깊게 파고들어감으로써 1980년대의 색깔을 명확히 드러내고, 그 시대가 현대와 확실히 이어진다는 실감을 주는 것이다.

이 책을 읽으며 사고思考가 돌아가는 '장소'가 이렇게까지 확연히 존재하는 것에 약간의 부러움을 느꼈다. 나에게 그런 장소가 있는지 억지로 생각해보자 시부야의 '잭&베티'쯤일까……라는 것인데 혹시라도 아시는 분은 알아주셨으면 좋겠다는 정도다. 그리고 이 책에서 가장 1980년대 느낌을 발생시키는 것은 실은 강의 사진에 찍힌 저자가 직접 판서한 글자이지 않을까 하는 느낌도 들었습니다.

그런 1980년대에서 20년 이상 지난 지금. 1980년대에는 확고한 명칭이 있었는지 없었는지 기억나지 않을 정도로 존재감 없던 '오타쿠'는 지금 그야말로 훌륭한 거목이 되어 일본 사회에 깊이 뿌리내리고 있다.

이번에 나오키상을 수상한 미우라 시온三浦しをん 씨는 스스로를 오타쿠라고 말하며 전혀 거리낌이 없었다……. 아니, 거리낌이 있었을지도 모른다. 후조시腐女子여자 오타쿠를 자학적으로 이르는 말라고 했던가? 아니 딱히 자칭은 아니었나? 기억이 애매해서 죄송하지만, 어쨌든 BLBoy's Love을 좋아한다는 것을 감추지 않는 시온 씨가 나오키상을 수상했다는 것은 '그로부터 20년 이상 지났음'을 느끼기에 충분한 사건이라고 생각한다.

『산시로는 그리고 나서 문을 나갔다』는 시온 씨의 서평을 중심으로 한 에세이집이다. 읽다 보면 그녀의 작품은 단순히 '오타쿠적인 문화가 꽃핀' 것이 아니라, 스스로 배양해온 무척 풍요로운 교양과 왕성한 표현 욕구에 오타쿠적인 취향과 행동력이 더해진 결과임을 알 수 있다.

그러나 교양이라든가 재능을 자랑하듯 표현하지 않고 자학과 웃음으로 감싸버리는 것은 그녀가 수줍음을 많이 타기 때문이다. 그렇기 때문에 더더욱 그녀는 수줍음 타는 계통의 작가를 발견하는 것에 탁월하고 타자를 사랑하고 칭찬함에 전혀 주저하지 않는 듯하다. ……그래서 아무튼 나오키상 수상 축하드립니다!

화제가 바뀌지만 30~40대, 특히 독신 여성 여러분. '부모, 특히 어머니와의 여행' 문제를 고려하고 계시지 않으십니까? '어머니를 여행에 모시고 가야만 하는 압박감', '필사적으로 모시고 갔는데 그다지 기뻐하지 않는 모습을 보고 나도 모르게 죽여버리고 싶어지는 자신에 대한 죄의식' 등으로 고민하는 여러분에게 권하고 싶은 책이 그 이름하여 『엄마와 여행을 하자』다.

저자 이름으로 나와 있는 k.m.p.는 '돈kin벌이mouke 프로젝트project'의 약자로 '**좋아하는 일로 일을 만들어 살아가자~라는 2인 유닛입니다**'(약력에서 발췌). 나는 나카가와 미도리なかがわみどり와 무라마쓰 에리코ムラマツエリコ 이 두 사람의 여행 그림일기를 좋아해서 잡지에서 k.m.p.의 페이지를 발견하면 몹시 기분이 편안해진다.

그런 k.m.p.가 '모녀 여행'을 테마로 정했다니, 세상에 너무나 감사하다! 그러나 막상 읽어보자 무척 곤란해졌다. 이 두 사람은 나와 달리 '매우 성격이 좋아서' '무척 어머니를 소중히 한다'. 전에 게라 에이코けらえいこ 씨의 모녀 여행물을 읽었을 때 어머니에게 당장이라도 폭발할 것 같은 게라 씨 모습에 격하게 동의했던 나는 '이를 어쩌지?'라고 생각했다.

그러나 계속 읽다 보니 이렇게 사이좋은 부모 자식이라도 여행을 하면 '금방 **뭐든지 괜찮아** 혹은 **어디든 좋아**라고 말한다', '마음대로 돌아가고 싶어 한다' 등 부모님에 대한 불만이 나온다는 것을 알고 다소 안심했다. 가능하면 분노가 폭발하지 않게 되는 비책도 알고 싶지만.

무엇보다 모녀 여행을 할 때 구체적으로 참고가 될 만한 정보나 마음가짐이 매우 다양하게 수록되어 있다. 다 읽고 나니 '엄마와의 여행이 괜찮을지도 모르겠네'라는 생각이 든다. 분명 여행에 지쳤을 때 호텔 방에서 엄마와 둘이 햄과 치즈, 빵과 디저트 따위를 NHK 방송 같은 걸 보면서 오물거리면 묘하게 마음이 편안해지기도 한다…….

책을 읽으며 요즘 독신 여성은 육아가 아니라 부모님 공양을 하면서 어른이 되는지도 모르겠다는 생각도 한다. 여름휴가에 누구와 여행을 갈까 고민하는 당신. 가끔은 모녀 여행도 좋지 않을까요? 저는 올봄에 모시고 다녀왔으니 이번에는 생략하겠습니다만, 네, 그렇습니다.

흉내 낼 수 없는 말

격투기에 강하게 반응하는 사람과 그렇지 않은 사람이 존재하는데 나는 분명 후자다. 딱히 싫어하거나 보고 싶지 않다는 것이 아니라 '어찌되든 상관없다'.

초등학교 때 여자 프로레슬러 '뷰티 페어'의 열광적인 팬이었던 여자아이들이 있었다. '프로레슬링에 입문하고 싶다'고 할 정도의 기세였는데 그런 그녀들에 대해서도 나는 '글쎄, 잘 모르겠네'라고 거리를 두고 바라볼 뿐이었다.

그러나 서점에서 『엄마입니다! 싸우는 딸과 이야기하는 엄마』의 표지를 보다가, '여성 격투기 선수'의 '모녀 스토리'라는 부분에서 '?'이라고 생각했다. 여성 격투기 선수에 대해 말할 때 어머니를 함께 취재할 필요가 있을까. 잘 모르겠다…… 그렇지만 어쩐지 신경 쓰이네, 하고 말이다.

요즘 세상에는 여성 모두 누군가와 항상 싸우며 살아간다. 그러나 격투기 선수는 싸움 자체를 직업으로 삼은 사람들이다. 왜 그녀들은 싸우고 있는 것일까. 싸우지 않으면 안 될 이유가 있는 걸까? 때로는 목숨까지 잃을 위험에 노출되는 일을 하는 딸을 어머니는 어떻게 볼까.

……이런 것을 생각해보니 여성 격투기 선수와 어머니는 흥미로운 대상이어서, 여성 격투기 업계를 잘 아는 마쓰모토 사치요松本幸代가 결과적으로 27팀이나 되는 모녀를 만났다는 것도 납득할 수 있었다.

딸이 격투기 선수라는 공통점을 빼고 어머니들은 실로 다양한 개성을 가지고 있었다. '맞으면 너도 때려, 차이면 너도 차!'가 입버릇이라는 '과연 격투기 선수 엄마다운' 어머니가 있는가 하면 딸이 시합 후 경막하출혈로 생사를 넘나들 때도 병원에 달려오지 않는 어머니도 있다. 여러 어머니와 딸의 사진을 보며 어머니라는 것만으로 한데 묶어 생각해서는 안 되며, 그들도 여자라는 것에 대해 생각했다.

그러면서 이해한 것은 긍정적이든 부정적이든 딸에게 어머니의 영향이 얼마나 큰가 하는 점이다. 이는 물론 여성 격투기 선수에게만 해당하는 일이 아니니 '여성 문필가와 어머니, 라는 것은 어떨까' 하고 생각했다. 마음속을 문장으로 토해내지 않고는 견딜 수 없는 딸과 그 어머니라는 것도 구구절절 사연 많은 스토리를 담은 관계이지 않을까?

저자에게 여러 어머니와 딸에 관한 여행은 자신의 모녀 관계 나아가서는 가족 관계를 되돌아보게 하는 여행이기도 했으며 이는 독자에게도 마찬가지일 것이다. 싸우는 여자 선수에 대한 묘사를 읽으면 눈시울이 뜨거워지며 격투기의 매력도 조금 이해할 수 있을 것 같은 마음이…….

격투기 선수 어머니뿐 아니라 세상의 '어머니'란 말에는 '도저히 당해 낼 수 없다'는 생각이 든 적이 있다. 말이 필요 없는 느낌이라고 해야 할까? 목구멍이 아니라 뱃속 깊숙이에서 나오는 느낌이라고 해야 할까?

『기억나지 않아』를 읽다가 나 역시 그러한 감개를 느꼈다. 사노 요코佐野洋子 씨의 책에 적혀 있는 것은 모두 뱃속 깊숙이에서 나온 문장이다. 이 책은 현재 68세인 사노 씨의 50대 무렵 에세이를 묶은 것으로 지금 문장과는 미묘하게 다른 공격적인 느낌도 있다.

이 책을 읽고 가까스로 웃음을 참으며 '아, 정말이지 나는 절대로 이런 문장을 쓸 수 없어'라고 생각했다. 나라면 '일본에서 모자의 밀착 관계는 만혼화나 저출산에도 영향을 미칠 것으로 생각되어'라고 쓸 것 같은 부분을 사노 씨는 '애당초 일본 여자들은 자기가 낳은 남자아이에게 음란한 거야'라고 쓴다. 격하게 수긍한다.

'사실 음란은 아내가 남편을 향해 쏘는 것이며 남편도 아내를 향해 음란해야만 한다. 하지만 남자는 어머니를 향해 음란한 것이 아니라 어머니의 음란함을 이용하는 것뿐이다.'

이런 대목을 읽으면 너무나 지당하여 가슴이 뻥 뚫릴 뿐이다.

하지만 그러나. 아들에 대한 어머니의 음란함에 대해 어지간히 해댄 후에 그 장 마지막 한 줄은 '저요? 정말이지 아들이 너무너무너무 귀여워서, 몇 살이냐고요? 스무 살 넘은 178센티미터의 건강한 사내라고요'인 것이다.

말은 뱃속 깊숙이에서 나온다. 뱃속 깊숙이는 꽃밭이 아니라 용솟음치고, 괴로움에 몸부림치고, 견디기 어렵다. 사노 씨의 책을 읽으면 그 모든 것을 뒤집어서 보는 기분이 들며, 역시 가슴이 뻥 뚫린다. ……물론 아주 조금이지만 뱃속이 콕콕 찌르듯 아파오긴 하지만.

『기억나지 않아』에서 사노 씨는 야마시타 기요시山下淸라든가 옛날 미국 선주민의 나이브 아트, 요컨대 아르 브뤼Art Brut에 대해 쓴다. '미술학교를 다녀 원근법 같은 것도 데생 등에서 배워' '분명 건방지게 되어버린 거라고 생각한다'는 사노 씨는 나이브 아트를 보면 '가슴이 철렁하여 가슴 한가운데가 방긋방긋하며 깊이깊이 반성해버린다'는 상태가 된다고 한다.

그림에 대해서는 잘 모르지만 어떤 글을 읽으면 종종 비슷한 마음이 드는 경우가 있다. 그리고 쓰즈키 교이치都筑響一의 『요로시쿠 현대 시』는 그런 문장을 많이 모아놓은 책이다.

주로 폭주족들이 입는 특공복에 시라고 해야 할지 문구라고 해야 할지, 여하튼 자수로 글자를 수놓은 경우가 있다. 인터넷 에로 사이트의 짧지만 인상적인 카피, 사형수의 하이쿠俳句5·7·5조의 일본 전통 시가. 찻잔이나 손수건에 인쇄된 인생의 교훈.

　마지막에는 아이다 미쓰오相田みつを도 다루고 있는데 이것은 요컨대 '아이다 미쓰오를 비웃는 자를 비웃는' 책이라고 생각한다.

　어떤 입장에 있는 사람이 아니라면 절대로 쓸 수 없는 단어라든가, 쓰지 않을 수 없어서 나와버린 단어라든가, 그런 말들은 농도 짙고 결코 세련되지 않다. 그러나 그 말은 지성과 교양으로 잘 다듬어진 문장보다도 실은 훨씬 많은 사람에게 절실히 필요하거나, 쓴 사람의 마음을 납득시키는 것이 아닐까?

　동시에 손에 넣은 것은 『포엠 반장』이다. 47개에 이르는 일본의 행정 구획인 도도후켄都道府県의 전직 야쿠자, 갱, 폭주족을 만나 한마디씩(=포엠poem) 쓰게 한 책이다. 『요로시쿠 현대 시』의 불량배 소년들 부분을 확대한 것이라 할 수 있다.

　각자의 사진이나 체포·선도를 당한 경력, 악의 길로 빠진 이력 등 우선 약력이 흥미로운데 시 자체는 '인생 여러 가지, 악도 여러 가지'처럼 심플하다.

　여기서 좋은 것은 그들의 수다를 모은 어록. '나쁜 자식이란 말이지…… 대체로 밝히잖아? 밝히니까 무서운 거야', '돈은 말이지, 외로움을 잘 타서 말이지, 친구들이 있는 곳으로 모여드는 거야. 돈은 불량배 기질이 있다고(니가타의 성 관련 업체 경영자)'라는 발언 등 일본에 옛날부터 있던 불량배 기질이 느껴지는 말뿐 아니라, '최근에 노트북을 샀는데, 클릭 잘하고 있습니다. 클릭하면 제가 엄청 잘난 것 같은 기분이 들고 그것만으로도 컴퓨터 사길 잘했다는 생각이 듭니다(이시카와石川의 전직 불량배)' 같은, 불량배라고는 해도 현대의 젊은이다운 모습을 느끼게 하는 발언도 있다(그러나 나도 클릭하고 있으면 '뭐랄까 나는 엄청 세상 사람들과 같은 보통 인간의 느낌!'이라는 심적 고양을 느끼는 경우가 있는데!).

　그들의 말은 생각한다고 결코 흉내 낼 수 있는 것이 아니다. 그리고 흉내를 내도 아무런 의미가 없다.

특정 지역의 특정 환경에서 나고 자란 인간에게서만 나오는 말이란 것이 존재한다. 세련된 말이라든가 세련되게 하려고 노력한 결과 실패한 말로만 둘러싸여 있으면 그런 말은 막 퍼 올린 찬 우물물처럼 느껴진다. 우물물만 마시라고 해도, 그건 그것대로 괴롭겠습니다만.

어른이 되지 못한 사람들

얼마 전 마돈나가 13년 만에 일본에 왔다. 나는 그 공연에 가지 않았지만 영상이나 사진으로 본 마돈나는 완벽한 육체를 가지고 있었고 예전보다 아름다웠다.

그녀는 내가 10대던 때부터 지금까지 계속 팝스타다. '그 말은 즉?' 세상에 현재 48세, 데뷔한 지 24년이다.

너무 이상하다는 생각이 든다. 그러나 이상한 것은 마돈나뿐이 아니다. 일본에도 구로키 히토미黑木瞳나 고이즈미 교코小泉今日子처럼 40대 여성이 아줌마 역할은커녕 여전히 인기 여배우로 맹활약하고 있으며, 할리우드에서 주역을 담당하는 여배우도 30대 후반이나 40대가 그리 드물지 않다.

수년 전 〈데브라 윙거를 찾아서〉라는 영화를 보았다. 할리우드의 여러 여배우들 인터뷰로 구성된 이 영화에서 여성들은 하나같이 '중년이 된 여배우는 맡을 역이 확 줄어든다'고 한탄했다.

그러나 그 무렵부터 지금까지 시대는 급격히 변했다. 30대 후반이든 40대든 잘만 하면 여배우는 성적으로 '액티브'한 역을 얻을 수가 있게 된 것이다.

미디어에서 활약하는 40대가 '40대로 보이지 않는' 것은 아니다. 용모는 분명 20대가 아니다. 그러나 그 옛날 40대와는 전혀 다른 의의를 가지고 있기 때문에 그들의 존재감은 중년이 아니다.

요컨대 '인생은 아직 후반이 아니다'라는 의식일 것이리라. 아직 세상에 대한 책임을 질 필요가 없으며 앞으로 자신의 인생이 어느 방향으로 갈지 모른다는 감각.

이런 생각은 마흔 살에 도달한 나 역시 가지고 있다. '이런 40세는 어쩐지 이상하지 않을까' 하고 생각하면서도 여전히 청춘기 비슷한 감각에서 졸업할 수가 없다.

그런 까닭에 나는 『서던 같은 어른들』책의 원제는 'Schöne Junge Welt'. 서던 올 스타스의 구와타 게이스케를 이미지화하여 일본의 출판사에서 '서던 같은 어른들'이라고 제목을 지었다. 서던 올 스타스는 1978년 결성된 이후 30년 이상 활약을 펼치고 있는 일본의 밴드다의 띠지에 '역사상 가장 나이 든 젊은 시절을 보내는 30대 후반에서 40대의 **젊은 어른들**이 전 세계에 증식 중'이라고 쓰인 것을 보고, '역시 그렇구나!'라고 납득했던 것이다.

클라우디우스 자이들Claudius Seidl은 일본과 마찬가지로 저출산 고령화로 골머리를 앓는 독일의 40대 저널리스트다. 기혼이든 미혼이든 젊은 기분 그대로 나이를 먹는 어른들에 대한 분석을 시도했다. 그리고 나는 '맞아 맞아, 정말로 그래. 친구는 온 세상에 있는 거야'라고 생각했는데, 이 감각은 헬렌 필딩Helen Fielding의 『브리짓 존스의 일기』 초판본을 읽었을 때 이래로 처음이다.

생각해보면 시로가네白金 같은 부촌에 살면서 쇼핑이나 즐기는 전업주부든 살짝 나쁜 아저씨든 메트로섹슈얼이든 '루저(마케이누)'든 '젊은 기분 그대로 성인이 되어도 **은퇴**하지 않는' 사람들을 가리키는 말이다. 평화롭고 평균수명이 긴 시대에(장소에서, 라고 해야 할까?) 삶을 받아 빨리 성인이 될 필요가 없었기에 여전히 젊은 기분 그대로 있는 우리.

저자는 독일 사회의 유아화에 가장 공헌한 것은 콜 수상이라고 지적한다. 52세에 수상이 되어 사람들 앞에서 굳이 어른스러운 태도를 취하지 않아도 전혀 상관없었다는 것이다.

그렇다면…… 내 머릿속에는 고이즈미小泉 전 수상의 얼굴이 떠오르는데 그 후 수상은 아베安倍 씨. 한동안 일본 성인의 유아화는 막을 수 없을 거라고 생각하자 그 옛날 나이 든 정치가의 모습이 조금 그리워지기도 한다.

성인이 되지 못한 사람들은 영국에도 있었다.

『미스어드벤처Misadventures』는 영국의 어느 50세 여성의 반생을 기록한 작품이다.

……이런 경우 보통 파란만장하거나 시사점이 아주 많은 스토리를 상상하지만 그런 내용은 전혀 없다. 저자 실비아 스미스Sylvia Smith는 쭉 독신이었고 비정규직 사원으로 일하고 있으며 집도 없는, 어쩌면 '극히 평범'하다고 할 수 있는 여성이다.

이 책은 그러한 그녀 인생의, 결코 극적이지 않은 다수의 경험을 단편적으로 기록한 작품이다. ……그렇다면 '뭐가 재미있다는 거지?'라는 말이 나올 수밖에 없는데, 참 신기하게도 살아가는 것에 대한 리얼리티가 느껴지는 책이다.

예를 들어 친구가 저질러버린 실패담. 누군가가 사귀자고 '꼬셨지만' 거절했다는 이야기. 여자 친구들과 대화할 때 '그런 일이 있었지, 그렇지?' '맞아 맞아'라는 느낌으로 나올 법한 화제가 끊어질 듯 끊어질 듯 이어진다. '내면의 섬세한 감정' 등에 대해서는 전혀 언급하지 않지만 사소한 내용만으로 작가가 어떻게 나이를 먹어왔는지, 어떠한 성격인지 알 수 있다. 후반이 되면 '살아간다는 건 이런 것이지, 암, 그렇고말고'라고 작가와 함께 나이를 먹고 있는 듯한 기분이 든다.

이러한 수법이 성립 가능한 것도 지금이 평화로운 시대이기 때문이다. 친구들이 저지른 자잘한 실패담에 미소 지으며 그러한 이야기를 쌓아가는 과정에서 자신의 반생을 말할 수 있는 것이 지금의 50세다.

세키카와 나쓰오關川夏央가 쓴 『여류』를 읽는다. 전반은 하야시 후미코 林芙美子, 후반은 아리요시 사와코有吉佐和子의 생애를 그린 책이다.

하야시 후미코는 메이지시대에 태어나 쇼와시대에 세상을 떠난 사람이다. 그리고 아리요시 사와코는 쇼와시대가 한 자리 숫자일 때 태어나서 쇼와 말기에 타계했다.

태어난 시대는 다르지만 두 사람의 생애를 비교해 보면, '여류女流'라는 말에 설득력이 생긴다. 여자의 흐름, 흐르는 여자. '여류'의 의미가 그런 것은 아니지만, 두 사람의 인생을 나란히 놓고 바라보면 꿈틀거리는 여성의 힘이 전해져온다.

하야시 후미코는 작은 여자였고 아리요시 사와코는 큰 여자였다……라는 것을 이 책을 읽고 처음으로 알았는데 그런 신체적 특징은 어떤 사람의 인생이나 성격에 의외로 큰 의미가 있다.

작은 여자이기 때문에 허락되는 제멋대로의 행동이라든가 방약무인함이 존재하는 법인데 하야시 후미코가 살아온 인생을 보면 실로 놀랄만큼 '꼬마 여자의 퍼스낼리티'에 딱 들어맞는다. 이 남자에서 저 남자로 남성 편력을 거듭하는 이야기나 '다른 여류 작가가 쓰는 것이 싫어서 모든 일을 맡았다'는 설을 읽어보면 작은 여자이기 때문에 귀여움과 슬픔 같은 것이 감도는 느낌이다.

또한 아리요시 사와코는 큰 여자이기 때문에 짊어진 '빨리 어른이 되어야 하는 감각'을 다른 사람의 두 배 이상 맛보고 있었던 것이 아닐까. 클 뿐만 아니라 압도적일 정도로 총명하고 활동적이었던 아리요시 사와코는 인생을 그대로 내달려버리고 말았다.

두 사람이 살아간 방식을 보고 있노라면 '대부분의 것은 벌써 과거의 **여류**들이 다 해버렸는걸'이라는 생각도 든다. 황당무계한 삶의 방식도 모험도 벌써 진작에 옛날 사람들이 다 경험해버렸던 것이다.

그리고 '우리에게 남겨진 건 황당무계하게 살지 않는 것, 그뿐일지도 모른다'는 생각이 든다.

그녀들은 결코 지금을 살아가는 우리처럼 '어떻게 그냥그냥 살아왔더니 이런 나이가 되어버렸어. 하지만 나이를 먹었다는 자각은 도대체 없군. 뭐, 살아갈 수 있으니까 이대로 그냥 살까?'라는 생각을 가지는 일은 없을 것이다. 항상 극한의 상태에서 내달려왔던 옛날 '여류'들이 본다면 순면 속을 헤엄치듯 살아가지 않으면 안 되는 지금이 훨씬 괴롭지 않을까?

언제 한숨을 돌려야 할지 모를 사이에 세상을 떠난 '여류' 두 사람의 생애를 보면 순면의 바다에서 목을 내민 채 떠다니는 내 모습이 선명하게 보이는 것이었다.

나를 뺀 모두의 도시

도쿄 미나토^港구 근방에서 문득 위를 올려다보면 상상할 수 없을 정도로 거대하게 롯폰기힐스가 우뚝 서 있는데, 그때 느끼는 불길함은 롯폰기힐스가 생기고 상당한 세월이 흐른 지금도 좀처럼 익숙해지지 않는다. 롯폰기힐스가 발하는 이 위화감의 정체는 도대체 무엇이란 말인가.

……따위의 생각을 하고 있을 때 읽었던 책이 히라야마 요스케^{平山洋介}의 『도쿄의 끝에서』다. 도쿄를 모델로 도시의 현재에 대해 생각한 책이다. 롯폰기힐스에 관한 묘사도 자주 등장하는데 '롯폰기힐스의 모리타워는 높기만 한 것이 아니라, 두꺼워'라는 문장을 읽고, '그렇구나' 하고 생각했다. 롯폰기힐스는 지금까지 내가 본 그 어떤 고층 빌딩보다도 두껍다. 그렇기 때문에 더더욱 그 존재감은 탐욕스럽고 사악하며 마치 당장이라도 천둥 번개가 칠 듯한 소나기구름처럼 불길했다.

21세기에 들어와 도쿄는 건물의 용적률제한이 완화되어 롯폰기힐스를 비롯한 초고층 빌딩 건축이 더더욱 활발히 진행되었다고 한다. 세계 도시로서 도쿄의 입지를 사수하기 위해 국가적으로 초조했다는 사실이 배경에 존재한다는 것이다. ……이런 대목을 읽다 보니 요즈음 도쿄에 대해서 느끼고 있던 불길한 감각이 다시금 자각되었다.

나도 오다이바가 관광 명소가 된 무렵부터 비슷한 것을 느끼기 시작했지만, 롯폰기힐스든 이제 곧 생길 도쿄미드타운이든 이 책에서 '핫 플레이스'로 지목하는 지역에 대해서는 용인할 수 없다는 느낌을 항상 지니고 있다. '이제 나이를 먹었다는 말인가?'라는 생각도 든다. 그러나 이 책을 읽자 용인할 수 없음의 원인을 이해할 수 있게 된 것 같다.

그리고 또 하나 내가 지금의 도쿄에 기분 나쁜 마음을 품는 것은 올림픽 유치에 대해서다. 국내 후보지를 결정할 때 '후쿠오카 정도면 충분하지 않을까'라고 생각한 도쿄 도민은 적지 않았다고 생각하는데 나도 그 중 한 사람이다.

하지만 이 책에 나오는 도쿄올림픽 기본구상간담회 의견을 읽어보니 '왜 올림픽 같은 걸 하는 거죠?'라고 나와 비슷한 생각을 하는 사람이 많아진 것 같다. 그렇기 때문에 더더욱 일찍이 도쿄올림픽에서 '몸 안 깊숙이 떨려오는 감동을 느꼈다'(는 것 같아요, 당시 사람들은)는 사람들은 위기감을 가졌던 것이다. 진정 그들은 올림픽을 통해 도쿄를 활성화하고 이 도시를 세계에 인식시키며 국위 선양을 시도하고자 했던 것 같다.

롯폰기힐스 안과 밖. 고층 맨션의 고층부와 저층부. '핫 플레이스'의 사람들과 '콜드 플레이스'의 사람들. 그리고 올림픽에 찬성하는 사람들과 반대하는 사람들. 그들의 '차이'는 도쿄의 다양성 표현으로써 에너지원이 될 것인가, 아니면 분단의 증거가 될 것인가. 도쿄에 살면서 도쿄에 관해서는 항상 '나의 도시'가 아니라 '나 이외의 모두의 도시'라는 감각을 품고 있었는데 내가 인식하지 못한 사이에 도쿄는 좀 더 멀리 가버렸다……고 생각되는 도시론이었다.

토마스 반 레이우엔Thomas van Leeuwen의 『마천루와 미국의 욕망』을 읽고 내가 롯폰기힐스를 올려다볼 때 느끼는 불길함을 마천루가 등장한 당시에 미국 사람들도 느끼고 있었다는 사실을 알고 어쩐지 마음이 놓였다. 너무나 거대하고 익숙지 않은 것은 어느 나라에서든 사람들을 불안하게 만드는 것이다. 그럼에도 불구하고 사람들은 그런 건물을 만들지 않고는 견딜 수 없다.

이 책에 따르면 미국에서도 특히 '경제공황 시기에 마천루가 지어졌다'고 하는데, '마천루는 불황의 액을 떨치기 위한 마법 토템 역할을 하는 것으로 생각된다'고 쓰여 있다. 1990년대 불황을 거쳐 용적률제한 완화가 진행된 결과로 생긴 지금 도쿄의 모습을 보고 있노라면 그 토테미즘이 공통적이라는 생각이 든다.

서양 사람들이 마천루와 중첩해 생각하기 쉬운 것이 바벨탑이다. 즉 구약성서에서 노아의 방주를 타고 살아남은 사람들의 자손이 '자아, 하늘까지 다다르는 탑이 있는 도시를 건설하여 유명해지자'라며 세우고자 한 탑이다. 이를 본 신이 '하나의 말로 이야기하기 때문에 이런 획책을 하는구나. 좋았어, 말을 혼란시켜버려야지' 하고 생각한 결과 탑의 건설은 중지되었다. 지금 내가 외국어를 못하는 것도 다 바벨탑 탓이다.

미국 백성은 기독교 신자가 많기 때문에 '하늘까지 달하는 탑' 따위를 세우려고 한다면 결코 변변한 일은 일어나지 않을 것을 알고 있을 듯하다. 그럼에도 '보다 높게, 보다 크게'라는 욕구에 완전히 사로잡혀 계속해서 마천루를 짓는다. 이런 행동은 그들이 유럽에서 탈출해 온 사람들이었기 때문이리라.

더군다나 그들이 반기독교적 건축물인 마천루와 교회를 합체한 건물까지 계획했다는 사실을 알면 인간의 '업'이 얼마나 깊은지 놀랄 뿐이다. 이는 지금이라는 시대에서 과거를 되돌아보고 있기 때문에 말할 수 있을 것이다.

아마도 미국인들은 하늘을 찌를 듯한 탑을 계속 건설함으로써 신에게도 이기고 싶은 것이 아닐까. 제1차 세계대전 이전부터 하늘에 대한 도발 행위를 활발히 하고 있던 미국과 비교하면 롯폰기힐스의 먹보 같은 실루엣은 그저 귀엽게 느껴진다.

납치된 여객기가 세계무역센터 빌딩에 돌진하고, 이라크전쟁이 발발

했을 때 '분명 이것이 미국이라는 나라가 조락하는 시작이 되지 않을까'라고 생각했던 것을 기억한다.

그러나 현재 미국의 독주 양상에 딱히 큰 변화가 보이지는 않는다. 부시의 공화당은 힘을 잃고 있지만 미국보다 강한 나라가 출현한다 따위는 꿈에서도 상상할 수 없다. 미국 자체가 더더욱 탑을 하늘 높이 향하게 하는 마천루 같은 존재로 생각된다.

『미국—비도非道의 대륙』은 미국 여행에 대한 소설집이다. 마천루는 나오지 않지만 마천루처럼 치솟은 미국이 발하는 불길한 감각이 깊숙한 곳으로부터 전해져오는 이야기가 총 13편 실려 있다.

나는 그다지 소설에 친근감을 못 느끼지만 다와다 요코多和田葉子의 여행에 관한 소설을 읽으면 내가 여행을 하는 듯한 기분이 들며, 여행할 때의 불안감이나 고독감, 위화감 등이 되살아나는 것이 좋았다.

차가 없으면 아무것도 할 수 없는 미국. 파티에서 처음 만난 사람에게 '사과 주스를 사러 가자며' 밖으로 끌려 나오는 미국. 방문한 사람이 다음 주에는 살해당해 있는 미국. 딱딱한 듯하면서도 부드러운 듯한 미국이라는 땅을 조용히 걸어갈 수 있는 감각은 유럽에 사는 일본인 저자이기 때문에 가능하지 않았을까.

주인공인 '당신'은 혼자 호텔에서 자고 있던 한밤중에 노크 소리를 듣는다. '당신'은 '수호천사처럼 매를 한쪽 어깨에 앉히고 문을 연다면 바깥에 그 어떤 인간이 서 있어도 두렵지 않을 거라고 생각한다. 어릴 때부터 쭉 공상의 매를 기른 기억이 있다. 그래서 이지메를 당한 적도 없고 시험에 떨어진 적도 없었다. 이 대륙으로 넘어올 때 매와 헤어지게 되었다'라고 생각한다.

그러나 한편으로 미국은 1900년대 초 네덜란드에서 이주한 사람들이 바로 그 자리에서 자신을 '미국인'이라고 부를 수 있는 땅이기도 하다.

도쿄도 미국도 나에게는 잘 알 수 없는 곳이다. 그야, '내 장소'라고 생각되는 곳 따위는 분명 세상 어디에도 없을 테지만 말이다.

자장가와 엄마

어렸을 때, '자장자장, 우리 아기, 우리 아기 잘도 자네'라는 자장가를 들으면 견딜 수 없이 슬퍼져서 항상 울었다. 그런 내가 이상하다며 누군가 장난을 치며 노래하면 '하-지-마-!' 하고 화를 내며 울어버리곤 했다.

곡조가 단조라서 슬퍼지는 것일까. 그러나 수많은 단조곡 가운데 자장가에만 민감하게 반응한 것은 왜일까.

그런 까닭에 『자장가는 왜 슬픈가─근대 일본의 어머니상』이라는 책 제목을 보았을 때 '왜?'라고 나도 모르게 집어 들었다. 어린 시절 흘렸던 눈물(그러나 지금은 들어도 더 이상 눈물이 안 나온다)의 이유가 무엇인지 해명되지 않을까 하고 말이다.

공부가 부족해 몰랐는데 약력에 따르면 저자 이시코 준조石子順造는 1929년에 태어났으며 미술·만화·연극 평론가이자 대중문화 연구가이기도 했는데 1977년에 타계하였고 이 책은 사후 30주년 기념으로 복간된 것이라고 한다.

이 책에서 분석하는 것은 부제처럼 근대 일본의 어머니상이다. 쇼와 시대가 10년을 채 넘지 않았을 때 태어난 저자는 일본인의 마음속에 있는 '어머니란 존재'에 대한 애착에 어쩐지 위화감을 느끼면서도, 자신이 '어머니란 존재'에 약하다는 사실도 인정한다. 이 책은 그런 자신과 일본인의 심리 깊숙이에 있는 측면을 직접 탐구해보고자 한 시도일 것이다.

자장가를 비롯하여 회화, 영화, 가요, 텔레비전 드라마 등 여러 '어머니란 존재'가 분석되는데 거기서 가장 '완전 납득!'이라고 감탄했던 것은 1955년 전후부터 어머니의 모습이 변모하고 있다는 사실이었다.

제2차 세계대전 중·전후까지 어머니상은 모두 불행을 견뎌내고 자식을 위해서라면 어떤 희생도 꺼리지 않는 '성모'상이었다. 남편이 먼저 세상을 떠났다면 아이를 위해 결코 재혼하지 않았던 것이 그때까지의 어머니였다.

저자는 '어머니란 존재의 원칙은 어머니가 여자라는 사실을 버리는 것'이라고 성모 유형에 대해 기록했는데 1960년 이후부터 변화가 보인다. 미망인도 '유혹에 빠지게' 되었고, 어머니도 여자라는 사실을 인식하기 시작한 것이다.

고생과 불행이 미화·성화된 전쟁 전의 어머니와 여자라는 것을 알아차리게 된 전후의 어머니. 어느 쪽이 불행한지는 이 책을 다 읽고 나서도 알 수 없었다. 단지 어머니란 존재가 숙명적으로 슬픔을 감돌게 하고 또한 주변으로부터 슬픈 역할을 강요받았다는 것은 엄마가 아닌 나조차 이해할 수 있었다. 어린 시절 내가 흘린 눈물도 자장가가 자아내는 어머니의 슬픔 냄새 탓이 아닐까.

30년 전에 세상을 떠난 저자. '어머니는 여자다'라는 인식은 그로부터 가속도가 붙어 강해졌다. 어머니의 슬픔에 의문을 가지면서도 아마도 어머니란 존재를 강하게 사랑한 저자는 오늘날의 세상을 보면 과연 어떤 생각이 들까.

어머니는 여자다. ……너무나 당연하지만 일찍이 보고도 못 본 척했던 것이 지금은 공공연한 사실이 되었다. 현재는 어머니가 여자라는 것을 알린 '공功'도 매우 다양하게 논의되는데, 기혼 여성 대상의 한 잡지를 보면 '아무리 나이가 들어도 여자라는 것은 잊을 수 없습니다' 따위의 광고 카피와 함께 어머니들이 인기 있는 패션으로 몸을 치장하고 활기차게 밤늦도록 노닌다.

그러나 예를 들어 아키타秋田의 하타케야마 스즈카畠山鈴香일본의 아동 연쇄살인범. 친딸과 이웃집 아들을 살해하여 무기징역 복역 중이다. 그녀는 인기 있는 패션으로 밤늦게 노니는 어머니와 부정적인·긍정적인 관계가 있지 않을까 생각한다. 어머니가 여자라는 사실이 판도라 상자 바깥으로 나옴으로써 어떤 어머니는 아름다워지고 어떤 어머니는 아이를 싫어하게 되었다.

『그들의 지옥 우리들의 사막』은 하타케야마 스즈카가 자신의 친딸을 살해한 사건을 비롯하여 어머니 살해, 자매 살해 그리고 '교제하자고 권유한 아저씨 살해'라는 최근의 네 가지 사건을 다루었다. 두 저자가 현장을 방문하여 각자의 시점에서 사건을 그렸다.

냉정하고 객관적으로 사건을 분석한 아사쿠라 교지朝倉喬司 씨와 달리 나카무라 우사기中村うさぎ 씨는 가해자의 심정을 우선 자신의 마음에 받아들이고 그로부터 살인에 이르게 된 심리에 다가간다. 가해자의 심정을 잘 반영했는지는 가해자 본인밖에 알 수 없겠지만, 취재에 바탕을 둔 우사기 씨의 상상력은 내 마음속 '사막'도 자극한다.

아키타 사건의 취재를 통해 드러난 것은 스즈카의 양친의 존재감이 의외로 무척 크다는 사실이었다. 사건의 목격자를 찾는 전단지를 돌린 일도 그렇고 스즈카가 텔레비전 등에 노출된 것도 스즈카의 의지가 아니라 어머니가 권유해서라고 한다. 스즈카는 아버지를 이상할 정도로 두려워했다는 점도 주목된다.

스즈카의 모친이라면 1955년 전후, 즉 '어머니'가 여자임을 느끼게 된 시대에 이미 철이 든 세대였을 것이다. 스즈카 전후의 세대는 '여자인 어머니'로부터 태어난 '여자인 어머니', 일본 최초의 '여자인 어머니' 2세대가 아닐까 싶다.

우리는 두 번 다시 옛날 어머니처럼 여자라는 사실에 두 눈을 질끈 감을 수 없다. '그들'과 똑같은 것을 분명 가지고 있기 때문에 더더욱 '그들의 지옥'과 '우리들의 사막'은 이어진다. 그것을 절절히 느끼게 해주는 책이었다.

내가 여자이기 때문인지 어머니와 딸 관계에는 뭔가 흐느적거리고 탁하고 끈적한 감개를 품게 되지만, 아버지와 딸 관계에 대해서는 이성인만큼 산뜻한 인상이 있다. 『아버지 미야와키 슌조에게로의 여행』은 적당히 건조하고 적당히 촉촉한 아버지와 딸 관계를 딸의 입장에서 쓴 책이다. '여자인 어머니'의 농도에 힘겨워하던 내 머리를 편안하게 해주었다.

'아버지 미야와키 슌조'는 군이 설명이 필요 없을 정도로 저명한 기행 작가. 2003년 세상을 떠난 그의 장녀가 저자 미야와키 도코宮脇灯子 씨다.

유명인의 자녀가 부모에 대한 추억을 쓴 글을 읽으면 널리 퍼져 있는 이미지와 부모로서의 얼굴에 큰 차이가 있다는 사실에 새삼 놀라는 경우가 있는데, 미야와키 씨에게 놀랐던 것은 의외로 너무나 '평범한 아버지'의 모습 때문이었다.

미야와키 씨라면 '쿨'한 필치, 깊은 지식과 함축이라는 개성이 떠오른다. 항상 여행을 떠났을 텐데 과연 가족에게는 어떠한 존재였을까 싶었다. 그런데 실은 딸들이 직접 만든 마스코트를 여행할 때면 부적 삼아 항상 지니고, 여행지에서는 딸이 모으는 열쇠고리를 반드시 사온다. 딸의 취직을 걱정하는 모습도 극히 보통 아버지의 모습이어서 '이런 면이……' 하며 미야와키 팬인 나는 즐겁게 읽어 내려갔다.

나는 항상 미야와키 씨의 문장에서 어딘지 알 수 없는 고독과 애수의 향기를 느꼈다. 이는 분명 인간으로 태어났을 때부터 짊어져야 했던 벗어날 길 없는 고독과 슬픔이었을 것이며 그러한 감정이 존재했기 때문에 창작 활동도 가능했을 듯하다. 그러나 가족이라는 존재에 의해 미야와키 씨는 용케 내면적 균형을 잡아가고 있던 것이 아닐까 하고 도코 씨의 문장을 통해 생각하게 되었다.

아버지에게 읽어야 할 책에 대해 배우고 때로는 문장 지도를 받았다는 그녀는 기차에 빠지거나 하지 않고 다른 길로 나아간 듯하다. 그렇다고는 해도 역시 가끔은 기차를 타러 간다고 한다.

글의 흐름의 완급, 너무도 훌륭하게 문장을 끝마치는 모습, 책에는 아버지의 그림자가 자주 발견되었다. 도코 씨의 기차 여행도 읽어보고 싶다는 생각이 든다.

여기가 아닌 어딘가로

　본가에 계시는 어머니에게 온 휴대전화 문자에 최근 이모티콘이 등장
하게 되었다. 나의 청춘 시절에는 존재조차 하지 않았던 휴대전화를 60대
부모님이 아주 잘 사용하시는 것을 보면 세상은 하염없이 변해간다는
사실을 실감할 수 있다.

　후세 사람들의 시선에서 보자면, 휴대전화나 노트북의 등장은 사람들
의 생활을 크게 변화시킨 획기적 사건으로 역사 교과서에 기재될 것이
다. 그러나 지금 우리가 너무나도 당연하게 이용하는 것도 옛날에는 휴
대전화나 노트북처럼 충격적이었다는 사실을 『도쿄 역은 이렇게 태어났
다』를 통해서 다시금 느꼈다.

　나는 지방의 시골스러운 무인역도 좋아하지만 빨간 벽돌의 위용 안에
서 많은 사람이 오고 가는 도쿄 역을 사랑한다. 도쿄 역을 자주 이용하는
데 도쿄 역은 항상 거기 있는 것이 당연해서 '아주 오래전부터 계속 교
통 요지로 존재한 역'으로 이해했다. 그러나 도쿄에는 '도쿄 역이 없었던
시대'도 있었고 철도가 없었던 시대도 있었다(철도는커녕 좀 더 거슬러 올
라가면 '차바퀴'라는 발상 자체가 없는 시대도 있었지만).

　세계의 여러 대도시에도 커다란 역은 존재한다. 그러나 도쿄 역이 이
채를 발하는 것은 유럽의 여러 역처럼 종착역에 그치지 않고 중앙선 등
을 통과시켜 거쳐 가는 방식을 취했다는 것이다. 이런 지적에 절로 무릎
을 탁 친다.

야마노테센山の手線도 도쿄 역을 지나가는 노선의 하나지만 야마노테센의 신주쿠나 시부야, 이케부쿠로 등 각 역이 사철私鐵 터미널로서 역할을 분담했기 때문에 도쿄는 많은 도시의 집합체처럼 독특한 형태로 성립된 것이다.

터미널 방식이 아니라 통과시켜 거쳐 가는 방식인 도쿄 역은 도쿄라는 도시의 축소판일지도 모른다. 오는 사람은 마다하지 않고 가는 사람은 붙잡지 않는다. 그 탐욕 속으로 사람들을 흡수하는 것이 도쿄 역과 도쿄라는 도시다.

도쿄 역 시공을 입찰로 따낸 주식회사 오바야시구미大林組가 당시 도쿄에서는 무명에 가까웠던 간사이 쪽 기업에 불과했다는 것도 도쿄다운 이야기라고 생각했다. 거기에 '도쿄 역이니까, 도쿄 사람들만의 힘으로' 따위의 마음은 없었다.

그리고 메이지시대에 고용된 외국인 전문 기술자 중 독일에서 온 프란츠 볼처Franz Baltzer가 애당초 제출한 중앙 정차장(지금의 도쿄 역) 설계안은 신사나 불교 전각 같은 일본식 건축이었는데 선진국으로 진입할 기세로 의욕이 충만했던 당시 정부가 이를 거부하여 지금의 서양풍 벽돌 형태로 바뀌었다는 것이다. 도쿄 그리고 일본의 현관으로 일본풍 건축을 거부하는 자세도 지금까지 이어지는 도쿄의 성격을 상징할 것이다. 물론 일본식 건축의 도쿄 역도 조금 보고 싶긴 하지만.

많은 사람이 모이고 사라진다. 그런 의미에서는 호텔 또한 도시다운 장소의 하나다. 호텔을 좋아하는 마음은 도시를 좋아하는 마음과 일맥상통한다.

최근 도쿄에는 외국계 자본의 호화로운 호텔이 계속 생기고 있지만 진정으로 도쿄다운 호텔이란 이런 곳일 거라고 『야마노우에 호텔 이야기』를 읽고 생각한다.

야마노우에 호텔에 숙박해본 적은 없다. 그러나 차를 마시거나 식사하려고 잠깐 들를 때마다 너무 지나치지 않으면서도 손님을 안심시키는 서비스를 느낀다.

이 작은 호텔이 가진 독특한 분위기는 카리스마적인 매력을 지녔던 고 요시다 도시오吉田俊男 사장에 의한 것이다. 호텔과 료칸의 장점을 모두 갖춘 숙소를 만들고 싶다는 생각 때문에 '가만히 내버려 둔다, 하지만 항상 마음을 쓰고 있다'는 공기가 감돈다.

〈분게이슌주文藝春秋〉 등에서 본 야마노우에 호텔 광고. 작은 지면이지만 손으로 직접 쓴 문장이 적혀 있던 그 광고가 인상 깊었다. 요즘은 안 쓰는 옛날 철자의 단정한 문자들을 도대체 누가 썼는지 궁금했는데 문자도 문안도 창립자 요시다 도시오가 직접 쓴 것이라고 한다.

'많이 낡은 오래된 호텔입니다. 조용함과 맛을 추구하는 손님의 요구에 응하는 문화인의 호텔입니다'라는 손으로 쓴 문자 광고가 나타내는 분위기는 호텔이 많은 도쿄에서도 매우 독특한 것이다.

광고에 나타나 있는 약간의 수줍음과 그 근저에 있는 자신감은 카피를 쓴 사람이 가지고 있는 것이겠지만 동시에 야마노우에 호텔 자체가 가지고 있는 것이라는 생각도 든다.

'에도답다'도 아니고 '도시답다'도 아니다. '도쿄답다'는 말이 어울리는 야마노우에 호텔이다. 여기에는 다른 곳에서 온 사람들을 거부하지 않는 도시의 긍지가 있는 것 같다. 페야몬트라 호텔 등 소규모의 도쿄다운 호텔이 사라지고 있는 지금, 앞으로도 그 자세를 높은 곳에서 계속 견지해주었으면 한다.

도쿄에서 태어난 호시노 히로미星野博美 씨는 이사나 전학을 갈 필요가 없는 어린 시절을 보냈다. 바로 그런 이유에서 싹튼 '여기가 아닌 어딘가로' 나가고 싶다는 막연한 마음.

호시노 씨는 성인이 된 후 가족이 사는 본가와 다른 환경인 도쿄의 어떤 곳으로 이사를 왔고, 외국을 여행하고 때로는 외국에서 살아보기도 했다. 나는 호시노 씨의 사진과 글의 팬인데 그 저작물만 살펴보면 그녀는 항상 여행을 하고 있는 것 같다.

『미아의 자유』는 호시노 씨가 오랜만에 낸 사진 에세이집이다. 무대는 도쿄, 인도, 충칭重慶.

문장도 사진도 그녀의 시선은 언제나 공평하다. 그 시선이 너무나 똑바른 일직선이기 때문에 항상 약간 경사진 시선으로밖에 볼 수 없는 나는 그녀의 시선에 가슴이 철렁 내려앉는다.

시선의 방향은 다르지만 동년배이자 여행을 하는 사람으로서 여행이라는 행위에 대한 그녀의 감각이 변한 것도 공감하는 바다.

'잊는 것을 두려워한다면 여행은 불가능하다.

무엇보다 잊는 것을 두려워하는 지금의 나는 앞으로 여행과 어떻게 사귀어야 할지 슬슬 그 방식에 대해 다시금 생각해보아야 할지도 모른다'라는 문장 그리고 '**어디로도 가고 싶지 않아!**'라고 당당하게 말할 수 있는 사람이 되고 싶다. 여행 따위 필요치 않는 흔들림 없는 사람이 되고 싶다.

설령 그런 생활이 다소 지루하고 권태감을 동반할지라도'라는 문장에서는 여행에 대한 약간의 당혹스러움이 느껴지기도 한다.

그 감각은 나이 탓일지도 모른다. 혹은 일상적으로 여행을 하고 있기 때문에 얼마쯤 포화 상태일지도 모른다. 그러나 아마도 그녀는 이미 알아버렸을 것이다. 여행을 하고 있든 아니든 실은 그리 큰 차이가 없다는 사실을 말이다. 설령 어렸을 적에 그것이 불행한 체험이었다 해도 '손에 넣을 수 있으니까'라는 이유로 어렴풋이 이사나 전학을 동경했던 것과 마찬가지로, 그녀는 지금 여행을 하고 있지 않은 생활에 마음을 내달리는 것은 아닐까.

도쿄는 여행을 강요하지 않는다. 그 어떤 사람도 받아들이고 통과시키고 결코 붙잡는 일도 없다. 그런 도시에서 나고 자라면 오히려 여행에 대해서도 한곳에 정주하는 것에 대해서도 갈망이 사라져버릴지 모른다.

'이사를 거듭하여 낯선 곳을 여행함으로써 어린 시절 손에 넣을 수 없던 경험을 확실히 몇 개인가 손에 넣었다.

그래도 역시 그 정도로 불행하지도 행복하지도 않았다'라는 호시노 씨의 마음을 나는 어딘가에서 이해한다. 그런 그녀에게 남겨진 길. 그것이 '미아가 되는 것'이었으리라.

4

나 홀로 오후에

내면의 늪

부모님이 살고 계신 오기쿠보荻窪에 세이코西郊라는 이름의 오래된 여관이 있다. 어릴 적에는 그 이름의 의미를 몰랐다. '여관'이라고 하면 수상한 장소라는 기분도 들었는데 '잘은 모르지만 어른들의 장소겠지'라고 생각했다.

그러나 어른이 되고 나서 보니 '세이코'란 도심에서 봤을 때 '서쪽의, 교외'라는 의미였다. 지금 오기쿠보라고 하면 교외라는 이미지가 없지만 옛날에는 명실상부한 교외였으며 '세이코'라는 이름도 약간의 여행 정취를 자아냈을 것으로 생각된다. 그러고 보니 조부모님도 도회지에서 생활하다가 장래에 은거할 장소로 선택한 땅이 오기쿠보였고 그 행위 역시 그곳이 교외였다는 사실에 기인할 것이다.

오기쿠보의 '세이코'라는 이름이 기묘하게 생각될 정도로 현재 교외는 팽창하고 있다. 『교외의 사회학』은 교외에서 태어나 교외에서 살고 있는 사회학자인 와카바야시 데쓰오若林幹夫가 교외 팽창의 역사를 서술하기 시작하면서, 현대의 정설이 된 '얄팍하고 통일적인 교외'라는 이미지에 의문을 나타내며 교외란 무엇인가를 탐구하는 책이다.

도쿄 근교의 경우 1965년부터 1985년까지를 제1차 교외화, 1985년부터 1995년까지를 제2차 교외화라고 부른다. 제1차에 무기질적인 단지가 조성된 것과 달리, 제2차는 얼리 아메리칸풍이나 남미풍 등의 단지나 주택(주택의 여성화를 강하게 느낀다)이 주가 되었다. 특히 제2차 교외화 때

만들어진 거리의 '획일적이고 얄팍하다'는 이미지는 나도 분명 가지고 있다.

일전에 어떤 뉴타운에 갔을 때 역 바로 앞에서부터 늘어선 쇼핑센터, 패스트푸드점 그리고 유흥 시설까지 모든 것이 바둑판처럼 구획된 거리에서 많은 사람들이 생활하는 것을 보고 머릿속이 가려운 듯한 기분이었다. 그것은 혐오감이라기보다는 공포심에 가까웠다.

그러나 보행자들에게 '당신은 정말로 여기서 사는 것이 좋냐'고 따져 묻고 싶은 것은 어차피 외부에서 온 자의 오만일 뿐이다. 그 지역에 사는 주민들은 희망과 자금이 교차한 장소로 뉴타운을 선택한 것이고 또한 정비된 거리 풍경이 마음에 들지도 모른다. 그들은 거기서 실제로 생활하며 역사를 만들고 100년 후에는 '어? 옛날에는 여기가 교외였어?'라고 나와 똑같은 감상을 품을 가능성도 있다. 서민 동네 기질이라든가 고급 주택지풍이라는 말도 있지만, 뉴타운의 삶을 선택한 사람들은 지역이나 혈연, 그 외 온갖 관계로부터 발생하는 잡다한 것에서 도피하는 데 성공했다고도 말할 수 있지 않을까.

저자는 애정을 가지고 교외의 다면성과 중층성을 뚜렷이 드러낸다. '지방색'에서 완전히 벗어나지 못한 채 살고 있는 나의 감각은 역시 '옛날, 세이코였던 장소'에서 태어난 인간의 바로 그것인 것이다.

이어 『교토 몽환기』를 읽고 문득 생각한 것은 '도쿄東京라는 거리 자체가 거대한 교외인 거야'였다. 1천 년 동안 수도였던 교토京都. 수도가 동쪽으로 옮겨지고 '동쪽東의 수도京'이기 때문에 도쿄라는 이름이 된 것인데 교토의 입장에서 본다면 단순히 교토에 다 들어가지 못한 수도 기능이 동쪽으로 옮겨졌다는 동쪽의 교외 즉 '도코東郊'인 게 아닐까. 교토에 사는 친구는 도쿄에 올 때마다 '빨리 교토로 돌아가고 싶어'라고 말하는데 이는 내가 뉴타운에 갔을 때와 비슷한 감정이리라. 도쿄 사람인 나도 도심의 대규모 구획 변경에는 위화감을 갖지만 그래도 '도코'의 인간은 나름대로 애착과 사정을 가지고 산다는 부분도 뉴타운과 매한가지일 것이다.

그리고 교토. 교토의 거리를 천천히 걷다가 저자가 태어나 지금도 살고 있는 '스기모토케杉本家 주택'을 발견하고 '여기가 스기모토 히데타로杉本秀太郞 씨의……!' 하고 생각했을 때의 감개는 뉴타운을 보았을 때의 놀람과 정반대였다. 또한 기온마쓰리祇園祭 일본의 3대 마쓰리 중 하나. 교토의 야사카 신사의 제사를 이른다(라고 도쿄 사람들이기 때문에 그렇게 부른다) 기간 중 가장 중요한 날인 본마쓰리 전야제 날, 문화재이기도 한 '스기모토케 주택'의 광 속 미술품이 관광객에게 공개되는 것을 보았을 때도 지금이라는 한 순간이 역사의 축과 관계하는 장소를 본 듯한 마음이 들었다.

기온마쓰리 전야제의 소란스러움 가운데 『교토 몽환기』를 읽는 사이에도 스기모토케 주택에서 과거로 향하는 입구를 보았을 때의 기분이 더더욱 증폭되었다.

'친족 관계는 비유하자면 늪이다'라는 문장이 이 책에 담겨 있었는데, 저자는 내면에 있는 늪 속으로 들어가 서로 이어져 있는 수초와 침전물을 수면 위로 떠오르게 한다. 때로는 파리나 이탈리아의 아시시로 공상은 날개를 펴고 날아오르지만 읽는 동안 나는 교토라는 늪으로 깊숙이 빠져드는 기분이었다.

첫 부분에 '두견새 우는 5월 피어난 창포아야메 꽃처럼 분별없이 빠지는 사랑이나 해볼까'라는 『고킨와카슈古今和歌集』에 나오는 사랑의 노래가 실려 있다. 이 '아야메'란 식물인 창포지만 동시에 세상의 분별이나 조리라는 의미를 나타내는 '아야메'이기도 하다. 교토라는 늪에는 시공을 초월한 '아야메'가 가득 차 있는 것이다.

'늪'은 교토뿐 아니라 어느 지방에나 존재한다. 요컨대 도쿄에 온 이들은 발을 살짝 올려놓기만 해도 하염없이 빠져드는 '늪'으로부터 도망쳐

온 사람들이다. 도쿄가 항상 메말라 있는 것도 지당한 일이다.

『관광』이라는 단편소설집의 저자는 시카고에서 태어나 방콕에서 자란 20대 청년이다.

조금 전과 같은 방식으로 말하자면 그는 '늪' 바깥에서 태어난 후 '늪'을 알게 된 사람이다. 태국은 나도 좋아하는 곳인데 이 책을 읽고 있으면 그 나라의 습도나 냄새, 사람들의 표정까지 되살아나는 기분이 든다. 그 이유는 저자가 바깥쪽에서 '늪'을 본 경험이 있기 때문은 아닐는지.

그는 관광객인 '외국인'의 눈으로 본 방콕과 그곳에 사는 사람의 시선으로 본 방콕 모두를 알고 있다. 그렇기 때문에 더더욱 외국인 소녀에게 끌리면서도 외국인들에게 맞서는 방콕 소년의 마음을 그려낼 수 있었고(「외국인」), 방콕에 사는 아들 집에서 노후를 보내게 된 미국인 남성의 고독에 대해서도 적을 수 있었다(「이런 곳에서 죽고 싶지 않다」).

외국인과 태국인 사이. 태국인과 캄보디아 난민 사이. 부자와 가난뱅이 사이. 방콕에는 요즘 식으로 말하자면 '격차'가 무척 심해 일본에 비할 바 아니며 그것이 스토리를 만드는 데 핵심이 되기도 한다.

그러나 저자는 '격차를 없애자!'라고 목소리를 높이지 않고 격차 안에서 슬픔과 일체가 되면서도 섞여 있는 아름다운 것을 우리에게 보여준다. 그러한 방식은 방콕에서 자란 그의 수줍음일 것이다.

표제작 「관광」은 이제 곧 시력을 잃어버릴 어머니와 아들이 여행을 떠난다는 이야기다.

'관광이야. 방콕 역에서 차표를 사겠다고 어머니가 말했다. 외국인이 되는 거야. 관광객이 되는 거라고.'

어머니의 말은 씩씩하고 밝았으며 슬프고 어두웠다. 극렬한 대비는 마치 방콕에 내리쬐는 뜨거운 햇살과 그림자 같았다.

아아, 집에 가고 싶어

30대 중반부터 지금까지 주위에서는 부동산 취득 붐이 이어지고 있다. 옷이니 가방이니 여행이니 하는 것에 정신을 빼앗기는 시기가 지나면 사람들은 아파트, 집 때로는 별장 등 자신의 확고한 진지를 확보하려고 한다.

독신 여성의 아파트 구입이 전혀 보기 드문 일이 아닌 지금의 현실에서 전보다 눈에 띄는 것이 '지진제地鎭際를 하는 여자' 즉 단독주택을 신축하는 여자다.

혹은 장래에 결혼할 것 같지 않으니 자신의 집을 짓는 여자다. 이혼후 부모와 살 집을 짓는 여자도 있다. 통계를 낸 것은 아니지만 여자가 건축주가 된 집은 미묘히 증가하지 않았을까.

나카지마 다이코中島たい子의 『지어도 돼?』는 그런 분위기가 존재하기 때문에 쓰인 소설일 것이다. 일도 연애도 아무래도 신통치 않다. 그런 30대 독신 여성이 '타인에게 의존'하거나 '일에서 성공하는 것'이 아니라 집이라는 독립된 장소를 확보해야 한다는 결론에 이르렀다는 이야기다. 어떤 집에 살고 싶은가를 생각하다 보면 자신이 어떤 인간인지를 응시하게 된다는 것이기도 했다.

'일인용 집'에 관한 책은 대부분이 나온 지 얼마 안 되었다. 집을 짓는 입장에서는 『저질러버렸어 단독주택!!』 그리고 건축가 입장에서는 『독신자의 주거지』가 있는데 나는 양쪽 모두 흥미롭게 읽었다. 혼자만을 위해 짓는 집이라니 어쩌면 이리도 농후할까, 라고 감탄하며 말이다.

이러한 책이 나온 시점에서 '여자가 집을 짓는다'는 것은 아직 무척 특수한 일이었고 이토 리사伊藤理佐 씨의 만화도 일종의 모험담처럼 읽히는 감이 없지 않다. 그러나 지금 '지진제를 하는 여자'의 리얼리티는 조금씩 증가하고 그렇기 때문에 더더욱 '지어도 돼?'인 것이리라.

물론 '여자는 집을 짓지 않는다'는 세간의 상식이 있기 때문에 더더욱 소설이 성립된다. 주인공이 주택 전시장을 보러 가면 담당 직원에게는 '사모님'으로밖에 보이지 않고 모델하우스는 모두 가족을 위한 설계다.

실제로 나도 어머니와 함께 부모님 집 리모델링 작업을 한 적이 있는데(우리 집은 현재 어머니, 딸 모두 마케이누 루저) 여러 장면에서 '여자가 집을 짓는 건 정상이 아니라는 것이지요'라고 간주되며, '앞으로 점점 더 여자 건축주가 늘어날 것이 틀림없으니 집을 짓는 측도 그에 대처해야 해', '맞아 맞아'라고 이야기를 나누었다.

그럼 『지어도 돼?』의 주인공이 자신의 과거와 미래를 모조리 생각하여 지은 것은 어떤 집일까. 읽는 동안 나 혼자만의 집을 짓고 싶어진 것은 결코 독신 여성에만 국한된 일은 아닐 것 같다. 여자는 삼계에 집이 없다고 하는데 집이 없다면 지으면 된다, 라는 시대가 되었네요.

건축가에게 부탁하여 개성적인 건물을 직접 세우지 않더라도 어떤 집에 살고 있는가는 그 사람이 어떤 사람인가를 여실히 말해준다. 똑같은 공간 배치의 아파트라도 사는 사람에 따라 '어?'라고 생각할 정도로 집의 표정이 달라지기 때문에 집을 키우는 것은 사람이다.

동시에 사람을 키우는 것도 집이라고 말할 수 있다. 어린 시절 어떠한 집에서 자랐는가가 인격 형성에 크게 영향을 미친다는 것을 『앨범의 집』을 읽으며 실감했다.

1940년부터 1967년 사이에 태어난 여성 건축가들이 소녀 시절 어떤 집에서 살았는지 집에 대한 추억이 공간 배치도, 사진과 함께 기록된 책이다.

이는 집에 대한 기억임과 동시에 가족에 대한 기억이었다. 그렇기 때문에 피 한 방울 안 섞인 타인이 소녀 시절 살던 집이 그리워지는 것이다. 예를 들어 사과 농가에서 태어난 건축가는 수확할 무렵이 되면 방 안에 사과가 쭉 놓여 있었다고 하는데, '저는 사과 속에서 자는 것을 좋아해서 방석을 두 개 깔고 잤습니다. 얼굴 주변에 사과가 엄청 많았고 좋은 향기에 싸여 자면 무척 기분이 좋았습니다'라고 한다.

'집 안에서 유일하게 혼자가 될 수 있는 장소가 목욕물을 데우는 불을 때는 곳이었습니다'라고 적은 사람은 목욕물을 데우는 불길을 바라보면서 소녀 만화 잡지 〈리본〉이나 〈사이좋은 친구〉를 읽으며 생각에 잠겼다고 한다.

여성 건축가들은 원래 소녀였고 현재는 일하는 여성이다. 좁은 관사에 살았기 때문에 '넓은 방을 동경하여 집의 이상적인 방 배치를 그리고 또 그리던' 사람들, 조부모 집 기와지붕의 경사가 아름다워서 '이 지붕의 아름다움이 건축 일을 택한 계기가 되었다'고 말하는 사람도 있다. 때문에 건축이라는 일을 택한 여성들의 라이프 히스토리로도 읽을 수 있다.

소녀 시절 집에 대한 기억은 어딘가 감미로운 것이다. 어떤 여성 건축가는 '시어머니는 만년에 병원에서 **집에 갈 거야**라고 자주 말했습니다. **집**이란 소녀 시절을 보낸 곳이었습니다'라고 적었다. 그러고 보니 내 어머니도 '어딘가에서 전철 소리가 들리면 아아, 집(=자신의 친정)에 가고 싶어라, 하는 생각이 들어'라고 했고 조부모도 그런 말을 했던 것 같다.

실은 부모에게 야단맞았거나 자유롭지 못했거나 하기 싫은 심부름을 억지로 해야 했거나 등등 결코 즐겁지 않은 일도 아주 많았을 소녀 시절의 '집'이건만 분명 그런 '집'이 있었다는 기억이, 자신이 성장한 집을 언젠가는 뛰쳐나갈 운명에 있(을지도 모르)는 여성들에게 소중한 것이리라.

소녀 시절은 감미로운 기억과 함께한다. 그러나 너무 단 과자는 때로는 치아에 아프게 느껴지는 것처럼 소녀의 주변에 감도는 달콤함 또한 아픔과도 가깝다.

『앨범의 집』을 읽고 나서 『여성스러움 입문(웃음)』을 읽으니 그런 달콤하고 아픈 기분이 든다. 물론 포인트는 '(웃음)'에 있는데 이것이 거의 (울음)에 가까운 (웃음)이라는 것은 오구라 지카코小倉千加子 팬이면 금방 알 수 있다.

우리는 여자아이로 태어난 순간부터 '여성스럽게' 살아가길 기대 받고 레이스라든가 사치스러운 구두로 장식된 가시밭길을 걷게 된다. 이 책은 그런 가시밭길을 어떻게 걸어야 하는가를 소녀들에게 안내하는 형태다.

그러나 소설 속 소녀가 아닌 진짜 소녀들에게 이렇게 진실만을 쓴 책을 주는 것은 너무나도 잔혹, 혹은 완전히 쓸데없는 짓이라고 생각했다. 오히려 어른들이 자신이 살아온 방식을 생각하면서 (웃음)이라든가 (울음)이라든가 그것들과 함께 읽는 것이 더 어울리지 않을까.

백마 탄 왕자님에게 사랑을 받고 선택되기 위해서 여자는 여자답게 있어야 한다. 그러나 이 책은 마지막에 '왕자님이 오지 않아도 괜찮아'라고 소녀들을 격려하는 보기 드문 존재다.

이야기를 되돌리면 '집을 짓는다'는 것은 거의 궁극적으로, 여성스럽지 않은 행위다. 앞서 나온 『지어도 돼?』의 주인공은 연애 면에서 그다지 좋은 인연을 만나지 못했는데 집을 짓는다는 '여성스러움'을 포기한 행위를 저지른 그녀가 과연 마지막에 왕자님을 만날 수 있을까.

내가 『지어도 돼?』를 읽으며 주목한 것은 바로 그 점이었는데 역시 여기서도 마지막에 왕자님의 등장에 대한 예감을 불러일으키는 '구제'가 행해지고 있었다. 그렇다, '왕자님이 오지 않아도 괜찮아'라는 확신은 그리 간단히 얻기 어렵다. 집과 왕자님을 비교하면 집 쪽이 훨씬 듬직하지만 그래도 집은 왕자님을 대체할 존재는 될 수 없다……였어? 역시?

어린이도 어른도 정말 힘들어

아이들은 정말 힘들어. 죽이거나 살해당하거나 버려지거나 누군가에게 구조되거나 하는 요즘 어린이들을 보고 있노라니 그런 생각이 든다.

그런 점에서 내가 어렸을 때는 아직 세상이 마음 편했다. 도쿄라도 잠깐 집을 비우는 정도라면 열쇠 따위 잠그지 않았고(설마 우리 집만?), 아이들이 혼자 돌아다니는 것도 그리 걱정스럽지 않았으며 게임도 없었기 때문에 바깥에서 실컷 놀았고.

그러나 어린 시절로 돌아가고 싶은가 하면 절대로 싫다. 왜냐하면 너무 힘들었으니까. '언제까지 학교를 다녀야 하는 거야'라고 마음 깊숙이 진절머리를 치고 있었으니까.

지금에 와서는 집단생활을 자칫 동경하는 경향도 있지만 이는 자유로운 생활과 독신 생활이 길었기 때문에 그 반동이기도 하다. 어릴 적 '학교'라는 집단에 느끼고 있던 자가중독적인 기분 나쁨을 오랜만에 곰곰이 반추해본 것은 『다키야마 코뮌 1974』를 읽고 나서다.

1962년생인 저자 하라 다케시原武史가 초등학교 시절을 보낸 곳은 도쿄 히가시쿠루메東久留米 시의 다키야마 단지였다. 그는 단지 아이들을 위해 신설된 시립 제7초등학교에 다니게 된다.

이 책은 정치사상사 학자인 저자가 초등학교 때 직접 체험한 특수한 교육에 대한 기록이다. 전공투전국학생공동투쟁회의. 1967년부터 약 5년간에 걸쳐 과격하게 벌어진 일련의 학생운동 세대의 젊은 교사가 출현하여 혁신 세력으로 대두

하는 시대에 제7초등학교에 나타난 한 선생님. 그는 일본교직원조합에서 태어난 민간 교육 연구 단체인 전국생활지도연구협의회가 내건 '대중사회 상황에서 어린이들 안에 생겨난 개인주의, 자유주의 의식을 집단주의적인 것으로 변혁한다'(!)는 의지를 가지고 제7초등학교 개혁에 착수한다.

냉정한 시선과 반골 정신을 가지고 있던 하라 소년은 당연히 '**개인**이나 **자유**는 **집단** 앞에서 부정된다'는 상태에 대해 그리고 '동료'나 '모두'와 같은 단어만 강조하는 학교에서 깊은 혐오와 고독을 맛본다. 마침내 그는 중학교 수험을 위한 사립 학원 요쓰야오쓰카四谷大塚에서 안식처를 발견하는데, 그 사이에도 학교의 '코뮌'화는 진행되어 마침내 그 교사가 담임으로 있는 학급 아동들이 각종 위원회 위원장을 독점하고 학교를 지배한다. 온 힘을 다해 반발하는 하라 소년은 전공투를 연상시키는 자기비판까지 강요당한다.

정말로 공립 초등학교에서 일어난 일인지, 쉽사리 믿기가 어려울 지경이지만 이는 면밀한 취재에 의한 기록과 분석이다. '집단'이 얼마나 정체불명의 것인지 시대 상황에 의해 더욱 명확히 드러나는 가운데, 한 명의 냉철한 소년은 성인이 된 지금 과거를 돌아보며 '그 시대는 도대체 무엇이었던가?'를 묻는다. 그 과정이 얼마나 스릴 넘치던지.

긴박한 나날 가운데 품은 같은 반 여자아이에 대한 아련한 연심. 학원 가는 도중 출발을 기다리며 열차에서 도시락을 먹는, 아주 작은 안도의 시간. 그런 묘사로 아름다운 색채를 담은 이 책은 문예의 향기까지 품은 보기 드문 작품이었다.

어린 시절의 마음 따위 완전히 잊어버린 나는 지금 어린이 감각을 전혀 모르겠다. 아주 가끔씩 접할 때는 귀여워해야 하는 존재, 미숙한 존재, 무언가를 가르쳐주어야 할 존재로밖에 바라볼 수가 없다. '어차피 대단한 생각을 하고 있는 것은 아니겠지' 하고 여겨버린다.

12세 이하 어린이의 소설을 대상으로 한 제1회 12세 문학상이 개최되었다고 해서 수상작을 모은 『12세의 문학』을 집어 들었다. 나에게 거의 미지의 세계인 동심이라는 것을 살펴보고 싶었기 때문이다.

대상은 두 작품. 6학년 여자아이가 쓴 「달의 물고기」는 어른 못지않은 문장력이었지만 어린이가 아니라면 알 수 없는 감각이 넘쳐흘렀다. '내 아이가 이런 것을 써버렸다면 좀 슬플지도 모르겠네!'라는 생각이 든다.

그리고 또 한 편, 4학년 여자아이가 쓴 「'명란젓 왕국'과 '명란알 왕국'」은 제목처럼 두 왕국 사이에 전쟁이 일어나 그 사이를 중재하는 것이 주먹밥이라는, 어른들은 절대로 쓰지 못할 스토리다.

다른 수상작을 읽어보아도 열심히 어려운 단어를 쓰는 아이, 어른 비판을 아주 제대로 하는 아이, 고독을 묘사하는 아이…… 등 아이들은 어른과 마찬가지로 복잡한 감정을 품고 살아가고 있다. 그러나 작가 사진을 보면 극히 평범한 아이 얼굴이다. 앳된 표정과 작은 육체 안에 가득 담겨 있는 정신의 복잡함이 어른과 다르지 않은 것을 보면 인간이란 얼마나 업보가 많은 존재인가를 생각한다.

그러나 '쓴다'는 것은 그 인과의 많고 적음을 조금이나마 줄일 수 있는 작업이라고 생각한다. 가득 고인 것을 분출하는 수단으로 '쓴다'는 처방전은 아이들에게도 유효하다.

이런 작은 어린이에게 상이라는 스포트라이트를 받게 해도 좋을지. 아직 어린데 문장으로 주목받는 것이 과연 행복할지. 어른으로서는 조금 염려가 되기도 한다. 그러나 글쓰기라는 수단을 한번 알아버린 어린이라면 노래 부르듯 뭔가를 쓸 수 있는 그 시기를 만끽하길 바란다.

그래서 이 책을 읽고 계실 어린이 여러분(그다지 없겠지만). 괴로울 때나 슬플 때는 뭔가를 써봅시다. 소설은 못 쓰겠다는 분은 에세이 혹은 일기라는 방법도 있습니다. 거기에는 보다 직설적으로 쓰는 쾌감이 있을지도 모르지요!

맞아 맞아. 어린 시절이란 의외로 괴로운 거였지. 숙제 제출일이 다가 온다는 단지 그것만으로도 어린이에게는 큰 문제라 어두운 기분으로 엄청 고민하곤 했지.

그리고 성인이 되면 숙제에서 일로 내용이 바뀔 뿐. 그러고는 다른 사람과 비교해서 나는 좀 부족하지 않을까 하는 생각, 혹은 인간관계 등 고민의 근본은 성인이 되어도 그다지 다르지 않다.

어린이도 무척 힘들다는 시점에서 『재혼 생활』을 읽어보면 어른들도 힘들다는 생각으로 회귀한다. 혹은 어른과 어린이의 차이는 그리 대단한 것이 아닐지도 모른다.

'일도 잘되어가고 큰 상을 받아 도쿄 한복판에 보란 듯이 아파트를 사고 게다가 다정한 남성에게 청혼받아 재혼까지 한' 야마모토 후미오山本文緖 씨가 우울증에 걸려 입원했다! 그 전후의 나날을 일기로 적은 것이 이 책이다.

인생에서 결핍이라고는 찾아볼 길 없는 야마모토 씨가 왜 우울증에 걸렸지?라는 생각이 들었지만 고민이나 스트레스는 일이라든가 아파트라든가 남편이라든가 그런 방패와 방패 사이의 아주 작은 틈을 비집고 들어오는 법이다. 달리 표현하자면 방패라고 생각했던 것이 스트레스일 때도 있다.

기분이 너무 가라앉은 나머지 정말로 가슴이 아렸던 경험을 해본 사람이라면 남녀나 직업을 불문하고 누구라도 『재혼 생활』의 일상에 공감할 거라고 생각한다. 그리고 나는 타인의 마음이 안정되지 않은 상태를 일기라는 형태로 읽음으로써 어딘가에서 스스로도 인정받은 듯이 안심하곤 했던 것이 기억난다.

야마모토 씨는 이윽고 퇴원하고 조금씩 좋아진다. 독자는 그 사실을 있는 그대로 기뻐할 수 있다. 저자는 기분이 좋을 때 '온갖 좋은 일투성이지만 그렇게 되면 일기에 쓸 게 그다지 없다는 사실을 알아차리고 약간 멍해진다'라고 쓰는데 이 일기 연재가 끝났다는 것은 기뻐할 만한 일이다. 성인의 마음은 아이와 마찬가지로 복잡하고 섬세해서 뭔가를 쓴다는 행동에 의해 회복되어가는 것이다.

가엾어라,
가부키를 보지 못했다니

코쿤Cocoon 가부키를 본다. 이번 공연은 〈세 명의 기치사〉. 처음으로 코쿤가부키를 본 것은 2001년 〈세 명의 기치사〉였는데, 그로부터 6년 만에 다시금 공연하는 것이다.

지난번에 보았을 때 나는 코쿤가부키에 대해서도 〈세 명의 기치사〉에 대해서도 아무런 예비지식이 없었다. 그런 만큼 더더욱 '오카와바타코신즈카大川端庚申塚의 단段', 나카무라 후쿠스케中村福助가 연기하는 오조키치사가 도적이라는 사실을 밝히는 장면, 원작자 가와타케 모쿠아미河竹黙阿弥의 기분 좋은 7·5조 가락의 대사 그리고 '혼고히노미야구라本郷火の見櫓의 단'에서 눈 속의 카타르시스…… 등에 완전히 '압도되었다'.

그 이래로 마음속으로 코쿤가부키를 기대하며 기다리게 되었는데, 이번 〈세 명의 기치사〉는 완전히 다른 연출이다. 지난번 마지막 음악은 이시노 닷큐石野卓球였는데 이번에는 시이나 린고椎名林檎였다.

애당초 가부키는 전문 연출가를 세우지 않는 연극이지만, 코쿤가부키의 연출은 구시다 가즈요시串田和美였다. 구시다 가즈요시 연출과 구시다가 말하는 '연극의 신께서 이 세상에 파견한 요물'인 나카무라 간자부로 그리고 시부야에 있는 코쿤이라는 극장. 이 세 가지가 합쳐져 화학적 변화를 한 모습을 알고 싶어서 '가부키를 연출한다'는 부제가 달린 『구시다 극장』을 읽었다.

읽으면서 '여태까지 가부키를 보고 **뭐 그런 거겠지**라고 흘려버린 것이 얼마만큼이나 많았던가'를 생각했다.

가부키에서는 이치에 맞지 않는 일이라든가 영문을 알 수 없는 일이 엄청 빈번히 일어나는데, '옛날이야기이고 **가부키**라는 훌륭한 전통 예능이니 그런 거라고 그냥 납득하면 되겠지' 하곤 깊이 생각하지 않았다. 그러나 구시다는 그런 부분 하나하나를 깊이 파고들어 다른 방향으로부터 초점을 맞추어 관객에게 명확히 보여준다.

이는 '알기 쉽게 한다'는 작업이기도 하지만 동시에 가부키라는 그릇의 깊이와 위태로움을 제시하는 것이기도 하다. 외부 세계에서 와서 가부키를 연출하는 저자는 항상 가부키라는 세계에 이방인 같은 감정을 품고 있다고 하는데, 태어났을 때부터 가부키 세계를 접하지 않았던 사람이기 때문에 생긴 의문은 새로운 해석이 된다. 가부키의 멋스러움이란 무엇인가를 해부하는 저자의 시점과 가부키란 무엇인가를 탐구하는 간자부로의 시점이 교차하는 현장이 코쿤가부키인 것이리라.

가부키좌에서 〈Ninagawa 십이야〉를 본다. 셰익스피어의 〈십이야〉를 니나가와 유키오蜷川幸雄가 연출한 이 가부키는 2005년이 초연인데 나는 이번이 처음이다. 변함없이 아무런 선입관도 가지지 않고(라기보다는 어설픈 기초 조사를 아무것도 하지 않은 채) 갔다. 막이 열리자 거울을 많이 쓴 무대미술의 아름다움에 깜짝 놀란다. 무대가 열리고 우선 거울에 비친 것은 객석이다. '뭔가를 보고 싶다'는 기대로 가득 차 객석에 앉아 있는 관객이 가장 먼저 마주한 것은 자신의 모습이다.

남자와 여자를 갔다 왔다 하는 오노에 기쿠노스케尾上菊之助의 아름다움도 충분히 감상한다. 세간에서는 이치카와 에비조市川海老蔵의 동향이 주목받고 있지만 최근에 배우로서 기쿠노스케의 활약은 그야말로 눈부시다.

니나가와 연출의 〈Ninagawa 십이야〉도 기쿠노스케의 발안에 따랐다는 것을 『기쿠고로의 섹시함』을 읽고 알게 되었다. 〈Ninagawa 십이야〉의 기쿠고로는 말볼리오마루오 보다유丸尾坊太夫, 페스테스테스케撿助로서 무대에 긴장감을 더하고 젊은 전무를 지키는 사장이라는 느낌이다.

나는 기쿠고로와 기쿠노스케 부자를 좋아하는데 그러나 대부분 부자 지간이라든가 친척끼리만 하는 가부키의 세계는 생각해보면 아주 이상하다. 그러나 좁은 세계 안에서 '집안'이라든가 '가문의 예능'이라든가 '조상 대대로 이어진 성씨' 등등을 이어받았기 때문에 더더욱 가부키의 불가사의함, 정체를 파악할 수 없는 신비함이 양성된 거라고 기쿠고로 집안, 즉 오토와야音羽屋의 역사를 읽고 생각한다.

이러한 '집안'이나 '가문 대대로 이어진 성씨'에 대해서도 나는 '뭐, 그게 그렇게 그렇게 되어 그런 것이겠지'라는 느낌으로 파악하고 있었다. 그러나 1717년에 태어난 초대 기쿠고로에서 현대의 제7대 기쿠고로까지 집안과 그 예능의 대가 끊이지 않게 한 것은 천황가도 과연 이 정도일까 싶을 정도로 너무나도 어려운 일이었다! 그리고 우리는 이 300여 년의 역사를 통틀어 지금의 기쿠고로의 연기를 보는 것이 된다.

초대와 현재의 기쿠고로는 핏줄로 이어져 있지 않다. 그러나 연기라는 매개가 존재할 경우 중요한 것은 핏줄이 아니라 '이어간다'는 행위 자체다. 관객도 단순히 '본다'는 것이 아니라 '계속 본다'는 정점관측적인 수법을 취함으로써 가부키에 보다 가까워지는 게 아닐까.

현재의 기쿠고로가 기쿠노스케였던 시절을 아는 사람들은 '엄청 멋있었어. 정말로 지금의 기쿠노스케와 아주 많이 닮았지!'라고 말한다. 그 말은 젊디젊은 온나가타의 활약이 인상적인 현재의 기쿠노스케도 앞으로 아버지처럼 멋스러운 주연배우로 중심을 바꾸고 유머 감각까지 갖추게 된다는 걸까.

『기쿠고로의 섹시함』에서 또 하나 인상적인 것은 기쿠고로의 딸인 데라지마 시노부寺島しのぶ가 아버지의 무대 사진을 보고 살짝 홀린 '이 사람의 자식이었구나'라는 말이다.

가부키 집안의 딸들에게는 공통적으로 어떤 슬픔이 감도는데 데라지마 시노부는 이를 가장 강하게 실감하는 한 사람일 것이다. 오토와야라는 명문가에서 태어났으면서도 딸이기 때문에 가부키를 연기할 수 없는 슬픔. 역시 여배우인 어머니마저 실감할 수는 없었을, 딸의 그 슬픔이야말로 그녀를 온전한 여배우로 만드는 것은 아닐까.

가부키에 한껏 가까워진 대목에서 『가부키 100년 100가지 이야기』를 읽는다. 최근 100년 동안 가부키계에서 생긴 사건이 칼럼 형식으로 나온다. 펼쳤을 때 좌우 면 합쳐서 1년분으로, 100가지 이야기가 담겨 있다. 1903년 메이지시대의 가부키를 대표한 배우 제9대 이치카와 단주로市川團十郎와 제5대 기쿠고로菊五郎, 합하여 단키쿠團菊가 세상을 떠난 해에서 시작한다.

우선 '아!'라고 생각한 것은 옛날에는 극＝가부키였다는 사실이다. 이 책에 따르면 제2차 세계대전 후까지는 '극을 보러 간다'＝'가부키를 보러 간다'였다는 것이다. 그러나 여러 가지 연극이 존재하는 지금, 가부키는 전통 예능 가운데 하나인 '가부키'라는 특수한 장르가 되었다. 그렇기 때문에 더더욱 나 같은 사람은 가부키 세계에서 일어나는 특수한 사건에 대해서는 '어째서?'가 아니라 '뭐 그게 그렇게 된 것이겠지'라고 생각해버린다.

100년의 역사를 둘러보면 전통으로 보호받아온 것처럼 보이는 가부키 세계에도 새로운 것에 도전하는 사람들이 각 시대별로 존재했으며, 지진이나 전쟁으로 타격을 입는 등 불우한 시대도 있었다. 코쿤가부키나 〈Ninagawa 십이야〉 같은 새로운 시도는 최근에 와서 느닷없이 생겨난 것이 아님을 이 가부키 연대기를 읽고 잘 이해할 수 있었다. 400년 전부터 이어져왔기 때문에 더더욱 새로운 것을 도입하지 않는 한 앞으로 나아갈 수 없음을 가부키 세계의 사람들은 가장 잘 알고 있는 것이 아닐까.

이어가는 것과 새로운 것을 도입하는 것. 양자 모두를 잘 소화해야 함을 가부키 종사자들은 괴로워하면서도 즐기고 있을 것이다. 그렇게 본다면 폐쇄적이고 좀처럼 이해하기 쉽지 않은 가부키 배우의 세계는 일본이라는 나라의 축소판 같다는 생각이 든다. 일본에 대해 나도 모르게 자칫 '뭐 그게 그렇게 된 거겠지'라는 느낌을 가져버리는 것도 양자의 공통점이 있기 때문에 더더욱 그렇지 않을까.

메이지시대의 걸출한 배우인 단주로와 기쿠고로가 세상을 떠난 후, '이 두 사람의 가부키를 보지 않은 자가 가부키에 대해 왈가왈부하다니 가소롭다' 따위의 발언을 하는 '단주로 기쿠고로 마니아 영감'이라 불리는 사람들이 있었다고 했던가. 나도 앞으로 수십 년이 지나면 '간자부로의 코쿤가부키를 보지 못했다니 세상에나 가엾어라!'라고 젊은이들에게 말하는 '코쿤 할멈'이 되어 있으려나…….

정치가의 말

내각 개조 후 불과 며칠 만에 각료가 사임하는 등 여전히 앞날이 불투명한 아베 내각.

고이즈미에서 아베로 수상이 바뀌었을 때는 일반적인 반응, 특히 여성들의 반응이 좋지 않을까 하는 존재감 측면에서 비슷한 노선일 거라고 생각했다. 그러나 뚜껑을 열자 두 사람의 인상은 상당히 달랐다.

두 사람의 정치적인 역량이나 사상의 차이는 차치하고서라도 가장 큰 차이점은 고이즈미 씨가 '자신이 있는 듯'했던 것과 달리 아베 씨는 '자신이 없는 듯' 보인다는 점이라고 생각한다. 그리고 이러한 인상의 차이는 양자의 발언 때문이라는 것이 『언어학자가 정치가를 벌거숭이로 만들다』에 적혀 있다.

선거에 돌입하면 정치가들은 갑자기 '국민 여러분'은 새로운 판단을 할 수 있는 현명한 집단이라고 극찬한다. 그러나 사실 그들은 전혀 그렇게 생각하지 않고 '국민 여러분'이 이미지나 지명도에 간단히 좌우되는, 결코 현명하지 않은 존재라는 것을 인식하고 있다. 그 많은 연예인 후보 옹립만 봐도 알 수 있다.

실제로 우리는 그다지 현명하지 않다. 많은 미국인이 '민주주의를 이상으로 삼고 있지만' '스스로가 정치에 관여하는 혹은 감시하고 싶지 않은, 요컨대 자신들에게 보이지 않는 곳에서 민주주의가 수호되길 바라는' 경향의 소유자인데, 그에 대해 미국의 어느 정치학자는 '비밀 민주주의'라고 부른다고 한다. 이는 일본 역시 마찬가지다. 그렇다면 중요한 것은 정치가의 이미지이며, 이미지 형성에 크게 관여하는 것은 '무엇을' 말하는가보다는 '어떻게' 말하는가다.

이 책에 따르면 고이즈미가 말하는 방식의 특징은 '입니다'라는 정중한 어미가 종종 '이다', '이라고', '이지' 등 반말에 가깝게 바뀐다는 것이다. '원 프레이즈 폴리틱스One-phrase Politics'라고도 불리는 짧고 기억에 잘 남는 언어를 구사하였고 사람들에게 많은 웃음을 자아냈다.

이에 비해 아베 씨는 시종일관 '입니다', '합니다' 등 딱딱하고 정중한 어미를 사용하며 반말로 바뀌는 경우는 일체 없다. 외래어를 많이 사용하여 웃음을 주는 일도 없다.

이쯤 되면 어느 쪽 이야기가 보다 대중의 인상에 남는가는 자명한 일이다. 다나카 가쿠에이처럼 일반인들에게 인기가 있었던 정치가는 역시 아베와 다른 말투를 썼음을 알 수 있다. 그리고 최근 아소麻生 씨가 의외로 인기가 있는 것은 '거라고' 등의 어미까지 사용하며 국민들 사이로 깊이 파고들기 때문인지도 모른다.

저자인 아즈마 쇼지東照二는 히가시코쿠바루東國原 미야자키宮崎 현 지사가 선거 중 사투리를 많이 쓴 것도 일반인에게 인기 있는 말투의 예로 소개한다. 분명 미야자키 사투리에는 약혼이 결정되자마자 빈번히 나오는 후지와라 노리카藤原紀香의 간사이 지방 사투리와 마찬가지로 어떤 약아빠짐이 있지만, 그 약아빠짐을 국민들은 너무나 좋아하는 것이다.

그렇게 약아빠지기에는 너무나 귀하게 자란 아베 씨의 말투를 문장으로 읽다가 또 한 가지 알아차린 것이 있다. 그것은 '삼가 확신을 했습니다', '감사 말씀을 올립니다'처럼 조사가 없어도 될 곳에 조사를 쓰는 버릇이다.

이러한 말투는 '확신'에서 한 발자국 뒤로 물러난 듯한 인상을 준다. 자연스럽게 확신하는 것이 아니라 '뭐, 확신해두도록 할까' 정도의 느낌.

'확신하고 있습니다'라고 하면 되는데도 말이다.

이에 비해 고이즈미 씨는 불필요한 조사를 없애는 경향이 있어서 '중요한 것, 딱 한 가지만, 말하고 싶다', '출마한다', '팸플릿 배포한다'고 말한다. 내용은 차치하더라도 일단 자기만의 언어로 말하는 느낌은 분명하다.

그렇다면 아베 씨가 고이즈미 씨처럼 말하면 될까 싶지만 꼭 그렇지만은 않다고 생각한다. 오히려 불가능에 가깝다. 어떤 단어를 사용하는가는 어떤 성격인가라는 것이다. 아베 씨가 고이즈미 씨 흉내를 낸들 '엄청 노력하며 흉내 내고 있군' 하고 전달될 뿐이리라.

단, 딱 한 가지만은 그만두는 편이 좋지 않을까 생각되는 아베 씨의 버릇이 있는데, 자기 자신을 '저'라고 말하는 것이다. '저'라고 생각하고 있을지 모르지만 종종 여성스럽게 들려서, 분명 귀하게 잘 자란 도련님 풍이긴 하지만 일국의 수상이 사용할 만한 일인칭으로는 지나치게 선이 가늘고 여성적으로 느껴진다…….

『여성어는 어디로 사라졌는가』라는 질문에 '정말이지 어디로 사라진 걸까요?'라고 생각하는 사람은 자못 많을 것이다. 이렇게 말하는 나도 그중 한 명이다. 전철 안에서 젊은 커플의 여성 쪽이 '배고파. 밥 먹자'라고 남성적인 말투로 말하는 것을 들으면 '남자 친구와 함께 있을 때도 저런 말투를 쓰다니 이제는 여자가 저렇게 말해도 이성에게 경원시될 걱정이 없다는 거네'라는 생각이 든다.

이 책의 통계에 따르면 2년제 여대생의 45.7퍼센트가 '아니, 그렇지 않아'를 남성적인 투로 말한다. 남성들이 자주 쓰는 말투나 용어를 사용하지 않는 나는 지금의 젊은이들과는 언어적으로 세대가 전혀 다르다고 느끼는데 그러한 종류의 단층은 각각의 세대마다 있다.

예를 들어 우리 엄마 세대의 여성은 '그렇지요'라고 말하는 사람들이 많아서 '그렇다고', '그렇지'라고 하는 사람이 있으면 무척 품위 없게 들린다. 그러나 우리 세대는 '그렇다고'나 '그렇지'가 보통이다. 우리 세대가 이런 말투를 한 채 노인이 될 것을 생각하면 지금 그대로의 말투로 성인이 될 사람들도 많을 것임에 틀림없다.

이 책에서는 나쓰메 소세키夏目漱石의 『산시로三四郎』 속 100년 전 여성어를 펼쳐 보인다. 그 시대 여성어는 어디까지나 주체적으로 사용된 것이었다. '몰라요' 따위의 말이 유행어라고 비판받았다는데 지금에 와서는 그런 말도 충분히 품위가 있다. 100년 전의 여성들은 공적으로나 사적으로나 '여성으로서의 삶의 방식'이라는 틀 밖으로 나간다는 선택지가 없었기 때문에 더더욱 적극적으로 여성어를 사용했던 것이 아닐까. 여성어는 여자로서 살아가는 길을 더욱 공고히 하기 위한 도구였다.

이에 비해 현대 여성들은 간단히 남녀의 경계를 왔다 갔다 할 수 있다. 아니, 남녀의 경계조차도 찾아보기 어렵기 때문에 더더욱 여성어를 사용하는 이점이 줄었을 것이다.

저자 고바야시 지구사小林千후는 '현대에 가장 여성스러운 여성어를 사용하는 사람이라고 한다면 뉴 하프(게이)'라고 하는데 분명 그 말이 맞다. 가부키의 온나가타야말로 가장 여성스러운 것처럼 뉴 하프의 언어에는 전통적인 여성미를 간직한 상냥함이 감돈다.

그러나 여성어라는 것은 정치가의 말과 마찬가지로 어떠한 세상에서도 항상 비판받을 운명에 있다. 그와 동시에 단적으로 세상의 정세를 반영하는 거울이기도 하다. 여자아이들이 남자아이들의 거친 표현을 쓰는 원인은 결코 여자아이들에게만 있는 것은 아니다.

여성의 말투가 난폭해지는 것과 반비례하듯이 이름을 과도하게 여성성이 강조된 예명처럼 짓는 요즘. 조카가 막 태어난 나부터도 최근 난독&양키풍의 명명 방식은 심히 걱정스러운 바다.

『읽기 힘든 이름은 왜 늘었는가』는 이름에 대한 역사를 되돌아보는 책인데 사토 미노루佐藤稔의 진짜 속내는 마지막에 살짝 흘린 '(어떠한 이름을 붙이는가) 부모의 교양 혹은 그들이 속한 계층·환경에 의한다. 전통적인 문화에 전혀 위화감을 갖지 않고 종래의 문화를 향유하는 보수적 유복 계층과 자신이 있어야 할 곳을 모색하며 가치관에 **개성**이라는 마크를 각인하지 않고는 견딜 수 없는 신흥 세력층은 차이가 현저하다' 라는 대목이 아닐까 생각되는데…… 과연?

홀로 노후를 보내는 기술

동년배 여자 친구와 '이제 겨우 인생, 딱 절반 살았다니!', '아니, 그러기는커녕 현재 여성의 평균수명을 생각하면 우리는 아직 인생 전반전이라고', '정말이지 이렇게 오래 살았는데 말이야!'라는 이야기에 이르는 일이 있다.

좀 더 젊었을 때는 확실히 인생의 전반을 살고 있다는 사실에 안심하고 '만약 **후반**이 되면 얼마나 두려울까' 싶기도 했지만, 인생의 절반쯤 살아버리자 여태까지 살아왔던 도정과 마찬가지 혹은 그 이상 앞으로의 인생이 남아 있다는 사실이 두려운 것이었다.

『혼자만의 노후』가 잘 팔리고 있다. 멀리로 보이는 혹은 보이지 않는 노후라는 경치를 두려워하는 사람들이 얼마나 많은지 알 수 있다. 물론 나도 독자의 한 사람이다. 주위에 있는 독신 여성들에게서 '그 책, 읽었어요?' 『혼자만의 노후』를 읽어봤더니 말이지요……'라는 소리가 자주 들린다. 그러나 이것은 독신 여성을 위해서만 쓰인 책은 아니다. 여성들이 결혼하여 아이를 낳아도 아이는 독립해버리고, 배우자는 먼저 세상을 떠나는 경우가 많아서 노후를 혼자 보낼 가능성이 높다.

그렇다면 남성은 걱정하지 않아도 되는가 하면 그렇지도 않다. 결혼하지 않은 채 나이를 먹는 남성은 증가하고 있고 이혼이나 사별로 노후를 홀로 보내는 남성도 존재한다.

'혼자가 아닌 노후'가 확률로서는 낮은 것이 아닐까, 라는 생각을 하자

그를 위한 각오나 준비는 결혼 여부를 떠나서 그리고 남녀 구분을 떠나서 모두에게 필요한 것이었다.

저자 우에노 지즈코上野千鶴子는 홀로 노후를 보내는 많은 선배에게 이야기를 듣고 노후를 위해 해두어야 할 일, 해서는 안 될 일을 제시한다. 이런 경험이나 지식은 어머니의 손맛처럼, 부모로부터 자식에게로 혹은 시어머니로부터 며느리에게로 전승되는 것은 아니다. 내버려두면 한 세대에서 끝나버리는 '홀로 노후를 보내는 기술'이 이렇게 전승되는 것은 후배인 우리에게 고마운 일이다. 섣불리 혈연 따위와 함께 있는 것보다는 같은 환경, 같은 처지에 있는 타인끼리 있는 쪽이 지금은 모든 것을 전승하는 데 적합할지도 모른다.

그렇다면 남자 선배들은 노후를 어떻게 포착하고 있는가. 그러던 차에 마침 『노추의 기록』 『고목에 꽃이』 등, 성에 관한 두 거장이 '늙음'을 주제로 쓴 소설이 눈에 들어와서 읽어보았다.

가쓰메 아즈사勝目梓의 『노추의 기록』은 저자를 연상시키는 나이 든 소설가가 38세 연하의 긴자 호스티스와 교제를 하며 격한 질투심을 불태우거나, 같은 세대의 여성과 섹스를 하고 젊은 여성과 맛의 차이를 비교해보는 등의 '기록'이다.

그리고 단 오니로쿠團鬼六의 『고목에 꽃이』는 73세의 전직 은행원이 21세의 여대생과 애인 계약관계를 맺으려고 하여 가족의 반대에 부딪히고, 시험 삼아 비아그라를 써보면서 어떻게든 '꽃'을 피우려 하는 이야기.

두 권의 책을 읽자 나이가 얼마든 남성이 품는 꿈은 변함없다는 사실을 잘 이해할 수 있었다. 『노추의 기록』의 주인공은 일본의 선사시대인 조몬縄文시대의 숨결을 느끼게 하는 젊은 호스티스에게 마음을 빼앗기고, 『고목에 꽃이』의 주인공은 차분한 느낌이 있으면서 어두운 정감을 가진 여대생에게 정신없이 빠진다.

전자의 주인공은 젊은 여성을 상대로 했던 시간에 꿈틀거리기 시작하는 자신의 젊은 마음을 고뇌하고 뒷걸음친다. 이에 비해 후자의 주인공은 말라버렸다고 생각했던 심신이 젊은 여자의 등장으로 잠시나마 화려하게 꽃핀다는 사실에 격하게 감동한다. 늙어도 여전히, 아니, 늙었기 때문에 더더욱 성에 대한 자신감이 남성의 마음과 긴밀히 관계하는 것 같다.

그러나 남성 작가의 작품을 보고 있으면 설령 무대가 현대라고 해도 등장하는 젊은 여성상은 그 옛날 호시절 그대로인 경우가 많은 것 같다. 『노추의 기록』에서도 호스티스가 극히 개인적인 시간에 입는 것이 청바지였으며 함께 듣는 것은 샤카탁Shakatak이다. 『고목에 꽃이』에 등장하는 불량 여고생들의 이름은 '세쓰코節子'에 '하쓰에初江'고 아지트에서 꿀과 팥이 듬뿍 든 정통 디저트를 먹는다.

그래서 나는 고령 남성들은 분명 여자 이름이 아직 '세쓰코'나 '하쓰에'였을 무렵의 젊은 여성상을 가슴속에 소중히 간직하고 있는 거라고 생각했다. 그들이 '에리카'라든가 '카렌華恋'이라든가 하는 이름을 가진 오늘날 젊은 여성의 진짜 모습 따위를 알 필요는 없다. 우리 아버지 연배의 남성들을 보고 있으면 그들의 섬세한 꿈이 언제까지라도 부서지지 않은 채 그대로 있기를 바란다고 생각하는 것이다.

1970년대 남성 작가가 성에 대해 기록한 소설을 읽고 나면 어딘가 물기 어려 있고 아련히 슬픈 것에 비해, 『늙은 봄도 즐겁도다』에 부는 산뜻하고 건조한 바람은 도대체 뭘까.

세토우치 자쿠초瀬戸内寂聽 선생은 현재 85세. 75세부터 지금까지 1년씩, 그해 작업의 궤적과 에세이를 편집한 것이 이 책이다. 권두에 실린 사진을 보면 갠지스강에서 목욕을 하거나 이치카와 단주로, 에비조 부자 사이에서 미소를 머금거나 혹은 천황 폐하로부터 문화훈장을 수여받는 등 웬만한 명사들도 두 손 들 정도로 왕성한 활약을 하고 있다.

이 10년 동안 9·11 테러가 있었고 그에 대한 보복이 일어나는 등 세계는 불온한 공기에 휩싸여 있었다. 세토우치 선생은 그 점에 대해 마음 아파한다. 또한 당신의 몸 상태도 문제가 전혀 없는 것도 아니다. 사망자들을 추도하는 문장도 무척 많다. 요컨대 화제는 결코 밝지만은 않지만 책 전체는 밝고 습기가 전혀 없어 읽는 사람까지 책 제목 그대로 '즐겁도다'의 심경에 이르게 된다.

그리고 나는 83세 무렵의 에세이에 '나는 51세에 출가한 이후 끝까지 지킬 수 있었던 불교 계율은 오로지 단 하나 음란에 대한 계율뿐이었다'라는 한 문장을 보고 밝은 바람이 부는 원천은 이것일지도 모른다고 생각했다. 성에서 자유로워지면 얼마만큼이나 인간은 상쾌한 기분이 될 수 있는 걸까. 그러고 보니 어떤 선배도 '갱년기가 끝나니까 성욕에서 해방되어서…… 그게 가장 편안해진 일일까'라고 말했던가.

지금 시대에는 아무리 나이를 먹어도 성적으로 현역이라는 느낌을 주지 않으면 안 된다는 강박관념이 강하다. 나이를 먹어도 섹시한 생활을 하는 건 그것대로 훌륭한 일로, 『노추의 기록』이나 『고목에 꽃이』를 읽고 격려받은 사람들도 많을 거라고 생각한다.

그러나 그런 욕구를 잘라내면 전혀 다른 종류의 행복이 시작되는 것은 아닐까라는 생각이, 예를 들어 『겐지모노가타리』의 출가한 여성들을 보고 있노라면 들기도 한다.

우리는 오로지 성스러운 길만을 걸어온 사람들보다 보통 사람 이상으로 세속적인 세상을 다 알아버린 뒤에 성스러운 길로 들어선 인물을 좋아한다. 세토우치 선생도 그런 한 사람으로, 많은 사람이 자신의 심정을 토로하고 싶어지는 건 그 탓일 것이다.

성으로부터 순식간에 해방되어 성스러운 쪽으로, 라는 코스는 동경하지만 세속이라는 습기 찬 늪의 깊이조차 다 알지 못하는 나에게는 아마도 무리한 길일 것이다. 그러나 그 길을 경쾌하게 걷는 선배의 모습은 인생의 전환점 근처의 늪에 빠져 허우적대고 있는 나에게는 격려가 된다.

시들어 말라버리는 것과 건조함은 아마도 다르다. 인생 후반의 습기
는 과연 어찌하면 아주 자알 빠져나갈 수 있을까요…….

5

인기 없는 이유

완벽한 그녀들

이전에 시미즈 미치코水ミチコ 씨 라이브에 갔을 때의 일이다. 그녀가 무대에 등장하기 전, 갑자기 화면에 비친 것은 미국 국무장관 콘돌리자 라이스 모습을 한 시미즈 미치코 씨가 나와서 이야기하는 '라이브가 시작할 즈음하여'라는 코멘트였다.

얼굴하며 말투하며 너무나도 꼭 빼닮아서 장내는 온통 폭소로 뒤덮였다. 나도 '이렇게 웃어본 적이 있었던가' 할 정도로 배를 틀어잡고 웃었다(참고로 그다음은 시미즈 씨가 북한 아나운서 모습을 한 장면이었다).

시미즈 씨의 모사 소재로 선택되어 '라이스'라고도 뭐라고도 쓰여 있지 않은데도 한 방에 바로 그 사람이라고 알 수 있는 라이스 씨. 이처럼 그녀는 일본뿐만 아니라 세계 각국의 온 나라 사람들에게 강렬한 인상을 줄 거라고 생각한다.

뉴스 등에서는 라이스 씨가 무척 매서운 사람으로 보인다. 그러나 실제로는 상당한 미녀이며 멋쟁이며 여성으로서 매력적인 사람이라는 이야기도 듣는다. 실제로 어떤 사람인지 『콘돌리자 라이스』를 펼쳐보고 압도된 것은 전방위적인 완벽함이었다.

어린 시절부터 당연히 학업에서는 누구도 넘볼 수 없을 정도로 최우수. 고등학교 때는 매일 아침 피겨스케이팅을 네 시간씩 연습하고 피아노도 프로가 될까 말까 할 정도의 실력. 발군의 패션 센스뿐만 아니라 NFL^{National Football League}의 명선수와 교제한 것 등등 데이트 상대도 빠지지 않고……라는 경력.

통상적으로 전기나 평전에서는 '이 위대한 사람에게도 이런 실수(혹은 이런 귀여운 구석, 혹은 도저히 구제 불가한 면)가 있어서요'라는 에피소드가 삽입되어 독자에게 친근감을 주기 마련인데 이 책에는 그런 것이 없다. 겨우 학업에 관해서 '실은 전 안 하고 버틸 때까지 버티다 시작하는 타입이었습니다. 그래서 대부분 준비 부족이었거든요'라거나 피아노에 관해서 '정말로 위대한 피아니스트처럼은 결코 연주할 수 없거든요'라는 발언뿐 나머지는 타인의 칭찬, 혹은 절찬의 코멘트와 '이 젊은 나이에 정말 그런 것을 소화한 겁니까?'라는 화려한 경력이 줄을 잇는다.

그러나 그녀는 미국에서 가장 인종차별이 심했던 도시에서 태어난 흑인, 게다가 여성이었다. 교육에 열의가 있던 라이스 씨의 부모는 그녀를 신중히 차별로부터 격리시킴과 동시에 모든 면에서 백인 아이들보다 '배 이상 훌륭하게' 해내야 한다고 교육했고, 나아가 그들을 뛰어넘기 위해 세 배 더 뛰어나지 않으면 안 된다는 신념을 가지고 그녀를 가르쳤다.

'강철 매그놀리아'라고 불리는 라이스 씨의 완벽함은 요컨대 미국이라는 나라의 불협화음이 탄생시킨 것이기도 했다. 흑인이고 여성이며 게다가 젊다. 불리한 조건을 뛰어넘기 위해서 그녀는 완벽함을 체득했다. 정치가들이 부족한 부분이나 장난기 어린 면을 드러내며 귀여운 척하는 것이 인기를 끄는 하나의 수단인 일본의 평화로움과 경사스러움도 새삼 절실히 느껴졌다.

그런 완벽한 라이스 씨에게 내가 유일하게 친근감을 가진 것은 그녀가 독신이라는 점이다. 최근 정치 세계에서는 '일과 결혼했습니다'라는 여성보다 남편도 자식도 일도 모두 갖춘 슈퍼우먼이 출세하고 있기 때문에 라이스 씨가 이렇게 거물로 활약하는 것은 약간 기쁘다.

일본에서 '동경하는 독신 여성 스타'라면 무코다 구니코向田邦子다. 그

재기 발랄함과 미모, 갑작스러운 죽음……. 요즘도 종종 회고본이 나오고 있는데 『잡지기자 무코다 구니코』는 무코다 구니코가 작가로서 세상에 나오기 전, 온도리샤雄鶏社에서 영화 잡지기자로 일했던 시절 동료였던 우에노 다마코上野たま子가 쓴 책이다.

이 책에서 특징적인 점은 '아마도 구니코 씨는 중요한 입사 시험을 대충 봐서 합격했음을 자랑하고 싶었던 것이리라', '(무코다 구니코의 몸짓이) 너무나도 우아한 귀부인 같은 동작이어서 마치 설정처럼 보였다', '구니코 씨는 유머로 다른 사람을 설득하는 것을 일종의 자기만족으로 삼은 듯하다' 등등 '구니코 씨'에 대한 애증 섞인 느낌이 솔직하게 드러난 대목이었다.

그러나 그 마음은 아주 잘 이해할 수 있다. 동년배에 동성 동료로 재기 넘치고 아름답고 젊은 무코다 구니코가 등장했다면……. 내가 저자였다고 해도 강렬히 끌리면서 동시에 강하게 질투했을 것이다. 무코다 구니코는 생전에 불륜을 했고 상대는 병으로 죽었다는 사실이 이미 다른 책에서 명확히 밝혀졌다. 그 사랑은 기자 시절에 시작된 듯한데 저자는 사이좋은 동료로서 사랑의 기미를 농후히 느끼고 있었다. 남편의 부정이 원인이 되어 이혼하고 잡지사에 들어갔다는 저자. 불륜에 괴로워하는 아름답고 우수한 동료를 보는 시선 또한 무겁고, 뜨겁다.

사진 이미지로 멈춰 있는 무코다 구니코는 우리 안에서 언제까지나 젊다. 그러나 그녀가 살아 있다면 지금 78세다. 이 책은 그 시절, 화려한 직장에서 일하던 커리어우먼의 이야기이기도 하다.

다음은 현대를 사는 여성 기자가 쓴 책이다. 몇 년 전부터 〈아사히신문〉에서 해외 관련 기사를 읽다가 종종 '재미있네!' 하고 흥미를 느껴서 살펴보면 '고 후사코郷富佐子'라는 서명署名이 눈에 띄는 경우가 있었다. 수년 전에는 고 씨의 기사가 필리핀발發이었는데 얼마쯤 시간이 지나자 이탈리아발 기사가 나와서 '고 씨가 전근을 갔구나'라고 내 멋대로 생각하고 있었다.

어느 날 서점 신서新書 코너에서 책을 보다가 익숙한 그 이름을 발견했다. 즉시 든 것이 『바티칸 로마교황청은 지금』이다.

맨 처음 펼친 곳은 약력. 그러자 고 씨는 나와 나이가 같아서, '그래서 그랬구나' 하고 우선 납득했다. 아사히신문사에 입사 후 역시 마닐라 지국이나 로마 지국을 경험했다. 그리고 이 책은 로마 지국에서 근무했던 시절의 바티칸 취재를 기록한 것이다.

가톨릭 총본산인 바티칸에 대해 나는 아무것도 모른다. 순수한 사람들이 모여 평화롭고 엄숙하게 지내고 있는 게 아닐까 정도의 이미지만 가지고 있다.

그러나 온 세상 가톨릭교도에게는 종교적으로 가장 높은 분이며, 바티칸에서는 정치적 수장이기도 한 로마교황의 권력은 강대하다. 그리고 인간들이 모여 있는 장소인 이상 그곳도 진흙탕 같은 경우나 수상한 분위기가 있는 것이다.

저자는 로마 지국에 있었던 3년 반 동안 26년 넘게 로마교황 자리에 있었던 요한 바오로 2세의 서거, 교황을 뽑는 의식인 콘클라베 그리고 새로운 교황 베네딕토 16세의 탄생이라는 역사적인 사건을 체험했다. 세계에서 모여든 바티칸 담당 기자 '바티카니스터' 가운데 그녀는 어떻게 취재하고 어떻게 전했는가.

기자로서 '생각하기 전에 움직여라'를 모토로 삼아왔다고 말하는 저자다. 그러나 바티칸을 취재하던 시기에 후세인 붕괴 후의 이라크에 대한 응원 취재도 함께하는 가운데, '종교라는 존재에 대해' '때로는 잠깐 멈춰 생각하고 세계의 현실과 마주하라'라는 자세도 생겼다고 한다.

저자는 현재 도쿄로 돌아왔다. 그녀가 앞으로 어떻게 움직이고 생각해나갈 것인지 기대된다.

여성지를 읽지 않으면 될 텐데

가끔 여성 잡지 인터뷰를 의뢰받는다. 해당 잡지 구독자층이 품기 쉬운 전형적인 고민 같은 것을 알려주고 '뭔가 메시지를……' 하는 부탁을 받는데, 그 고민에 대해 진지하게 생각하면 할수록 답은 딱 하나만 떠오른다.

해서 그 대답은 '여성 잡지를 읽지 않으면 되는 게 아닐까요?'라는 것.

일본에서 어떤 연령 이하의 여성이 품는 대부분의 고민은 여성 잡지가 원인이라는 생각을 떨쳐버릴 수 없고 나 역시 그런 고민을 계속 해왔다. 10대부터 지금에 이르기까지 내 나이에 맞는 여성 잡지를 읽을 때마다 '세상에는 귀여운 애가 이렇게나 많아!' '다른 사람들은 옷이든 가방이든 나보다 엄청 가지고 있는 것 같아!' '나만 빼고 다 이성에게 인기 많은 게 아닐까!' '세상에는 결혼도 하고 일도 있고 아이도 낳고 그럼에도 여전히 미인이고 남편은 부자인, 그런 사람이 이렇게 잔뜩 있는 거네!' 등등 고민이 몰려왔다. 『인기 있고 싶은 이유』를 읽다가 '잡지를 많이 읽다 보면 반드시 우울증에 빠질 때가 온다'는 한 문장을 만났을 때, 그런 까닭에 나는 '저도요!'라고 저자의 손을 들어주고 싶어졌다. 저자 아카사카 마리赤坂眞理는 독자로서뿐만 아니라 관찰자의 의식을 가지고 오랫동안 여성 잡지를 읽어왔다. 그러나 '여직원을 대상으로 한 잡지에 실린 가방이 40만 엔'이라는, 현실 세계에서는 있을 수 없는 라이프 스타일에 끊임없이 노출되다 보면 '어느 순간 엄청 피곤해진다. 있을 수 없는 설정에 악영향을 받아 그것을 실현하지 못한 내 쪽에 문제가 있는 듯한 생각이 들며 자기 비하에 빠진다. 사회는 허들이 너무 높아 나 따위는 도저히 진출할 수 없는 곳이라고 생각하게' 되면서 점점 우울해진다.

정말로 그 말이 딱 맞는다. 결점 없는 모습을 한 모델이라든가 공주풍 롤파마나 반짝거리는 반지나 집이나 가족 등의 아이템에 둘러싸인 독자 모델을 보고 있노라면 아주 조용히 나 스스로가 가라앉는 것을 느낀다.

그리고 여성지가 젊은 여성들에게 가장 강하게 전달하는 것은 '이성에게 어필'이다. 실제로 최근 패션 잡지 〈JJ〉〈CanCan〉 등 여대생이나 젊은 여직원을 대상으로 한 이른바 빨간문자계열잡지赤文字系雜誌에 넘쳐 나는 '이성에게 어필하지 않으면 안 된다'는 강한 의지에는 기백 어린 영혼마저 감돌 정도다.

마침내 〈JJ〉는 '**이성에게 어필**은 졸업! **사랑받는** 여름옷 대연구'라는 특집을 했다는데 여하튼 이러한 잡지의 독자들은 '이성에게 어필'하거나 '사랑받거나' 하는 등 수동적으로 사랑을 얻은 후 결혼하기 위해 일사불란해지고 있다.

남성이 자신을 사랑하도록 만든다는 레이스race. 이것을 즐기는 사람도 있다고는 생각되지만 『인기 있고 싶은 이유』 띠지의 '이제 지쳤어…… 하지만 멈출 수 없어'라는 문구 그대로, 많은 여자들은 '뒤처져 남겨지면 어떡하지'라고 초조해하면서도 그런 잡지를 읽지 않고는 견딜 수 없는 채 계속해서 이성에게 어필하기 위한 경주를 하는 것 같다.

'여성 잡지에서 튀어나온 것 같은', '다른 사람에게 부러움을 살 만한' 라이프 스타일을 모든 사람이 목표로 한다는 불행. 여성 잡지가 이 세상에 없다면 여성들은 훨씬 편하게 살아갈 수 있을 거야……라고 생각하면서, 나는 여성 잡지 인터뷰를 할 때 '여성 잡지를 읽지 않으면 되는 게 아닐까요?'라고 계속 말해왔지만 그 말이 기사에 쓰인 적은 아직 한 번도 없다.

생각해보면 잡지를 보고 자신의 위치를 평가하는 인생은 소녀 시절부터 시작되었다. 그러나 소녀라는 말은 그렇게 옛날 옛적부터 있었던 것은 아니었다.

『'소녀'상의 탄생』에 따르면 일본에서 '소녀'는 메이지시대에 학교 제도가 확립되고 취학 기간이 길어짐에 따라, 생식 가능한 신체를 가지고 있으면서도 결혼에 이르지 못하는 기간이 길어졌기 때문에 등장했다고 한다.

그때 소녀들은 '장래에 남성과 이성애 관계를 구축하고 아내로서 헌신할 것이 기대된다고는 해도 결혼 전까지는 성적으로 순결하지 않으면 안 된다'는 이유로 '신체는 청결 그러나 정신은 이성애에 따를 수 있다'는 모순을 안은 교육을 받았다.

여기서 놀라운 것은 메이지시대에도 여자는 **주체**로서 사랑하는 것이 아니라 객체로서 선택되지 않으면 안 되어서, 소녀 잡지는 어떻게 하면 사랑받을 수 있는가를 여러 각도에서 가르쳐주는 장이 되기도 했다'는 대목이다. ……그 말은 메이지시대 잡지인 〈소녀 세계〉나 〈CanCan〉이나 전혀 차이가 없다는 거잖아!

더더욱 놀란 것은 그때 당시 물론 내면도 소중하지만 그에 못지않게 외면의 아름다움을 가꿈으로써 이성에게 사랑받을 수 있도록 한다는 '미육美育'의 개념이 존재했다는 사실이다. 이 또한 더더욱 '에비짱 OL〈CanCan〉의 전속 모델로 활동했던 에비하라 유리蛯原友里의 귀여운 코디를 에비짱 스타일이라고 한다. OL(여직원)과 여대생의 압도적인 지지를 받으며 에비짱 OL이라는 용어가 생겼다'과 다르지 않다.

메이지시대의 소녀보다 에비짱 OL 쪽이 다소 나이를 먹었다고 할 수 있지만 거기에는 분명 많은 유사점이 보인다. 물론 에비짱 OL은 순결하다는 부분에는 그다지 중점이 놓여 있지 않지만 잡지의 강박, 아니 영향에 의해 얼마만큼이나 '미육'이 그녀들에게 행해지고 있는지.

메이지시대 소녀의 경우, 그녀들의 장래에는 거의 확실히 '결혼'이라는 종착역이 기다리고 있었다. 그러나 현대를 살아가는 에비짱 OL들에게는 아무리 분발해도 그 앞에 무엇이 기다리고 있는지 확실치 않다. 그녀들이 귀신같은 형상으로 끊임없이 달리지 않으면 안 되는 것은 아무리 메이지시대만큼이나 엄격한 규범을 스스로에게 부과한들 그 앞에 종착역이 있을지 없을지를 알 수 없기 때문이다.

소녀에게 큰 영향력을 끼치는 매체로 또 하나, 소녀 만화라는 것이 있다. 오빠가 있었던 탓에 소년 만화만 읽은 나는 그다지 소녀 만화에 밝지 않지만, 그래도 조금이나마 읽은 소녀 만화에는 '세상 소녀 여러분은 이렇게 연애를 하고 있는 거야?'라고 초조함을 느끼곤 했다.

그러나 『소녀 만화 젠더 표상론』을 읽고 1950년대까지는 소녀 만화에서 연애와 관계된 이야기는 금기였다는 사실을 알았다. 메이지시대에 출발한 순결교육은 이 무렵까지 여전히 살아 숨 쉬고 있었던 것 같다.

오늘날에 와서는 '소녀 만화에 연애 말고 무엇을 썼던 거지?' 하는 생각이 들지만 일본 최초의 소녀 만화라고 일컬어지는 것은 데즈카 오사무手塚治虫의 『리본의 기사』다. 남장을 한 소녀가 활약하는 스토리다.

이후 『베르사이유의 장미』에서 『소녀 혁명 우테나』까지 남장을 한 소녀는 소녀 만화에 단골 히로인이 되었다. 『소녀 만화 젠더 표상론』에서는 남장 소녀가 묘사되는 방식을 눈망울 속에 그려진 별의 크기까지 상세히 살펴보며 시대별로 소녀들에게 기대한 것이 무엇인지 고찰한다.

연애라는 모티브가 금지된 소재였기 때문에 더더욱 당초에는 남장을 한 소녀 캐릭터가 발달했던 것일지도 모른다. 그러나 성차를 자유롭게 뛰어넘을 수 있는 남장 소녀 캐릭터는 성인 남성에 의해 지속적으로 부여된 이상적인 소녀상을 타파하기 위한 하나의 수단이 되었다.

순결이라든가 연애에 관한 소재가 금기였다는 사실이 거짓말처럼 들리는 오늘날. 그러나 이성에게 어필하기 위해 몸부림치는 여자들을 보고 있노라면 타파해야 할 것은 아직 존재하는 듯하다. 물론 그것이 남장을 한 소녀의 역할인지 어떤지는 잘 알 수 없지만 말이다.

흥얼거리며 읊조리다

나는 보는 즐거움을 크게 느끼며 살고 있다. 관찰하거나 관광하거나 때로는 관객이 되며 눈으로부터 얻는 정보를 향유하는 것이다. 글을 쓰는 작업도 '본다'라는 기초 작업을 하지 않고는 결코 성립하지 않는다.

그러나 내가 일찍이 재미있는 글을 쓰는 사람이라고 생각한 에세이스트 산노미야 마유코三宮麻由子 씨는 '본다'는 세계를 가지고 있지 않았다. 어린 시절 시력을 잃었기 때문에 하얀 지팡이를 가지고 생활한다.

『목소리를 찾아서』는 저자가 여러 가지 목소리를 들으러 간 이야기를 정리한 소리의 르포르타주다. '관광'이란 '역경易經' 안에 보이는 '관국광觀國光', 즉 여러 나라의 빛을 본다는 문장에서 유래한 단어지만 이 책에서 저자는 나라의 빛을 보는 것이 아니라 귀로 듣고 코로 냄새를 맡고 피부로 느끼며 글을 쓴다.

예를 들어 하마마쓰浜松의 피아노 공장을 방문했을 때 저자가 느끼는 것은 '담수와 해수 양쪽 모두의 습기를 머금은 만추의 따스한 바람'. 라디오에서 표준 시각을 알리는 시보時報 목소리의 주인공인 나카무라 게이코中村啓子 씨를 방문하고는 그녀의 목소리에서 '단순히 높고 맑을 뿐만 아니라 세차게 솟아오르는 샘의 수면에 손을 담갔을 때 같은 탄력과 상쾌한 투명함'을 느낀다.

불꽃놀이에 대해서는 '나에게 불꽃놀이 소리는 밤하늘의 울림이고 그 반향은 밤하늘의 넓이 그 자체'라고 한다. 중국차를 한 모금 입에 머금으니 '높은 산의 바위 살갗을 타고 떨어지는 맑은 물소리나 멀리서 혹은 가까운 곳으로부터 미묘하게 울리는 새의 지저귐 그리고 아직 가본 적 없는 중국의 깊고 넓은 하늘에 대한 감각이 손에 잡힐 것처럼 분명히 뇌리에 떠올랐다'. 이러한 문장을 읽노라면 마치 나도 그 소리, 공기, 맛을 직접 몸으로 느끼고 있는 기분에 빠진다. 그것도 눈으로 본 것을 전달하는 것보다 훨씬 리얼하게. 이는 실로 '관찰觀察' 아닌 '청찰聽察' 혹은 '감찰感察' 행위다.

그 가운데서도 '그렇구나!'라고 생각한 것은 박물관에 관한 기술이다. '아무래도 자료관이나 박물관에 흐르는 그 특유의 정적이 싫다'고 쓰여 있는데 분명 시력을 잃은 사람들에게 이런 시설은 재미있지 않을 거라고 생각된다. '유리창이 벽처럼 방을 에워싼 곳에서 나는 유리 안의 전시물을 느끼기는커녕 나 자신이 마치 전시물처럼 유리 상자에 갇혀 있는 기분이 들어 어쩐지 갑갑하다'는 문장에는 무릎을 탁 쳤다. 그러한 갑갑함은 결코 그녀만의 것이 아닐 테지만 우리는 일단 볼 수 있기 때문에 갑갑함을 느끼지 않는 시늉을 할 뿐이다.

본다는 것의 커다란 혜택에 의지한 나머지 여타의 감각에 둔해진 우리에게 여러 가지를 느끼게 하는 책이다. 저자가 무척 좋아하는 방울 형태를 손으로 만져서 알 수 있도록 가공된 장정도 앙증맞고 멋지다.

나는 궁중 우타카이하지메歌会始 5·7·5·7·7조(약 31문자)의 일본 정통 정형시 와카를 발표하는 모임으로, 그해 초에 열리는 행사를 말한다. 특히 연초에 궁중에서 행해지는 우타카이하지메가 저명하다를 좋아해서 매년 텔레비전으로 본다. 우타카이하지메를 보고 있으면 '올해도 본격적으로 시작되는구나'라는 생각이 들곤 한다.

우타카이하지메를 왜 좋아하는지 생각해보면, 텔레비전에서 매년 궁중 의식이 중계되는 것은 거의 우타카이하지메 정도이기 때문에 신기한 장면을 보고 싶다는 기분이 드는 것이 첫 번째 이유다. 나아가 황족들의 와카가 발표되기 때문에 각각의 개성을 느낄 수 있는데 이 또한 좀처럼 드문 기회다.

그런 까닭에 집어 든『와카를 부르다—우타카이하지메와 와카 낭독』이다. 궁중에서는 가마쿠라鎌倉시대부터 우타카이하지메의 원형으로 추정되는 행사가 열렸다고 한다. 그러나 쇼와로부터 헤이세이가 된 후 우타카이하지메에 모여든 와카의 수가 현저히 감소했다. 요즘 와카 주제는 '행복', '꽃', '소리' 등인데 1869년부터 1946년까지는 '봄바람이 바다 위에서 오다', '새해를 맞이하여 뜻을 말하다' 등이었다고 한다. 우리가 모르는 우타카이하지메의 세계가 기록되어 있었다.

그러나 이 책의 포인트는 와카를 '읊는' 게 아니라 '부르는' 것이라고 파악하는 점이다. 분명 우타카이하지메에서는 몇 사람의 남성들(낭독하는 역할. 천황 따님의 배필감이라는 소문으로 한차례 큰 소동이 있었던 보조坊城 씨도 이 역할을 맡았는데 보조 가문을 비롯해서 음악 계열의 고위 귀족 후예들이 담당한다)이 황족의 와카나 천황에게 바친 와카를 독특한 가락으로 노래한다.

생각해본 적이 없지만, 와카란 문자로 읽는 것이라기보다는 애당초 노래로 불렸다는 말이다. 그러고 보니『겐지모노가타리』에도 '흥얼거리며 읊조린다'는 단어가 빈번하게 보이는데 등장인물들이 '흥얼거리며 읊조리던' 노래는, 요컨대 자기도 모르게 뭔가 흥얼거린 건 바로 와카였던 것이다.

이 책에는 CD도 들어 있는데 거기에는『고킨와카슈』등에 수록된 와카, 우타카이하지메에서 낭독된 와카 등이 갑조甲調, 을조乙調라는 가락으로 불린다. 문자를 읽지 않고 귀로만 와카를 듣노라면 '봄'은 한자의 '춘春'이 아니라 'haru'라는 일본어 자체의 음으로, 꽃은 '화花'가 아니라 'hana'라는 음으로 들어온다.

우리는 한자를 보자마자 의미를 이해하는 버릇이 있는데 천천히

'haru', 'hana'라고 부르면 봄과 꽃의 이미지, 온도나 습도 같은 것이 솟구치는 느낌이 와 닿는다. 예스러운 단어임에도 신선한 체험이다. 노래란 이러한 것이었던가를 새롭게 발견하는 책이다.

와카를 부르지 않게 되었다고 해서 일본인이 노래를 잊은 것은 결코 아니다. 가라오케를 손에 넣음으로써 바야흐로 우리는 헤이안시대의 귀족처럼 노래를 부를 수 있다.

일본에서 생긴 가라오케가 세계적으로 인기를 끌고 있다는 것은 대충 알았지만 『가라오케화하는 세계』를 읽고서 '그 정도까지 세계가 가라오케를 사랑하고 있을 줄이야'라고 새삼 놀랐다.

아시아 여러 나라에서는 뭔가 미심쩍은 장사와 가라오케가 연결된 경우가 많고 미국에서는 일본처럼 가라오케 룸이 아니라 많은 사람 앞에서 노래하는 스타일이 인기라고 한다. 영국에서는 가라오케로 찬송가 반주를 하는 것이 허용되어 있고, 누드 비치에서는 전라 상태로 가라오케를 한다. ……즉 가라오케는 각각의 지역에서 각각의 스타일에 맞추어 열광적으로 받아들여졌다.

이전에 다마무라 도요오玉村豊男 씨의 『회전 초밥 세계일주』라는 책에서 회전 초밥이 글로벌화하는 상황을 알게 되었지만 가라오케 또한 같은 길을 걷고 있다. 가라오케는 세계인들에게 '얼마나 노래하고 싶었던가'를, 그 욕구를 상기시킨 것이다.

우리는 헤이안 귀족들과 마찬가지로 혹은 그 이상으로 노래할 자유를 획득했지만, 헤이안 귀족과 매우 다른 점은 우리가 가라오케에서 부르는 노래는 누군지 모르는 사람이 만들었다는 것이다. 이 책에 인용된 가라오케에 대한 데니스 포터Dennis Potter의 말은 '음악이 있고 가사가 있고 그것을 노래할 수 있다. 이미 밥상에 잘 차려져 있다. 많은 사람들은 인생 자체를 그처럼 느끼고 있다. 자유롭게 움직일 여지 따위는 없다. 또한 설령 그 여지가 있고 자기 자신의 목소리로 노래하고 있다고 해도 가사는 기성의 것이다'였다.

가라오케 룸에서 좋아하는 노래를 맘껏 부른다는 자유와 도취가 누군가로부터 '부여된 것'임은 알고 있다. 그러나 '부여된 것'은 노래뿐이 아니다. 여기서 벗어나는 일은 가라오케 룸에서 나오는 것만큼 간단하지 않다. 어쩌면 와카 31문자의 세계가 가라오케화하는 세계보다 훨씬 자유로울지도 모를 일이다.

대단한 시대네!

최근 텔레비전에서 〈무덤 기타로〉가 방송되었다. 미즈키 시게루水木し
げる가 돈을 받고 빌려주는 만화를 그렸던 시대의 작품이다. 〈게게게의
기타로〉의 원형이라고 말할 수 있다.

〈게게게의 기타로〉는 정의의 아군이라는 인상이 있는데, 〈무덤 기타
로〉는 같은 기타로라 해도 전혀 다르다. 원작 기타로는 담배를 피우면서
빙긋빙긋 웃는 살짝 기분 나쁜 아이다. 어둡고 검은색투성이 만화로 현
재 방송 중인 애니메이션에도 그런 어둠이 반영되어 있다.

미즈키 시게루의 만화를 읽으면 '이 사람, 완전 천재네!'라고 생각하
게 되는데 그 천재의 사모님이 책을 냈다고 해서 읽어본 것이 바로 『게
게게의 마누라』다.

만화가 아내의 책이라면 다가와 스이호田河水泡의 사모님이 쓴 『노라
쿠로 외톨이』가 먼저 떠오른다. 이 책에서 아내의 눈은 만화가의 고독을
보고 있다.

미즈키 시게루에게는 요괴에게 둘러싸여 항상 유쾌하게 지내는 듯한
인상이 있지만 『게게게의 마누라』는 가장 가까운 곳에서 남편의 고독과
고뇌를 본다. 그리고 남편이 인기 작가가 되었을 때는 자신도 깊은 고독
을 안게 된다.

자신의 길을 향해 돌진하는 남편, 오로지 그를 따라가는 아내. 그런 부
부가 같은 세대에 있다면 내 가슴은 조금 아플 것이다. 그리고 보살핌 받

지 못하는 아내가 혹여 바람이라도 피우지 않을까, 걱정도 한다.

　그러나 『게게게의 마누라』를 읽고 마음이 평온해지는 것은 '인생은…… 끝이 좋으면 다 좋다!!'라는 부제처럼 이 부부의 현재가 행복하기 때문이다. 그리고 '남편을 따르는 아내'라는 도식이 지금은 가부키처럼 '틀'이 되었기 때문에 더더욱 그 고전적인 틀을 봄으로써 감탄하는 게 아닐까.

　가난한 시절 오로지 만화를 그리는 남편의 뒷모습에서 아우라가 솟아오르는 것을 느끼고 존경심을 더해가는 아내. 어시스턴트 업무를 도우며 행복을 느끼는 아내. 인기를 얻기 시작하고부터 '조용히 있어!' '너는 집안일이나 하라니까!'라는 남편의 말에 가출을 생각하는 아내. 이런 부부의 '틀'을 보면 '대단한 시대네!'라고 생각하면서도 그러한 부부의 '틀'밖에 존재하지 않았던 시대가 조금 부러운 것이었다. 결코 내가 그런 '틀'을 견딜 수 있다고는 생각하지 않지만 말이다.

　어느 정도 나이가 차면 결혼하여 아이를 낳고, 이런저런 얼마간의 불만 따위로는 결코 이혼하지 않은 채, 나이를 먹으면 부모님을 보살핀다……라는 가족의 '틀'이 있었던 시대에는 지금과 달리 참아야 할 일이 엄청 많았을 뿐만 아니라 그와 동시에 선택지가 적었기 때문에 편하다면 편했을지도 모른다. '어느 쪽이든 상관없어요~' 따위의 유약한 이야기가 아니라 결혼도 육아도 '해야 할 것', '해야 의미가 있는 것'인 '틀'이 있던 시대 사람들은 지금의 우리가 겪는 '선택지 과다 지옥'을 모를 것이다.

　『헤이세이 대가족』은 가족의 틀이 없는 시대에 틀이 없기 때문에 만들어진 대가족 이야기다. 이미 성인이 된 자녀 셋이 남편의 사업 실패, 이혼 등으로 집으로 돌아오거나 집에 틀어박혀 지낼 기세거나 하며, 결국 이런저런 이유로 계속 본가에 머문다.

이러한 상태는 딱히 기상천외하지 않다. 주위를 둘러보면 히키코모리 동시에 니트 기미(더불어 가정 내 폭력 기미)로 본가에 틀어박힌 40대 남자라든가, 이혼하여 애들을 데리고 친정으로 돌아온 딸 등의 예는 전혀 드문 일이 아니다. 가까스로 틀 안에서 살아온 부모 세대와 틀 세대가 아닌 성인 자녀의 생활이 합쳐지는 것이 요즈음 가족의 모습이다.

그런 『헤이세이 대가족』을 보다가 생각한 것은 가족만큼 서로에 대해 모르는 사이는 없지 않을까 하는 점이다. 오로지 서로 피가 통하기 때문에 함께 있을 뿐, '함께 있고 싶다!'고 생각해서 같이 사는 관계가 아닌 것이 부모 자식이다. 부부는 과연 어떨까. 애당초 타인이다.

이 소설에서는 각 장에서 가족 구성원이 자기 심정을 말하는데 생각하는 것은 모두 제각각이다. 서로에 대해 이해하고 있지도 않다.

이 책은 가까이 있기 때문에 더더욱 보이지 않는 것이 아주 많다고 가르쳐주는데 단, 그건 가족에 대한 절망감은 아니다.

예를 들어 가족 가운데 '타인'이라는 보조선을 한 줄 긋는 것만으로 무척 관계가 원활해진다. 또한 가족에게서 조금 벗어남으로써 가족에 대한 의식이 바뀌는 경우도 있다. 가족 문제의 해결법은 틀을 따르는 것 말고도 존재한다.

헤이세이의 가족. 그곳은 현대 일본 사회가 안고 있는 문제점이 응축되어 나타나는 장이기도 하다. 그러나 문제점이 있다는 사실에서 해결할 희망도 태어난다. 이 책에는 그런 희망의 씨앗이 뿌려져 있는 것 같았다.

나는 〈탐정! 나이트 스쿠프〉를 엄청 좋아하는데(도쿄의 주요 민간 방송국에서 방송하지 않는다. 금요일 저녁 TOKYO MX TV를 보라), 그 가운데서도 신경이 쓰인 것이 나가하라 세이키長原成樹 탐정이다. 옛날에 좀 놀았다는 그것도 엄청나게 놀았다는 이야기는 다소 알고 있었고, 텔레비전에서 언뜻 보기만 해도 '납득할 것 같기도~'라는 생각이 들 정도로 날카로운 그러나 슬픔을 머금은 눈빛을 지니고 있다. 그 나가하라 탐정이 책을 냈다고 하기에 바로 입수했다. 『개 목걸이와 고로케—새끼와 즈이호의 30년』이라는 제목만 보면 무슨 내용인지 전혀 알 수 없다.

그러나 책장을 넘겨보면 도저히 멈출 수가 없어 순식간에 독파! 이 책에는 오사카 이쿠노生野에서 태어난 재일 한국인 나가하라 세이키의 반생이 기록되어 있다.

'즈이호'는 저자 부친의 이름. '새끼'는 아버지가 저자를 부를 때 쓰는 말. 어머니는 계속 입원해 있었기 때문에 아버지가 준비하는 저녁은 날마다 고로케다.

그런 가운데 세이키 소년은 활기 넘치는 개구쟁이로 그리고 차츰 상~당한 악동으로 성장했다. 싸움, 강탈, 강도, 폭주, 약물 등 불량 청소년 관련 영화나 드라마에서 나올 법한 사건이 일상다반사다. 소년 감별소도 소년원도 경험한다. 그렇다고는 해도 '야구방망이로 때리면 상대가 죽으니' 막대기는 사용하더라도 야구방망이는 쓰지 않는다는 등의 불문율도 있다.

하지만 아버지는 열심히 일하며 자식을 위한 저녁 식사로 계속 고로케를 만든다. 소년 감별소에도 데리러 간다. 마침내 세이키 소년은 '다른 사람을 다치게 하거나 속여봤자 조금도 얻을 게 없고' '야비한 일을 하는 게 더 힘들다'고 그리고 '솔직한 편이 훨씬 편하다'고 생각하게 된다(진짜 불량 청소년이 말하니 '왜 나쁜 짓을 하면 안 되는 건지'가 설득력이 있네요). 문득 살펴보니 거기에는 똑바로 살아온 아버지가 있었다.

나가하라 집안은 결코 보통 가족이 아니다(예를 들어 저자 어머니는 아버지의 다섯 번째 부인이다). 그러나 나는 여기서도 가족에 대한 희망 같은 것을 보았다.

가족은 어떤 형태라도 가능하다. 어느 나라 사람이든 피가 통하든 통하지 않든 본인이 '가족'이라고만 생각할 수 있다면 더할 나위 없는 가족인 것이다.

두꺼운 책은 아니지만 소설 이상의 드라마로 가득 차 있어서 여러 번 눈물을 쏟았다. 그러한 저자의 눈빛 뒤에는 이러한 인생이 있었다. 〈박치기!〉에서 보여준 그의 연기도 다시금 떠올랐다.

그리고 제목 '개 목걸이'의 의미. 이것은 꼭 직접 책을 읽고 이해해주시길 바랍니다……

결박사의 황홀과 우울

어떤 기회에 고스로리롤리타풍에 고딕풍이 더해진 패션 스타일복을 입은 적이 있다. 사실 나는 고스로리 취미는 전혀 없다. 오히려 고스로리 소녀들에게 거의 가상의 적이라 할 수 있는 '랄프 로렌'도 태연히 입는 타입이다. 입어보기 전까지는 '왜 그런 불길한 복장을······' 하며 이해 불가였다.

입어보고 알게 된 것은 고스로리 패션이란 입는 자를 속박하는 일종의 구속의拘束衣라는 점이었다. 끈으로 묶어 잡아당기는 코르셋 모양의 스커트 때문에 허리가 무척 갑갑하고 괴로웠다. 피부를 직접 노출시키지 않기 때문에 여름에는 더울 것 같았고 그런가 하면 맵시를 중시하기 때문에 겨울에는 추울 것 같았다. 굽이 엄청 높은 구두도 걷기 힘들었다. 고스로리복을 입는 데는 여러 가지 인내가 필요했던 것이다.

'내추럴'이라든가 '있는 그대로'라든가, 요즘 시대에 각광받는 패션에 의심스런 눈초리를 보내는 소녀들에게는 어쩌면 필요할지도 모를 옷이다. 그런 고스로리 소녀들의 카리스마 다케모토 노바라獄本野ばら 씨. 그가 대마 소지 혐의로 체포되었다는 뉴스를 보았을 때 이 사건을 고스로리 소녀들이 어떻게 받아들일까가 머릿속에 먼저 떠올랐다.

복귀 후 첫 번째 작품이 『대마』다. 대마 소지 혐의로 체포된 소설가와 연인인 스트리퍼의 러브 스토리. '있는 그대로의 나 따위는 보여줄 수 없다', '인공미야말로 진정한 아름다움'이라는 자세를 관철시켜온 저자가 체포라는, 여태까지와는 다른 구속을 체험한 결과 태어난 하나의 '답'일 것이다. 취조나 구치소에 대한 기술은 정말 리얼했다.

패션에 의한 구속감을 추구하는 심리와 해방감을 맛보기 위해 대마를 원하는 심리. 양자에 모순된 기분이 들지 않는 바도 아니다. 그러나 '소설가'의 애인인 스트리퍼 역시 사생활에서는 롤리타 계열, 즉 무구한 소녀 복장을 애용하지만 직업 세계에서는 육체의 모든 것을 드러낸다. 극단에서 극단으로 잠행하고 싶은 욕구는 극단을 보고 있는 사람들 사이에 종종 있는 일일 것이다.

체포라는 경험은 저자에게 생각지도 못한 구속의 패션이 되었다. 그 구속 안에서 보이는 세계를 저자는 쓸 수밖에 없고 또 써야 했던 것이다. 고스로리에서 빛을 발견하는 '처녀'들도 그것을 원하지 않을까.

그러나 구속을 원하는 기분은 누구에게나 존재한다. 이렇게 말하는 나도 그렇다. '제복을 좋아하는' 내 취향도 일종의 구속당하고 싶은 욕구라는 사실을 가시마 시게루鹿島茂의 『SM』을 읽고 느꼈다.

'일본인은 자유를 두려워해요. 그래서 누군가가 구속해주길 바라는 겁니다'라는 말에 '정말 맞는 말씀이네요'라고 깊이 고개를 끄덕이고 말았다.

SM 행위에서 추구하는 것이 어찌하여 서양은 채찍, 일본은 밧줄인가. 가축 문화권인 서양에서는 채찍, 농경문화인 일본에서는 밧줄……이 가장 심플한 설명인데 그 안에는 역시 기독교의 영향이 있다.

생각해보면 고스로리는 채찍 계열의 패션에 매우 가깝다. 그녀들은 종래의 일본인처럼 자유가 무서운 것이 아니라 자유에 질린 까닭에 '자기 처벌'의 분위기를 자아내는 복장, 즉 고스로리로 내달리게 된 건 아닐까.

SM 관계를 지배하는 것은 M이라고 한다. 자신이 원하는 처벌을 하도록 S를 지도·유도해가며 영원히 자신에게 이상적인 S를 찾아간다는 것이다.

미우라 준 씨는 'S는 서비스의 S'라고 말했다고 한다. 유명 결박사 아리스에 고有末剛 씨가 쓴『결박사 A─황홀과 우울의 나날』이라는 소설을 읽어보니 주인공 '결박사'는 사용 전 밧줄을 부드럽게 하기 위해 뜨거운 물에 오랫동안 끓여댈 뿐 아니라 M인 여성들의 여러 가지 요구에 부응하기 위해 실로 온몸이 부서지도록 '서비스'하고 있었다.

'M이란 잃어버린 절대자에 대한 노스탤지어'라는 문장을 읽고 나는 더더욱 납득해버렸다. 자유로운 세상이 되었기 때문에 계속 증가하는 M들은 이상적인 절대자에게 이상적으로 결박당하는 것을 꿈꾼다.

'S적인 인간관계를 만들어 보일 수 있는 사람이 나타나면 순식간에 혼자 모든 것을 독차지하게 된다'는 이 책의 발언은 M화하는 세상에 대한 경종이기도 하다.

그럴 때 내가 왜 철도를 좋아하는지 잠깐 생각해보고 새삼 알아차린 것이 있다. '노선이란 나에게 밧줄'이라는 사실이다.

기차는 노선이 지나가는 곳 외에는 달릴 수 없다. 노선은 탈것에 있어서는 구속이고 그 구속 안에서도 시각표라는 규칙에 따라서만 움직인다. 그 점 때문에 철도는 매력적인 것이다.

자동차처럼 마음대로 아무 때나 엔진을 켠다고 달릴 수 있는 것이 아닌지라 철도는 승객에게 일종의 절대자다. 그리고 나는 기차를 탈 때 분명 절대적인 것에 몸을 맡기는 쾌감을 얻고자 한다.

이러한 애정 방식은 남성 철도 팬에게는 일반적이지 않을 것이다. 그들의 경우 몸을 맡기는 쾌감을 느끼는 한편 철도를 지배하고 싶다는 욕구를 가지고 있는 것 같다.

그리고 내가 아는 한, 철도에 대한 지배 욕구와 피지배 욕구 사이에서 절묘하게 균형을 잡은 분이 돌아가신 미야와키 순조 씨였다. 철도에 대한 지배, 요컨대 지식이나 경험 수집에 몰두하는 팬이 많은 가운데 미야와키 씨는 이에 그치지 않고 문장 안에서 항상 철도라는 절대자에 지배당하는 피지배자의 분위기를 느끼게 했다.

SM 세계에서도 S와 M의 관계는 때로 뒤바뀔 필요가 있다는데(앗, SM과 비교해버려서 죄송합니다!) 철도의 진정한 묘미도 결코 어느 한 쪽만으로는 성립하지 않는다.

이번에 발간된 『'최장 편도 차표의 여행' 취재 노트』는 미야와키 씨의 두 번째 저작 『최장 편도 차표의 여행』(1979년 간행, 『취재 노트』와 동시에 복간되었다)의 취재 때 극명하게 기록한 노트를 정리한 책이다. 유품에서 발견된 취재 노트가 하라 다케시原武史 씨의 해설과 함께 되살아난 것이다. '최장 편도 차표의 여행'이란 당시 국철을 이용해서 홋카이도北海道의 히로오広尾에서 규슈九州의 마쿠라자키枕崎까지 같은 역을 두 번 지나지 않고 편도 차표로 여행하는 것이다. 노선과 시각표라는 제약을 최대한 활용한 여행이다.

미야와키 씨의 문장은 항상 냉정하다. 그러나 취재 노트는 애당초 간행을 염두에 두지 않았기 때문에 가족에 대한 마음이나 '두 번째 작품은 비판이 많아질 것. 탁월함을 핵심으로 할 것'이라는 각오 등, 통상적인 글에서는 못 볼 꾸밈없는 감정이 그대로 드러나 있다. 그리고 구신에쓰혼센旧信越本線에서 '차장, **아사마**浅間**의 능선이 아름답게 보입니다**라고 하다. **아름답게**라는 말은 불필요' 등 너무나도 그다운 문장도 보인다.

오늘날에는 이미 폐선이 된 선도 있지만 철도가 가진 제약을 맛보면서 도전하고 또 도전하면서 온몸을 맡기는 미야와키 씨의 노트를 읽고 있노라면 함께 여행을 하는 듯한 기분을 느낄 수 있다.

미야와키 씨가 최장 편도 차표 여행을 결정한 것은 27년간 근무했던 회사를 그만둔 다음 해였다. 30년 전에 아버지가 사준 『최장 편도 차표의 여행』을 펼쳐보니 첫 문장은 '자유는 지나치면 처치 곤란이다'였다. 회사라는 구속에서 벗어났기 때문에 더더욱 도전할 수 있었다. 그것은 새로운 구속으로의 여행이지 않았을까.

'신여성'들의 인생

 『겐지모노가타리』가 세상에 나온 지 1천 년이 되었다는 이유로 세상은 온통 겐지 붐이다. 동시에 『겐지모노가타리』와는 무관하지만, 올해는 『빨간 머리 앤』이 세상에 나온 지 100년이 되는 기념적인 해라고 한다.

 묘령의 여자들은 모두 『빨간 머리 앤』에 대해 '어렸을 적에 너무너무 좋아했는데!'라고 들뜬 얼굴로 말한다. 그러나 이른바 양서라고 하면 그다지 마음에 확 와 닿지 않는 어린이였던 나는 『빨간 머리 앤』을 읽지 않은 채 성인이 되었고 100주년을 계기로 난생처음 읽게 되었다. ……그랬더니 이게 정말 재미있었다. 어린 시절에 읽었다면 어쩌면 앤에 대해 반발했을지도 모르지만 성인이 된 지금은 자연스럽게 앤의 행복을 빌 수 있었다.

 성인이 되고 나서도 앤을 너무 좋아해서, 책의 배경이 된 프린스 에드워드 섬까지 직접 발걸음 하여 기어이 성지순례를 해버리고야 마는 것은 일본인뿐이라는 이야기도 있다. 그리고 앤의 인기가 그 정도로 높았던 것은 무라오카 하나코村岡花子의 명번역이 있었기 때문에 비로소 가능했다고도 한다.

 『빨간 머리 앤』이 처음으로 일본에서 출판된 것은 1952년인데 그렇다면 이 책은 어떠한 경위로 소개된 것일까. 하나코의 손녀 무라오카 에리村岡惠理가 쓴 『앤의 요람—무라오카 하나코의 생애』를 읽어보았다.

 번역은 좋은 환경에서 자라 외국어를 익힐 수 있었던 귀한 아가씨가 하는 것이라는 인상을 가지고 있었다. 무라오카 하나코가 1893년 태생인 것을 보고 처음엔 역시 아버님은 외교관? 하고 생각했다. 그런데 전혀 아니었다.

무라오카 하나코는 시즈오카靜岡의 녹차 상인 집안에서 태어났다. 양친이 기독교인이었기 때문에 도요에이와東洋英和 여학원에 입학했다. 주위가 온통 부잣집 아가씨들뿐인 상황에서, 학자금 지원을 받으며 캐나다인 선교사들과 함께 기숙사 생활을 했고 도서실 서양 서적을 닥치는 대로 읽으면서 영어를 습득했다.

『빨간 머리 앤』은 전쟁 때문에 캐나다에 돌아갈 수 없게 된 선교사가 하나코에게 남겨준 것이었다. 서양책을 가지고 있다는 것만으로도 국적國賊 취급을 받던 시대에 하나코는 등화관제 아래서 계속 번역을 했다.

무라오카 하나코의 인생은 요컨대 『빨간 머리 앤』의 동화 같은 이미지와는 무척 달랐다. 결혼은 같은 기독교인과 하지만 불륜 끝에 이루어진 사랑이었다. 그 후 남편의 회사가 도산하고 하나코는 가족의 생계를 떠맡아야 했다. 그리고 야나기하라 바쿠렌柳原白蓮, 요시야 노부코吉屋信子, 하야시 후미코林芙美子, 이치카와 후사에市川房枝 등 격동의 인생을 살다간 '신여성'들과 교류도 했다.

그래서 알게 된 점은 무라오카 하나코는 고귀한 아가씨들이 하는 번역이 아니라 소명으로서 번역을 했다는 점이다.

하나코는 '나는 일본의 10대들이 읽는 책에 무척 불만이 있었다. 그것은 젊은 사람들 탓이 아니다. 적당한 것이 없었기 때문이다'라는 문장을 남겼다. 의지와 어학 능력으로 '탐구한 문학을 자신만의 세계에 머무르게 하지 않고 사회에 환원한다'는 것을 평생 추구한 하나코.

앤이라는 가련한 소녀의 이야기 뒷면에는 메이지시대에 태어난 '신여성'이 있었다. 과연 지금, 우리는 이 정도의 사명감을 가지고 일하고 있는 것일까……?

메이지시대에 태어나 다이쇼大正시대를 구가했던 '신여성'들의 인생에 대해 읽노라면 항상 '뭐랄까, 정말 대단한 삶을 살아오셨네' 하고 깜짝 놀란다. 현재야말로 가장 '새로운' 시대라고 생각하던 내 감각이 점점 의심스러워지는 순간이다.

모리 마유미森まゆみ의 『머리 자른 모던 걸』은 부제가 '42인의 다이쇼 시대 쾌녀快女전'이다. 읽어보니 '우리가 하고 있는 일을 이 사람들이 모두 하고 있었네'라는 생각이 든다. '최근의 여성들은 경제력이 있어서 연하에 순종적인 남자와 사귄다'고 하는데 '히라쓰카 라이초平塚らいてう' 장에는 '라이초는 여기(잡지 〈세이토〉 지면)에서 사랑의 대상은 항상 연하 남뿐이었다, 라고도 말한다. (…) 귀여워함으로써 자신이 위로받고 윤택해졌다고 말이다. 위에 선 강자가 선량한 약자에게 끌린다'라고 쓰여 있다. 이 시대부터 강한 여자와 약한 남자 커플은 당연한 것이었다.

또한 '몸이 약한 그녀는 임신이나 출산을 두려워하여 회피하고 있었다. 일단 태어나버리면…… 어머니가 된 기쁨을 노래한다. 커리어우먼에게 자주 발견되는 유형이지 않을까'라고도 한다. 현재도 다이쇼시대도 혹은 『겐지모노가타리』 시대마저도 남자와 여자가 함께하며 발생하는 감정의 유형은 그리 다르지 않다. 그렇기 때문에 더더욱 우리는 옛날이야기를 지금도 계속해서 읽을 수 있는 것이겠지만 말이다.

그러나 '머리를 자른다'는 행위만은 지금 우리에게는 상상조차 할 수 없는 결단력 있는 선택이었다. 단순히 유행하는 헤어스타일 운운하는 차원이 아니라, '머리카락을 자르는 것은 다이쇼시대 여성들에게 **돌이킬 수 없는 일**이었으며, 반면 용기 있는 자아의 주장이었다', '머리카락을 자르는 것과 결혼을 거부하는 것은 연결되어 있었다'라고 한다. 거의 불교에 귀의하는 수준과 비슷한 '단발'이기 때문에 더더욱 그녀들은 대담한 삶을 살아갈 수 있었을지도 모른다.

연애, 결혼, 자녀, 일. 다이쇼시대의 여성들은 그런 것을 한 명의 여성

안에 어떻게 꾸겨 넣을 수 있을지 고뇌했다. 그 고뇌는 지금도 여전히 계속되는 문제다. 저자도 이 길을 걸어왔기 때문에 모던걸들의 인생을 현대에 생생히 되살릴 수 있었던 것이리라.

메이지시대부터 쇼와시대까지 유명한 부인들이 어떻게 살아왔는지를 다룬 책으로는 아라시야마 고자부로嵐山光三郎의『유부녀 혼』이 있다. 이 책과는 겹치는 인물도 있어서 비교하면 남녀의 시점 차이를 이해할 수 있다. ……하지만 역시 여자를 보는 여자의 눈이 더 엄격한 것만은 확실하다!

『머리 자른 모던걸』에서 다루는 것은 주로 문필로 세상에 나온 여성이다. 다른 직업에서 활약한 여성도 있었겠지만 자신을 표현하는 직업을 가진 여성은 역시 그 개성이 눈에 띄기 쉽다. 지금과 비교하면 직업 선택의 폭이 좁았을 시대. 조직에서 높은 자리에 오를 길은 거의 없었을 것이다.

시라카와 도코白河桃子의『대를 이은 딸들의 경영학』은 경영자의 딸로 태어난 여성들이 경영자가 된 실례를 망라한 책이다. 다이쇼시대의 '신여성'과 비교할 때 헤이세이시대의 일하는 여성은 어떻게 변화한 것일까……?

최근 호피Hoppy사의 3대 여성 경영자가 화제가 되었는데 권두를 장식한 것은 바로 그녀다. 부친의 병이나 죽음 때문에 대를 잇는다는 자각이 싹튼 게 아니라 '내가 대를 잇는다'는 기분으로 경영에 임한 것이 새로운 점이다.

아들이 있는데도 딸이 계승했다. 사위도 입사했지만 사장은 딸이라고 한다. 이 책에는 여러 가지 유형의 '대를 잇는 딸'이 나온다. 여성이 이만큼 왕성하게 소비하고 있으므로 경영 역시 여성이 하는 편이 좋을 경우가 있을 거라는 심플한 생각도 든다.

그러나 대를 잇는 딸이라는 발상은 새삼스럽지 않다. 몇 대에 걸쳐 이어진 격식 있고 명망 높은 오랜 점포들을 보면 '데릴사위와 사는 딸' 쪽이 훨씬 열심히 집안을 걱정하는 경우가 적지 않기 때문이다.

거품경제 능력1960~1970년대 전반에 태어난 '거품경제 세대'에게는 넓은 인맥과 시대를 포착하는 마케팅 능력이 있고, 긍정적이다, **제멋대로 능력**강렬한 제멋대로 의식이 명품 비즈니스에 적합하다, **커뮤니케이션 능력**딸이기 때문에 '아버지를 뛰어넘고 싶다'는 갈등이 없고 타협형 리더십을 발휘한다 등 이 책에는 경영자로서 대를 잇는 딸들 특유의 장점이 거론되는데 나아가 또 한 가지, 딸들은 아들보다 아버지의 사상을 이해하기 쉬운 존재라고도 말할 수 있을 것 같다.

이 책에 따르면 남자이기 때문에 혹은 여자이기 때문에, 가 아니라 적성이 있는 쪽이 경영자로 뽑히는 경우도 있다고 한다. '일본도 바뀌고 있는걸?'과 동시에 '일본이 아직 이 정도밖에 바뀌지 않았던가?' 하는 생각이 들었다.

6

절망, 이 얼마나 아름다운 말인가

세상은 진보한 걸까

어릴 때부터 명부 읽는 것을 좋아했다. 학교 명부의 어린이나 부모 이름, 주소 등 무뚝뚝한 정보 뒤에는 살아 있는 많은 사람들이 있고 각각 별개의 생활을 한다고 생각하면 하염없이 바라보고 있을 수 있었다.

개인 정보 보호법이 생긴 오늘날에는 믿을 수 없는 이야기지만 옛날 학교 명부에는 부모의 직업까지 기재되어 있었다. 이름과 주소와 부모의 직업으로부터 그 사람이 어떤 인간인지 유추하거나 어떤 패턴을 발견하기도 했다. 명부는 어줍잖은 소설보다 재미있고 마약 같은 치명적 매력이 있었다. 그렇기 때문에 더더욱 개인 정보 보호법이 만들어진 것이 아닐까 생각될 정도다.

『17세 지도』라는 하시구치 조지橋口讓二의 사진집을 손에 넣은 것도 처음에는 명부 같은 것에 흥미가 있었기 때문이었다. 이는 1988년의 일이다. 일본 전역의 17세들에게 '함께 사는 사람', '오늘의 아침 식사', '좋아하는 음악', '최근 읽은 책', '여태까지 갔던 가장 먼 곳' 등 공통 질문을 했다. 17세라는 시기가 거의 최근의 과거였던 나는 심취해서 그 사진집을 '읽었다'.

하시구치 조지 씨는 그 후에도 커플, 직업, 아버지 등의 키워드로 일본의 여러 '개인'의 모습을 사진과 인터뷰로 제시했다. 그리고 약 20년 만에 17세를 찍은 것이 『17세』다.

이 책에는 2001년부터 2006년까지 찍은 60명의 17세가 등장한다. 고베 연쇄 살인 사건으로 유명한 사카키바라酒鬼薔薇 소년과 같은 나이였던 14세 때는 그에게 공감했지만 지금은 그렇지 않다고 말하는 지바千葉의 여고생. '섬에서 나가고 싶지 않다. 바다가 없으면 살 수 없다'는 시키네지마式根島의 남고생. ……17세들은 각자의 장소에서 살아가고 있다.

20년 전 1980년대의 17세와 지금의 17세는 여러 가지 면에서 다르다. 우선 20년 전에 휴대전화는 고교생이 가질 수 있는 것이 아니었다. 그러나 오늘날 고교생은 휴대전화 요금이 '5만 엔'인 학생도 있고 '휴대전화는 친구 사이를 이어주는 거지요. 없으면 안 되지요. 무섭네요'라는 발언도 있었다.

안정적인 사고도 엿보인다. '여하튼 어떻게든 직업을 가지는 것이 꿈입니다. 어디든 안정적인 직장을 잡을 수만 있다면', '평범한 어른이 되고 싶다. 샐러리맨이라든가', '생활할 수 있으면 되지 않을까요' 등의 언급이 특히 남학생들에게서 눈에 띈다.

그리고 무엇보다 신경 쓰이는 것은 어쨌든 눈에 띄지 않고 왕따 당하지 않은 채 살고 싶다는 감정이다. 20년 전의 17세는 아직 부모나 학교, 기성세대에게 반항하려고 했다. 그에 비해 지금의 17세는 '보통 때는 자신을 드러내지 않는다. 드러내지 않는 것을 전제로 친구와 놀고 있다', '여태까지 타인의 기분만 생각하고 내 기분을 억누르며 살아온 것은 분명하네요', '아무래도 그냥 주변에 맞춰버리지요. 가끔은 생각한 것을 그대로 말해도 괜찮겠네요'라고 하는데 이 또한 남학생에게 많다.

20년 전보다 세상은 진보한 걸까 하고 생각해본다. 그러나 17세 친구들이 살아가기 쉬워진 것은 아닌 듯하다. 그들에게 가해지는 동조에 대한 압력은 확실히 강해지고 있다. 그러나 그들은 개성을 중시하는 시대에 하고 싶은 것이든 꿈이든 발견하지 않으면 안 된다는 부담감에서도 결코 자유롭지 않다. 가랑이가 찢어질 듯 상당히 힘들지 않을까.

그러나 '요즘 17세'라고 일반화하여 파악하는 건 각각의 17세와 작가들에게 기뻐할 만한 일은 아닐 것이다. 한 사람 한 사람의 17세는 의외로 진지하게 인생을 고민하고 섬세하고 순수하다. 지금부터 20년 뒤 그들이 웃는 얼굴로 이 사진집을 볼 수 있길, 이미 17세의 부모가 되어 있어도 전혀 이상하지 않은 나는 기도해본다.

　주위로부터 돌출되는 것을 피하려고 애쓰면서도 개성적으로 살아야 하는 오늘날의 젊은이들. 그렇다고는 해도 이는 비단 젊은이들에게만 국한된 일이 아니라, 나를 포함하여 일본에 살고 있는 많은 사람들이 그러한 상반된 명제를 안고 고민한다는 생각도 든다.

　『라쿠고 나라에서 엿본다면』을 읽으니 라쿠고 나라 주민들은 같은 일본인인데도 현대 일본인이 얼마나 힘들게 사는지를 전혀 느끼지 않는 것처럼 여겨졌다. 이는 라쿠고에 나오는 사람들이 모두 태평하기 때문이 아니라, 개인이라는 것을 다루는 방식이 다르기 때문이라며 저자 호리이 겐이치로堀井憲一郎는 라쿠고를 통해 설득한다.

　예를 들어 나이. 현재 사용하는 만 나이는 '생일과 죽은 날이라는 지극히 개인적인 정보를 바탕으로 한 극히 사적인 연령'이다. 하지만 에도 시대에는 태어난 해를 기준으로 나이를 셌다. 만 나이가 아닌 것이다. 즉 **'이 사회에 발을 내딛은 지 몇 년 되었나'라는 것이 사회적으로 요구되기'** 때문에 채택된 방식이다.

　또한 사람의 죽음. 라쿠고에서는 비교적 간단히 사람이 죽고, 남겨진 사람들은 죽음을 심각하게 생각하지 않는다. 라쿠고에는 '죽는 사람이 가난해지기'라는 말이 나오는데 '죽으면 다 소용없다, 살아 있는 동안만 꽃'이라는 의미로 라쿠고의 사람들은 죽음에 연연하지 않는다.

　연애나 결혼만 해도 '사람들은 좋고 싫고를 따질 수 없었지만' '사람이 혼자 사는 것은 좋지 않다'며 '마음 편하게 아내를 맞이한다'. '현대사회에서 소중한 가치인 **개성**은 연애 경험에 의해서만 보증되는 것일지도 모른다'는 저자의 지적은 실로 날카롭다.

……요컨대 에도시대 사람들은 '개인'이라든가 '개성' 같은 것을 그다지 깊게 생각하지 않은 듯하다. 라쿠고에 나오는 사람들이 편안해 보이는 것은 그 탓이지 않을까 생각된다.

물론 개인이 무시되고 있기 때문에 괴로운 사람들은 에도시대에도 많았을 것이다. 그러나 라쿠고에 나오는 인물은 개인의 확립 같은 것은 생각하지 않고 힘을 뺀 채 살아가는 사람투성이다. 그렇기 때문에 더더욱 재미있다. 지금의 어른들이 이미 개성을 주장하는 것에 완전히 지쳐버렸기 때문에 오늘날 라쿠고 붐이 있을지도 모른다는 생각도 든다.

한편 이 책의 제목은 '라쿠고 나라를 엿본다면'이 아니라 '라쿠고 나라**에서** 엿본다면'이다. 저자는 이미 라쿠고 나라에 자신의 몸을 두고 그곳에 자리 잡았기 때문에 항상 즐거워 보이는 것일까…….

개성의 존중 따위가 전혀 고려되지 않았기 때문에 더더욱 불행했던 에도시대 사람의 대표적인 예로 오이와를 들 수 있다. 무사의 딸이었지만 집안은 몰락했고 생활보호 제도도 없었기 때문에 매춘을 하기에 이른다.

남편 이에몬은 나쁜 남자로, 자신에게 반한 부잣집 딸을 취하기 위해 아내를 버리고자 획책한다. 그 부잣집에서 준비해준 독약을 오이와에게 마시게 한 결과, 원한이 뼈에 사무친 채 그 유명한 무서운 얼굴이 되어 죽는다. 아내의 권리 따위 전혀 보장되지 않는다.

시오미 센이치로塩見鮮一郎가 쓴 『요쓰야 괴담 지리지』에서는 아사쿠사浅草, 조시가야雑司ヶ谷, 후카가와深川 등 요쓰야 괴담의 무대가 된 지역을 돌아다니며 오이와와 이에몬과 그들을 둘러싼 사람들의 움직임을 쫓는다. 질투에 휩싸인 오이와가 내달린 것으로 보이는 코스의 지도를 보면 어머나! 이렇게나 달린 거야! 하고 깜짝 놀란다. 오이와의 마음이 얼마나 강렬했는지 실감할 수 있었다.

개인으로서는 전혀 존중받지 못한 채 세상을 떠난 오이와. 그러나 그녀는 죽은 후 엄청나게 많은 사람을 죽임으로써 영원히 개성적인 사람이 되었다. 개인성을 주시하지 않고서 편히 살아간 사람들도 있었던 반면, 개인을 억압받은 사람의 파워는 결코 웃을 수 없는 이야기도 낳는다. ……이상으로 한여름 밤 혼자 읽으면 등골이 오싹한 한 권의 책 소개를 마친다.

파란 바다와 파란 하늘

히로시마廣島에 간 차에 현지인과 이야기를 나누었는데 '글쎄요, 히로시마에서 관광이라면, 미야지마宮島와 원폭 돔 정도일까요'라고 했다.

현지인들이 원폭 돔을 관광자원으로 인식한다는 것이 의외였지만 그러나 분명 히로시마에서 현재 원폭 관련 사물과 관광 행위가 무리 없이 융합했다는 느낌이 드는 것은 사실이다.

이에 비해 오키나와沖繩는? 이쪽도 전쟁의 상흔이 깊지만 관광객이 품은 오키나와의 이미지는 실제 모습과 상당히 거리가 있다. 나도 종종 '아아, 오키나와에 가고 싶다'고 생각하는데 그때 떠오르는 이미지는 아름다운 자연, 여유로운 분위기, 꾸밈없는 사람들…… 등이다. 머릿속으로는 전쟁에 대한 역사나 미군 문제를 이해하고 있어도 관광하는 사람의 시선이 되는 순간 그러한 문제는 사라져버린다.

『오키나와 이미지를 여행한다』는 그러한 관광객의 시선과 오키나와의 실제 모습이 얼마나 다른지 명확히 드러낸 책이다. 전쟁 전의 오키나와 관광, 전후의 전쟁 유적지 관광 그리고 오키나와 국제해양박람회나 항공 회사 캠페인을 통한 '파란 바다와 파란 하늘' 이미지. 최근 드라마 〈추라씨〉나 오키나와 특유의 문화 때문에 생긴 '힐링'의 이미지. 오키나와 이미지에 존재하는 딜레마는 무엇일까?

관광객의 시선은 다분히 그 지역을 '어떻게 보고 싶은가'라는 욕망이 결정한다. 어떤 지역에서든 관광객과 현지인 사이에는 의식의 간극도 존재한다. 그러나 오키나와의 경우는 류큐 왕국에서 오키나와 현이 되고 전쟁에 휘말려 미군 기지가 설치된 역사와 더불어 매우 보기 드문 아름다운 환경도 가지고 있기 때문에 그 간극이 다른 지역에 비해 뚜렷하다.

오키나와 현에 사는 나이 든 여성을 다른 현 사람들이 '할망'이라고 부르는 것에는 나조차 위화감이 드는데 오키나와 사람들은 그 위화감보다 좀 더 강렬한 감정을 느낄 것이다.

오키나와를 원하는 사람들은 지금, 파란 하늘과 파란 바다의 이미지를 더더욱 뛰어넘어 '할망'적인 존재에 포용되고 싶다는 욕구를 가지고 있는 것 같다. 우리는 옛날 그대로의 소박함을 지니고 자신에게 상냥하게 대해주고 나아가 조금 영적인 느낌도 섞인 '할망'적인 존재를 본토에서 멀리 떨어진 남쪽 섬에서 발견하고 싶은 것이다. 오키나와로 이주하길 바라는 욕구는 그런 기분이 더더욱 격앙된 결과 생겨났을 것이다.

그러한 본토 사람들의 '안기고 싶다'는 욕구를 앞으로 지역 진흥을 위해 훌륭히 이용할 수 있다면 참 좋겠지만 과연 가능할까. 적어도 우리가 보는 측과 보이는 측 사이에 존재하는 간극이 얼마나 깊은지, 그리고 그 내역에 대해서도 알아두는 것이 중요하지 않을까 생각한다.

보이는 측의 자의식. 이것을 심하게 가지고 있었던 사람이 실은 미야자와 겐지宮沢賢治였다는 것을 『이하토부 온천학』을 통해 알게 되었다.

그의 고향인 이와테岩手 하나마키花巻는 온천이 풍부한 지역으로 미야자와 겐지도 온천과 친숙한 생활을 했다. 지구과학을 배운 그에게 온천은 '과거 화산활동의 흔적, 기억, 기호'이기도 했다. 겐지의 문학과 온천의 밀접한 관계가 다수 담겨 있다.

하나마키에 있는 온천 역사의 전환점에도 겐지는 무관하지 않다. 당시 하나마키에는 여섯 개의 온천지가 있었는데 그 가운데 시도타이라志戸平, 오사와大沢, 나마리鉛 등 다섯 군데는 단순한 관광 온천이 아니라

병을 치유하기 위한 곳이었다. 현지 농가 사람들이 농한기에 자취를 하면서 장기 체재하는 형태의 온천지였던 것이다.

그에 비해 새로 생긴 하나마키 온천은 '도시 생활자의 단기 체재'를 대상으로 한 스파 리조트 같은 지역이었다. 온천 외에도 실내외 오락 시설이나 스키장, 동물원 등의 시설이 있었다. 이 지역은 겐지의 일족도 경영에 참여한 전기회사가 만든 온천지였던 만큼 전기가 매우 많이 사용되었다. 겐지는 하나마키 온천의 화단을 설계했다.

겐지는 분명 보이는 측의 의식을 가지고 고향을 보았다. '이하토부', '영국 해안' 등의 명명은 자신이 있는 곳을 외국으로 간주하는 수법이다. 또한 그가 하나마키 농업학교 학생들을 데리고 수학여행지 홋카이도로 향했을 때 기록한 「수학여행 복명서」를 보면, 학생들이 여행 후 '새롭게 외국 관광객의 마음으로 그(=하나마키의) 산천'을 보길 바랐다.

요컨대 그는 자신의 땅이 외부에서는 어떻게 보이는지 그리고 자신의 땅을 어떻게 보면 좋을지에 대해 민감한 사람이었던 것이다. 그 지역에 있으면서 일단 외부로 나와 다시 바라보는 자세는 마케팅적이라고도 말할 수 있지 않을까.

그렇기 때문에 더더욱 겐지는 하나마키 온천 개발에 관여했지만, 하나마키 온천의 인기가 높아질수록 겐지 내부에는 갈등이 생겼다. 하나마키 온천이 번창해도 주위에 있는 농촌의 궁핍함을 구제하는 데는 효과가 없었던 것이다. '보이는 측'이긴 하지만 '보는 측'의 대변자로서 관광 개발에도 직접 참여했기 때문에, 모순을 느꼈을 것이다.

『주문이 많은 요리점』에서, 산속에 홀연히 그 모습을 드러낸 야마네코켄山猫軒. 그 요리점으로 들어가는 영국 병정풍의 젊은 신사 두 사람이 '보는 측'을 나타낸다는 지적은 흥미롭다. 보는 측과 보이는 측, 양쪽 시점을 가진 미야자와 겐지의 고뇌는 모든 장소에서 관광화가 진행되는 현대에도 해당되는 것이다.

관광지와 그곳에 사는 사람들이 느끼는 보이는 측으로서의 딜레마. 분명 예능인들도 비슷하게 느끼지 않을까 하고 보는 측 사람으로서 생각한다. 보는 측 사람들이 가진 '어떻게 보고 싶은가'라는 욕구로 인해 보이는 방식이 결정될 때 예능인들은 깊은 고독감을 느끼지 않을까.

특히 그 고독이 깊었을 것 같은 사람이 바로 도라상寅さん이 아니라 아쓰미 기요시渥美清 씨다. 도라상과 아쓰미 기요시는 항상 융합되어 있어 도라상이라는 역할의 이면에 한 개인이 있다는 사실을 잊어버리기 일쑤다.

모리 에이스케森英介가 쓴 『떠돌이 아쓰미 기요시의 노래』를 읽고 있는데 '아쓰미 씨, 본명은 다도코로라고. 다도코로 야스오田所康雄…… 그리고 구루마 도라지로車寅次郎잖아? 도라지로는 일본에서 모르는 사람이 없을 정도로 유명해졌기 때문에 본명이 아쓰미 기요시고 도라지로가 예명 같아져버렸어. 다도코로 야스오는 어딘가로 가버린 거야'라는 문장이 나왔다. 이것은 아쓰미 기요시와 친분이 깊었던 아사이 신페이浅井慎平 씨의 저서에 있던 문장인데 한 인간 안에서 본명의 자신이 사라질 정도로 '보는 측' 시선의 압력은 강력한 것이다.

이 책에서는 아쓰미 기요시가 하이쿠가 취미였던 것에 초점을 맞춰 그가 남긴 하이쿠에 대해 심도 깊은 고찰을 한다. 사생활에 대해서는 완전히 입을 다물고 결코 말하지 않았던 아쓰미 기요시의 의외의 면을 볼 수 있는가 하면, 오자키 호사이尾崎放哉 계절어를 포함하지 않고 정형에도 얽매이지 않는 자유율 하이쿠로 유명하다나 다네다 산토카種田山頭火 오자키 호사이와 함께 전후 가장 유명한 자유율 하이쿠 시인를 좋아해서 그 자신이 읊는 구에도 자유율이 많았다는 아쓰미 기요시다운 에피소드도 있다.

그러나 호사이나 산토카를 즐겼던 것은 과연 도라상이었을까 아쓰미 기요시였을까 혹은 다도코로 야스오였을까. 도라상을 연기하지 않았어도 그는 방랑 시인을 좋아했을까?

아쓰미 기요시의 하이쿠에는 분명 쓸쓸함이나 고독을 느끼게 하는 것이 많다. 그러나 완전히 개인으로서 읊는 하이쿠에도 도라상을 연기하는 연기자의 모습이 언뜻언뜻 보이는 느낌이 든다. 그것이 그에게는 보는 측에 대한 아주 작은 복수였을지도 모른다. ……물론 이 역시 보이는 측에 대해 아무것도 모른 채 보는 측이 제멋대로 발하는 시선일 테지만 말이다.

적극적인 절망

남성에게 '같은 인간이라고는 생각되지 않는다'는 마음을 품는 경우가 종종 있다.

남성이든 여성이든 다 똑같은 인간이라는 것도, 이성애자라면 누구나 남녀가 짝을 이루어 함께 살아가는 게 온당하다는 것도 머리로는 이해한다. 그러나 문득 남녀의 우호를 목표로 하면서도 '왜 이렇게 다른 남자와 여자가 함께 있어야 하는 걸까'라는 의문이 솟구치는 순간이 있다. 마치 골퍼가 입스yips에 빠질 때처럼.

남성이 여성 심리의 깊숙한 곳까지 보는 걸 싫어하듯 우리도 남성의 '진짜 모습'을 아는 게 두렵다. 그러나 니시무라 겐타西村賢太의 『동전을 세다』는 완전히 발가벗겨진 남자를 꼼짝없이 다 보여준다.

「소각로행 아가」와 「동전을 세다」 두 편에 등장하는 함께 사는 남과 여. 남자는 후지사와 세이조藤澤淸造 전집을 홀로 편찬하려고 하는 소설가. 여자는 파트타임으로 일하며 남자를 돕는다.

여자와 함께 살며 관계가 안정되자 처음에는 분출했던 남자의 성욕이 점차 줄어든다. 여자는 굳이 입에 담지 않지만 가정적인 분위기를 원한다. 그러나 남자는 점점 정말로 하고 싶은 일, 즉 전집 편찬 작업을 우선하려 한다. 폭력을 휘둘러서라도 관철하고자 한다.

사소설이기 때문에 더더욱 남자의 모습은 이상하리만큼 생생하게 독자에게 다가온다. 남자의 행동과 사고는 정말로 가혹하지만 그것은 이 남자만의 가혹함이 아니다. 어떤 남자라도 가지고 있는 가혹함에 대해 파고 또 파고, 응시하고 또 응시하며 그 모습을 엑기스로 만들어 포장지에 싸지 않은 채 그대로 보여주기 때문에 더더욱 독자의 마음에 끈적하게 들러붙어버리는 게 아닐까?

특히 먹는 것과 관련된 기술은 농밀하게 다가온다. 파트타임으로 일하는 여자가 남기고 간 삼각 김밥을 보고 남자가 느끼는 양심의 가책. 맛있는 야키소바를 먹으러 함께 집을 나섰지만 서로 소리 지르는 싸움으로 번져 집에 돌아와서 여자가 혼자 먹던 피자의 악취.

삼각 김밥에 문득 애틋한 기분이 드는 것도 피자의 악취에 머리 뚜껑이 열리는 것도 한 명의 남자다. 사소설을 쓰지 않는 많은 남자들도 그리고 그런 남자와 함께 있는 많은 여자들도 실은 삼각 김밥과 피자 사이에서 흔들리는 일상을 보내는 게 아닐까. 읽고 난 후에도 피자 냄새가 코끝에 남아 있는 듯한 책이었다.

그래서 『여자의 절망』이다. 『동전을 세다』를 읽은 후 나도 모르게 집어 들지 않을 수 없었던 책의 제목이다.

이토 히로미伊藤比呂美 씨가 신문에 연재하는 개인 상담을 바탕으로 한 책으로, '이토 시로미伊藤しろみ' 씨가 이야기하는 픽션 형식을 취했다. 말하자면 개인 상담 계열의 엔터테인먼트 픽션이라고 할 수 있는데 개인적으로는 처음 경험하는 분야다. 그런데 이게 무척 마음을 저며온다. 섹스, 질투, 연애, 이혼, 자녀, 간병 등 여자에게 절실한 주제에 따라 시로미 씨가 자신의 경험에 비춰보며 상담자에게 마음으로 다가가는 것이었다.

'남녀평등은, 사회에서도 점차 그렇게 되어간다는 이야기는 듣고 있습니다만, 어떻게 하면 집안에서도 가능할지 가르쳐주셨으면 합니다', '휴일에 둘이서 외출을 한 뒤 지쳐서 집에 돌아왔을 때, 제가 스스로 일어나 차를 끓이는 노예근성에 절망하고 있습니다'라고 말하는 60대 부

인에게

'있잖아, 여기예요. 절망, 이라고. 이 단어다.

발견했다고 생각했다.

여자의, 여자들의, 괴로움을, 불만을, 불안을 하나로 모아 표현한 단어'라고 말하는 시로미 씨(시로미 씨는 '히'와 '시'의 구별이 되지 않습니다).

그리고 독자들도 여기서 '나는 절망하고 있었던 거구나'라고 새삼 알아차리게 되는 것이다. 뭐랄까 아주 옛날부터 마음 어딘가에 무거운 검은 구슬 같은 게 있었는데 바로 그것이 절망 아니었을까, 하고 말이다.

시로미 씨는 절망에 빠져 정신을 놓거나 하지 않는다. 섹스리스에 관한 괴로움에 대해 '나는 안 되는 것은 안 되는 거라고 거의 포기하고 있었습니다. 여자가 모두 같이 손에 손잡고 절망하면 되지 않을까 생각했습니다. 절망, 세상에나 이 얼마나 아름다운 말인가 하고요' 하고 생각했지만 한편으로는 섹스를 하고 싶어 하는 남자들도 있다는 것을 보면 갑자기 기운이 난다. 그리고 대책을 강구한다.

시로미 씨의 인생 상담의 바탕에는 다른 사람에 대한 사랑이 있었다. 남자에 대해 나쁘게 말해서 울분을 푸는 것이 아니라 인간의 연약함을 이해하고 상담자와 함께 절망하는 시로미 씨. 똑 떨어지는 답변이 아니어도 상담자는 그러한 시로미 씨의 자세에서 희망의 빛을 발견한다.

여자는 무엇에 절망하는가. 절망을 해부하는 듯한 이 책을 읽고 있노라면 여자는 '나뿐이 아니었던 걸까'라고 생각할 수 있지만 남성에게는 여자 안의 검은 구슬을 발견하는 건 상당한 용기가 필요한 일일 것이다.

그렇지만 여자가 남자 안에서 잔뜩 졸아 캐러멜 상태가 된 끈적한 것을 만지고 남자는 여자 안의 검은 구슬을 응시함으로써 이 나라 사람들의 발 언저리를 항상 뒤덮고 있는 어슴푸레한 불행은 상당히 옅어지지 않을까 생각하는데…….

1973년 세토우치 자쿠초 씨가 불교에 귀의할 때 나는 일곱 살이었다. 출가가 어떠한 의미인지는 잘 몰랐지만 '유명한 여성 작가가 엄청 특별한 일을 했다'는 인상은 남아 있다. 법의를 입고 머리를 깎은 여성의 자태가 강한 힘을 발하던 것은 어린 마음에도 깊은 인상을 주었다.

왜 자쿠초 씨는 출가했는가. 자쿠초 씨의 책을 읽게 된 후에도 이해할 수 없었다. 내가 성인이 되어 진흙탕에도 빠져보고 자빠지기도 하며 여러 가지 경험을 하고 나서도 여전히 모르는 채다. '아아, 정말이지, 머리라도 깎고 이 꼴 저 꼴 안 보고 도망쳐버리고 싶다'고 몽상은 해도 '하고 싶다'와 '하는 것'은 전혀 별개의 일이다.

왜 한 사람의 여성에게 출가라는 행위가 필요했던 것일까. 사이토 신지齋藤慎爾의『자쿠초전— 아름다운 밤 영롱하여라』에서 그 힌트를 찾는다.

도쿠시마德島에서 태어난 세토우치 하루미瀨戶內晴美는 도쿄에 있는 여자 대학교에 들어갔고 이후 결혼을 한다. 중국에서 출산한 하루미는 이윽고 운명적으로 한 사람의 문학가를 만나면서 '쓰고 싶다'는 불씨를 지피게 된다. 불륜 끝에 자식을 버리고 가출, 작가로서 불우한 시대가 계속되지만 마침내 스타 작가가 된다. ……그러한 인생에 산과 계곡이 얼마나 높았는지 얼마나 깊었는지는 보통 사람들이 상상조차 하지 못할 정도다.

하루미 시절의 인생은 남성과의 만남에 크게 좌우되었다. '사소설을 사소설의 수법으로 쓰고자 의식했다'는 작품『여름의 끝』에는 주인공 도모코에 대해 쓴, '무모하고 분별없으며 충동적인 도모코는 자그마한 체구 안에 항상 활력이 넘쳐흐른다. 그리하여 생명력이 위축된, 인간의 분량이 모자란 것처럼 보이는 사내를 만나면 무의식적으로 그 남자의 어두운 동굴을 채우고자 그녀의 모든 활력을 쏟아 넣어버리고 싶어 한다'라는 문장이 있다. 주인공은 넘쳐흐를 정도의 에너지를 가지고 있기 때문에 더더욱 '인간의 분량이 모자란' 사내에게 스스로 다가가는 것이다.

그렇다고 한다면 도모코는 그리고 작가는 설령 연애에 절망하더라도 남성으로 인해 절망할 수밖에 없었던 것이 아니라 자신의 의지에 따른 적극적인 절망이 아니었을까 하는 생각이 든다.

세토우치 자쿠초 씨가 출가를 한 진짜 이유, 물론 지금도 알 수 없다. 그러나 절망을 음미하고 또 음미하고 마지막까지 완벽히 음미한 뒤에 이루어진, 그와 정반대의 행위 같은 기분도 든다. 절망도 어중간하게 하는 몸으로서는 '멋져……'라고 생각할 따름이다.

빨갛고 달콤하고 시큼한 맛

　남자와 여자의 음식 취향을 비교해 보면 이른바 유아 입맛을 고집스럽게 유지하는 쪽은 압도적으로 남성인 것 같다. 카레, 햄버거, 포테이토 샐러드 등을 싫어하는 남성은 본 적이 없고 단것으로 말하자면 푸딩이나 멜론이다. 이에 비해 여성은 여러 나라 요리나 진귀한 식재료 따위에도 적극적으로 도전하여 익숙해진다.

　태국 요리에 들어가는 고수풀에서 숙성한 회를 사용하는 나레즈시까지 뭐든지 오물오물 도전하는 여성 옆에서 햄버거에 달걀 프라이가 올라간 것을 기쁜 표정으로 바라보는 남성. 그런 남성을 보고 '귀여워'라느니 어쩌느니 하는 감각을 모성이라 부르는 것일까, 라고 생각해보는데 그러나 실은 내 안에도 유아 입맛은 여전히 남아 있다. 바로 케첩에 대한 사랑이다.

　성인이 되면 케첩을 실컷 즐길 기회가 많지 않다. 아주 가끔씩 사이드 요리로 나오는 프렌치프라이에 케첩을 듬뿍 찍어 먹을 때의 행복이란 정말 각별하다!

　『나폴리로의 길』은 스파게티 나폴리탄에 관한 에세이다. 스파게티를 소량의 재료와 케첩으로 볶은 이 요리는 내가 유년 시절 좋아했던 요리고 지금도 카페에서 파는 나폴리탄에 향수를 느낄 때가 있다.

　이 향수의 원류는 어디에 있는가. 저자에게 그리고 일본인에게 나폴리탄이란 과연 무엇인가?

186

태평양전쟁에서 진 일본에 미국에서 들어온 구호물자인 스파게티와 케첩. 미군의 일본 점령 초기, 요코하마橫浜의 호텔 뉴그랜드에 잠깐 설치된 GHQ연합군총사령부를 위해 일본인 셰프가 만든 것이 나폴리탄의 시작이다. 서양 음식에 대한 동경과 함께 일본 전역에 퍼진 나폴리탄은 마침내 서양풍이라는 인상마저 없어져 지금은 향수와 함께 먹는 음식이다.

'점령지 일본'이라는 이미지가 옅어지던 중학교 때 처음으로 나폴리탄을 먹어본 저자 가타오카 요시오片岡義男는 '모든 디테일이 그리고 모든 것이 통합된 전체가 완벽하게 일본이다'라고 직감한다.

그로부터 55년 후 그는 훨씬 세련된 감각으로 나폴리탄에 대한 책을 썼다. 저자 세대 사람들과 고도 경제성장기에 나폴리탄을 먹었던 어린 우리와는 향수의 무게가 상당히 다른 것을 이해할 수 있다.

케첩이나 나폴리탄에 대해서 '좋다', '맛있다'고는 한 마디도 쓰여 있지 않은 이 책. 그러나 읽을수록 그 빨간 조미료와 빨간 재료에 대한 절실한 마음이 전해져서, 입안에 빨갛고 달콤하고 시큼한 맛이 번진다.

먹는 것에 대한 취향은 그리 간단히 바뀌는 게 아니다.

먹는 것에 대한 취향만큼 변하기 쉬운 건 없다.

일본인은 전혀 다른 이 두 가지 생각을 품고 있다. 일본이 전쟁에 진 것 때문에 스파게티도 케첩도 자신들의 식생활에 탐욕스럽게 받아들였다고 생각되지만, 그런가 하면 여전히 해외여행에 간장이나 우메보시를 챙겨 가기도 한다.

해상자위대에서는 매주 금요일이 카레의 날이라고 한다. 긴 항해 중에는 요일 감각이 없어지기 때문에 카레를 먹음으로써 '금요일이다'라고 생각하게 되는 것 같다.

……이런 이야기가 실린 책이 『불초 미야지마 전장에서 밥을 먹다!』다. 일본 고유의 음식인가 하면 그렇지도 않은 카레 역시 나폴리탄과 마

찬가지로 일본인의 솔푸드다. 하지만 그러한 카레를, 골란 고원에서 일본 자위대와 함께 주둔했던 인도군 병사들은 카레라고 인정하지 않았던 것 같다.

PKO^{유엔 평화 유지 활동}를 모두 제패하고 남극에도 체재한 이가 저자 미야지마 시게키^{宮嶋茂樹}다. 자위대뿐 아니라 각국의 밀리터리 요리, 즉 짬밥^{군대 식사} 사정에도 밝다. 인도군은 부대에서 벗어나 있어도 액체 상태의 카레를 휴대하고 한국군은 김치, 포르투갈군 식사에는 와인이 빠질 수 없고 일본은 역시 쌀밥…… 등 '사람들은 먹지 않으면 살아갈 수 없다'와 '자기 나라 음식이 최고'라는 것이 절실히 느껴진다.

PKO 현장에서 사교 무대인 식사의 중요성, 식재료에서 연료까지 실로 '보급'은 군대에서 생명선이다, 넣으면 배출해야 하므로 화장실이 더러운 군대는 약한 군대이기도 하다…… 등등, 군대에 관한 한 프로라고도 할 수 있는 저자가 간사이 사투리로 식사 이야기를 하면 전장과 세계에 숨어 있던 부분이 보인다.

지금 '짬밥'은 제법 붐이어서 관련된 책들도 종종 출간된다. 나도 자위대에서 군대식 통조림을 받은 적이 있는데, 국방색 단무지 통조림 같은 건 일상적인 생활에서 좀처럼 볼 수 없는 물건이기는 하다.

저자도 짬밥 붐에 대해서 '부르주아들의 변덕스러운 발상'이라고 기록하는데, 정말 그 말이 맞을 것이다. 짬밥은 '먹는 것만이 유일한 즐거움'이라는 전장에서 '즐거움'인 동시에 효율적으로 병사의 몸을 움직이기 위한 연료인 것이다.

국방색 패키지에 담긴 음식물은 이른바 기능미의 극치다. 넘치는 음식에 물린 젊은이들이 짬밥에 흥미를 가지는 것은 자신들의 생활과는 인연이 먼, 그런 종류의 아름다움 탓일지도 모른다.

해외여행을 할 때 '설마 여긴 없겠지'라고 생각하는 장소에도 중화요리점이 있다. 맛은 천차만별이지만 '고맙다……'라고 외지에서 경배드리듯 중화요리를 먹었던 경험을 가진 사람들이 상당하지 않을까.

해외에서 중화요리점을 보면 '여기가 그들의 전초기지였던 거네'라고 생각한다. 세계 여기저기로 나아간 화교들은 우선 중화요리점을 만들어 음식을 확보하고 나서 안심하고 그 지역에 살았던 것일지도 모르기 때문에 그것 또한 이른바 쌈밥이다.

우리에게는 친근한 맛이지만 감각적으로는 상당히 다른 중화요리. 일본 요리와 마찬가지로 중화요리를 사랑하는 나는 중화요리에 관한 글을 발견하면 맛있는 중화요리점을 발견했을 때처럼 기쁘다.

그렇지만 중화요리에 관한 에세이는 많지 않다. 그런 때 오랜만에 규에이칸邱永漢일본 및 대만의 실업가이자 작가의 음식 에세이가 주코분코中公文庫에서 나온 것이 기뻐서 요리 하나하나에 존재하는 역사적 배경을 즐겼다.

중화요리 에세이의 맛은 역시 요리를 통해 과거를 보는 부분에 있다. 이런 에세이가 적은 것은 요리를 좋아하고 역사에 관한 교양도 있는 사람이 많지 않아서라고 생각하는데 그 가운데 소중한 존재가 난조 다케노리南條竹則 씨다. 『미인 요리』에서도 역사 속 인물이라고만 생각했던 시인이나 미인이 요리를 통해 요염함을 머금고 다가오는 것이다.

동파육은 소동파蘇東坡가 고안한 요리라고 하는데, 중국에서는 옛날부터 메뉴를 생각하는 것도 교양의 일부였던 듯하다. 요즘도 중국 남자들은 자주 요리를 한다는데 교양 운운하기 이전에 '먹는' 것을 타인에게 맡길 수 없는 강한 집착도 있다고 생각된다.

서시西施라는 유명한 미인의 혀에 비유된 조개. 맹강녀孟姜女라는 여성이 진시황제에게 난도질당한 후 그 살점이 모여 다시 태어났다고 하는 물고기. 식재료의 이면에는 애증이라든가 에로라든가 인간의 복잡한 심경이 뒤엉켜 있어 『미인 요리』를 읽고 있으면 '아아, 산뜻한 것을 먹고 싶다' 따위의 말은 사치 같은 마음이 든다.

안 읽었습니다

도심에 있는 큰 서점에 들어갔더니 '정말이지 책이 많아도 너무 많은 거 아니야!'라는 아저씨의 목소리가 들려왔다. 다음 순간, 부인인 듯한 여성이 '서점이니까 당연하잖아요'라고 한마디 한다.

사모님 말씀도 지당하신 말씀. 그러나 나는 자기도 모르게 나와버렸을 아저씨의 외침에 마음속으로 깊이 고개를 끄덕이고 있었다.

이 세상에는 책이 많아도 너무 많다. 서점에 있는 책 대부분은 읽어본 적이 없고, 하물며 우리 집에 있는 책마저도 읽지 않은 것이 훨씬 더 많고 대량의 책을 보고 있노라면 무간지옥을 보는 듯한 기분이 든다.

그런 때 『읽지 않은 책에 대해 말하는 법』이라는 책이 눈에 들어왔기 때문에 나도 모르게 손이 갔다.

저자 피에르 바야르Pierre Bayard는 프랑스의 대학교수다. 너무나도 많은 책을 읽었을 것 같은 직업이다. 그러나 그런 사람이라도 당연히 읽었을 거라고 생각한 책을 읽지 않았거나 읽었어도 잊어버렸거나 하는 것이 일상다반사 같다.

몹시 유명한 책이 화제가 되었을 때 처음에 '안 읽었습니다'라고 말할 수 없었기 때문에 마지막까지 애매한 미소를 띤 채 있어야 했던 경험이 많은 나는 차례 맨 첫 부분 '미독未讀의 모든 단계'부터 가슴에 팍 와 닿았다.

즉 그 단계는 ① 전혀 읽지 않은 책, ② 대충 흘려 읽은(훑어본) 책, ③ 다른 사람에게 들어본 적이 있는 책, ④ 읽었지만 잊어버린 책, 이라고 되어 있다……!

이 책에서는 여러 문학작품(각 작품에는 '미未', '유流', '문聞', '망忘'이라고 저자가 그 책을 어느 정도 읽었는지 혹은 읽지 않았는지 나와 있다)에서 '읽지 않은 책'이 다루어지는 장면을 추출하며 책 읽는 행위 및 책이라는 존재 자체를 의심한다. 나에게 독서란?이라는 질문을 독자에게 내던지는 것이다.

이는 우선 우리를 불안하게 한다. '나는 무엇을 위해 책을 읽는 것일까?' '나는 정말로 **읽었다**고 할 수 있을까?' 하고 말이다.

그러나 이 책은 동시에 안심하게 해준다. 몽테뉴가 읽었던 책을 얼마나 자주 잊어버렸는지. 세상에 읽지 않은 책을 읽은 척하는 사람들이 얼마나 많은지. ……세상에 있는 너무나도 많은 책을 보고 진저리 치는 사람은 나(와 그 아저씨)뿐만이 아니었다는 사실을 알게 되는 것이다.

책장을 끝까지 넘긴 기억은 있지만 내용을 전혀 기억하지 못하는 나. 내가 쓴 문장조차 기억에 없는 나. 그런 내가 붕괴되려는 것을 가까스로 막아주는 한 권의 책이다.

책을 읽는 행위란 상당히 부끄러운 일이지 않을까 하는 기분이 들 때도 종종 있다. 일본인이 자꾸 책에 커버를 하는 것은 결코 책을 더럽히고 싶지 않기 때문만은 아닐 듯하다. 책장을 다른 사람에게 보이는 건 팬티를 타인에게 보여주는 것만큼이나 부끄럽다. 그러니까 요컨대 언제든 책장을 다른 이에게 공개할 수 있는 사람은 정말 대단하다는 것이다.

이 '독서 일기'에서 다루는 책을 담당 편집자에게 전할 때도 어쩐지 엄청 부끄럽다. 메일로 보낸다면 몰라도 전화로 말해야만 할 때는 수화기를 들면서 혼자 얼굴이 빨개지기도 한다.

그러나 그렇기 때문에 더더욱 '타인이 무엇을 읽는지'를 아는 것은 재미있다. 남의 머릿속을 몰래 훔쳐보고 있는 것 같다.

『나의 독서 감상문』은 '서평'이라기보다 실로 '독서 감상문'이다. 지카다 하루오近田春夫 씨가 〈가정회보〉에 연재한 에세이 10년분을 정리한 책인데 10년이라는 세월이 쌓여 있기 때문에 더더욱 저자의 취미, 취향도 잘 알 수 있고 살짝 엿보는 기분을 충분히 만족시킬 수 있다.

여기서 다루는 것은 보통 독서 에세이와 다르게, 신간도 있는가 하면 옛날 책도 있고 혹은 주워 온 책도 있다는 모양새로 정말로 '좋아서 읽고 있는' 느낌이 든다.

나는 실은 그 옛날 〈뽀빠이〉에서 연재되었던 '기분은 가요곡' 시절부터 지카다 하루오 씨 에세이의 팬이다. '기분은 가요곡'은 가요에 관한 감상문이었는데, 어떤 곡이 가진 핵심을 확실히 포착하여 발랄한 문체로 제시하는 수완이 정말이지 압권이었다.

물론 그 수완은 대상이 책이어도 다르지 않다. 「고급 명품 전쟁」에는 '책의 첫 부분에 코코 샤넬의 **사치의 반대는 빈곤이 아니다. 사치의 반대는 저속이다**라는 말이 쓰여 있는데 나는 사치의 반대는 합리이지 않을까 생각했다'라는 문장이 나온다. 나는 단연 샤넬설보다 지카다설에 찬성합니다.

작업실에 쌓인 책을 바라본다. 직접 골라 샀으니 재미있는 책뿐이지만 나는 전혀 읽지 않고 있다.

책이나 잡지를 보면 글을 쓰거나 코멘트를 날리는 이들은 모두 훌륭한 사람들의 말을 아주 잘 알고 있어서, 책을 아주 많이 읽었을 것 같은 사람투성이다. 서점에 가면 '이렇게 책이 있다면 굳이 내가 쓰지 않아도……'라는 기분이 엄습한다. 『읽지 않은 책에 대해 말하는 법』을 읽어도 내 콤플렉스는 여전히 없어지지 않는다.

그렇기 때문에 더더욱 '책 같은 거 전혀 읽지 않는데요?'라는 사람을 만나면 오히려 상쾌해지는데 『야마시타 기요시의 방랑 일기』를 산 것도 그런 기분을 맛보고 싶었기 때문이었다. 하지만 글쎄요, 맛보는 수단 또한 책이로군요.

'벌거벗은 대장' 관련 책은 '그대로'인 부분이 상쾌해서 읽지 않고는 견딜 수 없다. 야마시타 기요시山下淸는 야와타八幡 학원이라는 시설에서 홀연히 빠져나갔다가는 다시 돌아오곤 했다. 자기 전 일과로 일기를 쓰라고 했다는데, 그렇게 저렇게 하는 동안 또 도망쳐버린다. 전국을 방랑하는 동안에도 어딘가 잠깐 자리를 잡았다가 도망치곤 하는 생활의 반복이었다.

신세를 지던 도시락 가게에서 다음 날 도망치려고 할 때 쓴 '새해 첫날 아침부터 도망칠 때 시골 아침은 조용하고 경치가 좋고 드넓고 공기가 맑아서 상쾌한 공기를 마시면서 도망칠 거니까 기분이 좋겠지라고 생각하며 내일 나갈 것을 기대하고 있었습니다'라는 문장을 읽으면 읽는 사람에게도 도피의 쾌감이 완벽히 전달된다.

그렇다고는 해도 방랑 중에 즐거운 일만 있었을 리 만무하다. 수갑에 채워져서 체포되거나 강제로 정신병원에 보내지는 일도 있었다. 그는 병원에서 모든 소지품을 검사당하는데 셔츠, 바지, 보따리, 휴지, 밥공기 외에 실은 책도 가지고 있었다.

야마시타 기요시가 책을 가지고 여행하고 있었다니……라고 생각하자 무슨 책이었는지 궁금해진다.

그는 병원 철창 안에서 지내는 것에 염증이 나서 도주를 계획한다. 목욕하던 틈을 타서 도망갈 궁리를 하는데 짐을 많이 가지고 도망치는 것은 불가능하기 때문에 취사선택을 한다. 그때 책은 어찌했는가 하면 두고 가는 쪽으로 결정했다.

책을 놓고 셔츠나 바지를 가지고 젖은 몸 그대로 선로를 향해 도망가는 야마시타 기요시의 모습을 상상하면 역시 속이 확 뚫리며 상쾌한 기분이 든다. 책을 모두 뒤에 두고 전속력으로 내달릴 수 있다면 기분이 참 좋을 텐데…… 정말이지!

땅을 생각하는 마음

'사카이 씨는 고향에 대한 애정 같은 것, 가지고 있어요?'라고 어떤 사람이 물어와서 그 순간 '네?'라는 상태가 되었다.

지금까지 도쿄 이외의 장소에서는 살아본 적이 없고 이사 경험도 겨우 딱 한 번. 본가가 있는 곳도 지금 살고 있는 곳도 '역시 여기가 최고'라고 열애하는 건 아니며 '다른 좋은 곳도 많을 거라고 생각해요~'라는 느낌이다. 향토애를 가지고 있지 않은 것이다.

태어난 고향에서 벗어나 사는 사람들의 경우 향토애가 강해지는 것은 당연하다고 해도, 태어난 곳에서 계속 살았더라도 고향에 애정이 각별한 사람은 많을 터다. 그럼에도 나의 이 감정은 도대체 뭐란 말인가. 생각해보니 도쿄는 '내 땅'이 아니라 '모두의 땅'이어서 더더욱 귀속 의식을 가지기가 어렵고 그래서 '내가 사랑하지 않으면 안 돼'라는 기분도 좀처럼 들지 않기 때문이라고 생각한다.

그렇다고 해도 인간이란 나이를 먹으면 고향 같은 곳을 갖고 싶어지는 법.

'노후에는 고향으로 돌아가 낚시를 하거나 채소를 키우면서 살고 싶다'고 활기차게 이야기하는 사람이나 명절에 귀향하는 사람들에 대해서는 부러움을 느끼지만, 돌아갈 장소라는 건 어쩌면 그저 그곳에 '있는' 것이 아니라 '만드는' 것일지도 모른다. ⋯⋯그렇게 생각한 건 『나의 유바리 나의 에토로후』를 읽고 나서다.

작가 사사키 조佐々木讓 씨는 홋카이도의 유바리夕張에서 태어나 지금도 홋카이도에 살고 있다. 부모님은 각각 에토로후択捉와 가라후토樺太 출신이며, 이 책에는 홋카이도 생활 에세이 외에 에토로후나 발트 3국, 동유럽 방문 르포르타주가 수록되어 있다.

각각 다른 매체에 쓴 글을 모았지만 하나의 맥락으로 이어진 책이다. 그것은 글 한 편 한 편에 '땅을 생각하는 마음'이 담겨 있기 때문이라고 생각한다. 발트 3국에서도 동유럽에서도 그리고 에토로후에서도 사람들이 자신의 고향을 생각하는 마음은 조용하게 불타고 있었다.

저자가 이러한 르포르타주를 쓸 수 있었던 것은 그 역시 자신의 고향을 사랑하기 때문이다.

말을 타고 직접 가꾼 정원에서 음악을 들으면서 별을 바라본다……는 홋카이도의 생활은 매력적이다. 게다가 말을 타는 문화를 홋카이도 전체에 퍼트린다는 제안도 홋카이도라는 땅이 가진 가능성을 느끼게 한다.

지방 활성화가 다방면에 걸쳐 논의되고 향토 납세도 이루어지고 있는데 정말로 필요한 건 그 땅에 살며, 그 땅을 실제로 만들어가는 사람들의 존재일 것이다. 지켜갈 뿐만 아니라 새롭게 만들어가지 않는 한, '고향'은 성립되지 않는다는 것을 이 책을 통해 아주 잘 이해할 수 있었다.

그런 점에서 작가는 중앙에서 멀리 떨어진 지역에서도 일을 계속할 수 있는 직업이다. 고향에 살면서 글을 쓰는 작가가 많은 까닭인데, 지방의 매력을 발신하는 작가의 힘은 귀중하다고 생각한다.

설령 자기가 알지 못하는 땅이라도 고향에 대한 사랑을 그린 글을 읽으면 상쾌해진다. 어쩌면 어머니에 대한 사랑을 적은 글과 비슷하기 때문일지도 모른다.

그런 시대에 완전히 새로운 고향을 만들어버린 사람이 다마무라 도요오玉村豊男 씨다. 『산마을 비즈니스』에 그 상세한 내용이 기록되어 있다.

나가노長野 산속에서 다마무라 도요오 씨가 '빌라데스트'라는 와이너리와 레스토랑을 경영한다는 것은 잡지 등에서 봐서 알고 있었다. 풍요로운 자연에서 직접 기른 채소를 사용한 요리를 제공한다……는 것은 뭐랄까 무척 세련되고 근사하다. 도회지에 사는 사람들이나 은퇴한 사람들에게는 꿈같은 성공담으로, 연일 문전성시를 이룬다는 것도 금방 이해할 수 있다.

'은퇴 후, 농업에 눈을 떴습니다'라는 사람들은 아주 많은데 그들과 저자의 차이점은 농업을 비즈니스로 하는가 아닌가일 것이다. 자신이 먹을 양의 채소를 개인적인 즐거움으로 기르는 것과는 달리, 사람을 고용하고 만든 요리를 손님이 먹는 거라면 책임과 의무가 생긴다. 읽어보니 그런 사업은 몹시 힘들 것 같다. 위기에 처하면 도와주는 사람이 나타나고…… 거의 〈프로젝트 X〉급으로 힘든 일이다.

무척 어려운 사업이기는 하지만 저자는 농원이나 레스토랑, 와이너리가 비즈니스로 성공하면 다음 세대가 물려받을 수 있지 않을까 생각한다. 은퇴 후 취미로 하는 농업은 아마도 부부의 몸이 상해버리면 그것으로 끝나지만 비즈니스가 된다면 후세에도 지속될 수 있다는 것이다.

다마무라 씨의 '비즈니스'에는 젊은 사람들이 다수 참여하고 있으며, 그중에는 독립해 농업에 종사하는 사람들도 나오는 듯하다.

요컨대 다마무라 씨의 활동은 차세대에게 고향으로도 기능하는 중이라는 사실이다. 무에서 고향을 만들어버리다니, 퇴직 후 관피아라느니 하여 금전적인 지속을 요구하는 마음과 비교해보면 어쩜 이리도 장대하단 말인가…….

자신이 태어난 곳을 다시 만들어간다. 모르는 땅을 개척한다.

'항상 거기에 변함없이 있는 곳'이 내가 품고 있는 고향의 이미지였는데 요즘의 고향은 가변적인 존재인 것이다.

야마시타 신지山下晋司의 『관광 인류학의 도전』을 읽다 보면 고향이 국경도 넘어가고 있음을 더더욱 이해할 수 있다.

국가든 남녀든 경계가 없어지는 시대인 지금, 사람들은 관광, 이주, 해외 돈벌이 등 여러 가지 형태로 경계를 넘고 있다. 경계를 넘어가서 섞이는 게 있는가 하면 섞이지 않는 것도 있는데 관광 인류학은 그런 점을 고찰하는 학문이다.

그러나 일본인이 경계를 넘는 방식은 상당히 공격적이 된 느낌이다. 이 책에서는 발리 섬에 사는 일본인 아내에 대한 고찰을 하는데, 발리 섬뿐만 아니라 자신의 아이덴티티를 찾기 위해 여행에 나섰다가 여행지에서 그대로 결혼한 일본인 여성이 적지 않기 때문이다. 나도 에스키모에서 아프리카 도곤 족까지, 여러 변경으로 시집간 일본인 여성의 이야기를 들어본 적이 있는데 그녀들은 마음의 고향을 찾아 여행하다 진정한 고향을 얻게 되었다. 그런 과감한 행동에 나서는 것은 대체적으로 여성이다.

최근에는 고령자의 해외 이주도 증가하고 있는데 이 책에서는 단순히 제2의 인생이 아니라 '메디컬 투어리즘', '케어 투어리즘' 등으로 경계를 넘은 사람들의 모습도 소개한다. 요컨대 일본보다 싸게(그리고 친절하게) 의료 서비스나 간병을 받기 위해 해외로 가는 연로자가 적지 않다는 것이다.

하와이에서의 결혼식이 유행할 당시에는 '왜 인생의 첫출발인 결혼식을 일부러 해외에서?'라고 생각하곤 했지만 바야흐로 인생의 종말기도 해외에서 보내는 시대가 도래했다. 다다미 위에서는커녕, 태어난 곳에서 죽는 것이 행복이라고 할 수 없게 되었다.

이동도 이주도 자유로운 지금. 자신에게 다정하게 대해주는 사람들이 있고 자신도 그 사람에게 상냥하게 대할 수 있는 장소가 있다면 그곳이 바로 고향이 될 것이다.

그렇다고 한다면 내가 지금 사는 곳이 바깥세상으로부터 들어온 사람들에게는 새로운 고향이 될 가능성도 충분히 있다는 말이 된다. 고향은 나만이 소유하는 게 아니라 공유하는 것이다. 나처럼 바깥세상에 그다지 나가지 않는 타입의 인간은 정신의 깊숙한 안쪽부터 먼저 글로벌화할 필요가 있으리라.

7

여기부터는 어른들의 영역

새끼 고양이 살인자

최근에는 체외수정으로 아이가 태어나는 경우가 적지 않다. 첫 사례가 나왔을 때는 '시험관 아이'라며 야단법석을 떨었지만 요즈음에는 불임으로 고통 받는 사람들이 당연히 이용하는 방식이 되었다.

참 편리한 세상이 되었다는 생각이 새삼 들지만 한편으로는 과연 자연의 섭리를 따르고 있는지 의문스럽기도 하다.

도나 디킨슨Donna Dickenson의 『바디 쇼핑』에 따르면 바야흐로 세계 여러 곳에서 난자는 매매의 대상이 되었고, 백인이며 키가 크고 병력이 없고 두뇌가 우수한 여성들로부터 채취된 난자일수록 고액으로 거래된다고 한다.

매매되는 것은 난자만이 아니다. 신장이나 간장, 심장 등의 장기, 임플란트용 유골 그리고 조직이나 세포나 유전자 등 인체의 모든 부분이 치료용이나 연구용으로 매매된다.

이 책을 읽고 처음 든 생각은 자기 신체를 소유한 것이 과연 나 자신일까 하는 문제였다. 예를 들어 출산을 할 때 채취할 수 있는 제대혈. 이것은 의학 현장에서도 매우 미묘한 문제인 것 같다.

나는 여태껏 내 신체는 당연히 내 것이라고 생각했다. 그러나 예를 들어 영국이나 미국의 법에서는 자신의 몸에서 잘려나간 조직은 자신의 것이 아니라는 견해가 있다고 한다. 요컨대 수술로 제거한 세포조직을 의사가 무단으로 매매해도 위법이 아니라는 말이다.

치료나 혹은 연구를 위해 매매되는 인체. 경제적으로 빈곤한 나라 사람들이 제공자가 되고 풍요로운 나라 사람들이 그것을 산다는 도식이 이미 성립되었다. 아슬아슬하게 법망을 피하고 윤리적으로 극도로 민감한 상태라도 사람들은 계속 살고 싶다는 욕망 때문에 타인의 신체 일부분을 구입하고자 한다.

이 책을 읽고 떠올린 것은 가즈오 이시구로カズオイシグロ의 『나를 보내지 마』였다. 오로지 타인에게 장기를 '제공'하기 위해 키워진 소년 소녀들이 각자 역할을 다하면 죽는다는 내용이 담겨 있다.

이시구로는 이 책을 일종의 SF로 썼을지도 모른다. 그러나 『나를 보내지 마』의 세계는 이미 형태를 바꾸어 현실에서 실현되고 있는 셈이다. 생활을 위해 '성'이나 '피'를 파는 단계를 뛰어넘어 바야흐로 난자나 장기를 시장에 제공하는 사람들이 분명 존재하기 때문이다.

의학이 진보하고 신체 부위가 소비재가 되면서 본의 아니게 우리의 육체나 생명이 과연 누구의 것이냐는 문제에 직면할 수밖에 없게 되었다. 신체에서 잘려나간 조직이 자신의 것이 아니라는 말에는 도저히 납득할 수 없지만 한편으로는 뭐든지 '누구의 것인지' 정해놓지 않으면 안 된다는 것 또한 슬픈 이야기이기도 하다.

신체의 소유와 생명의 소유. 『'새끼 고양이 살인자'에 대해 말하다』를 읽으면서 다시금 그러한 생각에 마음이 흔들렸다.

2006년 〈닛케이신문〉에 반도 마사코坂東眞砂子 씨의 「새끼 고양이 살인자」라는 에세이가 실렸을 때 반도 씨는 특히 인터넷상에서 상당한 비판을 받았다. 막 태어난 새끼 고양이를 죽였다(실제로는 '버렸다'지만)고 고백한 반도 씨는 세간으로부터 아무리 격렬한 비판을 받아도 꿈쩍하지 않는 상대로 인식되었다.

「새끼 고양이 살인자」는 반도 씨가 〈닛케이신문〉에 24회에 걸쳐 쓴 에세이 중 한 편이다. 『'새끼 고양이 살인자'에 대해 말하다』에는 생을 주제로 한 이 24회 분량이 모두 실렸다. 다 읽고 나자 반도 씨가 생과 사의 문제에 대해 얼마나 진지하게 생각하는지를 이해할 수 있었다. 타히티에 이주해 살면서 생의 의미와 근원을 새롭게 응시했기 때문에 생긴 가치관일 것이다.

여기서 반도 씨는 인간의 생과 행복뿐 아니라 고양이의 생과 행복에 대해서도 생각한다. '수컷 짐승에게 **생**이란 가장 왕성한 시기에 섹스를 해서 새끼를 낳는 것이지 않을까'라고 한다. 그러고 나서 기르는 고양이에게 피임 수술을 하지 않는다는 선택을 했다.

고양이 씨앗을 죽일 것인가, 아니면 막 태어난 새끼 고양이를 죽일 것인가. 어느 쪽이 올바른지 솔직히 나는 알 수 없다. 그러나 그때까지만 해도 나는 고양이에게 '생'이 과연 무엇인가 하는 문제를 진지하게 고민해본 적이 없었다. 고양이는 인간이 소유하는 것이고 그렇기 때문에 고양이에게 피임 수술을 시키는 것은 당연하다고 생각했다.

어떠한 생명도 다른 생명에게 소유되는 건 바라지 않을 것이다. 고양이는 털이 나서 귀엽기 때문에 인간에게 소유되고 피임 수술을 당한다. 이에 비해 바퀴벌레나 그리마목처럼 징그러운 생물이나 모기나 파리처럼 작은 생물은 누가 어떻게 죽여도 문제가 되지 않는다.

해를 끼치는 짐승, 유익한 짐승, 애완동물 등의 분류는 인간의 편의에 따른 것이다. 자연에서 인간이 얼마나 부자연스럽고 오만한 존재인가를 생각하게 하는 계기가 된 책이다. 그 부자연스러움과 오만함을 자각할 정도의 겸허함을 가져야 하리라.

그리고 인간의 죽음에 관해서도 '보내준 이'에게 일체 맡기면 안심이라고 할 수 있다. 살아가는 것과 죽는 것에 대해 우리가 얼마나 애써 외면하려고 하는가도 알게 되었다.

인간이 다른 생물을 소유한 듯한 기분이 드는 건 마음만 먹으면 어떤 생명도 죽일 수 있는 힘을 가지고 있기 때문일 것이다. 그때 우리는 소유된 측에 대해서는 전혀 생각하지 않는다.

그런 점에서 햐쿠타 나오키百田尚樹가 쓴『바람 속의 마리아』의 시점은 지극히 신선하다. 주역인 '마리아'는 인간이 아니라 벌레, 그것도 세계 최대 최강이라 불리는 장수말벌이다.

행여 말벌집이라도 발견하면 인간들이 야단법석을 떨며 퇴치하려고 드는 장수말벌이 주인공인 소설이란? 놀라면서 읽기 시작했는데 다 읽어보니 벌과 인간의 훈훈한 교류, 같은 것이 전혀 아니었다. 장수말벌의 생태에 충실히 따르며 곤충의 세계에서만 스토리가 전개된다.

일벌인 마리아에게 부여된 사명은 오로지 다른 벌레를 살육하여 먹이로 삼아 벌집으로 가지고 오는 것뿐이다. 그 살육 장면이 얼마나 처참한지 인간의 전쟁 장면에 비할 바가 아닐 정도다.

벌레들은 가혹한 환경 속에서 제각기 무척 심플한 사명을 지니고 살아간다. 장수말벌의 경우, 여왕벌만이 자손을 낳고 마리아 같은 일벌은 일체 생식 활동을 하지 않지만 그래도 마리아는 그저 오로지 맡은 역할을 다한다.

포유류를 귀여워하는 것도, 모기나 파리를 때려잡는 것도, 모두 다 선행이라고 생각하는 사람들이 매우 많다. 그런 가운데 저자는 작은 생명도 인간에게 해가 있는 생명도 자애로운 시선으로 본다.

동시에 어떤 생명에게나 평등하게 부여된 생의 가혹함을 가차 없이 드러낸다. 벌도 사마귀도 도롱이벌레도 살아가는 것은 괴롭기만 하다. 하물며 인간들은…….

우리는 벌이나 사마귀보다 잘났다고, 개나 고양이보다 잘났다고 생각한다. 그러나 과연 무슨 근거로 더 잘났다고 말할 수 있을까……를 생각해보면 벌레들이 살아가는 방식이나 죽어가는 방식이 훨씬 단순해서 부럽게만 느껴진다. 인간에게 부여된 사명이 이미 위태로워졌기 때문에 더 더욱 살아가는 것이 괴로워졌으며 이런 괴로움만은 벌이나 사마귀도 결코 이해하지 못할 거라고 생각했다.

'끝'에 대한 사랑

대학 시절 중국 여행을 했을 때 베이징 근교에서 전족을 한 할머니를 본 적이 있다.

처음에는 그 애처로운 걸음걸이를 보고 다리가 불편하신가 싶었는데 '저 할머니는 전족을 하셨던 분입니다'라고 베이징에 사는 사람이 가르쳐주어서 상당히 놀랐다.

지금 생각해보면 그 할머니는 오랜 전족 역사의 마지막 세대였다. 그러나 당시 나는 전족이 아주 머나먼 옛날의 관습이라고 생각했기 때문에 동시대에 전족을 한 경험이 있는 사람들이 살아간다는 사실 자체에 놀라움을 금치 못했던 것이다.

일찍이 중국 여성은 전족을 하지 않으면 미인으로 인정받지 못했다는 이야기를 들어도, 어째서 이 잔혹한 관습이 그토록 오랜 세월 지속되었는지, 전족의 어떤 점이 그토록 매력적이었는지 이해할 수 없었다. 매우 신경 쓰여서 카오홍신高洪興의 『도설 전족의 역사』를 집어 들었다.

전족에 대한 가장 오래된 중국의 시는 소동파의 작품이라고 하는데, 즉 그가 살았던 1000년대에 이미 그런 관습이 있었다는 말이 된다.

그 시절부터 약 1천 년이나 지속된 전족. 이상적인 여성의 발은 세 치, 즉 10센티미터에도 미치지 못했다(!)는 말인데, 그보다 크면 가치가 급격히 떨어졌고 전족을 하지 않은 여성은 '큰 발'이라며 경원시했다.

연꽃처럼 아름다운 이상적인 전족을 '세 치 전족'이라고 부르며 전족

오타쿠들은 '전족앓이'라고 불렸다. 그들은 기생집에서 '안타깝도록 작은 발을 부여잡는 경우가 많았고 가장 선호했던 것은 전족을 싼 천을 풀어 입으로 빠는 것이다', '나아가 영혼을 빼앗고 싶은 자는 기녀의 작은 발 안쪽을 딱 맞춰서 구멍을 만들고 망측스런 성행위를 했다'고 하니 세 치의 아름다운 연꽃이 가진 중요성은 예쁜 얼굴에 비할 바가 아니었다.

여성에게 자유를 빼앗아 남성에게 복종시키기 위해 전족을 강요했다는 의미도 있었다.

그러나 신체 가운데 지면에 가장 가까운 부분인 발을 군이 매력의 중심으로 삼는 행위 자체에 그 나라 남성들은 끌렸을지도 모른다. 그들은 얼굴이니 가슴이니 성기니 하는 당연한 부위에 이미 1천 년 전에 질려버렸기 때문에 발에 주목했던 것은 아닐까.

중국의 식생활을 봐도 '뭐든지 먹는다' 이외에 '구석구석까지 먹는다'는 특징이 있는 것 같다. 오리의 혀라든가 물고기의 입술이라든가 끝 부분에 응축된 단맛을 그들은 결코 간과하지 않는다.

천을 풀어헤친 전족 사진을 보면 아름답기는커녕 상당히 그로테스크하다. 중국 여성들이 전족에서 해방되어 진정으로 다행이라고 생각하지만, 전족이 그로테스크하면 할수록 이를 사랑한 남성들의 기분 또한 강렬했을 것이다.

일본은 중국의 문화를 여러 측면에서 받아들이고 있지만 이 관습만은 도입하지 않아서 다행이라고 사진을 보다가 생각했는데 그러나 아름다운 연꽃 모양 발의 형상은 하이힐을 신은 발과 너무나도 닮아 있었다. 하이힐을 신는다는 건 실은 자주적으로 전족을 한다는 것이지 않을까……?

신체의 끝인 발을 중국인은 '끝'이기 때문에 사랑했다. 스스로를 중심이라고 생각하는 것이 중화사상의 근본이라고 하지만 그렇기 때문에 끝에 대한 편애도 생겨났을지 모른다. 중심에서 먼 곳을 사랑할수록 자신이 중심이라는 의식 또한 강해지는 것이 아닐까?

그러나 그런 중국조차도 서양 여러 나라의 시선으로 보면 '끝'이다. 눈을 끝으로 향하게 함으로써 자주성을 확인하려는 것은 비단 중국인만이 아니다. 서양인도 끝에 대한 사랑이 상당하기 때문이다. 서양에서는 끝인 동양을 목표로 함으로써 굴곡진 운명을 살아가게 된 고금의 서양인에 관한 이야기를 망라한 것이 『제너두로의 길』이다.

'제너두Xanadu'라고 하면 내 또래 친구들은 롯폰기에 있는 디스코텍 혹은 올리비아 뉴튼 존과 ELO의 히트 앨범을 떠올린다. 그러나 중국 문학자인 나카노 미요코中野美代子의 이 책은 디스코텍이라든가 음악에 대한 것은 아니다.

이 책에 따르면 제너두란 '원 제국 쿠빌라이 칸이 피서를 위해 대도(지금의 베이징)로부터 약 350킬로미터 떨어진 북쪽에 건설한 상두shangdu를 유럽인이 잘못 발음한 것'이라고 한다. 옥스퍼드영어사전에는 '거의 손에 닿을 수 없을 정도로 화려한, 혹은 아름다운 장소에 대한 느낌을 전할 때 사용된다'고 나와 있다.

『제너두로의 길』에는 여러 가지 이유로 이교도 지역인 동쪽으로 흘러든 12명의 남성들이 격동하는 역사의 물결에 따라 부침하는 모습이 기록되어 있다. 기독교 포교를 위해서라든가, 십자군 전쟁에 연원이 있다거나 사절단 일원이라는 설도 있다.

각각의 이야기에서 느낀 점은 고향과 모든 점에서 다른 땅에서 서양인들이 느꼈을 고독함, 적막함 그리고 체념이다. 한 편을 다 읽을 때마다 건조한 바람이 불어오는 느낌이다.

그러나 이렇게 생각하는 것은 나 자신이 서양인의 눈으로 동양을 보기 때문일 것이다. '제너두'라는 디스코텍 이름이 무척 매력적으로 생각되었던 것도 서양 문명이야말로 멋지다, 라는 의식 아래 가짜 서양인 기분으로 지냈기 때문은 아니었을까.

자신이 있는 동양의 땅이야말로 낙토樂土 제너두인 것인지, 혹은 서방 정토를 목표로 해야만 할 것인지. 가짜 서양인 기분을 계속 지니고 있는 동양인도 실로 분명치 않은 위치다!

예언자였던 아버지 밑에서 동일한 능력을 가지고 이라크에서 태어나, 부친이 죽고 난 뒤 14세부터 십수 년에 걸쳐 후세인 궁전에 연금되었다는 바그다드의 한 남자.

약물에 빠진 창부에 대한 사랑을 끊을 수 없어 자신도 약물의 소용돌이로 빠져가는 케이프타운의 한 남자.

동성애자 시인으로서 태어났지만 쿠바혁명에 의해 표현의 자유를 빼앗겨버린 쿠바의 한 남자.

『농락당한 자』에는 이러한 세 남자가 묘사된다. 논픽션 작가 후지와라 아키오藤原章生가 쓴 세 개의 스토리는 논픽션이면서도 픽션 같다는 신기한 감촉을 주는데 마치 내가 예언자 앞에 서 있는 것 같은 강렬한 임장감臨場感이 있다.

이라크도 남아프리카도 쿠바도 나에게는 모두 세계의 끝이라고 할 만한 땅이다. 그러나 세계의 끝에서 운명과 세상에 농락당하는 남자들의 모습에 접근해 보면 역시 그들에게는 그곳만이 중심이라고 할 수 있다. 극동이라고 불리는 일본이지만, 일본에서 파는 세계지도에서는 세상의 중심에 위치한 것처럼.

저자의 시선은 농락당하는 남자들에 대해 딱히 다정하지도 비판적이지도 않다. 그저 그들이 있는 장소가 그들에게는 중심이라는 것을 오로지 긍정한다.

끝의 존재에 대해 동정하거나 경멸하거나 혹은 쓸데없이 존중하는 사람들은 적지 않다. 그에 비해 저자의 '어느 곳이든 여기와 같다'는 공평한 시선은 사실을 전하는 직업인으로서 불가결한 것일지도 모른다.

지구가 둥글다는 사실은 끝이 존재하지 않는다는 것이기도 하면서 어디든 끝이 될 수 있음을 말한다. 정보화나 국제화는 끝을 없애는 기능을 하지만 '끝을 만들어내고 싶다'는 인간의 욕구는 나를 포함하여 사람들 안에 여전히 강하게 존재한다고 생각된다.

'SM 업계'의 'S' 인력 부족

'난 완전 왕M이어서~' 최근 아가씨들은 이런 말을 너무 간단히, 너무 지나치게 하는 것은 아닌지.

……이런 생각을 한 것은 『참회록―나는 어떻게 마조히스트가 되었는가』를 읽었을 때다.

누마 쇼조沼正三는 그 유명한 『가축인 야프』의 저자다. 작년 82세의 나이로 세상을 떠난 그의 인터뷰를 비롯해서 〈S&M 스나이퍼〉 연재 에세이 그리고 미완 소설을 모아 정리한 것이 이 책이다.

최근에 SM은 상당히 캐주얼하게 다루어진다. 극히 보통 사람들이 자신은 S기질이라느니 M기질이라느니 하고 화제로 삼으며 SM의 여왕님을 모방한 여자 연예인이 인기를 모으기도 했다.

나 역시 '어느 쪽인지 선택하라면 M일 거야'라고 생각하는데, 이 책에서 누마 씨의 여러 참회를 읽고 나니 내가 M이라고 말하는 것이 얼마나 허접한지 알게 되면서 가볍게 M이라고 말하던 스스로가 부끄러웠다.

'나는 여성들로부터 경멸당하는 것에 가장 큰 희열을 느꼈다'고 쓴 누마 씨가 여성에게 경멸당하기 위해 한 온갖 노력은 실로 눈물겹다. 때로는 쓰레기 장수로 때로는 거렁뱅이로 가정 안의 여성들을 바라본다. 또는 '지능이 유치원 원아와 동급'의 30대 형 흉내를 내며 가정교사인 여대생에게 남동생 '지도'를 의뢰한다. 그러고는 남동생이 되어 그 여대생 집으로 가서 그저 얻어맞기 위해 계속해서 아무것도 못하는 시늉을 한다…….

여성에게 짓밟히고 싶고 여성의 발아래 파묻히고 싶다. 이윽고 회사원이 된 저자는 언뜻 보기엔 보통 사람으로 매일매일을 보내면서도 그러한 욕망 아래 살아가는 것이었다.

여성에게 경멸당하기를 바라는 누마 씨는 동시에 여성에 대한 관찰자이기도 하다. 쓰레기 장수였을 때 엿보았던 속옷 버리는 방식에 따른 여성들의 기질 분류. 화장실에서 나온 여성이 화장실 청소를 하는 아주머니와 스쳐 지나갈 때 어떤 생각을 할지 추측. 가정교사인 여대생이 겉으로는 부정하고 있음에도 실은 머릿속에서 이미 싹트고 있는 사디즘을 발견…….

저자는 여성이 가장 감추고 싶어 하는 부분을 어떤 수단을 써서라도 집요하게 발견하는 사람이었다. 그 '부분'이란 단순히 육체적인 치부만이 아니다. 그는 절대로 누구에게도 들키지 않았다고 여성들이 믿고 있는 정신의 추악함을 응시하는 것이다. 점차 '누마 씨는 철저히 여성을 관찰함으로써 반대로 경멸하고 있는 게 아닐까'라는 생각이 들 정도다.

'남녀 간 행위에 대해서는 완전 불능자'라는 저자는 결혼은 했지만 동정이라고 고백한다. 그를 성적으로 흥분시키는 것은 너무나 당연한 섹시함이 아니라 마조히스트만이 감지할 수 있는 여성들의 정신, 그 부패한 냄새이지 않았을까.

지금 SM 업계에서는 S의 인력 부족이 점차 심각해지고 있다고 한다. 모든 사람이 너도나도 M이 되려 하기 때문에 누군가를 능숙하게 괴롭힐 수 있는 사람들이 점점 적어진다는 것이다.

여성들이 계속 강해지면서 스트레스가 넘쳐나는 지금 시대에 M이 증가하는 것도 이해할 수 있을 듯하다. 그러나 태어나면서부터 마조히스트라고 자각한 누마 씨가 살았던 때는 명백히 남성이 여성보다 위에 있던 시대였다. 자기보다 아래에 있는 여자들보다 훨씬 아래로 간다는 사실이

가져올 흥분은 현재에 비할 바가 아니었을 것이다.

'편할 것 같아서'라는 이유로 M이 되는 지금 사람들과 달리, 누마 씨는 M으로서 S를 창조하고 이를 움직여가고 있었다. 그는 가장 바닥으로 잠행해서 위를 올려다봄으로써 위에 있는 것을 조작하고 이상적인 M세계를 구축하려 했다. 결코 절정은 오지 않음을 아는 인생의 기록은 우스꽝스럽고 슬프고 숭고한 것이었다.

저자 가브리엘 빗코프Gabrielle Wittkop에 대한 아무런 예비지식도 없이 『네크로필리아』를 읽었다. 번역자 해설에 따르면 네크로필리아necrophilia란 '**죽음, 사체**를 의미하는 그리스어 **네크로스**와 **소속**을 의미하는 어휘에서 파생된 **사랑하는 것, 사랑받는 것**을 뜻하는 프랑스어 접미사로 구성된 말'이라고 하는데, 즉 '죽음을 사랑하는 자, 시체 애호가'라는 의미다.

시체를 사랑하는 남자, 아니 시체밖에 사랑할 수 없는 남자가 주인공인 소설이다. 그는 밤마다 무덤에 매장된 지 얼마 안 된 시신을 파내 집으로 끌고 와서는 사랑에 푹 빠진다.

시체와의 정사 장면은 그로테스크하여 냄새나 습도마저 전해지는 것 같다. 밤에 혼자 읽고 있으면 가슴이 답답해진다. 소설이긴 하지만 소설인지 현실인지 파악할 수 없는 세계에서 헤매는 느낌이다.

방금 전까지 누마 쇼조의 책을 읽은 탓인지 내 머릿속에는 '파리의 누마 쇼조' 비슷한 인물이 저자상으로 떠올랐다. 이 소설의 주인공도 누마 씨와 마찬가지로 살아 있는 여성을 상대할 때를 '내가 더더욱 깊숙한 부분에 접근하려는 바로 그 순간 욕정이 나를 외면해버렸다. 마치 건드리면 순식간에 쓰러지는 트럼프 도미노 성처럼'이라고 묘사한다. 실제로 무덤을 파헤치지 않더라도 '나는 예쁜 여성이나 느낌이 좋은 남성을 만나면 즉시 대개 그 인물의 죽음을 바라지 않고는 견딜 수 없다'는 기술은 저자의 진정한 목소리인 것 같았다.

주인공은 움직이지 않는 시체를 직접 옮겨 오는데, 정작 그를 움직이는 것은 죽은 사람 측이다. 주인공은 살아 있는 한 결코 손에 넣을 수 없는 죽음을 갈망하고 죽은 자에게 소유된다. 프랑스어 '사랑하는 것, 사랑받는 것'의 어원이 '소속'이라니, 어쩜 이리도 적절한 표현이란 말인가…….

마지막까지 읽고 경악을 금치 못했던 것은 저자가 여성이라는 사실이었다. 그것도 1920년에 태어난 여성이다.

죽음과 에로스에 매료된 인물이라고 해서 나도 모르게 남성만 떠올렸는데 이 사실은 가장 충격적인 대반전이었다. 저자는 82세까지 산 후 스스로 목숨을 끊었다고 하는데, 그 순간이야말로 인생에서 결코 도달할 수 없었던 죽음이라는 절정을 그녀가 처음으로 소유했던 순간이었을 것이다.

마조히즘이든 네크로필리아든 태어나면서 지닌 성질이라는 인상이 있다. 이는 단순히 '좋아한다'는 마음을 뛰어넘으며, 살아가는 동안 결코 절정을 맞이할 수 없다는 부분에 진정한 맛이 있는 것이 아닐까.

그러나 이쯤에서 밝은 쪽으로 눈을 돌려 마음껏 '너무 좋아!'를 외치며 '절정'이 아닌 '정상'을 목표로 했던 30대 독신 여성의 이야기를 읽어보고 싶다.

『고민스러울 때는 산으로 가라!』는 산과 전혀 무관한 생활을 하던 스즈키 미키鈴木みき가 우연히 시작한 등산에 빠지는 모습과 아울러 산의 매력이나 어떻게 등산을 해야 하는지 등을 소개하는 코믹 에세이다. 제대로 된 등산을 해본 적이 없는 나에게도 산에 대한 욕심이 보글보글 끓어오르게 한 책이다.

앞선 두 책을 읽은 직후여서일까? 물론 그런 탓도 있겠지만. 무엇보다 상쾌했던 것은 '산이 좋아!'라는 저자의 기분이 전편에 걸쳐 넘쳐흐르기 때문이었다. 그녀가 처음으로 혼자 종주하여 정상에 섰을 때의 기쁨은 독자에게도 감동적으로 전해진다.

　마지막에 나오는 '당신은 가슴을 펴고 당당히 좋아한다고 말할 수 있는 것이 있습니까?'라는 정정당당한 물음에 '가슴을 펴고? 으~음……' 하고 절로 고개가 갸우뚱거려진다. 타인에게 말할 수 없는 쾌락의 맛이 끈적끈적하고 농후한 것이야 당연지사겠지만 '절정은 역시 살아 있는 동안 맞이하고 싶을지도……'라는 생각이 들어 마지않았다.

혼자 즐기는 철도 여행

최근 철도 여행을 하다가 깜짝 놀란 일이 종종 있다. 이유인즉 '앗, 이 사람도 이 지도를 갖고 있다니!'라는 사실을 발견하기 때문이다.

『일본 철도 여행 지도 수첩』은 작년 '홋카이도'판부터 나오기 시작해서 약 1년에 걸쳐 일본 각 지역별로 12권이 간행되었다.

획기적인 면은 철도 노선이 정축척으로 지도 위에 기재된 점이다. 예를 들어 시각표 색인 지도만 봐도 알 수 있듯이, 철도 노선이 표시된 지도는 노선을 다 포함시키는 것이 가장 기본적인 의의였기 때문에 지도로서의 정확도는 낮았다.

이에 비해 『일본 철도 여행 지도 수첩』은 올바른 지도에 올바르게 철도 노선이 실려 있기 때문에 역 사이의 거리도 정확하다. 뿐만 아니라 급경사나 절경 구간도 표기되어 있고 폐선이 된 지역도 실려 있어서 철도 마니아의 마음을 자극하는 지도인 것이다.

이 지도 수첩은 철도를 좋아하는 사람뿐 아니라 여행을 좋아하는 이들의 마음까지 포착하여 다 합쳐 100만 부 이상 팔린 대히트 시리즈라고 한다. 나도 애용하는데 인기의 이유는 아주 잘 알 수 있었다.

우선 분책 형식이어서 해당 지역 책만 가지고 가면 되니까 가볍고 편리하다. 이 강은 그리고 저 산은 어느 측 차창에서 보이는지 지도를 보면 금방 알 수 있기 때문에 좌석을 결정하기도 쉽다. 각 노선의 연혁이나 옛날 역명 등도 나와서 '묘코코겐妙高高原 역'은 예전에 다구치田口라는 역

216

이었구나. 이미지 전략 때문에 바꾼 걸까?'라고 신에쓰혼센信越本線을 타면서 생각하기도 했다.

그런 까닭에 최근 지방의 한산한 노선을 탈 때도 같은 차량에 이 지도 수첩을 든 사람들을 종종 발견한다. 특히 은퇴 세대 남성들이 이 지도를 들고 혼자 여행하는 모습이 자주 보이는데, 이 세대의 시장이 확실히 존재한다는 사실을 알 수 있다.

철도 붐이란 말이 회자된 지 꽤 되었지만 이 지도 수첩의 대히트 때문에 더더욱 철도 지도 수첩 붐도 도래한 것 같다. 『도설 일본의 철도 도카이도 라인 전 선·전 역·전 배선』이라든가 『역사로 돌아보는 철도 전 노선』이라든가 『주간 철도 절경 여행』이라든가 분책 형태의 철도 지도가 여러 출판사에서 잇달아 나오기도 했다.

나아가 올 6월에는 교통신문사신서交通新聞社新書라는 철도 신서 시리즈도 시작되었다. 이 정도면 거의 철도 서적 버블이라는 느낌이다.

철도가 유행하는 것은 일본인의 내향적인 경향이 강해짐을 드러내는 게 아닐까. 일본인의 해외 출국자 수는 감소하고 있지만 국내 철도는 여전히 인기가 높다. 누구와도 말을 섞지 않고 혼자 즐길 수 있는 철도 여행. 불황의 영향도 있겠지만 적극적으로 해외로 나가는 데 지친 일본인들은 철도 여행을 통해 안심할 수 있다는 사실을 발견한 것은 아닐까.

한동안 끝날 것 같지 않은 철도 서적 붐. 이 붐이 적자에 허덕이는 지방 로컬 철도에 도움을 준다면 참 좋으련만……

철도 지도 수첩이 인기를 모으면서 활기를 띠기 시작한 것은 철도 업계만이 아니다. 지도 업계에서도 철도 지도 수첩에 자극받은 듯한 책이 여러 가지 형태로 나오는 상황이다. 요컨대 '단순한 지도가 아니라 뭔가 다른 축으로 지도를 보았을 때 또 다른 광맥이 있을지도 모른다'는 사실을 지도 업계 사람들이 알아차린 것 같다.

그런 와중에 내 흥미를 끈 것은 『일본 각지의 맛을 즐긴다—음식 지도』. 각 현의 특산물이나 향토 요리를 지도에 실었다. 여행에 가지고 가기보다는 '이런 곳에 이런 음식이 있었구나. 다음에 가면 꼭 먹어봐야지!' 하고 집에서 책장을 넘기면서 언뜻 생각해보기에 안성맞춤이다.

최근에는 지방의 잘 알려지지 않은 음식이 주목받을 기회가 많다. 전통이 있는 유명한 향토 요리뿐만 아니라 후지미야 야키소바 같은 B급 명물도 인기가 많다.

나는 〈비밀의 현민 SHOW〉라는 텔레비전 프로그램을 무척 좋아하는데 여기에서는 종종 현지 사람들만 아는 향토 요리가 등장한다. 지난번 방송에서는 오키나와 가정집에서 자주 만들어 먹는 '당근 채 요리'가 나왔는데, 아울러 오키나와의 당근 소비량이 전국 1위라고도 알려주었다. 당근 채 요리, 아주 맛있을 것 같은데…….

향토 요리에 대한 상세한 정보는 텔레비전이나 인터넷 쪽이 앞서 있을지도 모르겠지만 『음식 지도』에서는 '음식에 대한 정보를 좀 더 구체적으로 세밀하게 실어주었으면 좋으련만' 하고 생각했다. 그렇지만 아마도 지도와 음식이 결합한 분야는 아직 발전 단계일 것이다. 앞으로의 가능성을 보여주는 지도 수첩이었다.

『일본 철도 여행 지도 수첩—간사이 2』를 펼쳤더니, 비와琵琶 호 근처에 '후나즈시'라고 쓰여 있다(이 지도는 특산품까지 망라했다). 『음식 지도』시가滋賀 현 부분에도 비와 호 근처에 '후나즈시'가 나오는데 '특유의 향과 풍미를 자랑하는 발효 스시의 일종으로 비와 호에서 태어난 긴꼬리붕어를 소금에 절인 후 그 사이에 밥을 넣어 발효시킨 것'이라는 해설이 있다.

비와 호 부근 요고余吳 호반 근처 숙소에서 후나즈시를 맛본 적이 있는데 발효 식품을 좋아하는 나로서는 최고의 산미와 깊은 맛을 느낄 수 있었다. 생선과 밥의 조화, 즉 오늘날 스시의 원형은 발효 스시의 일종인 나레즈시라고 하는데 '일본의 식문화는 참으로 깊이가 있군' 하는 생각이 절로 들었다.

그러나 『중국 쌀 여행—스시의 고향과 벼농사의 길』을 읽다 보니 나레즈시의 뿌리가 실은 중국이었다.

저자 마쓰모토 히로타카松本紘宇는 도쿄대학 농학부를 나온 후 맥주회사에 취직했다가 퇴사하고 뉴욕에 최초로 스시 전문점을 개업한 사람이다.

'기원전 중국 남방에 살던 고대 타이 어족이 나레즈시를 만들었고 2~3세기경 중원의 한민족 사이에 퍼졌다'고 하는데 중국 각지에 나레즈시나 그와 유사한 식품이 전해져 있다. 저자는 오랜 세월에 걸쳐 윈난 성이나 구이저우 성 등 소수민족 자치구를 돌아 나레즈시를 찾아냈다.

나아가 항저우, 구만주, 대만, 캄보디아나 라이스 등도 돌아다니며 도작稻作문화의 전파, 벼의 종류인 자포니카종과 인디카종에 대한 취향 차이 등 여러 생각을 이야기한다. 이런 관점을 통해 발견한 것은 스시와 쌀의 미래다.

맛있어 보이는 음식에, 지적 호기심도 채워주는 동시에 여행의 스릴도 느낄 수 있는 책이다. 저자는 여행에 관한 재능이 풍부한 사람인 것 같다. 중국의 오지라도 필담을 무기로 태연히 홀로 돌아다닌다. 위장이 좋은 것은 물론이고, '버스로 다리大理까지 여덟 시간이니 대단히 고통스럽지는 않을 것' 등을 보면 체력도 강인한 듯하다. 하나의 축이 있으면 지도뿐 아니라 여행기도 읽을 만한 것이 된다.

조금 유감스러운 점은 중국 전역, 나아가 아시아를 망라하는 지도가 실려 있지 않다는 점이다. 지도가 있으면 쌀이나 나레즈시의 전파는 더더욱 알기 쉬울 텐데⋯⋯.

어디라도 가서 보고 싶은 것은 반드시 보고 먹고 싶은 것은 반드시 먹는 저자. 이렇게 활력 있는 분은 도대체 연세가 어떻게 될까 싶어 약력을 살펴보자 1942년생이었다.

이른바 은퇴 세대라고 할 수 있는데 해외 출국자가 감소하고 특히 20대가 급감하는 가운데 유일하게 증가하는 60대! 혼자서도 모험할 수 있는 이들은 바야흐로 이 세대 이상 되는 분들밖에 없을지 모른다. 든든한 마음 한편에 바깥세상으로 나가려 하지 않는 젊은이들이 조금은 걱정스러워지기도 했다.

백화점에 가고 싶다!

처음으로 후쿠오카에 갔을 때 가장 번화가라는 텐진天神, 그중에도 가장 한가운데 이와타야岩田屋라는 훌륭한 백화점이 있는 것을 보고 깜짝 놀란 기억이 있다.

왜 놀랐는가 하면 그때까지 나는 백화점이라고 하면 미쓰코시三越나 다카시마야高島屋, 혹은 이세탄伊勢丹 등 어쨌든 도쿄의 백화점 지점이 전국 각지에 있을 거라고 철석같이 믿었기 때문이다. 지방 현지 자본 백화점이 존재한다는 사실을 후쿠오카에서 처음 알게 되었다.

그 후 전국을 여행할 때마다 구경하는데 가고시마鹿児島에는 야마카타야山形屋, 오카야마岡山에는 덴마야天満屋, 오비히로帯広에는 후지마루藤丸 등 각지에 '지방 현지 백화점'이 있었다. 유명한 '지방 술'뿐 아니라 '지방 현지 백화점'도 있는 것이다. 그 지역이 아니면 좀처럼 볼 수 없는 것을 잘 구비해 놓은 백화점. 나는 이런 백화점에 가는 것을 무척 좋아해서 '지방 현지 백화점 가이드 같은 건 없나?'라고 생각했는데,『가슴을 뛰게 하는 백화점』이라는 책을 발견! 기다리고 있었습니다, 바로 이런 책!

이 책은 지방 현지 백화점뿐만 아니라 도쿄나 오사카, 나고야의 대규모 백화점까지 안내하는 이른바 백화점 가이드북이다. 방송 작가인 저자 데라사카 나오키寺坂直毅는 어린 시절부터 타의 추종을 거부하는 열혈 백화점 팬으로 여태까지 방문한 곳이 전국 250군데를 넘는다고 한다.

그런 저자는 중학교 때 백화점 덕분에 자살하려던 생각을 버렸다고

한다(상세한 내용은 직접 읽으시길). 이세탄을 몹시 사랑한 나머지 집을 구할 때 항상 이세탄에서 가장 가까운 역으로 한 번에 갈 수 있는 지하철 마루노우치센丸ノ内線이 다니는 곳 근방을 살핀다. 오이타大分의 백화점 도키하トキハ와 '결혼하고 싶다'고 생각하고 야마카타야를 '나의 고향'이라고 단언하는 저자의 백화점 사랑은 가히 순도 100퍼센트!

소개 대상을 마음속 깊이 사랑하는 가이드북은 읽고 있으면 재미있다. 스와諏訪의 백화점 마루미쓰まるみつ는 회사갱생법경영 곤란에 처한 주식회사의 재건을 목적으로 한 회생 절차를 위해 제정된 도산법이 적용될 때 현지 사람들이 '마루미쓰의 등불을 끄지 말라'고 필사적으로 응원했다. 이런 이야기를 취재할 수 있었던 것도 저자의 백화점 사랑 덕택. 현지 백화점이 지역 사람들에게 얼마나 소중한 존재인지를 잘 알 수 있다.

또한 미쓰코시 포장지의 빨간 문양은 이누호에자키犬吠埼의 돌이 모티브라든가, 거기에 새겨진 필기체 글씨는 미쓰코시 홍보부에서 근무하던 야나세 다카시 씨의 필적이라든가 하는 백화점에 관한 소소한 정보가 가득하다.

이 책에서는 30여 개에 이르는 백화점을 소개하는데 마지막은 구루메 이즈쓰야久留米井筒屋가 개점한 날의 기록이다. 개점일 백화점의 하루를 읽다 보면 나도 모르게 눈시울이 뜨거워지며…….

최근에는 백화점도 극심한 불황에 직면했다. 싼 것밖에 팔리지 않게 되었다며 폐점하는 백화점의 셔터가 내려가는 순간을 뉴스에서 본 기억도 한두 번이 아니다.

그러나 이 책을 읽고 있으면 백화점에는 여전히 열의와 가능성이 있다고 생각된다. 읽는 것만으로 백화점에 가고 싶어지니, 백화점 업계를 그 무엇보다 든든히 응원하는 책이다.

그런 까닭으로 아아, 백화점 가고 싶어라~라고 소비 의욕을 충전하며 서점에 갔더니 가자마자 눈에 띈 것이 바로바로 신포 유이치眞保裕一의 『백화점에 가자!』였다. 보통 때 이런 장르는 그다지 읽지 않지만 '이건 하늘의 계시!'라고 생각하며 집어 들었다.

니혼바시日本橋의 유서 깊은 백화점. 폐점 후 꿈틀거리는 몇 개의 그림자. 뇌물 수수 사건, 불륜, 백화점에 대한 애증…… 여러 가지 의식이 어둠 속에서 뒤엉킨다.

폐점 후의 백화점이란 어떨까, 들어가 보고 싶다……라고 누구라도 한번쯤은 생각해본 적이 있을 텐데 이 책을 읽고 있으면 그런 염원이 달성된 기분에 빠진다. 마치 가부키의 '무언극' 장면을 보는 것처럼 복잡한 하룻밤이 전개된다.

케이크에서 침대까지 모든 것이 놓여 있는 백화점은 실은 이야기를 전개하는 무대로 무척 안성맞춤이다. 그리고 닫힌 공간이라는 부분은 미스터리에 최적이다. 백화점의 화려한 낮과 어두운 밤의 대비는 실로 즐겁다.

백화점은 거리 안에 있는 또 하나의 거리 같다. 그렇기 때문에 더더욱 이야기가 썩 어울린다. 여러 가지 이야기가 암흑에 휩싸인 백화점 안에서 서로 뒤엉키는 하룻밤 이후의 결말. 물론 그것을 여기에 적을 수는 없지만 역시 '백화점은 좋은 곳'이라고 생각할 수 있는 책이다. 다 읽은 나는 다시 '백화점에 가고 싶다!'고 생각했다.

참고로 내가 가장 좋아하는 백화점은 『가슴을 뛰게 하는 백화점』에는 실려 있지 않지만 시부야의 도큐東急 본점이다. 이유는 어린 시절 본점 다쓰타노에서 먹었던 달콤한 디저트의 충격적인 맛 때문만이 아니고 도큐 본점에는 매우 실례겠으나 '사람이 없어서'다.

그러나 도큐 본점은 아무리 사람이 없어도 한산해서 왠지 쓸쓸한 분위기는 아니다. 쇼토松濤, 가미야마초神山町 등 고급 주택지가 가까워서인지, '단골손님이 계셔서'라는 여유로운 모습이다.

이세탄처럼 활기 넘치는 백화점도 좋지만 쇼핑을 아주 차분하게 느긋이 할 수 있는 도큐 본점도 좋다. 역에서 조금 떨어진 점도 여유를 느끼게 한다. 짐승 같은 시부야의 젊은이들 사이를 빠져나와 도큐 본점에 도착하면 '여기부터는 어른들의 영역'이라는 생각이 든다.

도큐라는 기업의 브랜드 이미지도 도큐 백화점과 연결되어 있으리라. 철도 회사 계통의 백화점은 세이부西武도 있지만 세이부는 조금 시골스러운 이미지인데 도큐는 뻐기는 느낌. 한편 그러한 도큐의 이미지가 어떻게 만들어졌나 싶어 고토 노보루五島昇의 측근이었던 아라이 기미오新井喜美夫가 쓴 『고토 노보루—대공황에 가장 강한 경영자』를 읽는다.

도큐 그룹 총수였던 고토 노보루는 도큐의 창설자인 고토 게이타五島慶太의 아들, 이른바 2세 경영인이다. 고토 게이타는 터미널에 백화점을 만들거나 터미널에서 시작하는 또 다른 철도 노선을 개발하는 수법을 한큐阪急를 번영시킨 고바야시 이치조小林一三에게 배웠는데, 한큐 같은 이미지가 있는 것은 그런 탓일지도 모르겠다.

완력 있는 경영자로 평판을 모은 나가노長野 출신의 부친 게이타는 '강도 게이타'라는 별명까지 있었는데, 이 책에 따르면 2세인 노보루는 가쿠슈인學習院천황가를 비롯한 귀족 자녀들이 많이 다니는 학교로 유치원에서 대학까지 있다에서 도쿄대학으로 진학하였고 골프나 사냥 등은 프로도 깜짝 놀랄 실력이라는, 태생부터가 멋진 도련님이다. 게다가 재계의 단주로라 불릴 정도로 멋졌다. 어떤 의미에서 시라스 지로白洲次郎제2차 세계대전 직후 무역청 초대 청장, 도호쿠 전력 회장을 역임했다. 일본의 헌법 제정에 관여하기도 했다를 연상시키는 존재감인 것이다.

도큐의 약간 뻐기는 느낌은 이 2세 도련님 때문에 생긴 것일지도 모른다. 실적이 떨어져도 사원은 자르지 않고, 믿는 부하에게 전폭적인 지지를 하여 일을 시키고, 돈만 생각하지 않고 하고 싶은 것을 한다. 도큐 핸즈 등 가슴을 두근거리게 하는 사업도 노보루의 도련님 감각 때문에 가능했을 것이다.

옆에서 노보루를 지켜보는 저자는 그의 좋은 면뿐만 아니라 부잣집 도련님으로서 무르고 안이한 부분도 기록한다. 정계에서는 세습의원에 대해 시끄럽게 떠들지만 기업은 때로 2세, 3세 후계자가 가진 카리스마가 효과적으로 작용할 수도 있지 않을까.

한창때 같은 기세는 느껴지지 않는 지금의 도큐 그룹. 그러나 도큐 핸즈뿐만 아니라 도큐 분카무라文化村나 109 등의 개성적인 사업은 몹시도 도쿄적이고 도큐적이다. 도큐 문화회관 터에는 도큐 백화점의 새 지점도 들어서는 빌딩이 건설된다고 하는데 노보루의 유전자를 남기며 여유롭고 장난스러운 마음도 듬뿍 담아내길 바라 마지않는다. ……또한 도큐 본점의 느긋한 태도도 계속 잊지 않기를 바란다.

배설과 커뮤니케이션

최근 부부간의 섹스리스를 은연중에 암시하는 친구가 많아졌다. 특히 일찍 결혼한 커플에게는 그런 경향이 강하게 보이는 양상이다.

듀렉스사의 조사에 따르면 연평균 섹스 횟수 세계 최저를 굳건히 지키는 일본이다. 이미 '우리 집은 섹스리스여서'라는 것이 으레 사교적인 인사말이 되어버렸을지도 모르지만⋯⋯.

『101번째 저녁』은 어쩌다 보니 엉뚱한 계기로 '연속해서 100일간 매일 섹스하기'로 정해버린 어느 미국인 부부의 기록이다. 이 책은 신문기자인 남편 더글라스 브라운Douglas Brown이 썼다.

남편 나이 40세. 아내 나이 38세. 함께 산 지 14년. 6세와 3세의 한참 손이 가는 두 딸이 있음.

이런 조건 아래서 '100일 연속 섹스'를 한다니, 성적으로 강인하다고는 할 수 없는 일본인으로서 말만 들어도 자칫 녹초가 되어버릴 지경이다. 그렇지만 사정은 미국인이라도 매한가지인 모양이다.

기존 브라운 부부의 성생활은 '운이 좋으면 주 1회'였다. 사이좋은 부부지만 섹스는 매너리즘에 빠져 있었다. 이 상황에 활력을 넣고자 아내가 '100일 연속 섹스'를 제안했고 남편이 이를 받아들이며 시작되었다.

성적으로 섬세한 일본 남자로서는 '미국인과 우리는 체력이나 기력 면에서 같지 않다'고 말하고 싶을 것이다. 분명 저자는 '솔직히 애니(아내)보다도 내가 편히 매일 밤이라도 섹스를 원할 수 있었다'며 성욕이 강함을 인정하는 사람이었다. 그러나 단순히 강한 성욕만으로 같은 상대와의 100일 연속 섹스를 극복할 수는 없을 것이다.

두 사람은 이를 위해 여러 가지 궁리를 한다. 평상복이나 속옷을 섹시한 것으로 바꾸거나 향초를 켜서 침실을 '섹스 룸'으로 꾸미기도 한다. 윤활유나 어른들의 장난감에도 도전해본다. 남편은 직장 동료, 부모님(!)에게도 100일 연속 섹스에 도전한다는 것을 보고하고 응원군을 얻는다.

여러 가지 일을 시도하면서 진행되는 연속 섹스.

'이봐, 지금 상태는 어때? 넌 스타라고. 어쨌든 계속 긍정적으로 임하렴. 너는 할 수 있어'라고 남편은 자신의 페니스를 격려하고, 아내는 남편이 음모를 제모해주면 '음부가 새것이 된 것 같아, 멋지고 뜨겁고 잘나가는 음부'라고 감동한다.

이렇게 두 사람은 점차 섹스와 성기에 대해 자각하고 수십 일이 지나도 '매일 이 사람과 하고 싶다'고 생각하거나 단숨에 두 번이나 할 때도 있다.

이를 보고 '오로지 성욕을 감추면서 언뜻 보이는 곳에서 욕정을 느끼는 우리는 이렇게 여 보란 듯한 감각에는 도저히 따라갈 수 없어……'라고 생각하는 사람도 많을 것이다. 그러나 섹스에 대해서 아무 말하지 않은 채 섹스리스가 되어버린 커플이 읽으면 '설명하지 않으면 설령 부부라도 아무것도 이해할 수 없는 거네' 하고 통감하지 않을까.

이 부부의 섹스도 그저 순조롭게 진행된 것은 아니다. 때로는 아이가 잠들지 않거나 때로는 일 때문에 파김치가 되거나 때로는 몸이 아파 컨디션이 최악이 되기도 한다. 그러나 그런 때라도 어떻게든 섹스를 한 뒤에는 보이는 것이 있다. 그것은 과연 무엇일까. 그리고 과연 100일 섹스는 성공했을까. ……다소 진저리가 쳐지면서도 한편으로는 감동스럽기도 한 책이었다.

같은 상대와 100일 연속 섹스를 하려는 부부의 이야기를 읽고 있으니 '그 사람들은 기본적으로 뭔가에 질리지 않는 체질이 아닐까?'라는 생각이 들었다. 그들은 햄버거만 먹어도 괜찮다는 이야기를 하는데 우리는 두 끼니를 밥으로 먹으면 다음은 면을 먹거나, 일본식을 먹은 다음에는 중국식, 그다음은 이탈리아 음식을 먹는 등 계속 바꾸지 않으면 만족하지 않는다.

물론 섹스는 식사와 다른 행위지만, '계속 바꾸지 않아도 괜찮다'면 무척 행복하겠다……라는 생각을 한 것은 『이름 없는 여자들 최종장』을 읽고 나서였다.

'섹스와 자살 사이에서'라는 부제가 달린 이 책은 기획물 성인 비디오 여배우들의 인터뷰를 정리한 책이다. 즉 불특정 다수와의 섹스가 직업인 여성들의 인생이 소상히 그려져 있다.

그녀들 대부분은 부모의 보살핌을 잘 받지 못한 채 성장하여 섹스할 때밖에는 존재 가치를 느끼지 못하고 자살 미수를 포함하여 스스로에게 상처 입히는 행위를 반복한다. 그리고 전원이 예외 없이 한없는 외로움을 안고 있다.

그녀들을 인터뷰한 저자 나카무라 아쓰히코中村淳彦도 몹시 깊은 절망을 지나치게 가까운 거리에서 접하며, 악화 일로를 걷는 성인 미디어 업계 깊숙이 무겁게 가라앉는다. 책의 마지막 부분에는 그가 절필하고 전혀 새로운 세계로 들어갔다는 사실이 밝혀져 있다.

성 산업 대국 일본. 섬세한 소비자의 요구에 응해 업계는 있을 수 있는 온갖 욕망에 부응한다. 그러나 성인 미디어와 가벼운 마음으로 접하는 소비자들은 부끄러운 모습을 온통 드러내는 젊은 여성들에 대해 얼마만큼이나 깊이 생각해보았을까.

젊은 여성들은 '돈을 위해', '섹스가 좋아서', '쓸쓸해서' 그 업계에 뛰어들지만 바야흐로 성인 비디오 여배우가 되는 것만으로는 생활이 무척 어렵다고 한다. 그리고 아무런 도움을 받지 못한 채 가라앉는다.

섹스를 커뮤니케이션 수단이 아니라 배설로 파악할 때 항상 그 배경에는 이러한 여성이 존재한다. 의식주 걱정이 없는 일본이기 때문에 더더욱 그녀들의 절망과의 극렬한 대비가 무척 괴롭다. 마지막까지 읽으면 정말 진저리가 쳐지는데 그 '진저리'는 100일 연속 섹스를 읽었을 때의 '진저리'와는 전혀 이질적인 것이었다.

성인 비디오 여배우 가운데는 '나의 것을 주고 싶다', '누군가에게 필요한 사람이 되고 싶다'는 마음을 강하게 품은 사람들이 있다. 누군가와 섹스 할 때만 그 욕구를 충족시킬 수 있는 것이다.

이야기가 엉뚱한 방향으로 튀어버리지만 〈파피루스〉 10월호를 읽고 깜짝 놀랐다. 가수 코코Cocco가 표지에 나오는데 몸이 너무 말랐고 팔은 스스로 낸 상처로 보이는 흔적투성이였다. 인터뷰 기사를 읽으니 그녀는 2년 이상 거식증 상태에 있다고 했다. 나는 『코코 씨의 부엌』이라는 무척 맛있어 보이고 행복해 보이는 요리책을 읽었기에 요리책과 거식증이라는 간극에 당혹스러웠다.

인터뷰에 따르면 그녀는 항상 깊은 죄의식을 안고 있었다고 한다. 아무리 노래를 불러도 누구 하나 구할 수 없다는 죄의식. 고기든 채소든 뭔가를 먹을 때 '어떤 생명을 거둔다'는 죄의식. 그러면서 그녀는 먹는 것으로부터 멀어진다.

'집에 틀어박혀 요리를 하고 누군가의 배를 부풀려 만족시키는 것 외에는 무력감을 채울 수가 없었다'는 그녀는 '나의 것을 주고 싶어 하는' 사람이다. 요리책은 그 '주고 싶다'는 마음이 나타난 것이다. 다른 사람에게는 뭔가를 주고 싶다. 그러나 자신은 먹을 수가 없다. 그리고 그녀의 마음은 노래로 향한다.

팬이 노래를 부르는 사람에게 성원을 보내는 것은 때로는 배설 같은 행위일 수 있다. 소리 질러버리면 개운해지는 배설. 그러나 코코는 그것을 배설이 아니라 커뮤니케이션으로 느끼지 않고는 견딜 수 없었기 때문에 더더욱 '답하고 싶다', '주고 싶다'고 절실히 바란 것이리라.

서 있는 코코의 모습은 나에게 자신의 피와 살을 만인에게 주려는 것처럼 보였다.

8
느낀 것은 팔지 않습니다만

남자들의 시대

'원정院政천황이 양위 후 상황으로서 새 천황의 후견인이 되어 정치에 관여하는 형태'이라는 단어를 들으면 어쩐지 가슴이 두근거린다. 원정기를 수놓은 상황上皇들의 이면에는 끈적끈적하고 농밀한 게 가득 숨겨져 있을 것만 같아서.

헤이안시대부터 가마쿠라시대로 옮겨가는 기간인 원정기 역사는 매우 어수선하게 얽혀 있어서 좀처럼 이해되지 않는 것이 많다. 나에게 이시대를 아주 산뜻하게 이해시켜준 책이 『원정의 일본인 쌍조 헤이케이 모노가타리 노트 2』였다.

하시모토 오사무橋本治 씨의 고전 관련 서적을 애독하는데 그 이유는 하시모토 씨의 고전 서적은 옛사람들의 감정을 아주 신중하고 정성스럽게 풀어주기 때문이다. 옛사람의 감정을 이해하면 역사 연표에 실린 사건이 왜 일어났는지 그리고 '옛날 사람들도 우리와 마찬가지로 감정을 가진 인간'이라는 사실을 완전히 납득할 수 있다.

소설 『쌍조 헤이케이 모노가타리』의 '노트'이자 해설서이기도 한데 그와 상관없이 이 책만 읽어도 무방하다. 이야기는 느닷없이 『일본서기日本書紀』에서 시작해서 소가씨蘇我氏 관련 이야기에 상당한 지면을 할애한다. 그 때문에 '원정 이야기는 도대체 언제부터⋯⋯'라고 점점 불안해지지만 이것은 일본 역사에서 여성이 얼마나 중요한 역할을 해냈는가를 말하기 위한 장대한 접근 방식이다. 고대에 여자 천황들이 가지고 있던 역할과 엄청난 힘을 똑똑히 그려냈다.

헤이안시대가 되어도 여성의 역할은 컸다. 섭관 가문은 딸을 천황에게 시집보내고 손자를 다음 대 천황으로 삼아 외척으로 권력을 증대시켰다.

그러나 원정기에 접어들면 점차 '여성의 존재를 헤아리지 않는' 시대, 즉 남성의 시대가 된다. 화려한 왕조 문화가 꽃핀 헤이안시대에서 무사가 등장하는 가마쿠라시대로 이행하는 것이다. 해수와 담수가 뒤섞이는 상황이기 때문에 원정기부터는 더더욱 흥미로운 분위기가 감돈다.

원정기의 주역이 된 상황들은 무척 개성적이고 욕망을 송두리째 노출한다. 천황이었을 당시에는 좀처럼 내보일 수 없었던 욕망을 상황 혹은 법황法皇이 되면 전면적으로 드러낸다. '한번 천황 자리에 올라봤던' 입장이기 때문일 것이다.

원정기를 수놓은 남자들은 여자뿐 아니라 남자도 좋아했다는 사실에 깜짝 놀랐다. 상황, 천황, 섭관 가문의 남자들이 남색 관계로 얽힌 애정으로 복잡하게 연결되어서 이야기는 더더욱 난해한 동시에 더더욱 재미있어진다.

그들은 어찌하여 남색을 즐겼던 것일까…… 이유를 생각해보면 아직 이 시대가 완전히 무사의 세계가 아니었기 때문이지 않을까. 다이라平 가문이 대두하고 미나모토源 가문이 대항하는 흐름에서 보면 자칫 무장들이 무척 우세한 시대로 보일 수 있다. 남성적인 무사가 약동하는 모습을 상상하곤 하지만 이 책을 읽으면 다이라 씨도 미나모토 씨도 싸우는 일에는 익숙지 않고 자신도 없어 보인다. 아직 초심자 무사 같은 면이 있다(그 시대에 쓸데없이 드라마틱한 인상이 강한 것은 에도시대 소설가들 탓이라는 설에 납득!).

요컨대 이 시대를 그 이후와 비교하면 남녀의 구별이 불확실했던 것 같다. 본격적인 무사의 시대에 비해 아직 남녀의 경계가 확실하지 않았기 때문에 상황이나 천황, 귀족들도 호모섹슈얼한 관계를 활발히 구축할 수 있었던 것이 아닐까 싶은데…… 이런 생각은 과연 어떨는지요……?

그런 생각을 한 것은 『원정의 일본인 쌍조 헤이케이 모노가타리 노트 2』를 읽은 직후 『포수라는 인생』을 읽으면서였다.

일본에서 포수는 종종 '마누라 역'이라고 불린다. 투수는 남편이고 포수는 아내인 것이다. 포수는 남편인 투수의 심리를 잘 이해하여 기분 좋게 공을 던질 수 있도록 하며 어떤 공이든지 잘 받아주는 역할이 요구된다. 결코 호모섹슈얼한 관계가 아닌 남자들을 남녀 관계에 비유하는 것이다. 이를 통해 우리는 두 사람이 얼마나 긴밀하게 연결되어 있는지 알 수 있다.

굳이 설명이 필요 없겠으나 아시는 바와 같이 프로야구는 남자들만의 사회. 그것도 매우 남성적인 '마초맨'끼리 겨루는 세계다. WBC를 치른 일본 대표 팀은 '사무라이 재팬'이라 불렸는데 그들은 마치 사무라이처럼 유사 전쟁을 보여주곤 했다.

남성들의 마초 기질이 높아지면 높아질수록 호모소셜한 관계, 즉 남성 사회에서 남자끼리의 강한 연대도 그 정도가 심해진다. 그리고 야구나 축구 등 남자 단체 스포츠를 다룬 스포츠 논픽션은 그들의 호모소셜한 관계를 확실히 그려냄으로써 독자에게 감동을 전한다.

화려하지 않아도 홈베이스를 사수하는 근성과 항상 전체를 파악하는 냉정함을 겸비한 포수. 이 포지션을 너무 좋아하는 탓에 『포수라는 인생』을 무척 즐길 수 있었다. 히로시마 도요카프의 다쓰카와 미쓰오達川光男의 현역 마지막 타석에서 요미우리 자이언트의 포수인 무라타 신이치村田真一가 한 말에 눈시울이 뜨거워졌고, 요코하마 베이스타스에서 수비 위치가 외야수로 변경되어 괴로워하던 다니시게 모토노부谷繁元信에게 오야 아키히코大矢明彦가 건넨 조언에 '과연, 납득!'이라고 무릎을 탁 쳤던 것이다.

이때 나는 스스로가 남자에 준하는 존재가 된 감각으로 남성들과 함께 호모소셜한 감각을 만끽하려 한 걸까. 아니면 후방을 지키는 여성의 감각으로 남자들끼리의 세계를 한껏 부러워하며 바라본 걸까. 쇼와 말기, '남자들의 시대'가 용해되기 시작한 와중에 청춘을 보낸 나는 내 시점이 어느 편에 있는지조차 알지 못한 채 그들의 세계에 취해 있었던 것이다.

포수의 세계를 동경하여 넋을 잃고 부러워하는 건 내가 명백히 쇼와 시대 인간이기 때문일 것이다. 여자들의 시대에서 남자들의 시대로 변하는 원정기. 원정기의 전환과는 정반대의 현상이 일어나는 요즈음. 남자끼리의 뜨겁고 강고한 관계를 근본적으로 이해할 수 없는 젊은이도 많지 않을까.

그러던 참에 새롭게 태어난 지쿠마쇼보筑摩書房의 '쌍서 제로' 시리즈 중 시부야 도모미澁谷知美의 『헤이세이 남자 학원』과 아베 마사히로阿部眞大의 『스무 살의 원점』을 읽는다.

'남자다움'이라는 규범이 사라진 현대의 남자들도 나름대로 힘들 것이다, 라는 게 나의 감상이었다. 『헤이세이 남자 학원』에서는 여성 사회학자인 저자가 '**남자의 우정**은 쓸모 있을까'라든가 '인기 없는 남자는 어떻게 살아가야 할까'라든가 '포경수술은 해야 할까' 등의 질문에 대해 올바른 방향으로 생각할 수 있도록 도와준다. 무라타 신이치의 말에 눈물 흘리는 세대인 내 감각으로 말하자면 '그런 것은 혼자 고민해야 하지 않을까?'라고 생각하는데, 지금은 다정하게 손을 잡고 어딘가로 이끌어주는 사람이 있는 시대다. 혹은 여성이 남성에 대해 '손을 잡아줘야 해'라고 생각하는 시대다.

『스무 살의 원점』에서 저자는 '스키장에 데리고 가줘!' 세대(앗, 우리 세대네!)에는 존재하던 '외부'(＝미지의 동경 대상)가 지금은 상실되었다고 쓴다. 분명 동경을 실현하기 위한 소비 활동도 그리고 '동경한다'는 심리마저도 지금은 힘을 잃고 있다.

쇼와시대의 남자들은 체육회니 회사니 하면서 남자들끼리 농밀한 세계를 만들고 이를 통해 호모소셜한 기분을 만끽했다. 그러나 지금 그런 감각은 확실히 희박해지고 있다.

쇼와시대 남자들이 종종 일종의 도피처로도 삼은 그 기분을 헤이세이시대 젊은이들은 무엇으로 대용할까. 혹은 이미 그런 기분 따위는 필요치 않나?

『스무 살의 원점』에는 '우리들에게 외부는 인터넷입니다'라는 젊은이들의 이야기가 쓰여 있다. 그들이 마음껏 타인과 부딪히거나 관계를 형성하는 장은 아마도 인터넷일 듯하다. 그 가운데는 원정기의 끈적끈적함도 초월할 정도로 지극히 점도 높은 농밀한 감정이 꿈틀거리고 있을 것이다.

영성으로 가득 찬 것인가!

성지 붐의 호흡은 길다. 아무로 나미에安室奈美恵도 새로운 연인과 떠나는 여행지를 미국의 성지로 택한 것 같고 일반인도 이세나 이즈모出雲 등 유명 성지뿐 아니라 엄청난 산속 오지에 있는 신사까지 일부러 찾아다니는 모양이다. 성지가 매스컴에 소개되면 사람들이 한꺼번에 모여들어 마구 훼손시켜버려서 성지의 신성함이 희박해진다는 이야기도 들어본 적 있다.

나도 성지순례를 주로 하는 여행은 아니더라도 여행지 근처에 성지가 있으면 결국 잠깐이라도 들르는 체질이다. 성지순례를 염원하는 마음이란 도대체 무엇일까…… 하고 생각해보면 역시 '효능'이 목적일 것이다.

온천에 가면 피부가 좋아진다거나 타박상이나 자상 등에 잘 듣는다거나, 효능을 기대하기 마련이다. 마찬가지로 성지에 가서도 '금전 운 개운開運'에서 '새로운 자신의 발견'에 이르기까지, 우리는 실로 크고 작은 여러 가지 효능을 염원한다.

바다 건너편에도 성지를 좋아하는 여성들이 있는 것 같다. 『먹고 기도하고 사랑하라』는 30대 미국인 여성 작가가 '뭔가'를 바라며 세계를 돌아다닌 실화를 바탕으로 했다.

저자 엘리자베스 길버트Elizabeth Gibert는 이혼을 하고, 이혼의 원인이 된 연애에도 실패하고 만신창이가 되어 일단 이탈리아로 떠난다. 아름다운 이탈리아어, 멋진 이탈리아 남성과 맛있는 요리에 푹 빠지지만 그 후

향한 곳은 인도였다. 뉴욕에서도 요가를 배운 그녀는 인도의 깡시골 아쉬람요가 도장에 가서 몇 개월에 걸친 엄격한 수행 끝에 마침내 신비로운 체험을 하기에 이른다!

……여기까지 보면 '영성에 가득 찬 책인가!' 하고 거부반응이 생겨버릴지도 모르겠으나 군이 표현하자면 〈섹스 앤 더 시티〉의 영성 버전 같은 느낌이다. 식욕과 성욕 등 현세의 욕망을 채우고 싶으나 동시에 성스러운 것도 접하고 싶다는, 너무나도 욕심 많은 현대 젊은이들의 삶의 방식에 공감할 사람도 많지 않을까.

그녀가 인도 다음에 다다른 곳은 인도네시아의 발리였다. 서양인에겐 소속된 곳과 인연을 끊고 훌훌 벗어나고 싶을 때 아시아가 있어서 참 좋겠다는 생각도 들지만, 저자는 단순히 아시아의 신비를 맛볼 뿐만 아니라 '아시아 역시 현세'라는 것을 알게 된다. 현세에서 성스러운 것을 골라 '효능'으로 삼는 저자. 자본주의 안에서 단련된 강인한 정신과 욕망을 느낄 수 있었다.

애당초 아시아에 사는 우리는 서양인이 한계에 부딪혔을 때 '아시아에 가면 어떻게든 되지 않을까' 하고 느끼는 흥분을 사실은 이해하지 못할지도 모른다. 우리는 인도에도 발리에도 신비스러움을 느끼지만 서양인에 비할 바는 아닐 것이다.

그렇다고 해서 인디언 주술사를 만나기 위해 인디언 거류지까지 찾아갈 열정도 없고……. 고민하고 있을 때 문득 주변을 살펴보고 알아차린 것이 신사라는 존재였다. '그렇군, 우리 근처에도 성스러운 땅은 있었군!' 최근 국내에서는 신사 투어가 한창 유행이다.

그렇다면 왜 일본인은 신사에 갔을 때 성스러운 느낌을 받을까. 『신사 및 영험 지역—그 뿌리에 관해』는 그 구조를 알 수 있게 한다.

저자 다케자와 슈이치武澤秀一는 대학에서 건축을 가르친다. 일본의 신사나 영험 지역을 방문하여 왜 그곳이 '성스러운 땅'이 되었는지 건축 전문 지식으로 고찰한다.

옛날부터 일본인은 커다란 바위나 폭포, 혹은 큰 나무 등 자연에 존재하는 것에 신성함을 느껴왔다. 숨어서 보이지 않는 것에 진귀함을 느끼는 심리를 가지고 있었다고도 한다. 성스러운 '느낌'을 소중히 해왔다는 것. ……저자는 이즈모, 이세 등에서 오소레야마恐山, 오키나와의 우타키御嶽에 이르기까지 온갖 성지를 직접 찾아다니며 일본인이 어떠한 대상에 경건한 마음을 품는지 정리한다.

신이나 부처님상을 모시는 시설은 눈에 보이지 않는 것을 어떻게든 보이는 형태로 만들고 싶다는 인간의 염원에 의해 생긴 것이다. 인간의 손으로 만들어진 것이긴 하지만 입지나 건축, 분위기가 저자에 의해 하나씩 해체되어 설명되며 옛날 사람들의 염원이나 기도의 진지함이 전해진다.

성지라고 불리는 장소에 갔을 때 기분이 좋아지는 이유는 그 땅이 본시 가지고 있는 힘 이외에 지금에 이르기까지 그 땅을 지켜왔던 사람들의 간절한 마음이 쌓이고 쌓인 덕분이지 않을까. 성지란 신과 사람들이 함께 만들어왔다는 생각이 드는 것이었다.

비행기로 이즈모 대사에 가서 제법 되는 돈을 공양하고 박수를 네 번 치고(이 지역에서는 네 번이라고 한다) 좋은 인연을 기원한 후 집에 돌아온다. ……이것만으로도 상당히 만족스러운 행위이지 않을까 하는데 성지가 성지인 이유를 알면 때로는 '그것만으로 과연 충분할까'라는 생각도 들기 마련이다. 잠깐 들러 바라는 것에 대해 기도만 하고 돌아온다는 건 몹시 뻔뻔스럽지 않을까 하고 말이다.

오늘날에는 교통이 발달해서 그렇게 할 수 있게 되었지만 성지란 애당초 고생하며 가는 장소, 즉 순례의 결과로 도달하는 장소였다. 구마노

고도熊野古道나 시코쿠四國 순례가 인기를 끄는 이유는 '잠깐 들르는 성지순례'에 저항감을 갖는 사람들이 있기 때문일 것이다.

성지순례를 작정하지는 않았지만 결과적으로 17년이나 순례 여행을 해버린 사람의 책이 있는데『아름다운 지구인 플래닛 워커』다.

저자 존 프란시스John Francis는 미국 흑인 남성. 그는 1971년 샌프란시스코 만에서 유조선이 충돌하여 원유가 유출되는 사고를 목격하고 '차를 타지 않을 것'을 결심한다.

또한 말씨름을 피하고 깊게 자기 관찰을 하고자 어느 날 문득 '침묵서약' 즉 '말을 하지 않을 것'을 결심한다. 그 후 환경보호와 평화를 기원하며 미국 서해안에서 동해안까지 걷고 또 걷기를 약 10년.

……이쯤 되면 앞뒤가 꼭 막힌 환경보호운동가 같은 느낌이 들지만 '하는 일이 특이할' 뿐, 그의 내면은 극히 보통 사람이다. '문득 하게 된 생각을 그대로 실행해버렸'는 느낌이다.

언뜻 한 생각도 지속하면 여러 가지 결실을 맺는다. 이야기를 하지 않음으로써 자신 안에 있었으나 지금까지 알아차리지 못했던 부분을 볼 수 있게 된다. 겨울이 되어 걸을 수 없게 되자 그 땅에 머물면서 나무로 배를 만드는 기술을 체득하거나 대학을 졸업하고(무언 상태로) 나아가서는 박사학위까지 받는다.

그러나 '차'라는 탈것은, 특히 미국에서는 안전지대 역할도 한다. 도보 이동은 여러 가지 위험을 동반한다. 때로는 누군가에게 자칫 공격당할 수도 있었고 사막에서는 물이 없어 고생했으며 추위에 얼어 죽을 뻔한 적도 있었다. ……이렇듯 파란만장한 여행이지만 각각의 장면에서 자신의 강인함과 사람들의 다정함으로 난국을 돌파해간다.

17년간 무언 순례의 결과, 그저 남들과 조금 다를 뿐이었던 그는 남다른 환경학자가 되어 정부에서 일하게 되었다. 그리고 지금도 각지에서 '플래닛 워크' 활동을 한다(하지만 지금은 말도 하고 꼭 필요할 때는 차도 타는 듯하다).

그의 기록을 보고 생각한 것은 '행동'이 가진 신성함이었다. 어떠한 의미가 있는지 알 수 없어도 뭔가를 우직하게 지켜가는 일(놀라지 마시길, 저자는 차에 치였을 때도 구급차를 타지 않았다)을 통해 이르는 경지는 종교가들만의 것이 아니었다.

이 책을 읽고, 뭐랄까 너무나도 '침묵하고 싶어진' 나. 그야 물론, 차는 타고 싶습니다만…….

동아리는 역시 일이었어

학창 시절 동아리 선후배 모임에 나갔다. 지금은 선배들과도 스스럼없이 이야기를 나누지만 현역 당시에는 한 살 위 선배가 '엄청 어른'으로 보였고 졸업생이라도 만나면 거의 신 같다는 생각마저 들곤 했다……

돌아보면 학창 시절의 내게 동아리 활동이란 직업 같은 것이었다. 본분은 공부였지만 동아리 활동에 들인 시간이나 거기서 받은 스트레스를 떠올리면 '역시 일이었어'라는 생각이 든다.

그렇기 때문에 더더욱 『내 친구 기리시마 동아리 그만둔대』라는 제목에 멈칫 반응해버렸다. 동아리 활동을 직업으로 삼은 젊은이들에게 누군가 동아리를 그만둔다는 건 청천벽력 그 자체의 엄청난 일인 것이다.

스바루소설신인상을 받은 이 책은 헤이세이시대에 태어난 대학생의 작품이다. 작가 아사이 료朝井リョウ는 불과 몇 년 전에 졸업한 고교 생활을 묘사한다.

무대는 시골 고등학교.

'기리시마'가 배구부를 그만두면서 그의 포지션이었던 리베로로 시합에 출전하는 고이즈미. 혹은 브라스밴드부 부장 아야. 혹은 영화부 마에다. 분명 어느 고등학교에나 있을 법한 학생 한 명 한 명이 각 장에서 속내를 털어놓는다.

여기에는 한 사람 한 사람이 안고 있는 사정, 우월감이나 열등감, 꿈과 불안이 있다. 고교생이란 자칫하면 자신과 친구들 외에 모든 것이 단순

243

한 배경이라고 생각하기 쉽지만 저자는 배경이 될 듯한 사람에게도 초점을 맞추며 학급도 동아리도 인간의 집합체임을 입체적으로 묘사한다.

고교생 집단 안에서 자연스럽게 생기는 '상위 그룹'과 '나머지'라는 계층. 창작 댄스의 징그러운 느낌(작가는 남자인데도 어떻게 용케 그걸 알았을까). 캡틴 '기리시마'가 없어져서 오히려 다행스러운 기분.

……그러한 고교 시절의 생생한 느낌이 습기와 함께 뇌리에 되살아나는 책이다. 지금에 와서는 그리운 감각이지만 고교생에게는 분명 그것이 '모든 것'이었다. 헤이세이시대에 태어났다고 하면 무의식적으로 거부감이 들지만 휴대전화에 대한 묘사가 그다지 나오지 않는 이 청춘 소설은 쇼와 세대들도 잘 이해할 수 있었다……라는 것을 의식하고 썼다면 이 저자는 꽤 노련한 사람이네요!

학창 시절은 내가 가장 심하게 '조직'에 몸담은 시기였다. 하급생 때는 '그런 리더십 없는 사람을 주장으로 두는 것은 과연 어떨까'라든가 '리더십만 있다고 되는 건 아니지. 경기 실력도 갖추어야 해' 등 불평불만이 이어졌다. 상급생이 되면 된 대로 후배 지도법이니 동아리 운영 방침이니 머리가 아파서 '다른 사람 위에 서는 건 정말 힘드네'라고도 생각했다. 지금 보면 학창 시절의 나는 이 얼마나 성실한 조직인이었단 말인가!

『만약 고교야구 여자 매니저가 피터 드러커를 읽는다면』은 제목이 참으로 기발하다. 나의 학창 시절을 떠올려봐도 일본의 고교생에게 동아리와 『매니지먼트』는 무척 궁합이 잘 맞는 커플일지도 모른다.

표지에 모에 계열 애니메이션 여고생이 나와 있는 이 책은 소설 형식이다. 제목 그대로 야구부 여자 매니저가 『매니지먼트』를 읽고 책의 내용에 따라 부실한 야구부를 재건한다.

후기에도 나오지만 메이저리그에서 '매니저'라면 감독을 말하는데 일본 야구에서 매니저는 유니폼을 세탁하거나 스코어를 적거나 이런저런 자질구레한 일을 처리해주는 여자 매니저가 떠오른다. 그 점에 대해 '이건 뭐지?'라고 생각한 저자 이와사키 나쓰미岩崎夏海가 고교야구 여자 매니저에게 피터 드러커를 읽게 한다는 발상이 흥미롭다.

읽으면서 차츰 머릿속에 떠오른 것은 '세상에는 조직을 너무너무 좋아하는 사람들이 있었다'는 사실이다.

나는 학창 시절 이미 조직 생활을 졸업한 후 회사에 들어가 '이젠 정말이지 조직은 무리야!' 하며 탈락한 부류다. 그러나 생명체라고도 말할 수 있는 '조직'을 컨트롤하는 것 그리고 조직의 일원이 되어 컨트롤당하는 것에서 쾌감을 발견하는 사람들은 적지 않다.

그 쾌감에는 중독성이 있어 보이는데 조직에 관한 이야기가 나오면 금방 눈동자가 반짝반짝해지는 사람도 있다. 그리고 저자는 조직과는 연고가 없어 보이는 여고생에게도 그런 쾌감을 부여하고자 했다.

『매니지먼트』에 의해 뒤처져 있던 야구부가 비약적인 활약을 한다는 이야기. 혹시 실제로 야구를 하는 사람들은 고개를 갸우뚱거릴지도 모르겠다. 그러나 경제 경영서라고 생각하면 그 역시 무방하다. 책의 마지막에서는 나도 모르게 울컥하며 눈시울이 뜨거워지기도 했다.

일본 고교의 동아리 활동이란 대부분 조직의 일원이 되어 일해야 하는 미래를 위한 훈련일 것이다. 그러나 만약 고교생이 이 책을 읽는다면 '나는 조직의 일원으로 일을 할 수밖에 없는 입장이 아니라 일을 시키는 입장이 되어주겠어'라고 생각하는 사람이 늘지도 모르겠다.

이 책이 세상에 나올 무렵에는 이미 밴쿠버올림픽에서의 아사다 마오淺田真央 짱이나 안도 미키安藤美姬 짱의 결과가 나올까……. 여자 피겨스케이팅은 왜 이토록 인기가 있는 걸까. 아마도 아름다운 여성의 불꽃 튀는 싸움을 세상 여성들이 감정이입하여 보기 때문일 것이다.

『키스&크라이』는 아라카와 시즈카荒川静香, 다카하시 다이스케高橋大輔,

안도 미키, 오다 노부나리織田信成 등 쟁쟁한 피겨스케이팅 선수의 코치나 안무가 등을 역임한 니콜라이 모로조프Nikolai Morozov의 저서다.

안도 미키 짱과 사귀고 있느냐 마느냐로 화제가 된 모로조프 코치. 그러나 그가 매우 우수한 코치임은 분명하다.

그의 역할은 지도하는 선수가 좋은 성적을 거둘 수 있게 하는 것이다. 그러나 그가 하는 일을 읽으면 단순히 기술적인 지도뿐 아니라 생활, 아니 인생 전반에 대한 매니지먼트처럼 보인다.

그가 상대하는 것은 조직이 아니라 선수 개인이다. 피겨스케이팅은 채점 종목이고 채점할 때 아무래도 외모 등, 기술 부분 이외의 영향도 무시할 수 없다. 또한 올림픽은 4년에 한 번밖에 기회가 없기 때문에 그날을 위해 모든 방면에서 절정을 유지하지 않으면 안 된다.

그렇기에 더더욱 그의 지도는 다양한 분야에 걸쳐 있다. 시합 회장에 도착한 순간부터 타인을 의식하고 행동할 것. 심판은 연습도 보고 있기 때문에 좋은 스케이팅을 할 것. 다른 사람에게 친절히 대하고 인터뷰할 때는 잘 꾸미고 가서 상대를 매료시킬 것……

코치는 안도 미키 짱의 경우 좋은 성적을 거둔 시합 직전에 항상 한 번 울었다는 법칙을 발견한다. 그래서 울지 않을 때는 코치가 거짓말을 해서라도 눈물을 흘리게 한다.

코치와 선수. 두 사람이지만 조직이었다. 코치는 선수의 심리를 장악하고 움직인다. 그리고 선수는 코치에게 심리를 장악당하는 것에 쾌감을 느끼지 않는 한, 좋은 성적을 내기 어렵다.

우리가 올림픽 때마다 격하게 흥분하는 것은 여러 가지 조직과 매니지먼트의 형태를 보기 때문이기도 하다. 이는 학교니 회사니 하는 것의 축소판이며 우리는 선수들에게 자신의 모습을 가탁하고 감정이입한다.

그건 그렇다고 쳐도 피겨스케이팅 선수들은 정말로 힘들 것 같다. 이기든 지든 한동안은 푹 쉬세요……

'본다'는 슬픔

가부키좌에서 가부키를 감상. 바야흐로 여기서 가부키를 볼 수 있는 날도 얼마 남지 않았다.

가부키좌에 대한 아쉬움을 느끼면서 읽은 것은 『나의 '가부키좌' 이야기』다. 어린 시절부터 가부키를 계속 보았고 지금 있는 가부키좌가 1951년에 생겼을 때부터 그 무대를 봐온 와타나베 다모쓰渡邊保는 가부키좌라는 극장을 어떻게 보고 있을까.

세상에는 '보는'의 역할을 가진 사람이 존재한다. 그들은 같은 것이어도 보통 사람과는 다른 깊이나 분위기까지 보는데 옛날부터 저자가 바로 그런 '보는 사람'일 거라고 생각했다. '보는 사람'의 시선에는 보는 대상에 대한 '흥미' 따위의 말로는 도저히 담아낼 수 없는, 그것을 초월한 애착과 '본다'는 행위에 대한 한 줄기 슬픔이 있다는 생각을 떨칠 수 없다. 그 한 줄기 슬픔 때문에 더더욱 '보는 사람'의 책은 흥미롭다.

부모에서 자식으로 기예를 전승하는 특수한 형태를 지닌 가부키는 그 때문에 더더욱 단순히 '보는' 게 아니라 '계속 보는' 것에 의해 이해가 깊어진다. 기예가 점점 아버지(혹은 할아버지)와 비슷해졌다거나 옛날에 비해 더 발전했다거나 늙었다거나, 그렇게 해가 지남에 따라 변해가는 모습을 '계속 보는' 것이 즉 가부키를 '보는' 방법이기도 하다.

6대 나카무라 우타우에몬이 똑같은 연극을 NHK홀과 가부키좌에서 각각 연기했을 때 저자는 완성도의 차이에 주목한다. 물론 가부키좌 쪽이 단연 좋은 결과를 낳았는데 이는 무대 구조 탓뿐만 아니라 무대가 갖고 있는 '격식'을 배우가 느끼면서 연기하기 때문이다. 가부키좌는 가부키를 상연하는 다른 극장보다 폭이 넓고 '반듯한 에도식 시원스러움'과 품위를 지녔다.

우타우에몬이 타계한 지금 가부키좌에서는 노다 히데키野田英樹나 구도 간쿠로宮藤官九郎의 작품 등 여러 가지를 시도한다. 그리고 나는 니나가와 유키오 연출의 셰익스피어 〈십이야〉 가부키판 막이 올랐을 때의 충격을 이 책을 읽고 다시금 떠올렸다. 막 건너편의 한 면 모두가 온통 거울이어서 객석의 전경이 비쳤다. 보는 측의 모습이 무대에 비칠 때의 고양감 그리고 부끄러움은 그때까지 경험해본 적이 없었다.

저자는 새로운 인재가 만드는 새로운 가부키를 '외부에서 온 새로운 거울'이라고 말한다.

'가부키는 **거울**에 비친 자신의 모습을 보았다. 물론 가부키좌의 관객도 배우도 자신의 모습을 보았다'라고 니나가와의 무대를 평한 한 문장을 읽고, 거울 자체가 가부키에 대한 비평이었다는 것을 알 수 있었다.

'전통도 포함하여 새로운 가부키에는 새로운 그릇이 필요'하기 때문에 더더욱, 가부키좌의 외관을 보존해야 할지에 대해 '어찌해도 상관없다'는 저자의 시선은 과거에서 미래까지 꿰뚫고 있다. 좌석이 좁다느니 화장실이 부족하다느니 가부키좌에 대한 물리적인 불만이 많은 까닭에 나는 새로 짓길 기대한다. 아마도 나는 새로운 무대를 봤을 때 비로소 가부키좌의 '격식'을 알아차릴 것이다.

미야모토 쓰네이치宮本常一 또한 '보는 사람'이다. 일본의 오지를 꼼꼼히 돌아다니며 보통 사람들의 생활을 보고 들었다는 인상이 강한데 『나의 일본 지도 14—교토』는 수도를 제재로 한 책이다.

교토에서 그는 필드워크를 한다기보다 관광객의 시선을 지니고 있다.

'외지에서 온 사람들에게 교토의 거리는 좀처럼 만나기 어려운 신이나 부처님의 세계다. 그래서 **교토에 간다**고 말하지 않고 **교토 참배**라고 했다. 나도 외지에서 올라와 교토 참배를 한 사람 중 한 명이다'라며 '한 시골뜨기의 교토 참배 견문기'라는 자세를 취했다.

산주산겐도三十三間堂, 기요미즈데라清水寺, 교토고쇼京都御所 등 명소나 유적을 많이 다룬다. 그 옛날 미야모토가 촬영한 사진도 상당히 실렸는데 거의 그대로인 곳이 있는가 하면 이미 그리운 광경이 되어버린 곳도 있다.

이 책이 견문기 형태지만 그저 단순히 교토 참배의 기록이 아닌 것은 그가 명소 유적을 실로 샅샅이 살펴보고 있기 때문이다. 예를 들어 가쓰라이桂離 궁에서 정원이나 건축물을 보면서도 그의 시선은 정원에서 잡초를 뽑는 여성들의 모습에 집중한다.

'이 아름다움은 자연스러운 미가 아니라 사람의 손이 더해진 인공적인 미다. 게다가 세세하게 두루두루 끊임없는 배려가 거듭된 아름다움이다. 거기에는 여자가 공들여 화장하는 것과 전혀 다를 바 없는 섬세함이 있다. 그리고 우리는 그러한 것임을 의식하지 않고 보고 있다'며 아름다움을 계속 지녀온 민중, 즉 풀을 뽑는 사람들 사진까지 담고 있다.

빈집으로 방치되어 황폐해진 절에 대해서도 상세히 소개한다. 무너져 내린 담벼락, 해체된 본당 등 단가檀家나 관광자원이 될 만한 문화재가 없어 경영이 어려워진 절의 미래도 교토가 가진 또 하나의 모습이었다.

미야모토 쓰네이치는 교토의 명소에서 문화를 만들어온 위정자나 귀족의 의식과 문화를 아래에서 지탱해온 일반 민중의 의식, 양쪽 모두를 보고 있었다. 관광지가 되어버린 절에 대해 '관광객은 끊임없이 찾아온다. 그 사람들은 그저 보면 그만인 것이다. 보았다는 것으로 만족하는 듯했다'라고 하는데 이는 관광객의 시선이 몹시 아쉬웠기 때문은 아니었을까.

때로는 촛불의 빛으로 불상을 보고 혹은 '교토 안에 있으면서 교토를 보는 것이 아니라 교토 밖에 있으면서 교토를 보는 것도 중요하지 않을까 생각한다'고 쓴 미야모토 쓰네이치. 보는 대상과 어떻게 거리를 두어야 할지 태어날 때부터 알고 있었던 사람이 아니었을까.

보는 측에만 있으면 보이는 측을 동경하는 경우가 있다. 모델은 멋지군, 가수는 기분이 참 좋을 것 같네 하면서 말이다.

그러나 가쓰라이 궁이라 해도 지속적으로 풀을 뽑지 않으면 보이는 측이 될 수 없는 것처럼 보이는 측에게는 항상 책임이 동반된다. 그 가운데서도 가장 엄한 책임은 어떤 문제가 생겼을 때의 기자회견일 것이다.

『나의 기자회견 노하우』는 초대 내각안전보장실장으로서 위기관리나 매스컴 대응에 오랫동안 종사한 삿사 아쓰유키佐々淳行의 책이다.

무슨 일이 있을 때마다 끝까지 사죄하여 출세해온 '사죄 참사관參事官'이라 불리는 경찰청 우두머리 후보의 이야기. 기자회견에서 눈물을 흘릴 때 남자와 여자의 효과 차이. 평상시 버릇 때문에 자기도 모르게 질문에 일단 머리를 끄덕여버려 엄청난 실패를 겪은 어느 장관 이야기 등등, 경험에 근거한 풍부한 실례를 읽으면 기자회견이 얼마나 위험한 장인지 실감할 수 있다.

나카가와 쇼이치中川昭一 씨의 만취 기자회견, 유키지루시雪印의 '나도 못 잤어' 발언, 마쓰오카 도시카쓰松岡利勝의 '무슨 무슨 환원수還元水' 발언 등 매스컴 대응이 매우 나빴던 예가 나올 때마다 '왜 이런 일이 생기는 거지?' 하고 국민들은 '멘붕' 상태에 빠지는데, 이는 일반인에서 정치가까지 '타인에게 어떻게 보이는가'에 일본인이 얼마나 둔감한지를 드러내는 것이다.

이 책의 끝에는 '기자회견의 마음가짐 10개조'가 있다. '거짓말은 금물', '도망가지 않는다, 기다리게 하지 않는다', '솔직한 사죄' 등 극히 당연한 일도 포함되어 있다. 그러나 이처럼 좋은 반면교사가 있는데도 여전히 기자회견 실패가 이어지는 것은 나쁜 짓을 했을 때 지극히 당연한 일을 한다는 게 얼마나 어려운지를 보여준다. 역시 무책임하게 '보는' 것만으로 충분하다면 '보이는' 것보다는 훨씬 편할 듯하다. ……가능하면 세상 여러분에게 보이지 않은 채 살아가고 싶다고 생각하는 바다.

도저히 있을 것 같지 않던 책!

도저히 있을 것 같지 않았던 책!

……『팥 앙금 책』을 든 순간 떠오른 생각이다. 요즘 달콤한 음식 가이드북이나 이를 망라한 책은 많이 있지만 이것은 오로지 '팥 앙금'이 주역이고 이를 사용한 과자들이 피처링하고 있다.

표지가 된 나라奈良 주조도혼포中将堂本舗의 명물 주조모치中将餅에 코를 박고 넋을 잃은 채 책장을 넘기면, 너무나도 맛있을 것 같은 팥 앙금 화과자 가게가 긴키 지역을 중심으로 북쪽으로 도호쿠 지방까지 다양하게 소개된다. 뿐만 아니라 마지막 부분에는 '팥 앙금 만드는 법'에서 '팥 앙금 역사 위인 열전', '호빵맨 속에 든 것은 팥고물? 팥 앙금?' 등 각종 지식도 수록되어 있다.

저자 강상미姜尚美는 분명 팥 앙금을 좋아하는 사람일 거라 생각했는데 알고 보니 원래 팥 앙금이 싫어서 화과자보다 양과자를 더 좋아했다고 한다. 그런데 어느 날 어떤 화과자를 먹다가 갑자기 팥 앙금의 맛에 눈을 떴고 순식간에 팥 앙금의 길로 빠져들어 이러한 책을 쓰게 되었다는 것이다.

인생 중반부터 팥 앙금을 좋아하게 된 만큼 참신할 정도로 순수하고 헌신적인 사랑이 넘쳐흐른다. 우선 다루는 가게의 수준이 하나같이 높다. 이 책을 보고 '가고 싶다', '먹고 싶다'고 생각한 **타율**은 다른 가이드북과 비교가 안 될 정도로 경이로운 수치다.

게다가 이 책은 읽을거리로도 훌륭하다. 꼼꼼하고 정성스러운 취재로, 한 집 한 집이 팥 앙금에 대해 어떠한 마음을 품고 화과자를 만드는지 잘 알 수 있었고 읽으면서 팥 앙금에 대한 나의 존경심도 점점 깊어만 갔다. 또한 궁극적으로는 모두 '팥 앙금'으로 된 화과자의 여러 가지 맛을 저자는 섬세하게 분류해서 써놓았다.

맛있는 과자는 보기에도 반드시 아름답기 마련이지만, 팥 앙금이라는 언뜻 보기에 소박한 식재료의 매력이 사진으로도 충분히 표현되어 있다. 팥 앙금의 우아한 보랏빛이나 광택이나 윤기나 촉촉함이란 그야말로 원숙한 미녀의 섹시함 같아서 나도 완전히 몰입하여 사진 속으로 빠져들었다. 이것은 눈으로 감상하는 책이기도 했다.

떡집의 팥 앙금, 팥 앙금 집의 팥 앙금, 빵집의 팥 앙금, 디저트 전문점의 팥 앙금…… 가게마다 추구하는 팥 앙금의 맛은 가지각색이고 간토 지방과 간사이 지방의 팥 앙금도 다르다고 한다. 바꿔 말하자면 팥 앙금은 떡과도 빵과도 한천과도 어울리고 간사이 사람들에게도 간토 사람들에게도 사랑받고 있다는 말이다.

쌀이 일본인의 솔푸드라면 팥 앙금은 일본 간식 업계의 솔푸드이며, 그 '솔'을 이 책은 매우 제대로 전달한다.

『팥 앙금 책』 표지도 관능적이지만 『화과자의 팥소』 표지 역시 좋다. 멋진 디자인에 홀딱 반해 사고야 만다.

띠지를 보니 '화과자×미스터리'라고 쓰여 있다.

무슨 소리인지 알 수 없었지만 읽어보았다.

주인공은 고등학교를 막 졸업한 살짝 통통한 여자아이다. 취직자리를 못 구했고 장래의 꿈도 없었지만 그러던 중 백화점 지하 식품 매장에 있는 화과자 가게에 아르바이트로 채용된다.

근처에 눈에 띄는 화과자 가게가 없고 일부러 멀리까지 사러 가는 것도 귀찮다고 생각하는 나는 백화점 지하의 화과자 가게를 자주 이용하곤 한다. 지금까지는 점원분들이 어떤 생각을 하는지 고민해본 적이 없었는데, 이 책은 백화점 지하 점원 입장에서 쓴 이야기였다.

주인공 교코는 손님을 관찰하는 면에서 매우 탁월한 여성 점장 밑에서 일한다. 그리고 일을 배우는 동안 점차 사람 보는 눈과 과자 보는 눈을 단련한다. 그러면서 왜 이 손님은 저 과자를 사는지, 손님의 불만에 담긴 의미는……? 등 수수께끼가 해결된다.

화과자에 대한 부분을 읽으면 너무나도 맛있을 것 같아 갑자기 먹고 싶어진다. 나는 '저자는 분명 화과자를 몹시 좋아하는 사람일 거야'라고 이 책을 읽으면서도 생각했지만, 후기의 첫 행은 '화과자에 주목한 것은 한순간 언뜻 든 생각 때문입니다'라는 문구로 시작한다. 백화점 지하를 무대로 하려다 보니 양과자를 소재로 한 미스터리가 이미 있었고 그럼 화과자로 해볼까…… 하여 조사하다가 화과자 세계에 깊이 빠져들었다는 것이다.

화과자는 분명 뭔가를 표현하면서도 많은 것을 지나치게 이야기하지 않는다. 계절에 따라 꽃이나 행사 등을 나타낼 때 구체적인 형태를 드러내면 화과자로서는 세련되지 못한 모양이 되어버린다. 그 때문에 '모든 것을 말하지 않는다'는 측면이 있고 이 점이 미스터리와 의외로 궁합이 잘 맞을지도 모른다.

미스터리라고는 해도 이 작품에 악인은 한 명도 나오지 않고 사람들은 결코 죽지 않으며 피 따위도 흘리지 않는다. 읽고 있으면 살짝 따스한 기분이 드는 것이었다.

화과자 관련 책을 계속 읽은 탓인지 『나 홀로 오후에』 표지를 봤을 때 나도 모르게 '맛있을 것 같아' 하는 생각을 해버렸다. 그런데 표지 그림은 화과자가 아니라 돌이라고 한다.

하지만 책을 읽기 시작하면서 '맛있을 것 같아'라는 예감은 본의 아니게 적중해버렸다. 양갱 이야기. 카스텔라 이야기. '어머나, 우에노 지즈코 씨가 이런 글을 썼다니!' 의외라고 생각한 주제가 이어졌다.

새삼 띠지를 살펴보니 여러 매체에 쓴 글을 모은 게 아니라 우에노 씨가 대부분 새로 쓴 에세이집이었다. 음식뿐만 아니라 어린 시절의 일이나 휴일에 대한 글도 있었다. 우에노 씨와 에세이라는 조합은 무척 신선했다. 후기에는 '나는 연구자이기 때문에 여태까지 **생각한 것은 팝니다만, 느낀 것은 팔지 않습니다**라고 말해왔다', '나는 이 책에 느낀 것을 너무 많이 말했을지도 모른다'라고 쓰여 있었다. 지금까지 나는 분명 우에노 씨의 '생각했던 것'만 읽어왔는데 그런 때 문득 이 '느낀 것'을 읽게 되자 깜짝 놀랐다. '정말 읽어도 되나요?' 하고 말이다.

우에노 씨가 '느낀 것'은 부드럽게 그러나 확실하게 전달된다. 그 화과자가 얼마나 맛있었는지. 이노우에 요스이井上陽水가 왜 좋은지. 우에노 씨의 '사고'가 아니라 '취향'을 알 수 있다.

혹은 욕조의 물을 몇 리터로 할까 고민하는 우에노 씨 모습을 상상하면 흐뭇한 생각마저 든다. 요컨대 이 책은 우에노 씨의 다른 책보다 훨씬 달콤하고 부드러운 촉감을 가지고 있다.

물론 달콤하고 부드럽기만 한 것은 아니다. 한 편 한 편의 글에는 독자에게 전하는 무언가가 제대로 준비되어 있어서 그런 변화무쌍함도 만끽할 수 있다.

계속 읽는 동안 독자는 어느새 '혼자 살아가는 것'에 대해 생각하게 된다. 『홀로 계신 분의 노후』가 대히트했던 우에노 씨지만, 『나 홀로 오후에』는 그녀가 실제로 혼자 살아가는 심경이나 생활이 담겨 있다. 여러분, 우에노 씨가 섣달그믐날 텔레비전으로 무엇을, 누구와 보고 있었는지 조금 궁금하지 않으세요……?

'인생의 오후'를 홀로 살아가는 우에노 씨. 그녀가 매일매일 '느끼고'

있는 것을 알게 되는 바로 그 순간은 『홀로 계신 분의 노후』에 반응한 이들에게 편안한 시간이 되지 않을까?

물론 나도 그중 한 사람인데 일단은 우에노 씨가 단것을 좋아한다는 사실이 무척 기뻤다(태풍, 스키, 석양도 좋아하는 듯하다). 물론 인생에는 즐거운 시간도 고독한 시간도 있겠지만 마치 달콤한 화과자와 쏨쏠한 녹차를 교대로 맛보는 것처럼 느껴진다.

참고로 우에노 씨가 무척 좋아한다는 화과자가 『팥 앙금 책』에 실린 것 발견! 나도 사러 가보고 싶닷……!

한없이 잔혹하고 한없이 다정한

간 나오토菅直人 씨가 새 총리가 되었다. 아베 전 총리 부인을 비롯해서 총리 부인들의 존재감이 갑자기 두드러지더니 하토야마鳩山 정권 시절에 한층 강해졌고, 이번에도 총리 부인의 개성이 주목되는 듯하다.

이전에 분명 '간 씨의 사모님을 닮았네'라는 말을 들어 '그럴지도 모르겠네'라고 생각한 이래, 간 씨의 사모님에게는 어쩐지 친근감을 느낀다. 아소 부인처럼 바깥에 나서지 않고 그늘에서 남편을 보필하는 내조형. 하토야마 부인처럼 바깥에 나오는 것에 능숙한 외조형. 이번에는 엄처형이라는 새로운 유형의 총리 부인이 등장하여 시대의 변천과 함께 총리 부인도 변모함을 이해할 수 있었다.

뉴스를 보며 총리라는 직업은 자못 고독한 일이라는 생각이 들었는데, 그 고독을 나눌 수 있는 상대는 아마도 가족일 것이다. 호사카 마사야스保阪正康의 '쇼와사의 대하大河를 건너다' 시리즈 제9편 『아내와 가족만이 알고 있는 총리』에서는 쇼와사 중 특히 중요한 국면에서 총리를 역임했던 4인(이누카이 쓰요시犬養毅, 도조 히데키東條英樹, 스즈키 간타로鈴木貫太郎, 요시다 시게루吉田茂)을 부인을 비롯한 가족이 어떻게 지탱했는지, 어떻게 버팀목이 되었는지를 묘사한다.

그러나 '버팀목이 되었다'는 말은 조금 잘못되었을지도 모른다. 예를 들어 이누카이 쓰요시의 손녀인 이누카이 미치코犬養道子. 조르게사건리하르트 조르게를 중심으로 하는 러시아 스파이 조직이 일본에서 첩보 활동을 했다는 이유로 1941년 9

월부터 1942년 4월에 걸쳐 구성원이 체포된 사건. 조직 중에는 고노에 내각의 수뇌로 중일전쟁을 추진했던 오자키 호쓰미도 있었다의 협력자였던 오자키 호쓰미尾崎秀実가 집에 들러 일가와 교류하는 상황에도, 반군부 인맥과 어울려 정치 활동을 하던 아버지를 보는 오자키의 눈빛이 심상치 않다는 것을 그녀와 어머니는 눈치채고 있었다. 이누카이 미치코는 냉정한 관찰자로서 조부와 그 주변을 살피고 있었던 것이다.

조부가 암살당했을 때 미치코의 나이는 11세. 그때부터 그녀의 눈은 시대와 역사를 보게 된다. 한 총명한 소녀는 조부의 죽음 이면도 보려고 한 것이었다.

또한 도조 히데키의 아내, 가쓰カツ. 도조가 체포될 때 그는 아내에게 피해 있으라고 명한다. 그러나 그녀는 이웃집에 부탁하여 농가의 아낙으로 변장하고서 정원에서 상황을 살핀다. 도조는 자살 기도를 하고 결국 미수로 끝나지만 총성이 들린 순간 그녀는 남편의 죽음을 확신한 것처럼 정원을 떠났다.

저자가 가쓰를 취재할 때, '죽음은 각오하고 있었기 때문에……'라고 몇 번이나 말했다고 한다. 그녀 역시 마지막까지 남편의 죽음을 냉정하게 살펴보고자 한 관찰자다. 건조하게 느껴질 정도로 말이다.

요시다 시게루의 버팀목이 되었던 것은 딸 아소 가즈코麻生和子.

'아버지는 칭찬을 받으면 반응하지 않으셨습니다만, 누군가 반대를 하면 굴하지 않고 앞으로 밀어붙이는 면이 있었습니다'라는 그녀의 말은 가장 가까이에 있었던 사람이기 때문에 할 수 있는 것이었다. 딸이 아버지에 대해 가진 특권은 타자로부터 결코 위협받지 않는다.

총리 가족에 국한되지 않고 가족 중 여성은 종종 우수한 관찰자 역할을 한다. 그녀들은 남편이나 아버지, 할아버지보다도 뭔가를 빨리 느끼는가 하면 미리 각오하는 경우도 있다.

이 책을 읽고 국가의 리더에게 필요한 '버팀목'이란 가족과 감정을 함께하는 게 아니라 본인의 고독보다도 한 걸음 앞서 가족이 고독을 받아 들여주는 것일지도 모른다고 생각했다. 과연 헤이세이시대 총리들의 가족은 어떨까……?

시몬느 드 보부아르Simone de Beauvoir가 암으로 죽어가는 어머니를 간병한 기록 『아주 편안한 죽음』이 서점에 늘어서 있었다. '8출판사 공동 복간'에 선정된 책이라고 한다.

간병이란 보는 것이다. 죽어가는 사람을 간병하는 것이 괴로운 까닭은 그 사람이 생으로부터 한 걸음씩 멀어지는 모습을 바로 곁에서 바라보아야 하기 때문이다.

딸은 동성인 엄마의 어떤 부분, 아니 상당한 부분을 보지 않으려고 노력하며 성장한다. 엄마 안의 '여자'나 '불행', '욕망' 등 요컨대 '엄마'라는 역할 이외의 모든 부분을 보지 않으려고 한다.

그러나 사실 딸은 엄마의 모든 것을 보고 있다. 보고 있으면서도 보지 않은 척한 사실을 언젠가는 알아차리고야 마는데 이는 엄마를 한참 간병하던 순간이지 않을까.

보부아르는 4주에 걸쳐 어머니를 간병한다. 암으로 입원하고 나서 죽을 때까지 4주 동안이었다. 일찍이 자부심 강하고 아름다운 여성이었던 어머니는 병원에서 '털이 빠져버린 치부'가 다른 사람 눈에 노출되어도 더 이상 수치심을 느끼지 않는다. 그 모습을 보고 딸은 충격을 받는다. 어머니의 '성'은 감추어지지 않게 되었다.

보부아르는 어머니와의 관계를 돌이켜본다. 자신에 대한 어머니의 난폭한 행위나 질투. '타인에게 폐를 끼치는 오지랖'이나 '잘난 사람처럼 보이고 싶어 하는 충동'. 딸은 원인을 잘 알고 있다. 그녀가 병원에서 머물겠다는 말을 꺼냈을 때 어머니는 '시몬느는 무섭다고'라고 하는데, 두려움의 원인은 딸이 간병에 익숙하지 않기 때문만이 아니었다. 어머니란 존재는 자신을 너무 잘 알아버린 딸을 무서워하는 것이다.

절망과 피로와 공포. 보부아르 역시 괴로워하는 어머니를 간병하면서 괴로워하는데 어머니는 점차 쇠약해지며 마침내 죽음을 맞이한다. 어머니의 죽음은 보부아르를 동요시켰고 그녀는 죽음에 대해 생각한다.

보통 딸이라면 '이런저런 일이 있었지만 어머니도 행복했던 것이 아닐까', '고통에서 벗어나서 다행이야'라고 생각하려 했겠지만 보부아르가 낸 결론은 다르다. 그녀는 죽음을 '부당한 폭력'으로 파악한다.

부당한 폭력으로서의 죽음. 어머니의 죽음을 그렇게 파악하는 그녀에게서 어머니에 대한 사랑을 발견한다. 딸이 어머니를 어떻게 사랑하는가. 최후의 순간이 되지 않으면 알 수 없다는 사실을 이 책은 세상의 모든 딸에게 가르쳐준다.

까다롭기만 한 엄마와 딸 관계에 비하면 아버지와 딸은 지극히 심플하다. 두 사람은 서로 보고 싶은 면만 보기 때문이다.

『이시무레 미치코 시문 컬렉션 6—아버지』는 아버지에 대한 저자의 글을 모은 것이다. 이름을 말할 때면 항상 '막부 직할령 아마쿠사天草의 그저 가난한 백성의 자식으로 시라이시 가메타로白石亀太郎라고 합니다요'라고 하던 이시무레 미치코牟禮道子의 아버지는 가난했다. 그러나 몸을 판다고 손가락질당하는 여자든 개든 모두 평등하게 바라보던 사람이 아버지라는 것을 '밋짱'이라 불리던 딸은 똑똑히 보았다. 그리고 아버지에게 뭔가를 확실히 이어받았다.

석공이던 아버지는 폐자재를 이용하여 직접 집을 지었다. 그때 기초를 다지며 딸에게 했던 말은 '집뿐이 아니지, 암만, 뭐든지 기초라는 게 중요해', '세계의 근본을 세우는 것과 매한가지지'였다.

딸은 '아버지가 지은 폐가 같은 집에 미나마타병수은중독 등 공해로 인해 발생하는 병. 1956년 일본 구마모토 현의 미나마타 시에서 집단적으로 발병해서 사회적으로 문제가 되었다. 이시무레 미치코의 평생에 걸친 주제며, 문명의 병으로서 미나마타병을 진혼의 문학으로 묘사한 작품으로 절찬을 받았다 지원을 해주시던 분들을 총 수백 명, 30년 가까이 묵게 해드렸다'. 그리고 아버지가 죽고 집을 해체했을 때 딸은 그 땅에 매일 밤 웅크리고 앉아 '사람 사는 세상, 그 성립의 근본에 대해서' 생각했다. 이 글에서 느껴지는 것은 '사랑스럽다란 슬프다는 것이기도 하다'는 사실이다.

아버지라는 생명체는 모두 어딘가에 슬픔을 끌어안고 살아간다. 총리든 '막부 직할령 아마쿠사의 그저 가난한 백성의 자식'이든 매한가지.

그러나 딸은 어딘가에서 살짝, 아버지가 안고 있는 슬픔을 응시한다. 본다는 행위는 때로 한없이 잔혹하지만 한없이 다정한 행위가 되기도 한다.

9
하고 싶어서 하는 거예요

일상이 가진 힘

『다시금 살며 사랑하며 생각했던 것』을 서점에서 보고, 띠지의 '불꽃 속에서 기적적으로 생환한 신주쿠니시구치新宿西口 버스 방화 사건1980년 8월 19일 신주쿠니시구치에 있는 버스 터미널에서 발생한 노선버스 차량 방화 사건. 6명이 사망하고 14명이 중경상을 입은 참사으로부터 29년'이라는 문장을 읽었을 때, '아……' 하고 내 기억은 고등학교 시절로 내달렸다.

반 전체가 간 여름 캠프 때의 일이다. 한 가지 주제로 모두 함께 이야기를 나누던 시간에 어떤 친구가 '스기하라 미쓰코杉原美津子 씨에 대해 이야기하고 싶다'고 말했다. 발언한 친구는 무언가 체념 어린 표정을 짓던 조숙한 아이였다. 수년 전에 발생한 신주쿠니시구치 버스 방화 사건 당시 버스 안에서 불길에 휩싸였던 여성이 스기하라 씨였고 그녀는 그 순간 '이대로 죽자'고 생각했을 거라고 그 아이는 말했다.

아마도 이 주제는 그녀 이외의 고등학생에게는 너무 무거운 이야기여서 거의 화제가 되지 못한 채 끝났다. 그로부터 사반세기가 지난 지금, 나는 스기하라 씨의 책을 보고 '지금이라면 이해할 수 있을지도'라며 집어 든 것이다.

사건 당시 스기하라 씨는 36세. 프로덕션에 근무하고 있었고 회사 사장인 16세 연상의 기혼 남성과 연애 중이었으며 심지어 그의 빚을 함께 갚고 있었다. 돈과 일에 쫓길 때 일어난 것이 바로 방화 사건이다.

'나는 그 순간 도망가야 할지 망설였다. **다 끝낼 수 있다**고 생각했다. 화염으로 뛰어들면 모든 것이 끝난다······?' 하고 생각한 그녀. 그 결과 전신의 80퍼센트에 화상을 입었다.

한때는 절망적이었지만 기적적으로 회복하였고 조금씩 할 수 있는 일이 늘었다. 그 후 만나던 남자의 아내는 병으로 죽었고 퇴원한 그녀는 그와 결혼하기에 이른다.

그러나 그 후의 인생도 평탄치 않았다. 신체가 부자유스러운 저자를 남편이 지탱해주는 나날. 이윽고 남편에게 루이소체형 치매가 발병한다. 힘겨운 간병 생활을 거쳐 남편의 마지막 눈을 감겨주고 나자 이번엔 저자의 몸에서 화상 치료 당시의 헌혈로 인한 C형 간염, 이에 따른 간암이 발견된다.

적극적인 치료는 하지 않겠다고 결심하는 저자.

절망과 희망이 교차하는 가운데 그녀는 컴퓨터를 구입하고 책을 쓰기 시작한다. 단골 약국 사람들과의 교류. 컴퓨터 온라인 서포트 담당자와의 전화 통화. 일상의 자잘한 사건 속에서 그녀는 조금씩 따스한 마음을 발견한다. 그리고 재택 간호 시설이나 복지 사무소를 돌며 담담하게 죽음을 준비한다.

그녀는 '**괴로움**이라는 무게를 지고 태어나 그 짐을 피안으로 옮겨가는 것이 사람의 일생'이라고 한다. 그러나 '괴로움을 마주하고 받아들이면 **양식**이 된다. 혼자가 되어 비로소 알게 되었다'고도 말한다. 괴로움이 일상이었던 사람이었기 때문에 할 수 있는 말. 그런 그녀는 글을 쓰며 괴로움의 근원과 삶을 응시한다.

고교 시절 스기하라 씨에 대해 가르쳐준 반 친구는 이 책을 읽었을까. 한 번 끝나버린 생을 되찾은 후 다시금 죽음을 응시하는 스기하라 씨. 지금이라면 조금은 조숙했던 그 친구와 함께 그녀에 대한 이야기를 나눌 수 있을 것만 같다.

스기하라 씨의 책에 이어 『나의 부엌』을 읽었을 때 느낀 것은 '일상'이 가진 힘이 얼마나 위대한가였다.

병이나 간병과 싸우는 스기하라 씨와 사와무라 사다코澤村貞子의 일상은 전혀 다르지만 여자의 일상에는 어딘가 한 줄기, 두터운 사명감이 중심축을 이루고 있다는 마음을 떨칠 수 없다. 그 축에 의지하여 여자들은 크고 작은 고난을 극복하는 것이다.

사와무라 사다코라면 오즈 야스지로小津安二郎 감독의 영화에도 출연했으며 명품 조연으로 널리 알려진 메이지 태생의 여배우다. 일본여자대학에도 입학했던 재원인 그녀는 좋은 글을 쓴다고 알려져 있는데 이 책은 30년 전 작품을 복간한 것이다.

요리, 청소, 몸단장…… 등 일상의 소소한 것에 대한 에세이.

어쨌든 문장이 훌륭하고 세련되며 산뜻하다.

여배우라면 집안일은 다른 사람에게 다 맡길 것 같지만 그녀가 집안일에 쏟은 정열은 보통 수준이 아니다. 여배우 일을 하면서도 매일매일의 식사는 물론, 각종 채소절임이나 우메보시도 손수 만들고 가쓰오부시는 사용하기 직전에 직접 밀어 사용하고 식칼도 직접 간다. 수건 40장을 하루에 다 써버릴 정도로 청결주의자에다 일상적으로 기모노를 입기 때문에 그 수습도……. 직업을 가진 여성이 할 수 있는 가사라고는 도저히 생각되지 않는다.

일도 요리도 청소도. 요즘식으로 말하면 이 생활은 친환경적이다. '여성에게만 가사가 편중되어 불공평하다'는 말도 전혀 없이 '하고 싶어서 하는 거예요'라는 자세는 직업이 있는 여성들에게는 이상적으로도 보일지 모르겠다.

나도 '이 정도까지 할 수 있다면 좋겠는데'라는 생각은 들지만 한편으로 저자의 생활이 머나먼 옛날이야기처럼 보이기도 한다. 메이지시대에 태어난 여성이라면 가능할지 몰라도 헤이세이시대를 사는 여성에게는 무리이지 않을까.

그러나 머리 좋은 저자는 미래의 여성 독자도 생각해두었다. '소중한 직업과 역시 소중한 가사를 완전히 양립시키는 것은 무척 어렵다. 어느 쪽도 구멍이 나지 않게 해야지, 하고 진지하게 노력하면 할수록 완전히 나가떨어져서 마침내는 어느 한 편을 내팽개쳐버린다…… 그렇게 되기 쉽다'고 말한다. 틀림없이 그녀도 '어느 쪽도 구멍이 나지 않게' 하려다가 '완전히 나가떨어진' 적이 있었던 것이다.

그래도 메이지시대에 태어나 아사쿠사淺草에서 자란 여성의 긍지로서 일상을 소홀히 하는 것은 불가능했을 듯하다. 일상만 제대로 견지한다면 나머지는 어떻게든 된다는 것을 이 시대 사람들은 알고 있었다.

마지막 부분에 쓰여 있었던 이야기는 '남자분들에게 특히 부탁드리고 싶다. 집안일은 결코 여성들만의 몫이 아니다'라는 것. 남성에 대해서 말하고 싶은 것이 많았을 텐데 가장 마지막에 살짝 첨가하는 방식! 자기도 모르게 불쑥불쑥 전부 다 털어놔버리는 나로서는 '멋이라는 건 이런 걸 두고 말하는 걸까'라고 생각했다.

텔레비전에서 반도 다마사부로坂東玉三郎 특집을 보고 스스로를 절제하는 강한 의지에 깜짝 놀랐다.

엄한 수련과 육체를 단련하기 위한 트레이닝은 물론 무대가 끝나면 절대 놀러 다니지 않고 집으로 돌아가 마사지를 하고 내일을 준비한다. 일상의 모든 것을 무대에 바치는 것이다. '그런 생활을 어쩜 그렇게 잘……'이라고 생각했는데 그것이 그의 일상.

『반도 다마사부로─가부키좌의 명품 온나가타로의 길』을 펼치자 첫 부분에 다마사부로 팬 대부분이 '그와 같은 시대에 살아간다는 행복'을 말한다고 나오는데 나도 그런 기분을 실감하는 한 사람이다. 무대 위의 다마사부로를 보고 있노라면 '이 시대에 태어나길 잘했다. 나이가 들면 젊은이들에게 **다마사부로는 정말 좋았어**…… 하고 자랑해야지!'라고 생각하는 것이다.

그렇지만 다마사부로는 가부키 세계에서 처음부터 성공이 약속되었던 사람은 아니었다.

가부키 집안에서 태어나지 않은 그는 모리타 간야守田勘彌의 양자로 들어간다. 혈통을 중시하는 세계에서 이는 극복의 대상이었고 게다가 그는 온나가타치고 키가 컸다. 그 아름다움은 일찍이 미시마 유키오三島由紀夫 등에게 인정받기는 했지만 다마사부로 이전의 명품 온나가타로 나카무라 우타우에몬이 군림하고 있었다…….

명품 온나가타로서의 품격을 갖춘 후의 다마사부로밖에 모르는 나로서는 여러 가지를 극복한 궤적을 이 책을 통해 충분히 맛볼 수 있었다.

우타우에몬에서 다마사부로로 이어지는 명품 온나가타의 모습을 보니, 온나가타로 성공하기 위해서는 뭔가 큰 것을 버려야만 할지도 모른다는 느낌이 들었다. 그들의 일상은 보통 사람들과는 정말 다른데 특별한 존재감을 얻기 위해서는 평범한 일상 따위는 필요하지 않다. 그들에게 그런 결의야말로 마음의 축일 것이다.

사람과 사람을 잇다

산인혼센山陰本線 완행열차를 타고 처음으로 아마루베余部 철교를 지났을 때의 충격을 잊을 수가 없다. 전 역인 요로이鎧 역을 출발하여 터널을 벗어나면 아마루베 철교에 이르는데 열차는 느닷없이 지상 40미터 위를 달리기 시작하는 것이다.

마치 하늘을 향해 내던져진 느낌이다. 덜컹덜컹하는 소리가 울려 퍼지던 터널에서 무음(이라고 생각되는) 세계를 향해 그리고 어두운 터널 세계로부터 밝은 세계로 열차는 개방된다.

눈 아래로는 아마루베 촌락이 보인다. 시선을 들면 바로 앞에는 동해. 그리고 열차 앞에는 빨갛게 칠해진 철교. 철교를 다 건너서 아마루베 역에 도착할 때까지 나는 완전히 이 철교의 포로가 되어 있었다.

아마루베 역에 내려 집들 사이에서 철교를 올려다보거나 통과하는 동안 열정은 더더욱 깊어졌는데 아마루베 철교에 뜨거운 마음을 품고 있는 것은 비단 나뿐만이 아니다. 1912년에 완성되어 100년 동안이나 우아한 자태를 보여준 아마루베 철교는 철도나 토목을 좋아하는 이들에게 각별한 건축물이다.

『아마루베 철교 이야기』는 다무라 요시코田村喜子가 아마루베 철교를 대신하여 '자서전'을 썼다고 말하고 싶게 만드는 책이다. 어떤 과정을 거쳐 아마루베 철교가 완성되었으며 사람들로부터 어떻게 사랑받았는지 철교의 한평생이 매우 소상히 기록되어 있다.

아마루베 철교의 일생은 그 아름다움 덕분에 받았던 수많은 칭송뿐만 아니라 고난 또한 가득 차 있다. 해변에 세워진 철교라서 부식을 피하기 위한 보수 작업이 항상 필요했다. 1986년에는 강풍에 의해 열차가 아래로 떨어지는 대참사가 발생하였다. 이후에도 강풍 때문에 종종 열차가 멈추는 경우가 있었다.

나는 이 책을 읽기 전까지 아마루베 철교를 '더할 나위 없이 아름답고 그러나 그렇기 때문에 엄청난 고난도 짊어진 건축물'이라는 극적인 존재로 바라보았다. 그러나 이 다리가 완성됨으로써 비로소 산인혼센은 쭉 뻗은 한 줄기 철도로 완성되었다. 이는 태평양 쪽 지역에 비해 산업화가 뒤처져 있던 동해 쪽 지방에 커다란 의미가 있었다. 산을 넘거나 배를 타지 않으면 다른 지방 사람들과 만날 수 없었던 아마루베 사람들에게도 다리가 생긴 것은 얼마나 큰 기쁨이었는지.

아마루베 철교는 이번 여름, 100년의 일생을 마쳤고 그 역할은 새로 만든 콘크리트 다리가 맡았다.

아름다운 빨간 철교 위를 달리는 열차는 더 이상 볼 수 없지만, 땅과 땅을 잇고 사람과 사람을 잇는 다리의 영혼은 아마루베 땅에서 계속해서 숨 쉴 것이다. 콘크리트 다리를 달리는 열차를 보러 오랜만에 아마루베에 가고 싶어졌다.

뭔가와 뭔가가 연결될 때 그 '뭔가'와 '뭔가'가 가능하면 다른 것이었을 경우 가슴이 두근거리기 마련이다. 『채털리 부인의 연인』과 신체지身體知』 띠지에 '세상에서 가장 오해받는 고전소설'이라고 쓰인 것을 보고 손에 들었다. 우리는 도대체 무엇을 오해한 것일까, 하면서.

『채털리 부인의 연인』=에로 소설이라는 이미지가 있다. 일본에서는 1950년 외설적인 표현을 둘러싼 채털리 재판『채털리 부인의 연인』의 일본어 번역가와 출판사가 외설물배포죄로 대법원까지 간 사건. 외설과 표현의 자유가 논의되었다이 있었기 때문에 순식간에 퍼진 이미지인데, 지금 읽어보면 표현이 특별히 외설스러운 것도 아니다. 극히 솔직한 섹스 표현이라고 생각되는데 그만큼 시대가 변했다는 말일 것이다.

물론 D. H. 로렌스가 소설을 쓴 1928년에는 지나치게 자극적인 표현이었겠지만, 이 작품을 읽을 때 이성 간의 섹스 표현에만 눈길을 빼앗기는 것에 대해『'채털리 부인의 연인'과 신체지』를 쓴 무토 히로시武藤浩史는 경종을 울린다.

섹스는 남자와 여자를, 때로는 동성과 동성을 이어주는 행위라고 할 수 있는데,『채털리 부인의 연인』에서는 서로 다른 것을 잇는 좀 더 많은 시도가 있음을 깨닫게 된다. 지배계급과 피지배계급. 전쟁과 평화. 표준어와 방언. ……두 가지가 이어질 때 경계선에서는 거부반응을 보이거나 불꽃이 튀기는 등 여러 반응이 일어나기 마련이다. 이 소설을 읽었을 때 느끼는 흥분은 그러한 여러 반응이 초래했을 것이다. 독자가 머리로만이 아니라 '신체'에 의한 '지知'로써 여러 이질적인 것을 고찰하면, 이는 '이어짐'을 초월해서 최종적으로는 서로에게 녹아들게 된다.

책의 후반에는 저자가 대학에서 했던『채털리 부인의 연인』관련 '문학과 신체지' 수업 모습이 담겨 있어 매우 흥미롭다. 댄스, 낭독, 대화 등 다양한 수단을 동원하여 이야기에 가까워지려고 하는 동안 이야기와 신체는 점차 서로에게 스며든다.

『로즈 베이비』는 프랑스의 젊은 여성인 클레르 카스티용Claire Castillon이 쓴 단편집이다. 수록된 작품은 어머니와 딸의 여러 가지 관계를 그린 19편이다. 아무렇지 않게 시작했지만 이런저런 이야기를 읽는 사이에 빨려 들어가 순식간에 다 읽어버렸다.

어머니와 딸의 관계만으로 19편이나 용케……라고 생각하지 마시길. 어머니와 딸의 감정만큼 복잡기괴한 것도 없을 듯하다. 물론 어머니와 딸을 '애증' 관계라고 하지만 '사랑'에도 '증오'에도 무수한 유형이 있고 대부분 사랑의 일부와 증오의 일부가 나누기 힘들게 얽혀 있다.

저자는 엄마와 딸 사이에 사랑과 증오가 뒤엉킨 모습을 한 가닥 한 가닥 서로 다른 색깔로 수놓는다. 엄마를 노인 요양 시설에 넣은 딸. 반항기 딸에게 폭력을 당하는 엄마. 남편이 바람을 피운 상대가 엄마였다는 사실을 안 딸. 그리고 뮌하우젠증후군 바이 프록시Münchausen syndrome by proxy를 앓고 있는 엄마를 가진 딸.

자극적인 상황이 많지만 신기할 정도로 모든 딸에게, 모든 어머니에게 공감했다. 엄마를 노인 요양 시설로 넣은 적도 없고 엄마가 내 남편과 잠을 자버린 일도 없지만 그럼에도 각자의 심정이 '이해되는' 것이다.

어딘가에서 한번 삐걱거렸다면 나도 이렇게 되었을지 모른다. ……이 책에 등장하는 여러 어머니와 딸의 모습은 세상의 여성들에게 그런 생각이 들게 한다. '이해된다'고 생각할 때마다 마음속 가장 깊고 축축한 바닥을 들여다본 듯한 두려움을 느낀다.

그러나 두려움의 끝에 있는 것은 좋은 기분! 마음 깊숙이에 머물던 감정. 이를 숨기고 있던 얇은 베일이 이 책을 읽음으로써 한 장 한 장 벗겨지는 모습은 상쾌하기까지 했다. 아마 단편집이어서 더 그렇게 느끼지 않았을까.

어머니와 딸 사이의 감정이 이렇게나 복잡한 것은 연결된 두 사람을 결코 끊어낼 수 없기 때문일 것이다. 아무리 발버둥 쳐도 떨어져나가지 않는 나와 똑같은 상대. 자신의 그림자 같은 존재에 여성들은 때로는 두려움을 느끼고 때로는 보호받는다.

한 편씩 읽을 때마다 어머니와 딸 사이의 부정적인 감정을 한 가지씩 발견해낼 수밖에 없었던 결과, 마지막으로 남는 것. 그것은 의외로 사랑이었다. 아무리 슬프고 추한 감정도 뿌리에는 사랑이 있다. 부정적인 감정에서 사랑을 벗겨내는 것은 절대로 불가능해서 '슬프다'는 요컨대 '사랑스럽다'는 말인 거네…… 하며 하늘 저편을 올려다보았다.

1인 욕구 대처법

최근 '옛 우정에 불을 지피는' 기회가 많다. 그쪽은 육아, 이쪽은 일 때문에 소원해진 동급생들과 육아가 어느 정도 안정기에 접어들었기에 오랜만에 만나기도 한다. 회사원 시절 동기들과 모이기도 하고. 그런 만남이 즐거운 나이가 되었다는 말일 것이다.

옛 우정에 불을 지피는 즐거움은 실로 '불을 지피는' 데 있다. 식어버린 요리를 전자레인지로 다시 데워서 먹었을 때 '제법 먹을 만하다……'고 생각하는 그 의외의 기쁨이 옛 우정 부활의 장이다.

앨리스 호프만Alice Hoffman의 『로컬 걸스』는 두 소녀의 우정이 가장 뜨거웠던 시절에서 시작하는 연작 단편집이다. 미국의 작은 시골 마을 프랑코니아에 사는 그레텔과 질은 갑갑함을 느낀다.

'우리가 증오한 것은 이웃들만이 아니라 어른들의 세계 전부였다. 게다가 분하게도 우리는 이윽고 거기 합류될 운명이다.'

이런 감각은 얇은 막으로 싸인 작은 커뮤니티에서 살아가야 할 10대에게 공통된 것이지 않을까.

그레텔의 아버지는 여자가 생겨 가출하고 우등생이었던 오빠는 낙제하여 마약중독에 빠진다. 그리고 어머니는 병마에 시달리게 되는데……. 소리 내며 붕괴하는 가정에서 살아가는 한편 그레텔은 질과 비밀 시간을 가지고 몹쓸 남자를 사귄다. 가족에게 보이는 얼굴과 개인으로서의 얼굴이 가장 다른 이 시기, 즉 얇은 막을 어떻게든 찢으려고 발버둥 치는 시기의 달콤 쌉싸름함이 읽는 이의 뇌리에도 선명하게 되살아난다.

마침내 질은 동급생 남자 친구의 아이를 임신하여 결혼. 그레텔의 어머니는 세상을 떠난다. 두 사람은 그다지 희망 찬 것도 아닌 새로운 길로 나아가게 된다. 그리고 '제각각의 인생'을 걷기 시작함과 동시에 소녀 시절부터 이어졌던 우정은 끊어진다.

그러나. 마지막 편에서 두 사람은 프랑코니아에서 재회한다. 질은 이미 세 아이를 낳았고 그레텔은 대학을 졸업했다. 두 사람은 공통점이라곤 전혀 없는 길을 걷고 있지만 각자 인생의 '왁자지껄'을 극복한 점이 비슷했다.

전자레인지가 '찡' 하고 울리는 순간 끝날 것 같은 이 이야기를 읽은 느낌은 실로 따스한 것. 인생 초기에 쌓은 우정은 아무리 나이가 들어도 다시금 데울 수 있다고 생각한다.

우정이란 계속 딱 붙어 지내기보다 조금 떨어져 있는 시기나 다소의 풍파 따위가 있는 편이 오래 지속되기 마련이라는 사실을 어른이 되고서야 알게 되었다. 이는 우정에 국한된 것이 아니라 모든 인간관계에서도 비슷한 것 같은데, 예를 들어 부부 관계에도 해당하지 않을까.

『혼자라도 잘하는 결혼』은 연재 당시부터 애독했다. 어른이 되고 나서 두 번째 결혼을 한 두 사람이어서 더더욱 '결혼이란……' 수수께끼를 푸는 글이 되었다. 연재 초반에 막 결혼한 이토 씨는 별거 형태의 결혼→동거, 임신, 집을 구함……이라는 인생의 변화와 함께 글을 써나갔다.

야마모토 후미오山本文緒 씨도 이토 리사伊藤理佐 씨도 결혼은 했지만 홀로 있는 시간을 갖고 싶다고 생각하는 '1인 욕구'가 상당히 강하다. 그러나 1인 욕구와 결혼 생활은 양립하는 것이다. 아니, 1인 욕구를 숨기지 않을 수 있는 부부야말로 원만한 부부가 아닐까.

1인 욕구 대처법 외에도 부부간의 돈 문제, 시댁 식구가 싫다, 결혼식은 어찌할까…… 등의 문제에 대해 두 사람이 글과 만화로 대답하는 책

275

이다. 상당한 개인 정보지만 두 사람은 본인의 예를 직접 들어서(그것도 이전 결혼의 사례까지) 무척 정성껏 해설한다.

충분히 어른이 되고 나서 하는 결혼이란 젊었을 때 하는 결혼과는 상당히 다르다. 예를 들어 이토 씨의 첫 결혼은 23세 때이며 '냉큼 결혼해버려야지, 연애 부분을 끝내버리고 싶다, 그만큼 일을 하고 싶다, 내 말을 들어주는 남자가 좋다'는 느낌으로 '사귀는 것처럼 결혼해버렸다……'고 하는데 그 결과 1년 반 만에 이혼.

그러나 지금 '남편 사람'과의 결혼 생활은 어리광을 부리거나 허락하는 등의 거리감이 절묘한 모양이다. 처음에 별거혼이었다가 함께 살게 되었을 때, 야마모토 씨 역시 서로 혼자인 시간을 확보하면서도 상대방을 소중히 하는 모습을 읽을 수 있었다.

애당초 무척 무리일 수밖에 없는 제도인 결혼을, 이미 알면서도 많은 사람들이 굳이 한다는 것은 결혼에도 나쁘지 않은 부분이 있기 때문일지 모른다. 첫 결혼에서 결혼의 어려운 점을 알았으면서도 다시 한 번 결혼한 두 사람이 쓴 이 책의 결말은 '(주책없는) 남편 자랑'. 미혼, 기혼을 불문하고 '결혼, 말이지……'라는 불분명한 기분을 안고 있는 중간 세대에게 '1인 욕구, 강해도 괜찮아!' 하고 격려하는 것이었다.

네즈 진파치根津甚八가 은퇴한다는 뉴스가 나왔다. 네즈 진파치라면 쓸쓸해 보이는 존재감이 여하튼 너무너무 멋진데, 그렇지만 그가 가장 빛나던 시절에 대해서는 잘 모른다.

『네즈 진파치』는 배우 네즈 진파치가 살아왔던 나날과 은퇴 사정을 아내가 기록한 책이다. 극단 '상황 극장'에서 네즈가 얼마나 인기가 있었는가. 드라마 〈황금의 나날〉, 영화 〈난〉 등에서의 강렬한 존재감. ……당시 사진과 함께 읽으며 다시금 '네즈 진파치, 멋져!'라고 생각했는데 이 책은 그의 은퇴를 애석해하는 진파치 팬에게 마지막 선물일지도 모른다.

아내 네즈 진카根津仁香 씨는 네즈보다 15세 연하. 배우로서 그의 커리어를 잘 모른 채 결혼하여 자식을 하나 얻었으나 남편은 강한 요통, 눈꺼풀에 생긴 병 때문에 여러 차례 수술을 하고, 우울증 등 몸 상태가 좋지 않은 가운데 상대편이 사망하는 교통사고를 일으킨다……

애당초 네즈 진파치에게 자서전을 써달라는 의뢰가 왔는데 그 계기로 이 책이 태어나게 되었다. 몸 상태가 나빴던 그는 의뢰를 거절했고 대신 아내가 쓰게 된 것이다. 그가 미디어에 등장하지 않게 되고 여러 가지 억측이 난무하는 가운데 남편의 올바른 모습을 전하고 싶다는 마음이 그녀 마음속에 있었을 것이다. 남편이 집필을 허락한 이유도 괴로운 시기를 버텨준 아내였고 그녀가 최대의 이해자임을 느끼고 있었기 때문일 것이다.

그리하여 아내는 잘 알지 못하는 남편의 과거로 여행을 떠난다. 〈황금의 나날〉 각본가인 이치카와 신이치市川森一, '상황 극장'을 주재하고 마지막에는 네즈와 한바탕 싸우고 헤어진 꼴이 되어버린 가라 주로唐十郎 등 배우로서의 남편을 만든 사람들을 만나 인터뷰하고 남편에게도 상세한 이야기를 듣는다. 아내밖에 할 수 없는 일을 해냈다.

남편과 아내가 인생의 모든 것을 함께하는 건 아니다. 남편은 아내가 모르는 시간을 살고 아내는 남편이 모르는 생각을 품는다. 모르는 부분을 모른 채 남겨두는 것도 사랑의 형태이기는 하지만 알지 못하는 부분을 알려는 노력 또한 사랑이다.

아내는 생각지도 못했던 운명 앞에 꼼짝달싹 못한 채 멈춰 서버린 적도 있었을 것이다. 그러나 이 책을 쓰며 남편에 대해 또 한 번 뜨겁게 생각하고 스스로를 다시금 일으켜 세웠던 게 아닐까. 『네즈 진파치』는 한 사람의 명배우에 대한 책이면서 동시에 한 쌍의 부부의 존재 양식에 대한 책이다.

당연한 것들

30대 후반부터 엔카演歌가 사무치도록 가슴속에 깊이 파고들었다. 야시로 아키八代亞紀 등의 노래를 듣노라면 뭐랄까 영혼이 울리는 느낌. 〈NHK 홍백가합전〉에서도 엔카 가수가 이어지는 시간대에는 채널을 돌리지 않는다. '이제야 나도 일본의 마음을 이해할 수 있게 되었나……' 싶었다.

그러나 『창조된 '일본의 마음' 신화 '엔카'를 둘러싼 전후 대중음악사』를 읽고 '엔카가 일본의 마음'이라는 인식이 발생한 것도, 엔카라는 장르가 확립된 것도 실은 그리 오래전 일이 아님을 알게 되었다. 심지어 '정말로 엔카가 일본의 마음이라 할 수 있을까?' 하는 의문도 솟구쳤다.

애당초 엔카의 어원은 메이지시대의 자유 민권 운동 지사들에 의한 정부 비판 '연설의 노래'라고 한다. 옷페케페 가락메이지시대의 유행가. 정치적 이슈를 담아 불만을 느끼던 민중에게 폭발적 인기를 얻었다 등이 그에 해당된다. 엔카시演歌師들은 레코드가 없었던 시절에는 어느 정도 영향력이 있었는데 차츰 레코드 가요의 기세에 눌려 유랑하는 예능인이 되었다.

우여곡절 끝에 엔카가 지금처럼 하나의 장르로 확립된 것은 1960년대 후반. 그리고 '일본의 마음'이라는 이미지를 획득한 것은 1970년대.

어린 시절 〈NHK 홍백가합전〉에서 보았던 미야코 하루미都はるみ나 이쓰키 히로시五木ひろし는 옛날부터 면면히 이어진 엔카의 전통 계승자인 줄 알았다. 그러나 당시 그들은 새로 태어나 이제 막 번창하던 엔카의 미래를 짊어진 에이스였다!

엔카는 어째서 그리고 어떻게 '창조된' 것일까. 엔카가 가장 번창했던 시기에 대해 사실 잘 알지 못하는 젊은 연구자인 와지마 유스케輪島裕介는 그 경위를 다채로운 자료로 선명하게 드러낸다.

관련 있다고 하는 키워드 '신좌익', '이쓰키 히로유키五木寬之', '대항문화' 등은 미처 예상조차 하지 못했던 것이었다. 전통 예능에 가까운 영역이라 생각했던 엔카로서는 의외의 출신 성분. 나는 '그랬던 거야!' 하고 놀라움을 금치 못했다.

엔카는 어째서 일본에 등장했을까. 이는 태평양전쟁 이후 일본인이 마음속 깊은 곳에서 무엇을 바라고 있었는가와 깊은 연관이 있다. 나라가 성장하는 가운데 자칫 간과되기 쉬운 시정 사람들의 욕구. 이를 적절히 포착했던 것이 바로 엔카였다.

엔카는 전통 예능처럼 옛날부터 사람들의 마음을 전해온 장르는 아니다. 하지만 드물게 세상에는 '등장했을 때부터 이미 클래식'이라는 것이 있는 법이다. 그 시절 일본인의 마음을 매우 탁월하게 자극했던 엔카도 이에 해당될지 모른다. 의외로 새로운 장르였음을 머리로는 이해하지만 올 연말에도 역시 '아아, 일본의 마음……' 하며 절절한 마음으로 엔카에 귀를 기울이고 있을 것만 같다.

당연하게 생활 속에 있었던 것들 가운데 의외의 뿌리를 알고 놀란 경우는 비단 엔카만이 아니었다. 『'코미디' 일본어 혁명』은 코미디 용어를 통해 일본에 혁명을 초래하자!는 책은 물론 아니며, 온갖 종류의 코미디에서 나온 단어가 일본어에 얼마나 깊이 뿌리내리고 있는지를 보여주는 책이다.

저자 마쓰모토 오사무松本修는 〈탐정! 나이트 스쿠프〉의 프로듀서다. 동시에 같은 프로그램에서 파생된 명저『전국 바보 분포 고찰』의 저자인데, 『'코미디' 일본어 혁명』은 그의 라이프 워크인 언어학 계통 책으로는 제2탄에 해당된다.

예를 들어 '~같은'이라는 단어.

'정말이지 제발 좀 봐주세요~같은.'

이런 느낌으로 사용되는 '~같은'이라는 문말文末 표현을 나는 고등학교 때부터 이미 쓰고 있었다. 그때 생각은 '지금 우리가 최전방에서 유행시키는 말투!'였다.

그런 '~같은'의 뿌리를 저자는 강물의 원류를 찾아 나서듯 거슬러 올라간다. 일반적으로는 그룹 톤네루즈가 프로그램 〈네루톤 베니쿠지라단 ねるとん紅鯨團〉 등에서 유행시킨 단어라고 알려졌는데 그 바탕은 〈톤네루즈 여러분 덕분입니다〉를 만들던 구성 작가의 말투인 '~같은'을 톤네루즈가 흉내 냈다는 것이다. 나아가 거슬러 올라가면 그 말투는 일본 영화계로 이어진다…….

혹은 '레알'이나 '열 받는다' 등도 지금에 와서는 극히 당연하게 사용하지만 어원은 코미디 세계의 대기실 속어와 깊은 연관이 있다.

간사이 지방 코미디 계통 연예인의 대기실 속어 등 극히 좁은 범주의 사람들밖에 사용하지 않았던 업계 용어도 바야흐로 미디어를 통해 순식간에 전국으로 퍼진다. 언어의 원류와 확산 방식을 모두 명확히 하는 이 책은 저자가 텔레비전과 언어 세계 양쪽에 걸쳐 있기 때문에 가능했던 작업일 것이다.

〈쓰루코의 올나이트 일본〉에서 쓰루코 씨가 사용하던 오사카 사투리의 비밀, 2인 그룹 다운타운ダウンタウン이 유출시킨 많은 단어…… 등 원래 연구자가 아니라 현장에 있는 인간이기 때문에 포착할 수 있었던 다채로운 정보가 담겨 있다. 언어의 유통이라는 측면에서 텔레비전의 힘을 절대로 무시할 수 없는 지금, 이러한 관점은 소중하지 않을까.

노래든 단어든 누가 아무리 금지시키려 해도 어느 사이엔가 흘러가버리거나 전해지는 법이다. 그리고 사람 역시 움직임이 비슷하다. 어느 날 문득 깨닫고 보니 도쿄에 있는데도 주위가 온통 외국인투성이일 때가 있다.

수년 전 '어느새 이렇게 되었지?' 하고 놀란 곳은 이케부쿠로 차이나타운이었다. 그곳은 이케부쿠로 역 북쪽 출구 근처다. 요코하마 차이나타운처럼 중국풍 문은 없으며 중화요리점만 있는 것도 아니다. 그러나 거리는 중국이라는 나라에 흠뻑 물들어 있었고 이국 색을 물씬 풍기는 중화요리점이나 중국 식재료 전문점이 많았다.

한 중화요리점에 들어가자 분명 요코하마에 있는 중화요리점과는 달랐다. 가게 안은 지방 호텔의 조식 회장같이 썰렁하기 그지없다. 요리를 가져다 주는 언니는 치파오도 입지 않았고 그 무뚝뚝함은, 정말로 중국에 온 것 같았다.

요코하마나 나가사키長崎처럼 기존의 차이나타운과는 전혀 다른 중국 거리를 만든 것이 '구화교'였다면 이케부쿠로는 1980년대 이후 일본에 온 '신화교'가 만든 거리다. 이러한 새로운 차이나타운 형성 과정을 소상히 기록한 책이 바로 야마시타 기요미山下清海의 『이케부쿠로 차이나타운』이다.

'1980년대에 본격화된 중국의 개혁 개방 압력과 거품경제 시절 3D 직종의 인력 부족이라는 일본 측 흡인력이 합치'하여 일본에 몰려온 중국인들. 그들은 '일본어 학교와 아르바이트 자리가 있는 음식점, 값싼 아파트를 찾기 쉬운' 이케부쿠로에 모여들기 시작했으며 이로 인해 이케부쿠로에 차이나타운의 싹이 텄다. 중국에서와는 비교할 수 없을 정도의 수입을 얻을 수 있기 때문에 그들은 악착같이 일했고 이케부쿠로에는 자국인을 상대로 한 여러 가지 업종이 생겨났다. 분발하는 그들의 의지를 보면 일본이 중국에 추월당하는 것도 당연지사……라는 생각도 든다.

그러나 이케부쿠로 차이나타운의 장래가 밝은 것만은 아니다. 중국인을 상대로 한 가게는 포화 상태지만 일본에는 중국인을 끌어당길 만한 빛이 전보다 약해지고 있기 때문이다.

흘러가는 사람들은 민감하다. 매력이 있어 어떤 장소에 가지만 있을 가치가 없어지면 언제라도 다른 곳으로 가버리기 때문이다.

이국인들이 있을 만하다는 것은 그 나라의 매력과 여유를 나타내는 지표일지도 모른다. 지금 중일 관계는 복잡하지만, 중국인들은 얻을 것만 있다면 그쪽으로 가는 극히 현실적인 사람들이다. 이케부쿠로를 보며 일본의 상태를 알 수 있을 듯한 기분이 드는 것이었다.

버섯과 커피의 향기

버섯이 맛있어서 견딜 수 없다. 요리에 버섯이 들어가지 않으면 어쩐지 아쉽기 때문에 요즘 여러 가지 버섯을 사온다. 그 맛은 고기로도 야채로도 낼 수 없다.

그러던 어느 날 서점에서 『버섯 문학 명작선』이 눈에 들어왔다. 포자가 날아다니는 세련된 장정을 보고 '이, 이것은…… 심봤다……' 하며, 마치 산에서 진귀한 버섯이라도 발견한 것처럼 즉시 손에 넣는다.

사진 평론가로 알려진 엮은이 이이자와 고타로飯澤耕太郎는 실은 '광狂' 자가 붙을 정도로 버섯을 좋아하는 버섯광이다. 또 하나의 직함은 '버섯 문학 평론가'인데 저서 『버섯 문학 대전』을 보면 동서고금을 막론하고 얼마나 많은 작가가 버섯을 주제로 작품을 썼는지 알 수 있어 깜짝 놀란다. 이번 책은 많고 많은 버섯 문학 가운데서도 엮은이가 엄선한 작품을 모은 것이다.

첫 부분을 장식하는 것은 하기와라 사쿠타로萩原朔太郎의 시 「고독을 그리워하는 사람」. 이어 나오는 유메노 교사쿠夢野久作의 단편 「버섯 회의」는 온갖 버섯이 모여 회의를 한다는 이야기다. 나아가 엮은이가 버섯 문학의 최고봉으로 꼽은 가가 오토히코加賀乙彦의 「먹을 수 없는 버섯 이야기」…….

버섯 문학에는 버섯을 따는 사람, 버섯을 재배하는 사람, 버섯을 먹는 사람, 버섯을 먹여주는 사람 등등이 등장한다. 버섯 주변에 있는 사람들은 모두 기이하고 황홀한 분위기를 풍기는데 읽고 있으면 버섯 향기나 독에 취한 기분이 든다.

독자를 버섯 세계로 유혹하는 덫은 사방에 놓여 있다. 지나치게 세련된 장정은 때로 독자들과 거리를 만들기도 하지만 이 책의 장정은 버섯 세계로 독자를 이끄는 데 커다란 힘을 발휘한다. 예를 들어 이야기마다 다른 질감의 종이. 바깥쪽은 매끈매끈하고 안쪽은 까칠까칠한 종이의 감촉이 관능적이다. 때때로 글줄이 비스듬하거나 책을 뱅글뱅글 돌리면서 읽게 되어 있어 환각 상태에 빠지기도 한다. 장정과 주제의 훌륭한 연대다.

언젠가 버섯을 따겠다며 깊은 산속으로 한없이 들어가다가 짜릿한 즐거움과 두려움을 느꼈다. 버섯의 매력에 한번 빠지면 깊이 더 깊이 들어가지 않을 수 없게 된다.

버섯 문학 작가들은 때때로 버섯을 의인화하여 쓴다. 그 끝에는 버섯이 되고 싶다, 버섯과 일체화하고 싶다는 욕구가 있는 게 아닐까.

버섯의 마성을 한없이 느끼게 하는 이 한 권의 책은 엮은이의 욕구가 담뿍 주입되어, 책 자체가 버섯 같은 존재감으로 가득 차 있다. 배어나는 맛의 엄청난 농후함에 읽고 나서도 한동안 정신이 아득한 책…….

버섯을 좋아하는 사람들에게 '오타쿠'라는 호칭은 어울리지 않는다. 오타쿠들은 좋아하게 된 대상을 지배하거나 소유하려고 하지만 버섯을 좋아하는 사람들은 버섯에게 지배당하고 싶어 하기 때문이다.

커피도 버섯과 비슷하다고 생각한다. 버섯도 커피도 향기가 사람들을 매료하는데 눈에 보이지 않고 손으로 잡을 수도 없는 향기라는 대상은 아무리 뒤를 쫓아도 소유할 수 없을지 모른다.

『카페를 100년간 계속하기 위해서』는 카페를 개업하고 싶어 하는 사람들을 위한 책이다. 저자 다구치 마모루田口護가 카페 바흐의 점주라는 점에 마음이 끌렸다.

카페 바흐는 도쿄 다이토台東 구에 있는 커피 전문점이다. 오키나와 서미트 당시 이곳 커피가 제공된 것으로도 알려졌다.

그러나 이 카페, 요즘 유행하는 세련된 거리의 세련된 가게가 결코 아니다. 카페가 있는 곳은 간이 숙박소가 이어지는 이른바 일용 노동자 거리다. 여기에는 노동자들도 커피를 마시러 온다.

이 가게는 노동자들과 함께 성장했다. 그들의 의견을 들어가며 지역 사람들이 기뻐할 만한 커피를 제공해왔다는 저자는 이 일용 노동자 거리를 '일본 최고의 입지'라고 말한다.

카페 바흐에 있으면 누구라도 마음이 편안해진다. 커피가 맛있는 것은 물론 종업원의 응대도 마음에 들고 의자나 테이블, 식기 등 도구들을 사용할 때 기분이 좋다. 커피 전문점에 흔히 있을 법한 까다로운 점주의 기질이 가게에 충만한 일도 없다.

도호쿠 지방을 여행할 때 근사해 보이는 커피집이 있어서 들어갔더니 정말로 너무나도 편안했는데, 그 사장님도 카페 바흐에서 배운 적이 있다고 했다. 바흐에서 수련하고 고향에서 개업하는 가게가 전국에 많이 있는데 이렇듯 저자는 커피 인재 양성에도 힘을 쏟고 있다.

이 책에는 '카페 경영은 취미가 아니라 장사이자 직업'이라고 쓰여 있다. 내향적이고 오타쿠 같은 분위기가 물씬 풍기는 커피점도 있지만 저자는 '사실 나도 취미로 하고 싶었다'고 고백하면서, 하지만 그렇게 했다면 '손님을 만족시킬 수 없었을' 것이라고 한다. 카페는 그저 커피를 마시는 장소가 아니다. 모든 사람에게 양질의 시간을 제공하기 위해 존재한다는 목적의식이 있다.

카페를 열 생각은 없지만 바흐 같은 카페가 전국에 있다는 것은 상상만 해도 즐겁다. 나도 모르게 푹 빠져 읽으며 인생에서 커피 타임이 갖는 중요성에 대해 생각해보았다.

커피는 기호품이며 없다고 당장 죽는 것도 아니다. 그렇지만 이런 기호품이 없다면 인생은 윤기를 잃어버릴 것이다.

『훌륭한 여자』의 주인공 밀드레드는 30대 전반의 독신 여성이다. 요즘에는 그리 보기 드문 존재가 아니지만 그녀가 살았던 전후의 런던에서는 결혼이 너무 늦어졌다고 말하기에 충분한 나이였다.

밀드레드는 항상 누군가에게 차를 타준다. 런던이기 때문에 대체로 커피가 아니라 홍차를 타주는데 집에 손님이 와도 교회에 가도 그녀는 타인에게 차를 끓여주는 역할을 한다.

눈에 띄지 않는 그녀는 이른바 '(무엇을 요구해도 언제나 들어주는) 편리한 여자'였다. 혼자서 조심스럽게 나름대로 행복하게 지내던 중, 같은 층에 화려한 부부가 이사를 오는데 그 뒤 그녀의 생활은 바람 잘 날 없게 된다. 부부 사이가 썩 좋지 않은 두 사람을 도와주느라 여념이 없는 밀드레드. 이윽고 그때까지 사이좋게 지내던 독신 남성 목사에게도 결혼 상대가 나타나며…… 심란한 나날이 찾아온다.

요즘 한창 이런 이야기를 '나 홀로 소설'이라 부르는 것 같은데 이러한 소설을 읽는 최고의 맛은 '아아, 이 사람도 나랑 똑같네'라고 공감할 수 있는 점이다. 목사처럼 이른바 '안전 파이다루기 쉬운 상대'라고만 생각했던 남성이 막상 결혼하자 밀드레드가 받은 충격. 혹은 바느질을 못한다든가 빨래를 못하는 그런 여자는 결혼만 잘하고 밀드레드처럼 '훌륭한 여자'는 왜 남겨지는가, 하는 문제. 이런 데 공감해버리는 것이다.

저자 바바라 핌Barbara Pym도 평생 독신으로 지낸 여성 작가인데 '20세기의 제인 오스틴'이라 불리는 것도 과연 납득이 간다. 나라나 시대를 뛰어넘어 독신 여성을 둘러싼 상황은 신기할 정도로 공통점이 많다.

화려한 부부를 정성껏 돌보던 밀드레드는 마지막에 '곤란할 때 항상 차를 타주는 사람'으로 생각되고 싶지 않다고 그리고 '어쩌면 차를 너무 많이 타준 것이 좋지 않았을지도 모른다'고 생각한다. 그렇지만 그녀가 바로 그런 사람이었기 때문에, 요컨대 타인을 편안하게 해주는 사람이었기 때문에 결말에는 행복의 전조가 보인다. 한 잔의 차가 가진 힘은 무시할 수 없는 것이다.

천천히 계속해서 지다

올림픽이나 월드컵 등 대규모 대회를 일본에 유치하려는 활동을 볼 때마다 생각한다. '전에도 했으니 이젠 됐지 않나?' 하고 말이다. 유치하고 싶다는 마음이 전혀 들지 않는다.

이런 대회에 대한 갈망의 정도는 첫 번째, 두 번째 개최 이후와 크게 다를 것이다. 나는 도쿄올림픽 때는 아직 태어나지 않았지만 나가노동계 올림픽 때는 텔레비전에 완전히 정신이 팔린 채 열심히 봤다. 그 잔상이 아직도 뚜렷한 탓인지 '일본에선 바로 얼마 전에 했잖아?'라고 생각한다.

도쿄올림픽 당시에는 일본 전체가 크게 달아올랐다고 한다. 올림픽 직전에 고속도로가 생겼고 모노레일이나 신칸센新幹線도 달리고…… 올림픽은 일본 사회 시스템을 송두리째 바꾼 커다란 사건이었다는 것이다.

올림픽은 운동선수들에게도 대단한 이벤트다. 무엇보다 패전 후 20년밖에 안 된 일본이라는 나라에 그 이벤트가 얼마나 큰 의미가 있었는지 보여주는 것이 『도쿄올림픽 이야기』다.

이 책에는 도쿄올림픽 포스터를 만들었던 가메쿠라 유사쿠亀倉雄策 등 디자인 관련 종사자들, 경기 결과 속보 등 컴퓨터 시스템을 만들어낸 일본 IBM 사원들, 선수촌 식당을 담당한 데이코쿠 호텔 무라카미 노부오村上信夫 셰프를 비롯한 전국의 호텔 요리인들…… 등 무대 뒤편에서 올림픽을 만든 사람들이 등장한다. 노지 쓰네요시野地秩嘉는 올림픽을 치르기 위해 무리라고 여겨지던 난제를 하나씩 하나씩 해결하는 그들의 모습을 면밀히 따라간다.

맹렬히 일하는 사람들의 모습은 전쟁 중의 병사를 방불케한다. 가메쿠라 유사쿠는 포스터 제작에 대해 '돈이 아니다. 나는 일본을 위해 맡았다'고 말하고, IBM 직원들도 '우리 일본인에게는 야마토다마시大和魂가 있기 때문에 전원 휴일을 반납하고 철야를 해서라도 개회식까지 반드시 완성시키겠다'며 컴퓨터 여명기의 일본에서 시스템 프로그래밍에 착수한다. 그리고 데이코쿠 호텔의 무라카미 노부오는 '분골쇄신 노력해서 일본 남아의 심지를 보이자'고 요리인들에게 훈시한다.

그 시절 사회에서 사람들을 모으던 이들은 전쟁을 아는 세대였다. 뚜렷하게 패전을 기억하는 그들은 일본과 일본인을 다시금 고무시키며 올림픽이라는 대규모 이벤트에 도전했다.

그 결과 도쿄올림픽은 성공적이었다. 여러 분야에서 '죽도록 의지를 발휘한' 것이 계기가 되어 그 후의 발전으로 이어지며 일본은 고도 경제 성장의 물결을 타게 된다.

이 시대 사람들은 열심히 살았다. ……그와 관련된 여러 사실을 읽으면 나는 전쟁 이야기를 읽은 듯 흥분한다. 우리는 이미 '요까짓 것'이라는 기개를 잃고 있으며 뭔가의 유치에 실패하든 중국의 GDP에 뒤처지든 '어쩔 수 없지 뭐'라고 생각하는 버릇이 생겨버렸다. '쇼와시대에는 이토록 훌륭한 일본인이 있었다'는 이야기도 지금에 와서는 거의 신화의 영역으로…….

아주 천천히 계속해서 지고 있는 우리가 명확하게 패전을 경험한 그 시절 사람들처럼 다시금 무아지경에서 뭔가에 도전할 수 있을까. 이 책 표지를 장식한 것은 도쿄올림픽의 심벌. 그 빛나는 붉은 태양은 일본인에게 그런 것을 묻는 듯 보였다.

우리는 지금 지는 것에 둔감하다. 지나치게 풍요로운 생활을 향유한 결과, 이런저런 일로 다소간 지더라도 더 이상 분하거나 안타깝지 않다.

한편 축구나 야구 등 국제 대회를 응원하는 사람들이 엄청나게 열광하는 모습을 보면 실은 일본인에게 '이기고 싶다'는 마음이 충만한 것이 아닐까 하는 생각도 든다.

응원 문화에 독자적인 발전을 이룬 일본. 대학이나 프로야구 응원단을 보다가, 응원이라는 행위에서 정신성을 발견하려는 이런 감각은 어디에서 오는 걸까…… 하는 의문이 솟구쳤다.

그럴 때 눈에 띈 책이 『스포츠 응원 문화의 사회학』이다. 학창 시절 일본 프로야구 응원 문화와 충격적인 첫 만남을 가진 스포츠 사회학자인 다카하시 히데사토高橋豪仁는 프로야구팀 히로시마 도요카프의 사설 응원단 중 하나인 고베추오카이神戸中央会에 들어가 현장 연구를 한다.

일본 프로야구에서 볼 수 있는 잘 통솔된 집단 응원은 메이지시대 학생 야구 응원 스타일이라고 한다. 일본인은 그러한 응원 방식을 선호했기 때문에 미국처럼 제각기 응원하지 않고 '모두 함께' 스타일을 지속해왔을 것이다.

응원단에는 다른 측면도 있다. 히로시마 도요카프를 예로 들면 1977년 응원단 연합 조직이 생기기 전에는 관객의 일탈 행동, 즉 흥분한 팬이 운동장에 내려오거나 물건을 던지는 사람들이 있었는데 응원단이 응원을 통솔하고부터는 줄어들었다는 것이다. 응원단은 무질서 상태였던 관객의 흥분을 통제하는 역할도 담당하고 있었다.

그러나 그 후 응원단이 제멋대로 행동하거나 폭력단 관계자가 들어오는 사태도 있었다. '야쿠자적인 유사 가부장 제도'는 일본의 여러 단체에서 보이는데 이는 응원단에도 딱 들어맞는 말이라며 저자는 집단 내부에서 응시한다.

이 역시 전시의 병사를 상기시킨다. 어떤 팀을 위해 사생활까지 희생하면서 계속 응원한다는 것은 '국가를 위해 분골쇄신'하는 자세와 일맥상통한다. 전쟁이 끝나고 일본도 풍요로워졌으며 우리는 개인으로서의 행복을 추구하게 되었고 나라를 위해 분골쇄신하는 태도는 사라졌다. 그렇지만 한편으로 우리는 무언가를 위해 몸을 내던지는 태도를 지금도 여전히 원하는 것은 아닐까.

프로야구팀 지바롯데의 응원을 보고 있노라면 마치 전쟁 병사의 외침 같아서 '출진?'이라는 느낌도 든다. 물론 소리를 지르는 대상이 스포츠뿐이라는 것은 계속 지고는 있지만 일단 일본이 평화롭다는 말이겠지만, 분명.

『기묘한 마라톤 대회』의 저자 다카노 히데유키高野秀行는 마라톤을 한다. 그것도 서사하라 사막에 있는 난민 캠프에서.

무엇을 위해서인가 하면, 적을 이기기 위해서도 자기 자신을 극복하기 위해서도 아니다. 그저 '인터넷에서 발견해버렸기 때문'이다. 서사하라는 모로코에서의 독립 문제를 안고 있는 땅이다. 아무도 가지 않는 땅에 가는 것을 더할 나위 없이 사랑하는 변경 작가. 그는 난민들의 독립운동을 지지하기 위한 마라톤 대회라는 점에 꽂혀서 즉각 신청을 했다.

서사하라까지 가는 것도 큰일, 사막을 달리는 것은 더 큰일. 그러나 그곳에는 여러 나라에서 모인 주자들이나 현지 사람들이나 낙타들과의 한가로운 교류가 있다. 스포츠 대회면서도 겨룰 마음은 제로.

무엇을 위해서도 아니며 흥미를 끈 것에 오로지 직진으로 돌격하고 비실거리면서도 분골쇄신하는 저자의 현대풍 야마토다마시가 나는 좋다. 승리도 패배도 상관없이 문득 나도 모르게 웃어버릴 수 있었고 어느새 저자를 향해 '화이팅!' 하며 응원하는 나를 발견한다.

전쟁이나 도쿄올림픽을 몰라도 도전하는 기개를 가진 사람들은 있다. 그러나 목적은 더 이상 '나라를 위해서'가 아니다.

사하라 마라톤 외에도 저자는 세계 여러 곳에서 이상한 도전을 이어간다. 일본에 도움이 되지 않을지 모르지만 그런 사람이 세상 어딘가에 존재한다는 상상만으로도 조금은 즐거워진다.

10

함께 있는 것만으로

'여학교 출신'이라는 인종

이리도 깊은 슬픔이 일본인의 마음속에 가득 차올라도 싹을 틔우는 잎사귀가 있고 피어나는 꽃도 있다는 사실이 마음을 풍요롭게 한다.

신입생이나 신입 사원의 모습이 이처럼 눈부시게 보였던 해도 없었을 것이다. 불안이 소용돌이치는 일본에서 새 교복을 입고 새로운 세계로 나아가는 신입생들에게 진심으로 응원을 보내고 싶은 심정이다.

도쿄에 봄이 찾아온 건 전철 운행이 지연되는 것만 봐도 알 수 있다. 만원 전철에 익숙지 않은 신입 사원이나 신입생이 대거 출현하기 때문에 4월의 교통기관은 자칫 지체되기 일쑤다.

그런 와중에 나도 모르게 눈길이 가고 만 것은 여학생들의 모습이었다. 반짝반짝 빛나는 세일러복. 입은 지 얼마 되지 않아 주름 하나 잡히지 않은 체크무늬 스커트. 그런 교복을 입은 여자아이들을 보면 나도 모르게 '웰컴…… 어서 와'라고 말하고 싶어지는데 이는 내가 여학교 출신이기 때문일 것이다.

여학교 출신과 남녀공학 출신은 분명 다르다고 생각하는 사람이 많을 것이다. 마침내 양자의 차이와 여학교 출신의 특징을 명확히 한 책이 나왔는데 바로 『여학교 나온 사람들』이다. 3대 명문 여학교에 속하는 여중·여고 출신인 신산 나메코辛酸なめ子가 여학교 출신이란 어떠한 인종인지 예리하게 지적한다.

그런 것을 예리하게 지적하고 명확히 해본들……이라고 여학교 출신이 아닌 여러분은 생각할지도 모른다. 그러나 당사자에게 이 문제는 의외로 중요하다. 인생의 어느 시기 중 몇 년을(지인 중 최장 여학교 경력 보유자는 유치원·초·중·고·의대를 모두 여학교에서 보내 총 20여 년에 육박하는 강적이 있다) 여자뿐인 환경에서 지내면 이를 통해 배양되거나 잃어버리는 것이 분명히 있다. 여학교 특성을 가지고 있기 때문에 세간에 다소간의 위화감을 품고 있는 사람도 적지 않다. 이 책은 그런 이들에게 '당신만 그런 게 아니야'라고 위로해준다.

여학교 출신의 가장 큰 특징은 '가지고 있는 패를 너무 보여준다'일 것이다. 이성 부재의 공간에서 사춘기를 보냈기 때문에 이성을 의식하고 행동하는 훈련이 되어 있지 않다. 여자만 있을 때 가능한 상황이나 대화를 남녀공학 공간에도 가지고 오기 때문에 분위기가 썰렁해지기 쉽다.

한편으로는 맹한 구석이 있지만 여학교 출신들에게도 좋은 점이 있다. 남자에게 의지하지 않고 생활해왔기 때문에 사회에 나간 뒤에도 주저 없이 리더의 역할을 맡기도 한다.

이번 봄 여학교에 들어가자마자 '망했다'고 생각한 중학생 여러분도 『여학교 나온 사람들』을 읽으면 '좋은 곳일지도 모르겠네'라고 느낄 것이다. 또한 멋진 환상을 품은 채 여학교 출신과 사귀어봤더니 '아무래도 이미지랑 다르네'라고 생각하고 계신 왕자님들도 이 책으로 의문은 풀릴 터다. 그리고 여학교 출신들이 여학교를 사랑하는 이유가 무엇인지 생각해보면 절로 일본인의 남녀 관계에 대해서 다시금 생각할 수 있을 것이다.

최근에는 여학교가 남녀공학으로 바뀌는 경향도 없지 않으나 그래도 여전히 일본에는 여학교가 무척 많다. 그 이유는 '남녀칠세……'라는 유교적 영향도 있겠지만 그보다도 옛날에는 교육을 받을 기회가 남녀에게 균등하지 않았기 때문일 것이다. '여자에게 교육은 불필요하다'는 사상이 분명 존재했기에 '그렇다면 여학교를 만들어 여성을 교육하자'는 움직임이 확대된 것은 아닐까.

과거 일본에는 명문고를 졸업하고 제국대학으로 가는 엘리트 코스가 있었는데 정점이 제일고등학교→도쿄대학이었다. 그 코스를 타면 요컨대 남자들만의 폐쇄적 세계로 들어가는 것이다. 지금 세상에 꽃핀 여학교 문화는 그러한 남학교 문화에 대항하는 문화 현상이기도 했던 것이 아닐까. 이런 생각을 한 건 『학력 귀족의 영광과 좌절』을 읽고 나서다.

명문고라고 하니 일본 기숙사 노래 제전이 떠올랐다. 그 옛날 남성들의 전통 정장이나 교복 차림을 한 할아버지들이 출신 고등학교 깃발 아래서 기숙사 노래를 부른다. 그런 모임을 뉴스에서 볼 때마다 '만약 똑같은 행동을 할머니들이 한다면 대단할 텐데'라고 생각했다. 명문고 출신자의 고령화가 진행되어 일본 기숙사 노래 제전도 마침내 막을 내렸다고 하는데, 왜 그들이 그렇게까지 모교를 드러내놓고 사랑하는지를 이 책이 해명한다.

1886년에 탄생한 옛 명문고 시스템은 1950년에 폐지되었다. 옛 명문고를 나오면 제국대학에 진학할 수 있었고 이를 통해 거의 확실히 일본 사회의 중추적 임무를 맡는 존재가 될 수 있었기 때문에, 옛 명문고 출신자는 학력 귀족으로서 선민의식을 얻었다. 대학에 들어가는 것보다 명문고에 들어가는 쪽이 훨씬 더 힘들었다고 한다.

그 시절 '청춘'이란 그들처럼 선택된 특권적 학력 귀족에게만 부여되었다. 최소한의 교육을 마치고 나서 곧바로 일해야만 먹고살 수 있었던 대다수의 남성들, 혹은 일찍 결혼해야만 했던 여성들에게 청춘은 존재하지 않았다. '이제 곧 일본을 이끌고 나가실 몸'이라는 자각을 가지고 모라토리엄 기간을 부여받았던 옛 명문고 학생들에게만 청춘의 헛된 행동이나 청춘의 고뇌를 맛볼 여유가 있었다. 오랜 기간 지속된 애교심은 이런 특권 의식의 표출이라 할 수 있다.

옛 명문고 의식은 폐교 후에도 계속 존재했는데 이에 종지부를 찍은 것이 대학 분쟁대학에서 광범위하게 벌어졌던 학생운동이었다는 설명에 무릎을 탁 친다. 그러나 지금도 여전히 '옛 명문고적인 것'의 잔재는 일본의 어딘가, 아니 여기저기에 남아 있지 않을까.

그 시절, 명문고 출신인지 아닌지는 때때로 어느 대학 출신인지보다 더 중요했다고 한다. 마찬가지로 남녀공학인 대학에서도 여학교 출신인지 아닌지를 민감하게 구별해내는 일군의 여자들이 있다. 그런 사람들을 보면 그 옛날 명확히 분리되어 있던 '동성 문화'가 이 나라에 너무나 뿌리 깊게 존재한다는 생각을 떨쳐버릴 수 없다.

BL, 즉 보이스 러브란 남자끼리의 사랑 이야기를 쓴 작품이다.

이런 책을 읽는 사람들은 동성애 경향을 가진 남성이 아니라 오히려 여성이라는 이야기를 맨 처음 들었을 때 도무지 영문을 알 수 없었다. 어째서 이성애를 그린 작품을 읽지 않을까 하면서 말이다. 그러나 실제로 읽어보니 여성들이 BL을 읽는 배경에는 일본의 동성 문화가 깊이 관련되어 있다는 생각이 들었다.

『방석』『꽃부채』는 BL 소설의 '전설의 걸작', '불후의 금자탑'이라 불렸던 작품의 복간이라고 한다. 읽어보았더니, 재미있었다! 물론 BL이기 때문에 남자끼리 뒤엉키는 장면은 나오지만 에로틱하면서도 예술성 있고 인간미 있고, 나도 모르게 시리즈 두 권을 순식간에 독파해버렸다.

남자끼리의 세계에 주안을 둔 것이 BL인데 이 이야기의 무대는 라쿠고 세계다. 실제로 라쿠고와 라쿠고가들의 사랑이 서로 뒤엉켜 전개된다.

BL, 감히 업신여겨서는 결코 아니 된다는 것을 납득했다. 그렇다면 어째서 여성들이 즐겨 읽을까. 이 문제는 여전히 남아 있었다.

BL은 여자가 남자에게 환멸을 느끼지 않기 위해 읽는 이야기일지도 모른다. 남자끼리의 연애 이야기에는 당연히 여자를 배신하는 남자도,

여성적 농도가 지나치게 진한 여자도 나오지 않는다. '속도위반'도 나오지 않는다. 남녀 간에 있을 수 있는 혼탁한 모습, 깊은 진흙탕 따위는 전혀 보이지 않고 아름다운 남자들끼리의 순수한 사랑과 농후한 성 묘사를 만끽할 수 있다.

현실 속 남녀 관계의 불순함을 애써 외면하고 싶은 젊은 여성들이 동성의 마음 깊숙이에 있는 불결한 감정은 보지 않은 채 아름다운 이성을 맘껏 즐길 수 있다. 여성들이 BL에 끌리는 이유를 조금은 이해할 수 있을 듯했다. '남성의 추함에서 눈길을 돌린다'는 의미에서는 한류의 인기와도 비슷할지 모르겠다.

같은 의미에서 BL 역시 하나의 동성 문화 발현이지 않을까……라고 생각하면서 옛 명문고를 배경으로 한 BL도 읽어보고 싶어졌다. 물론 그런 뻔한 이야기는 진작 나왔을지도 모르겠지만.

'지금'은 붙잡히지 않는다

'지금'을 붙잡는 것은 어렵다. 붙잡았다고 생각한 순간 이미 과거가 되어버리기 때문이다.

그렇지만 곤란하기 때문에 더더욱 우리는 '지금'을 손에 넣고 싶어 한다. 보다 신선한 '지금'을 추구하며 신문보다 텔레비전, 텔레비전보다 인터넷……으로 미디어의 세계는 변화에 변화를 거듭한다.

'지금'을 붙잡는 것에 보통 이상의 힘을 쏟은 사람이 80년 전에 있었음을 전하는 책이 『도쿄 고현학 도감』이다. 다이쇼 후기부터 쇼와 초기에 걸쳐 '고고학考古學'이 아닌 '고현학考現學'이라는 학문으로 '지금' 사람들의 모습을 부지런히 기록한 곤와 지로今和次郎(우연의 일치로 '지금今'이라는 성)와 요시다 겐키치吉田謙吉를 중심으로 한 사람들. 그들과 마찬가지로 지금을 보는 훌륭한 눈을 가진 이즈미 아사토泉麻人 씨가 80년 전 그들의 활동을 소개한다.

곤와 지로는 야나기다 구니오柳田國男에게 사사하여 민속학 등을 연구했다. 이윽고 그는 자신의 생활이야말로 절대적이라며 자신감에 찬 문명인들을 보고 '인류학자가 야만인 연구에 쓰는 방법을 문명인 연구에도 적용해보고 싶다'는 생각을 갖게 된다. 그 대표적인 작업인 '긴자銀座 거리 풍속 기록' 조사를 한 것은 간토 대지진 다음다음 해였다.

이 조사는 교바시京橋로부터 신바시新橋에 이르는 긴자의 중앙 거리를 걷는 사람들 모습을 카드에 기록하고, 복장이나 소지품, 동작까지 통계적으로 파악한 것이다. 예를 들어 당시 긴자를 걷던 남성의 약 70퍼센트가 서양식 복장이었는데 여성은 99퍼센트가 기모노 차림이었다. 그리고 기모노 차림의 90퍼센트가 평상복이 아니라 외출용이라는 기록이 있다. 캐주얼화라는 단어는 이 시대에 아직 존재하지 않았고 공적인 자리와 사적인 자리가 명확히 구별되었던 것이다.

그들의 시점은 무척 세밀한 부분으로 향한다. 예를 들어 여성들이 어떻게 옷깃을 가다듬는지. 옷깃을 잘 가다듬은 사람의 비율은 '걸으면서 입을 벌리고 있는 사람의 비율과 동일'하다고 파악된다.

여성의 걸음걸이가 안짱걸음인지, 팔자걸음인지 조사한 항목도 후세 사람들에게는 흥미로운 부분이다. 조사에 따르면 노년 여성들에게는 전혀 없는 팔자걸음이 나이가 젊어짐에 따라 증가하는데 전체적으로는 안짱걸음 쪽이 압도적으로 다수다. 요즘에 와서는 안짱걸음 여성을 발견하는 게 더 어려울지도 모르겠다.

그들은 긴자뿐 아니라 서민 동네, 유곽, 주택지, 대학가…… 등 여러 거리를 조사한다. 간판 쓰는 법, 개털 색깔, 짐을 드는 법에서 자살 방법 및 장소 선택법에 이르기까지 그들의 조사로 명확해지는 세세한 부분들로 인해 우리 뇌리에는 80년 전 세상이 선명하게 떠오른다.

나아가 어떤 식당에 그릇이 어떻게 부족한지, 개미의 걸음걸이가 어떤지 하는 기록에 이르면 연구라기보다는 컬렉션 욕구에 의한 행위 같다는 생각마저 든다.

채집이나 수집 등의 욕구는 남성 쪽이 더 강한 법인데 그들은 모으는 것으로써 대상을 지배하고 싶어 하는지도 모르겠다. 그러나 '지금'은 아무리 모으려 해도 손가락 사이로 빠져나가는 법. 그렇기 때문에 그들은 더더욱 깊이 빠져들었을 것이다.

모을수록 더더욱 모으고 싶어진다. 그 마력은 이즈미 씨도 잘 아는 바일 것이다. 80년의 시간을 뛰어넘어 양자의 정신은 서로 통하는 듯하다.

일찍이 다니던 회사 동기들과 만날 기회가 있었다. 그것도 사내 레스토랑에서. 단체에 소속되지 않은 몸에게 회사라는 장은 눈부시게 보인다. 모두 깨끗한 모습으로 즐겁다는 듯 일하는 것 같았기에. 그러나 당사자인 회사원에게 물어보면 '주말만 바라보고 살아' 하고 말끝을 얼버무리는 것이었다.

조슈아 페리스Joshua Ferris의 『호모 오피스쿠스의 최후』는 한마디로 오피스 소설이다. 오랜만에 사무실에 대한 동경이 자극되어 집어 들었다.

무대는 광고 회사. 앗! 옛날에 내가 근무하던 회사와 같은 업종이다!

소설은 '우리는 신경이 곤두서 있었고 월급을 너무 많이 받고 있었다'라는 문장으로 시작하지만 10쪽 뒤에는 분위기가 반전.

'우리는 구조조정에 직면했다'는 새로운 장이 시작된다.

다음은 누가 구조조정을 당할지. 설마 그 사람이…… 하는 불안을 회사 사람들은 소문에 대해 이야기하며 불식하려고 한다. 그런 소문의 주인공 한 사람 한 사람에게는 가정불화, 질병, 정신병, 사랑, 불륜 등등 여러 가지 사정이 있었다.

미국에서는 구조조정 대상자 통지를 받으면 즉각 짐을 싸서 나가야 한다던데 정말이었네……라고 놀란 장면도 있었는데, 읽는 사이에 '그래, 회사란 이런 곳이었지' 하는 생각이 솟구쳤다. 회사는 가족도 아닌 사람들과 가족보다도 긴 시간을 함께 보내는 곳. 그런 사실이 이해되지 않지만 때로는 동료들과 강한 연대감을 가지는 경우도 있다.

웃을 수 있는 오피스 소설이긴 하지만 구조조정 재앙 때문에 스토리는 파란만장했다. 살아가기 위해 우리 모두는 꼭 해야 할 일이 있다. 그런 일이라는 행위를 필사적으로 스스로에게 순응시키려 하는 인간들의 기특함이 이야기 깊숙이에서 짙게 배어나온다.

종신고용제도가 꿈이 된 지금, 일본인들도 벼랑 끝 긴장감을 공감할 수 있다. 그곳이 벼랑 끝임을 알지 못한 채 걸을 수 있을지 어떨지가 인생의 전환점일 것이다.

　서점에서 『영성 시장의 연구』의 제목이 가슴 깊숙이 꽂혔다. 영성이라는 장르에 돈이 끼어드는 것을 보고도 일부러 못 본 체하는 사람들이 많은 가운데 정확하게 콕 집어 '시장'이라고 표현한 점이 오히려 상쾌했다.
　점占을 보는 것에서 시작해서 힐링, 전생, 파동波動, 성지聖地 등의 단어에 반응하는 사람들은 실로 많다. 바야흐로 일반 여직원들도 성지순례를 즐기는 영성 붐 시대다. 보다 좋은 인생을 보내려고 영성 계통에 아낌없이 돈을 쓰는 사람들도 많다. 이 책에서 저자 아리모토 유미코有元裕美子는 영성 시장을 급확장 마켓으로 파악하고 데이터를 분석한다.
　영성 시장은 종교 시장과는 또 다르다. 예를 들어 미국과 비교하면 신을 믿는 사람이 훨씬 적기 때문에 일본인들은 '영성에 관한 정보 활용 능력이 낮다'고 파악된다. 또한 저자는 바로 그런 점 때문에 '영성적 사고에 깊게 접한 경험이 없는 많은 사람이 비판적으로 음미할 교재가 부족했기 때문에 표면적으로 접하기 쉬운 개운 등으로 쏠려서 시장이 확장되었다'고 말한다. 이러한 해석에 공감하는 바가 커서 전적으로 납득할 수 있었다.
　물론 『영성 시장의 연구』는 영성 붐을 비판하는 책이 아니라, 객관적으로 그 세계를 시장으로 파악했다. 시장을 이끄는 이들이 '고독, 불행'한 사람이 아니라 '쉽게 믿는, 자신이 없는' 사람이라는 분석은 영성 붐 안에 있는 사람에게는 보이지 않는 사실일 것이다.
　이 책은 영성으로 큰돈을 벌고 싶은 사람들을 위한 것이라기보다는 영성 붐의 내실을 도저히 이해하기 어려워하며 의구심을 갖는 사람에게 더 맞는다고 생각한다. 저자는 '세상이 효율성이나 적절성을 추구하는 방향으로 나아가는 한편, 비효율이나 불편을 감수하더라도 **도움이 된다**, **납득·안심할 수 있다**는 정신적 충족을 우선하는 라이프 스타일이나 소비

행동이 퍼지고 있다'고 하는데, 이런 경향 가운데 물질적인 행복과는 반대 방향을 추구하는 영적인 세계의 기운은 앞으로도 더 강해질 것 같다.

걱정스러운 점은 만약 그렇게 되었을 때 '쉽게 믿는, 자신이 없는' 사람들이 딱 좋은 '먹이'가 되어버리지 않을까 하는 것이다.

설령 돈을 지불했는데 눈에 보이는 확실한 효과가 없었다고 해도 '쉽게 믿는 사람'은 분명 계속 믿을 것이다. 미래가 불확실한 시대이기 때문에 더더욱 '쉽게 믿는' 성격은 도움이 될지도 모르겠다…….

차표가 있다면,
우표가 있다면

　재해로 피해를 입은 제3섹터 산리쿠三陸 철도를 '타서 (재해지를) 응원' 하기 위해, 모리오카盛岡에서 야마다센山田線으로 산리쿠 철도의 터미널 역인 미야코宮古로 향했다. 야마다센은 원래 모리오카에서 미야코를 경유하여 가마이시釜石까지 연결하는데 해변을 따라 달리는 미야코—가마이시 구간은 아직 운휴 중이다. 산리쿠 철도도 회복되지 않은 구간이 있지만 미야코에서 오모토小本까지 왕복해볼 작정이다.

　모리오카에서 미야코까지는 야마다센 쾌속으로 약 2시간. 산리쿠는 그냥 가는 것만으로도 멀다. 도중에 '구자카이區界'라는 역이 있는데 이곳은 도호쿠 지방에서 해발이 가장 높다. 구자카이를 지나면 아래로 내려가게 되니 산을 넘어 바다로 간다는 것을 실감할 수 있었다.

　『나 홀로 철도 여행 입문』을 읽고 있었는데 구자카이 역이 나왔다. 야마다센은 이와테岩手 현 출신의 하라 다카시原敬 총리가 혼신의 힘을 다해 만든 노선이라고 한다. 의회에서 총리는 '이런 곳에 철도를 놓아 산山원숭이라도 태울 작정이냐'라고 야당 의원에게 공격받았을 때 '철도 규칙에 따르면 원숭이는 태우지 않게 되어 있습니다'라고 대답했다고 하는데, 그게 이 노선에 대해서였을까……? 분명 야마다센에서 보이는 우거진 숲은 산 원숭이가 얼굴을 내밀 듯하다.

　'입문'인 만큼 철도 여행에 익숙하지 않은 사람들도 알기 쉽게 각종 정보가 다양하게 수록되어 있다. 저자 이마오 게이스케今尾惠介는 지도 전문가로 명성이 자자한데 '나침반 북쪽은 지도의 북쪽과 다르다'라든가 지형이 어떤 과정을 거쳐 형성되었는지 등 순수한 철도 마니아가 쓴 책과는 시점이 다르다.

그러나 그 역시 평범한 철도 팬은 아니다. 앞부분 '준비 편'에 이어지는 '여정 편'에는 지방별로 철도의 매력이 소개되는데 저자가 철도에 막 눈을 떴을 무렵의 여러 승차 경험이 쓰여 있다.

예를 들어 그가 중학교 졸업식을 마치고 봄방학에 난생처음 홀로 나선 여행(숙박 포함)의 목적지는 고노센五能線의 가소세風合瀬 역이었다. 5만분의 1 지형도로 본 역명에서 낭만을 느꼈고 동시에 고노센의 선형에 끌렸기에 나선 여행이라고 한다. 그리고 고등학교 때 남동생과 조카를 데리고 탄 야간 급행 사도佐渡…….

이 책은 나 홀로 철도 여행의 입문임과 동시에 저자의 철도 생활이기도 하다.

철도를 좋아하는 남성들은 대체적으로 철도에 관해서 조숙한데 그들에게도 벌벌 떨었던 '처음'이 있다. 그리고 사람들은 첫 경험에 따라 그 후의 인생을 좌우당하기 쉬운데 저자 역시 풍부한 첫 경험에 의해 여행 취향이 정해진다.

지도를 볼 줄 안다는 건 여행하는 데 잘 보는 눈을 가진 것이기도 하다. 후기에서 저자는 '일단락되면 도호쿠에 가보자'고 독자에게 권한다. 철도 개통 구간이 끊어져 있는 경우에는 끊어진 역까지 가서 '그 앞에 펼쳐진 녹슨 레일을 응시하며 가만히 생각에 잠겨보자'고도 한다. 현장에 가서 보고 듣고 냄새를 맡아야만 알 수 있는 것은 확실히 있다.

철도는 차표만 있다면 누구든 어딘가로 데려다주는 포용력 있는 존재다. 그러나 어떤 눈을 가졌는지에 따라 보이는 것은 달라진다.

'**아무것도 없는 마을**이네라는 감상을 품었다면 아무것도 보고 있지 않기 때문이다'라는 한 문장에서 저자가 품은 세세한 부분을 향한 다정함을 엿보았다.

　표지 디자인만 보고 충동구매! 열차가 커브에 막 들어설 때 앞쪽에 탄 사람이 뒤쪽으로 이어지는 열차의 모습을 찍은 사진이었다. 배경으로는 푸른 하늘을 뒤로 하며 하늘로 솟구친 하얀 설산. 『포스트워』로 알려진 토니 주트Tony Judt가 쓴 『기억의 산장 나의 전후사』의 표지는 책 내용을 암시한다. 1948년에 태어난 역사가인 그가 '나의' 전후사를 돌아본 것이다. 그렇다면 제목 '기억의 산장'의 의미는……?

　이 책에 수록된 에세이는 신문에 연재된 것으로 당시 저자는 근위축성 측색 경화증ALS에 걸려 있었다. 머리는 차가운 냉철함을 지녔지만 혼자서는 움직일 수조차 없는 잠 못 이루는 밤, 그는 머릿속으로 기억을 담아두기 위한 건물을 짓는다. 바로 어린 시절 휴가를 보냈던 스위스 산장. 그렇다, 기억의 산장이다.

　기억의 산장을 방문하며 묘사하는 각각의 에세이에는 저자의 인생과 사고가 응축되어 있다. 유대인으로 런던에서 태어난 소년 시절, 이스라엘의 집단농장인 키부츠Kibbutz 생활, 캠브리지대학의 기숙사 생활…….

　그리고 저자는 철도를 좋아하는 사람이기도 하다. 어린 시절부터 혼자 런던 지하철을 타러 다녔던 그는 철도를 좋아하는 많은 남성처럼 '나는 결코 **철도 마니아**가 아니었다'고 기록했다. 그 부분에서 나도 모르게 빙긋 웃어버렸다. 그의 방침은 '열차의 핵심은 뭐니 뭐니 해도 타는 것'이었다.

　토니 주트에게 철도란 공간에 대한 의식을 키워주는 존재였다. 『포스트워』에서 보이는 '확대, 단절, 차이 등의 감각, 거기에 작은 아대륙亞大陸이라는 한정된 틀 안에서의 대비 감각'이라는 공간 감각에 부딪친 것은 '정처 없이 차창 밖을 바라보거나, 내려선 각 역의 대조적인 풍경이나 소리를 가까이서 조사하는 것에 의해서였다'고 한다. 바로 가까이에 있는 사람들조차 다르게 느낄 수 있다는 가능성을 그는 여행을 통해 알았다는 것이다.

그러나 저자는 두 번 다시 열차를 타지 못할 것을 알고 있다. 이동이 많은 인생을 보낸 그는 움직일 수도, 명료하게 말할 수도 없게 되었다. 그 부상감에 의해 그의 지성은 더더욱 오싹한 빛을 발하며, 행간에 간간히 보이는 절망감은 무게를 더하는 것이다.

토니 주트는 2010년 8월, 62세로 세상을 떠났다. 이 책을 읽은 후의 감상은 마쓰오 바쇼松尾芭蕉가 세상을 떠날 때 불렀던 시와 비슷하다하이쿠 '방랑에 병들어 마른 들판을 헤맨다'를 말한다.

무언가를 볼 때 창이란 클수록 좋은 것일까. 큰 창은 많은 정보를 주지만 창이 한정된 크기가 되면 사람들은 그 안에서 뭔가를 얻고자 열심히 노력한다. 작은 창은 그 작은 크기 때문에 사람들의 욕구와 호기심을 자극한다.

우표는 실로 작은 창 같은 존재다. 사방 몇 센티미터에 불과한 종잇조각 안에 아름다운 그림이 그려져 있고 그 그림을 통해 시대 배경이 보인다. 『우표 백선―쇼와 전후』의 저자 나이토 요스케內藤陽介는 항상 나에게 이런 사실을 가르쳐준다.

어린 시절 나도 많이는 아니지만 우표 수집을 한 적이 있었다. 철도를 좋아하는 소년처럼 혼자서 척척 여행을 떠난다는 생각을 할 수 없었던 나에게 우체통에서 우체통으로 부지런히 여행하는 우표는 정말 로맨틱하게 느껴졌다.

이 책을 읽으면 쇼와의 어느 시기에 엄청난 우표 붐이 있었음을 알 수 있다. 첫 번째 융성은 1955년경이다. 새 우표 발매일에는 초등학생이나 중학생 들이 학교도 가지 않고 우체국에 줄을 서서 사회적으로 문제가 되었다고 한다. 나아가 도쿄올림픽 전에는 개최 자금 조달 방안으로 기부금이 포함된 우표가 등장하여 이 역시 공전의 우표 붐을 일으켰다. 고도 경제성장과 함께 우표도 붐이었던 것이다.

석유파동 이후 붐은 진정되었다고 하는데 그러고 보니 그다지 요란스럽지 않았던 나의 우표 수집은 붐의 잔재를 느끼면서 한 행위였을지도 모른다.

가인歌人 후지와라노 데이카藤原定家는 '어떤 노래를 사용하고 어떤 노래를 버리는가의 선택 기준은 내 마음속에 있다. 다른 인간이 이런저런 비난을 하는 것은 의미 없다'라는 심경으로 『햐쿠닌슈카百人秀歌』의 와카를 골랐다고 하는데 수많은 우표 중 100종을 고른 저자 역시 같은 마음이었을 것이다. 고르고 고른 전후 최고의 우표를 컬러로 볼 수 있어서 정말 기뻤다.

연대별로 선택된 여러 우표는 세상이 어떻게 변해왔는가를 전한다. 식량난 시절에는 포경 그림 우표가 발행되었고 평화조약이 조인되었을 때는 일장기 도안이 부활하였다. ……우표라는 작은 창에서 쇼와라는 시대를 내다볼 수가 있었다.

내 아래서도 자라주는 생명

일본 여자 축구팀 일명 나데시코재팬의 활약을 보고 '동료란 멋져! 단체 스포츠는 참 좋네! 사와 호마레澤穂希 씨를 따르고 싶어라~!'라고 눈시울을 적셨다. 하나의 목표를 향해 혼신의 힘을 다하는 집단을 보면 나도 모르게 뭉클해지는데 아마도 내가 어디에도 속하지 않은 몸이기 때문일 것이다.

단체에 소속해서 느낄 수 있는 안심과 **단결하이**|단결을 통해 환각 상태를 경험하는 것 비슷한 감정은 동경하게 된다. 그러나 막상 소속되면 갑갑함에 도망치고 싶어진다. 마지막으로 소속해 있던 단체인 회사에서 도망쳐 나온 이후 20년 가깝게 무소속 인생을 보낸 연유인데, 지금도 여전히 소속에 대한 동경심을 완전히는 버리지 못하고 있다.

단체가 어찌해서 갑갑한가 하면, 반드시 규칙이나 규율이 있기 때문이다. 그러나 규칙이 존재하지 않으면 단체는 유지될 수 없다.

규칙이란 단체에서 개인의 개성을 제한하는 쓸데없는 것으로 간주되기 쉽지만 이는 단체의 개성을 결정한다. 그 현저한 예가 불교의 '율'이다.

'율'이란 불교 출가자 집단에서 지켜야 할 규칙. 불교의 '법' 즉 석가모니의 가르침을 설파하는 책은 매우 많지만 율에 대해서 일반인 대상으로 쓴 책은 자주 보지 못했기 때문에 『'율'에서 배우는 삶의 지혜』를 집어 든다.

불교의 삼보三宝라고 하면 '불佛', '법法', '승僧'. 원래 '승'이란 스님 개인이 아니라 출가한 스님의 집단인 승가僧伽를 가리킨다고 한다. 스님들이 집단을 만들고 율에 따라 수행하는 것이 불교 본래의 모습임을 읽고 나자 승가 제도를 도입하지 않았던 일본 불교의 특수성이 떠오른다.

석가 이래로 2,500년에 걸쳐 존재한 율은 의외로 '불교를 포교하기 위한' 것이 아니었다. 불교에서는 수행만을 구제의 길이라고 여기기 때문에 승가에서 노동은 극구 배제되었고 그들은 탁발로만 식량을 구해야 했다. 그렇기 때문에 더더욱 사회와 양호한 관계를 가져야 할 필요가 있었고 그래서 존재하는 것이 바로 율이었다.

출가자 집단이라고 하면 일본에서는 자칫 옴진리교가 떠오르는데 저자 사사키 시즈카佐々木閑는 불교와 옴진리교의 차이를 율의 관점에서 지적한다. 그리고 출가가 일상생활을 내던지고 타자의 '보시'에 의지하며 하고 싶은 일에만 몰두하는 행위라고 한다면, 과학자나 정치가 역시 출가자가 아니냐는 저자의 지적은 참으로 신선했다. 이상 추구를 위해 이익이 나지 않는 일을 지속하는 사람들은 모두 출가자 요소를 가지고 있을지도 모른다. 지극히 개인적인 욕구를 충족시키기 위해 집단을 만들고 사회와 양호한 관계를 유지하려는 '율'이라는 규칙은 굳이 불교 수행자가 아니어도 유용하지 않을까 하는 생각이 들었다.

승가는 동성으로 이루어진 집단이다. 그렇기 때문에 율에서 죄가 가장 무거운 네 가지 금지 사항 중 '성행위를 해서는 안 된다'가 맨 처음 나오는데, 당연한 일일 것이다.

동성 집단은 같은 성으로 이루어지기 때문에 더더욱 관계가 어려운 부분도 있지만 막상 결속하면 그 결합은 강고해지는 법이다. 스포츠 근성 만화를 봐도, 야구부나 축구부 등 동성 집단에서 강한 연대감을 형성하는 과정이나 목표를 달성해나가는 모습을 묘사한 것이 많다.

『오감으로 배워라』는 농업 학교 학생들에 대해 쓴 책이다. 나는 이런

학교가 있다는 것을 처음 알았는데 그들의 생활은 스포츠 근성 만화와 유사할 뿐만 아니라 '하나의 목적을 위해 일상생활을 내던진다'는 의미에서는 승가와도 일맥상통하는 요소가 있었다.

이 학교는 '씨앗 다키이'로 알려진 다키이 종묘 회사의 '다키이 연구 농장 부속 원예 전문학교'다. 전원 기숙사 제도며 모두 남학생이다. '자위대와 비슷할 정도로 엄격한' 농업학교라고 한다.

학비는 무료다. '농업 발전'을 목적으로 설립된 학교로 졸업생들은 전국에서 농업에 종사하며 농업 활성화를 꾀한다.

실습은 실로 자위대나 운동부 수준으로 엄격히 이루어진다. 저자 가와카미 고스케川上康介는 학생들과 함께 실습을 하며 그들의 심신이 얼마만큼 성장하는지 직접 눈으로 확인한다. 동료와의 집단생활, 절대적으로 규칙을 따를 것, 오로지 집중할 것. 이런 교육은 사람을 확실히 변하게 한다.

엄격한 생활이지만 군대와 달리 한 사람 한 사람을 세심하게 배려한다. 나날의 학교생활을 읽으니 상쾌한 기분마저 들었다. 그렇지만 요즘 이 정도로 단호한 교육을 할 수 있는 단체는 그리 많지 않을 것이다. 다른 사람에게서 자유를 완전히 빼앗고 엄격히 관리하는 집단 운영 방식은 그 옛날에는 보기 드문 일이 아니었다. 하지만 지금은 '그렇게 하면 젊은이들은 다 관둬버릴 거야'라고 회사원들도 대학 체육회 관계자들도 입을 모아 말하는 시대다.

그러나 마치 유토리 교육주입식 교육을 탈피하고자 한 인성 중심의 교육. 급격한 학력 저하 때문에 학력 강화 교육으로 대치되었다에 대한 반동인지, '엄격한 관리'에 대한 동경 비슷한 것이 지금 모든 '단체' 관계자들에게 있는 듯하다는 마음을 떨칠 수 없다. 그런 의미에서 이 농업학교는 일종의 유토피아일지도 모르겠다. 동성 집단에서 엄격한 생활을 극복한다는 달콤한 도취감. 이런 감정을 동반한 체험은 이제 미디어를 통해서밖에 볼 수 없을지도 모른다.

식물이든 애완동물이든 아이들이든. 뭔가를 키우는 사람들은 종종 키우는다는 행위에 의해 자신도 성장한다고 말한다.

아무것도 키워본 적 없고 관엽식물조차 금방 말려 죽이는 나는 '키우는' 것에 의해 성장한 경험이 없다. 그러나 그런 내 아래서도 자라주는 생명이 있는데 바로 잡초다.

지금 사는 집에는 마당이 있는데, 봄부터 여름까지 잡초의 생명력은 실로 대단하다. 이쪽에는 어성초가 엄청 자라고, 저쪽 어딘가에는 이름조차 알 수 없는 풀이 어느새 잔뜩 나 있는 식으로 매일매일 변화하는 식물에 눈길을 빼앗기다 보면 풀 뽑기는 전혀 진도가 안 나간다.

그런 나에게 딱 맞는『잡초와 즐기는 정원 가꾸기』를 발견! 정말 재미있었다. 지금까지 정원에서 자주 발견했지만 '그저 잡초'라고만 생각한 풀꽃들의 이름이나 태생, 개성을 알 수 있었기 때문이다.

예를 들어 여기저기에 엄청 나 있는 직립형 풀. 발견하면 뽑곤 했는데 양미역취라는 풀이었다. 나쁜 녀석이라는 인상이었는데 실은 그 풀로 입욕제도 만들 수 있다고 한다.

또한 초여름에 종종 발견했던 작은 핑크빛 꽃이 나선형으로 핀 풀은 그 이름도 '타래난초'라 한다. 잘 살펴보면 꽃이 난초 형태고 난초과다.

화려한 원예종은 아니지만 잡초들의 프로파일을 읽고 있으니 어쩐지 사람들과 겹쳐서 생각하고 싶어진다. 계뇨등, 일본어로는 똥냄새덩굴이라는 끔찍한 이름이 붙은 풀은 이름 그대로 이파리와 줄기에서 심하게 냄새가 난다고 하는데 그 때문에 여러 동물에게 사랑받는다고 한다. 그리고 모습은 귀엽지만 강한 풀, 금방 키가 크지만 잡아당기면 쑤욱 하고 간단히 뽑히는 풀, 깊게 뿌리내리고 땅 위를 뒤덮는 풀…….

잡초에도 꽃말이 있다고 하는데 양미역취는 '건강, 생명력', 민들레는 '진심 어린 사랑'. 어린 시절 자주 짓이기고 놀았던 미국자리공이란 풀은 어째서인지 '내연의 아내'…….

잡초 역시 같은 종끼리 무리를 이루어 공생하는 것이 많다고 하는데 집단을 만들어 스스로를 지키는 그들이 가여워지기도 한다. 맞아 맞아, 잡초 군단 쪽이 엘리트 집단보다 강한 법이지…… 하는 생각도 든다.

풀을 뽑는 방법뿐 아니라 잡초의 역할이나 매력, 잡초와의 공생 방법을 가르쳐준 책이다. 잡초에 너무 감정이입하다가 풀 뽑기를 계속 **땡땡** 이칠 것 같아 두려워진다.

억제와 해방

『미친 척하고 성경 말씀대로 살아본 1년』의 저자는 뉴욕에 거주하는 30대(집필 당시) 유대인 남성인데 종교 면에서 말하자면 대부분의 일본인과 비슷한 입장에 있다.

유대인이라고 해서 모두 경건한 유대교도는 아니다. A. J. 제이콥스A.J. Jacobs는 신앙심이 독실하지 않은 가정에서 자라 종교를 접하는 것은 행사 때 정도였다. '불가지론'의 입장이다.

그런 그가 성서의 가르침을 충실하게 지키며 1년이라는 시간을 보냈다. 이 장대하면서 극히 개인적인 실험을 기록한 것이 바로 이 책이다.

왜 그런 시도를 했을까. '첫 번째 이유는 이 책의 집필을 꼽을 수 있다'고 한다. 종교적으로 깊이 파고들고 싶다는 아름다운 이유보다는 글쟁이로서 '좋은 건수!'라고 생각했기 때문이라는 것이다. 그다지 폼 나지 않는 사정을 솔직하게 쓰는 까닭은 성서에 '거짓말하는 혀는 자기가 해한 자를 미워하고 아첨하는 입은 패망을 일으키느니라'라고, 요컨대 거짓말하면 안 된다고 쓰여 있기 때문이다.

이처럼 저자는 생활의 모든 장면에서 성서의 가르침에 순응하며 살아가는데, 미국에서는 이런 인간이 보기 드문 것은 아니다. 성서에 적혀 있는 것은 문자 그대로의 의미를 나타내며 역사적으로도 바르다는 입장을 가진 사람들은 어떤 조사에 따르면 미국 총인구의 33퍼센트, 다른 조사에서는 55퍼센트에 이른다고 한다.

종교를 믿는 사람이 오히려 드문 일본에 사는 몸으로서 '앗!' 하고 놀라는 수치다. 저자는 성서적 생활을 하면서 아미시Amish, 여호와의 증인, 기독교 근본주의 등등 여러 가지 형태로 성서를 파악하는 사람들과 대담을 한다.

그들은 각자 다른 해석으로 충실하게 성서에 따라 살고 있는데, '미국 같은 문명국이 이렇게나 종교를 필요로 했다니!' 내가 놀란 이유는 '과학은 종교를 무용지물로 만든다'고 생각하던 일본인이기 때문일 것이다.

수염을 깎지 않고 하얀 옷을 입고 지내는 저자. 안식일에는 일하지 않고 우상을 만들지 않으며 이웃을 사랑하는 나날. 신이 아담에게 명했던 '낳아라, 늘려라'라는 말 그대로 좀처럼 생기지 않았던 두 번째 아이를 갖기 위해 체외수정에 도전하고 훌륭히 성공.

그러나 성서의 가르침은 이런 알기 쉬운 것만이 아니다. 이유는 모르지만 혼방 의류는 입으면 안 되기 때문에 '옷이 혼방인지 아닌지' 조사하는 검사원까지 있다.

매우 흥미로운 건 지금으로서는 '왜 이런 규정이?'라고 생각되는 가르침이라도 '성서에 그렇게 쓰여 있기 때문에'라며 엄수하는 과정에서 저자가 느끼기 시작한 것이 반발이 아니라 일종의 해방이었다는 점이다. '그렇게 쓰여 있기 때문에' 우직하게 가르침을 지키던 사이에 그때까지 매일매일 어쩔 수 없이 해야만 했던, 가히 '선택 스트레스'라고 할 만한 상황에서 해방된 것이다.

이윽고 그는 종교가 주는 귀속 의식을 접하게 되고, '개인주의를 무턱대고 숭배하는 것은 그만두고 그 옛날로 돌아가야 할지도 모른다'고까지 생각한다. 이는 어딘가에 소속되지 않아도 살아갈 수 있는 도회인(게다가 자유직업)이기 때문에 느낄 수 있었던 감정일 것이다.

저자의 마음은 과거 예찬으로만 한없이 기울지 않는다. 실험한 기간은 1년으로, 때로는 슬럼프 비슷한 마음에 빠져 성서에 다가가지 못한 시간도 있었다. 또한 성서는 게이를 인정하지 않는다는 해석이 많은 가운데 '성서는 게이를 인정한다'고 하는 복음주의자들과 만났을 때 신과 함께 성서의 의미를 진화시키려는 그들의 자세를 보았다. 그러고는 '신앙심을 이유로 선택할 수 있는 책임을 방기해도 된다는 말은 아닐 것이다'라며 현대를 살고 있는 미국인다운 생각으로 되돌아온다. 그리고 1년을 마친 그가 다다른 곳은 과연……?

동일본대지진 이후 일본에서도 종교에 기대하는 바는 적지 않다. 일본과 미국은 사정이 크게 다르지만, 종교와의 거리감 문제를 생각할 때 종교에 최대한 가까워지면 무엇이 보이는지, 하는 그의 실험 결과는 참고가 될 것 같다.

'낳아라'라든가 '늘려라'라고 적혀 있는 한편, '간음하지 말라', '정욕에 빠지지 말라'라고도 쓰여 있는 성서. '성서남'께서는 후자의 가르침에 따라 성욕 조절에도 도전! 그 결과 새로운 지평을 보게 되는데, 성욕은 억제와 해방의 반복에 의해서만 자극되는 것일지도 모른다…….

『본오도리 난교의 민속학』의 저자 시모카와 고우시下川耿史는 풍속 역사가를 자부하는 분. 주제인 본오도리盆踊り라고 하면 지금에야 오본お盆이라는, 남녀노소가 둥근 원을 만들어 즐겁게 춤을 추는 행사라고 생각되지만, 일찍이 본오도리란 그러한 것이 아니었다. 이 책에서는 본오도리가 난교가 허락되는 특별한 밤이었다는 사실을 많은 사료를 들어 설명한다.

본오도리의 원류로 거슬러 올라가면 마침내 도달하는 고대의 우타가키歌垣. 우타가키에서 젊은 남녀가 은밀히 정을 통하는 요바이夜這い나 여러 사람이 뒤엉켜 자는 자코네雜魚寝 같은 행위가 파생되었고, 염불을 하면서 춤을 추는 염불오도리念佛踊り에서 오본 기간의 난교로……라는 굵직한 흐름이 도출된다.

특별한 날, 남녀가 해방된 밤을 보내는 관습은 전국 각지에 있었다. 그러한 일이 무척 자연스러웠던 시대, 서민들에게 얼마나 큰 활력을 부여한 밤이었을지 이 책을 읽는 사이에 저절로 납득이 되는 바였다. 지금도 마쓰리 밤에 더더욱 자유롭게 행동하는 젊은이가 많은데 이는 억제와 해방의 차이가 엄청났던 시대의 흔적이기도 할 것이다.

본오도리의 의미가 변한 것은 메이지시대 이후다. 서구 문화가 유입되자 '꼴불견'이라며 혼욕과 함께 본오도리는 금지되었다.

나아가 1932년 발매된 이후 현재까지 본오도리에서 주로 연주하는 곡인 〈도쿄온도東京音頭〉의 대히트 역시 본오도리에서 성 문화를 몰아내는 역할을 했다고 한다. 딱딱 떨어지는 밝은 곡조가 본오도리의 건전화를 부추겼다는 것이다. 확실히 '하아∞'라든가 '요이요이'라는 추임새는 습기 어린 욕정과는 인연이 먼 느낌이 든다······.

더러 야나기다 구니오柳田國男나 오리구치 시노부折口信夫에 대해서도 이견을 주창하는 저자의 필치에서는 일찍이 일본에 있었던 자유로운 성 문화에 대한 애정이 느껴진다. 잘 살펴보면 에로틱한 요소가 남아 있는 마쓰리는 지금도 상당하지만 '초식남'뿐만 아니라 국민 전체의 성욕이 저하된 듯한 현대, 본오도리의 원래 의의를 아는 것은 커다란 자극이 될 거라고 생각한다.

그러고 보니 어린 시절 이후 한 번도 춘 적이 없는 본오도리. 여름날 밤 어딘가의 본오도리를 슬쩍 스쳐 지나갈 때마다 나도 한번 들어가 춤을 추고 싶어진다.

올해도 이러고저러고 하는 사이에 여름이 끝나버렸다. 어른이 되어도 여름의 마지막은 쓸쓸한 법인지라 그 쓸쓸함과 함께 가타오카 요시오片岡義男의 『목요일을 왼쪽으로 돈다』를 들었다.

단편이 모두 7편. 모든 작품에 여성이 나오고(전원 미인) 남성이 나오는 이야기. 무슨 일이 생기지도 않고 피 흘리지도 눈물 흘리지도 않고.

그러나 이 책은 젊은 작가가 쓴 '무슨 일이 생기는 것도 아닌' 소설과는 확연히 다르다. 저자는 분명 여성의 어떤 부분을 보지 않고 쓰지 않으려고 한다. 후기에 '허구란 간접성 그리고 타자성을 말한다. 가장 중요한 이 두 가지를 여성을 주인공으로 함으로써 한꺼번에 확보할 수 있다'고 쓰여 있는데 그러한 자세가 신선하다.

가슴이 철렁한 이면이나 음습한 깊숙이까지 볼 수 있는 것도 자극적이긴 하다. 그러나 이렇게 건조하지만 읽을 만한 단편 역시 하늘이 높아지는 계절에는 어울리는 것이었다.

행복해지는 이야기

'인간은 얼굴이 아니야. 마음이지'는 진실이지만 '사람은 얼굴을 보면 대부분 알 수 있어' 또한 진실이다.

과자에 대해서도 비슷한 말을 할 수 있다고 생각한다. 얼굴, 즉 표면을 보면 맛이 있을지 없을지 대체로 알 수 있지만 내면, 즉 반으로 자른 단면을 보고 비로소 알 수 있는 경우도 제법 많다. 예를 들어 나는 레스토랑에서 식후에 커다란 왜건에 담겨 나오는 여러 과자의 단면을 반드시 눈으로 직접 확인한 후 고르고 싶다.

그리하여 『스위트 단면 도감』을 발견했을 때 '너의 소망이 이루어졌노라'라는 느낌을 받았다. 과자의 단면을 보고 싶었던 것은 나뿐만이 아니었던 것이다. 저 과자, 이 과자의 단면이 지금 백일하에……!

전직 은행원이라는 특이한 경력의 저자 네코이 노보루猫井登. 어린 시절, 단것을 좋아해서 파티셰를 지망했지만 부모의 희망에 따라 대학을 졸업한 뒤 은행원이 된다. 그러나 부모님이 타계한 후 '이대로 살아도 될까!' 하는 심정으로 마음을 굳게 먹고 은행을 퇴직하고 과자의 길로 들어섰다고 한다. 기존과는 다른 시점에서 과자를 바라보는 눈을 가진 까닭은 전혀 다른 세계에서 살아왔던 경력 탓일지도 모른다.

과자의 단면은 많은 것을 말한다. 슈크림은 빵과 크림과의 비율. 스펀지케이크와 크림이 몇 겹으로 서로 겹쳐 이루어낸 층이 실로 아름다운 오페라. 예쁘게 화장한 표면과는 다른 민낯, 얼굴만 보고서는 알 수 없는 내면의 미덕 등이 단면으로부터 드러난다.

단면은 서양과자가 화학반응으로 만들어진다는 것도 알려준다. 단면의 기포를 보면 마들렌의 툭 튀어나온 배꼽이 왜 생기는지 알 수 있다.

그러나 과자의 내면은 눈에 보이는 것만이 아니다. 마리 앙투아네트가 '빵이 없으면 과자를 먹으면 되잖아'라고 말했을 때의 '과자'란 무엇인지. '스위스'라는 이름의 사블레는 왜 병정 모양인지……. 저자는 달콤한 서양과자 깊숙이 깔려 있는 역사라는 이름의 달콤 쌉싸름한 내면도 밝혀간다.

각각의 과자를 먹어보고 살 수 있는 가게도 소개되기 때문에 가이드로도 사용할 수 있는 책이다. 막연히 잘 알고 있다고 생각한 유명 과자의 내면을 바라보며 서양과자와의 거리가 한 걸음 가까워졌다.

과자뿐 아니라 요리란 맛이나 감촉이 서로 다른 것을 어떻게 맞추는가에 달려 있다고 생각한다. 파삭한 파이 사이에 부드러운 크림을 끼워넣었기 때문에 더더욱 밀푀유는 맛있다. 겉의 파이만 보면 그 안의 크림이 얼마나 농후한지 모른다는 부분이 이 과자의 참맛이다.

겉과 내용물이 전혀 다르다는 것에 참맛이 감춰져 있다면 이야기의 묘미 역시 그런 곳에서 태어나지 않을까. 남자와 여자. 일상과 비일상. 미래와 과거. ……다른 것끼리 접점을 가질 때 뭔가가 발생한다. 단, 이야기의 경우는 표면보다 내용이 더 달콤하다고는 결코 말할 수 없겠지만.

『구치누이』는 시골과 도회지라는, 서로 다른 곳에서 살던 존재의 만남에서 시작되는 이야기다. 후쿠시마 원자력발전소 사고로 인한 방사능으로부터 도망치기 위해 도쿄에서 고치高知 지방 산간 촌락으로 이주해온 부부. 이미 정년퇴직한 부부가 이 책의 주인공이다.

방사능에서 벗어나 조용한 시골로 왔다는 사실에 안도하는 두 사람. 남편은 마당에 가마를 만들어 도예에 열중하고 아내는 허브밭을 경작하는 이상적인 시골 생활이 시작되었다고 생각했다. 그러나…….

도회지 사람과 시골 사람이 있을 때 일반적으로 가지는 이미지는 도회지＝악, 시골＝선. 혹은 도회지＝거짓, 시골＝참일 것이다. 부부도 그런 생각으로 시골 생활을 시작한다.

그러나 부부의 생활은 점차 망가진다. '평화로운 시골 생활'의 이미지를 한 꺼풀 벗겼을 때 나타나는 음습한 소용돌이. 그것은 현지인들의 이지메인가 아니면 촌락에 전해 내려오는 '입을 꿰매는 신'의 분노인가.

시골의 할아버지, 할머니는 모두 소박하고 따스하고 다정하다. 그런 이미지를 허물어뜨리는 이 이야기는 도회지와 시골 그리고 해외 생활마저 알고 있는 반도 마사코였기에 가능한 작품이다.

집단에서 질서를 너무 중시한 나머지 자칫 타자에게 안하무인으로 대하는 배타성. 그리고 질서를 지킨다는 명목으로 타자의 사생활에 간섭하는 태도. 이런 일은 어느 지역에서나 있을 수 있다. 그런 것이 싫어서 도회지로 이주해 사는 사람이 많은 것 또한 사실이다.

그러나 도회지에 사는 우리 역시 드러나지는 않지만 그런 감각을 분명 가지고 있다. 기회만 있으면 악의를 '악'이라고 인식하지 않고 정당화하는 배타성, 우리 안에서도 간단히 발생하는 것이지 않을까.

시골에 살든 도회지에 살든. 이 이야기는 일본인이 공통적으로 가지고 있는 마음의 약점을 명확히 드러낸다. 방사능에서 벗어나도 눈에 보이지 않는 두려운 대상은 얼마든지 있는 것이다.

도회지 베드타운에서 어머니와 둘이서 살고 있는 모리시타 노리코森下典子는 50대 독신 여성이다. 평화로운 생활을 보내고 있던 어느 날 어머니와 딸에게 엄청난 사건이 발생한다. 마당에서 도둑고양이가 새끼 다섯 마리를 낳은 것이다.

마당에서 도둑고양이가 새끼를 낳는다. '별일 아닌데?'라고 생각할지 모른다. 그러나 조용히 살아가던 어머니와 딸에게는 엄청난 사건이었다. 단적으로 말하면『함께 있는 것만으로』는 '어떤 모녀가 고양이를 키우게 되기까지'에 대한 에세이다. 고양이를 키우는 사람들은 이 세상에 많이 있고 개에 비해 고양이는 가볍게 키울 수 있다는 이미지도 있다.

그러나 고양이와 함께 지내는 것이 얼마나 인간 생활에 큰 변화를 불러일으키는지, 얼마나 마음속에 따뜻한 빛이 감도는지 저자는 섬세한 정신으로 명확히 한다.

고양이의 출산 발견 후, 자칫 위험해진 새끼 고양이들을 차마 내버려 두지 못한 채 집안으로 들이고 어미 고양이도 보호하게 된 모리시타 집안. 딱히 고양이를 좋아하는 것이 아니었던 모리시타 노리코는 처음에 인도적인 견지에서 벌인 일시적인 처치라고 생각했다.

그러나 저자는 귀엽게 자라 점차 제각기 개성을 발휘하기 시작한 고양이들에게 매료된다. 그런 고양이들을 보기 위해 오는 사람. 수양부모가 되길 희망하는 사람. 새끼 고양이들은 여러 사람을 데리고 왔다.

최종적으로 모리시타 집안에서는 어미 고양이와 새끼 고양이 한 마리를 키우기로 하는데 고양이 묘사를 읽을 때마다 그 옛날 고양이를 키웠을 때의 행복감이 내 안에서 생생하게 되살아났다. 말 못하는 고양이여서 더더욱 따뜻하게 지펴지는 마음속 어떤 부분. '확실히 이 고양이와 내 마음은 서로 통하고 있다'고 확신하는 순간. 고양이가 신체의 어떤 부분을 비벼올 때 느끼는 참을 수 없는 동지애.

사람이 행복해지는 이야기, 특히 실화는 자칫하면 타자에게 초조함을 부여한다. 때로는 질투나 선망, 나아가서는 '타인의 행복을 솔직하게 기뻐할 수 없는 나는 이 얼마나 편협한 인간이란 말인가' 하는 죄의식도.

그러나 저자가 고양이를 키우게 된 후 '행복해……'라고 쓴 감각은 독자의 가슴에 솔직하게 침투한다. '행복'이라는 심플한 단어가 이렇게까지 직접적으로 전해지리라고는 미처 생각지 못했다.

사람과 고양이. 이 책은 서로 다른 생명체가 만나며 생긴 행복한 화학 반응을 더할 나위 없이 완벽하게 전달한다. 고양이의 매끈한 감촉. 스르륵하며 사람의 발을 어루만지고 가는 긴 꼬리. 달콤하게 깨무는 감각. 서로 다른 종이 만나 뭔가가 '통했을' 때 느끼는 기쁨은 비슷한 사람들이 어울려 있을 때의 편안함과는 전혀 다르다. 파이 아래 부드럽고 달콤한 크림이⋯⋯. 그런 독서 후 감상에 충만해 있다.

11

어두운 밤, 별을 헤아리며

홍등이 넘실거리는 별천지

타임머신이 있다면 미래로 갈까 과거로 갈까. 어디를 고를지에 따라 사람의 유형이 드러나는 법이지만 나는 두말할 것 없이 과거다. 역사 속 인물들이 어떤 얼굴을 하고 있었으며 어떤 일을 했는지 꼭 보고 싶다.

『내가 겐지모노가타리를 쓴 거야』는 과거로 시간 여행하는 기분을 느끼게 한다. 제목을 보고 '?'이라는 분도 있으시겠지만 여기서 말하는 '나'란 무라사키시키부를 가리킨다. 야마모토 준코山本淳子가 무라사키시키부가 되어 그녀 대신 '나는 어찌해서 『겐지모노가타리』를 썼는가'를 독백 형식으로 쓴 책이다.

저자는 참신하고 의욕적인 헤이안 문학 연구자다. '국문학'이라고 하면 옛날 문학을 옛날 사람이 연구한다는 이미지가 있는데 저자는 '현역'의 감각과 풍부한 학식으로 헤이안 문학을 해석한다. 그 결과 헤이안시대의 문학이 무척 현재 같은 느낌으로 다가온다.

여성 독자들은 여자의 시선으로 『겐지모노가타리』를 읽는다. 히카루겐지가 주인공이긴 하지만 『겐지모노가타리』는 여자에 의한, 여자의 이야기라고 파악한다.

그러나 무라사키시키부는 남성적 시선으로 남성들이 움직이는 세계를 볼 수 있었던 사람이다. 이 책의 저자 역시 비슷한 능력을 가졌는데 『겐지모노가타리』의 '여자의 사정'과 배경에 존재하는 '남자의 사정'을 예리하게, 무척 섬세하게 읽어낸다.

여자와 남자, 각자의 사정이 복잡하게 얽힌 궁중에서 무라사키시키부는 글을 쓴다는 것으로 마음의 위안을 삼았다. 그녀는 결코 외향적 성격이 아니었다. 좋아라 하며 뇨보女房최고 귀족의 자녀나 후궁들의 브레인 역할을 했던 일종의 가정교사가 된 것도 아니었다. 그런 가운데 글쓰기는 그녀에게 살아갈 길을 부여해주었다.

『겐지모노가타리』에서 무라사키시키부는 히카루겐지의 입을 통해 명문가 자식들이 쉽게 출세하는 것을 비판한다. 그리고 신분이 높은 여자들의 이야기만이 아니라 보통 여자의 심정 또한 제시한다. 그저 스토리를 만드는 것이 아니라 마음속에 쌓인 울적한 심경을 이야기에 담았다.

『겐지모노가타리』만이 아니라 『무라사키시키부 일기』는 어떻게 누구를 향해 쓴 것일까. 『무라사키시키부슈紫式部集』는 어떤가. 그리고 무라사키시키부가 모셨던 중궁 쇼시彰子는 어떤 삶을 살았던 여성이었던가 등등 『겐지모노가타리』를 이해하는 데 큰 도움이 되는 지식을 무라사키시키부가 '몸身'과 '남녀 사이世'라는 키워드를 중심으로 직접 말하는 형식으로 전개된다.

또한 『무라사키시키부 일기』에는 세이쇼나곤에 대한 격렬한 비난이 담겨 있다는 사실이 유명한데 그 배경에 있는 사정과 심정 역시 본인의 입을 통해 분명해지니 세이쇼나곤파인 나로서도 납득되는 면이…….

『내가 겐지모노가타리를 쓴 거야』는 어디까지나 역사적인 사실에 근거하여 서술한 것으로 저자도 '소설이 아닙니다'라고 한다. 그러나 사실과 사실 사이를 잇는 것은 그녀의 풍부한 문학성이었다. 완벽하게 무라사키시키부가 된 배후에 당사자인 저자가 살짝 서 있는 게 아닐까.

『겐지모노가타리』의 뛰어난 점은 후대에 잘 전해지고 있지만 더더욱 주목해야 할 대목은 그토록 위대한 이야기를 1천 년 전에 쓴 한 여성의 인간성과 인생일 것이다. 무라사키시키부가 혼자 말하는 독백 형식은 이를 남김없이 전해준다. 책을 읽고 나니 타임머신을 타지 않더라도 무라사키시키부의 얼굴이 보일 듯했다.

『마지막 홍등가 도비타』를 읽으니 아무래도『겐지모노가타리』의 세계가 다시 떠올라 견딜 수 없다.

이런 말을 하면 무라사키시키부가 격노할지도 모르지만 헤이안시대의 여성들도 도비타飛田의 여성들도, 작은 방에서 오로지 남성을 기다리고 있었을 것이기 때문이다.

도비타란 오사카의 니시나리西成 구에 있는 '홍등가'. 나도 예전에 궁금해서 가본 적이 있는데 실로 홍등이 넘실거리는 별천지였다. 지금의 성매매 업소와는 또 다른, 습기 어린 분위기가 충만한 한쪽에서 '보지 말란 말이야'라고 프로 아주머니에게 야단맞으면서도 가게 앞에 자리 잡은 예쁜 언니를 곁눈질하지 않고는 견딜 수 없었다.

모두들 '하지만 왜 이렇게 대규모로 그리고 당당하게, 이러한 장사가 이루어지는 걸까' 하는 생각을 하지 않을 수 없는데 그런 의문에 간단하게 맞선 이가 이 책의 저자 이노우에 리쓰코井上理津子다.

도비타에서는 어떤 시스템으로 노는가. 일하는 사람은 어떤 여성들인가. 도비타의 역사는? 경영자들의 민낯은?…… 등등, 너무나도 비밀스러운 거리여서 의문은 계속 솟구쳤고, 저자는 관계자들과 직접 부딪혀가며 이런 솔직한 궁금증을 납득한다. 때로는 야쿠자와 같이 밥도 먹고, 때로는 친구에게 부탁하여 도비타의 '젊은 여성' 면접에 따라가고, 때로는 이야기를 들려줄 관계자를 찾아 전단을 뿌리고……. 이런 수법은 어디까지나 심플하지만 심플하기 때문에 성공한 부분도 크다. 수수께끼의 거리 도비타를 탐색하는 저자의 수법 자체가 이 책의 읽을거리 중 중요한 부분이다.

그 가운데 보이는 부분이 있는가 하면 보이지 않는 부분도 있다. 도비타는 겉에서 보면 요정 거리의 형태며 각각의 가게 안에서 손님과 종업원의 자유연애가 성립하여 그다음으로 이어지는 듯하다. 물론 안에서 무엇을 하는지는 모두 알고 있는데 '도비타에서는 매춘을 하는 겁니까?'라고 도비타 경찰서에 가서 굳이 물어보는 저자에게 경찰관은 뭐라고 대답했는가 하면……?

저자는 점차 도비타 사람들과 사이가 좋아진다. 불행하게 태어나 마침내 '젊은 여성'으로 일하는 사람이 있는가 하면 자신의 성적 배출구로 일하는 섹스리스 주부, 아르바이트 느낌으로 일하는 여직원……. 또한 요정의 여성 경영자 이야기는 압권이다. 젊은 여성들에게 예의부터 생활 태도까지 엄격하게 교육하는 한편 술과 호스트 클럽에서의 낭비까지 가르쳐 젊은 여성들을 '오랫동안 일하게' 한다고.

'돈은 엄청난 힘을 가지고 있습니다. 젊은 여성들, 잠깐만 이 일을 하고 그만두면 마음에 깊은 상처가 남습니다. 하지만 1천만 엔 손에 쥐고 그만두면 상처가 되지 않는 걸요'라는 말에는 나도 모르게 납득이…….

도비타의 젊은 여성들은 강력한 조명을 받으며 가게 앞에 앉아 있다. '정육점의 붉은 불빛이 소고기를 예쁘게 보이게 하는 것과 마찬가지'라고 하는데, 그러고 보니 헤이안시대에는 여자가 바깥에서 보이는 건물 가장자리에 있는 것은 엄청나게 품위 없는 일로 여겨지지 않았던가.

건물 가장자리에 있느냐 깊숙이 있느냐의 차이는 있지만 살아가기 위해 홀로 누군가를 기다려야만 하는 의미에서 역시 1천 년 전 여성들을 떠올리고 만다. 그리고 기다리던 여자와 찾아온 남자 사이에서 일어나는 일 역시 마찬가지다.

눈을 바깥으로 돌리면 세계의 여성들은 바야흐로 더이상 '기다리지' 않는다. 자유롭게 스스로 행동한다.

그 가운데 '자유'를 역으로 이용하여 재미있는 일을 하는 젊은 여성을 발견했다. 『뉴욕류 시에나의 검정 원피스로 365일』의 주인공 시에나는 뉴욕에 사는 인도계 여성이다. 그녀는 검정 원피스 한 벌을 여러 가지 방식으로 소화하며 1년 내내 입는 모습을 인터넷에 공개하여, 기부금을 모아 인도에 학교를 설립하는 '유니폼 프로젝트'를 실행하고 있다.

원피스 한 벌(사실은 같은 디자인을 몇 벌 준비했다고 한다)을 매일 입는 시에나의 사진이 모두 실려 있는데 옷을 소화하는 태가 여하튼 귀엽다! 액세서리나 스타킹, 모자 등의 소품은 모두 기부받거나 헌 옷. 즉 새것은 뭐 하나 사지 않지만, 지구환경을 보전하면서도 멋을 내고 싶은 기분이 동시에 자극되는 것이다. 자유와 부자유 양쪽을 자유자재로 제어하는 젊은 여성의 최신식 발상이 실로 유쾌했다.

그리고 또 한 권 유쾌한 사진집 『미사오와 후쿠마루』. 할머니와 고양이라는 황금 콤비를 마음껏 만끽할 수 있습니다.

성인이 되어 득을 보았다

중학교였는지, 고등학교였는지. 국어 교과서에 도치오리 구미코栃折久美子의 「모로코 가죽 책」이라는 에세이가 실려 있었다. 유럽의 전통 를리외르relieur, 제본 공예를 배우기 위해 유학을 간 저자가 벨기에에서 보낸 나날의 기록이었다.

학창 시절 배웠던 국어 교과서에서 기억에 남아 있는 단 한 작품이 「모로코 가죽 책」이다. 그래서 『아름다운 서적』을 봤을 때는 고민하지 않고 손에 들었다.

학창 시절의 나는 「모로코 가죽 책」을 읽고 '좋은 여자' 느낌을 배웠다. 잘은 모르겠지만 이런 문장을 쓴 사람은 내 주변에 많지 않은 매력적인 성인 여성일 거라고 생각했다.

그 외에는 '책에 대해 배우는 국어 교과서니까 책 만드는 방법을 실었을까?'라는 터무니없는 생각뿐이었다. 그러나 지금 『아름다운 서적』을 읽고 겨우 이해했다. 저자는 아무리 엉터리 같은 고등학생 뇌에도 깊이 스며들 정도로 아름다운 에세이를 쓰는 사람인 것이다.

제본 공예가이며 북디자이너이기도 한 그녀는 인간의 지성과 창작 욕을 담는 '책'이라는 존재 자체에 대해 깊이 생각한다. 아마도 책의 콘텐츠를 생각하는 전문직, 즉 작가보다도 훨씬 진지하게.

저자가 '책의 본질은 내용이지만 그것만이 아니라는 것을 뼈저리게 느낍니다. 책은 식기나 가구와 마찬가지로 **물건**이기도 합니다'라고 말한 것은 1982년이지만, 인터넷에서 책을 읽을 수 있게 된 지금 상황을 어떻게 바라볼까. 바야흐로 책은 손으로 만질 수 있는 물건에서 벗어나려고 한다.

저자는 물건으로서의 책만 사랑하는 것은 아니다. 무로 사이세이室生犀星와의 교류를 그린 에세이를 읽으면 내용과 내용을 기록하는 사람에 대한 깊은 경의가 넘쳐흐른다. 내용을 존경하기 때문에 더더욱 최상의 물건으로 만들지 않고는 견딜 수 없었던 것이 아닐까.

『아름다운 서적』을 읽고 『모로코 가죽 책』과 재회하고 싶어서 책을 주문했다. 1975년에 나온 책이다. 교과서에는 일부만 실려 있어서 첫 쪽부터 읽는 것은 난생처음이지만 완전히 몰입하여 단숨에 읽어버렸다.

벨기에에서 생생하게 를리외르 기술을 습득하는 젊은 날의 저자와 따스하게 받아들여주는 선생님과 동료들…… 뿐만 아니라 어떤 이에게 들었던 한 마디를 계기로 생각하게 된 만드는 것과 쓰는 것에 대한 마음가짐(이름이 명시되지는 않았지만 『아름다운 서적』을 읽어서 그 인물이 무로 사이세이였다는 것을 알 수 있었다). 괴로운 어른들의 사랑을 엿볼 수 있는 마음의 움직임. 시간을 들여 섬세하게 를리외르를 하듯 문장도 기록되었을 것이다.

고등학교 때도 '좋은 글이다'라고 어딘가에서 느꼈겠지만 『모로코 가죽 책』이라는 책의 묘미 자체는 이해할 수 없었을 것이다. 이런 생각이 들자 성인이 되어 엄청 득을 보았다는 기분이 들었다.

『이토록 아름다운 세 살』은 일본에서 태어난 벨기에인 소녀의 아주 어린 시절 기억에 대한 이야기다. 이 저자, 어디서 봤는데……라고 생각하다가, 알았다. 2000년에 나온 『두려움과 떨림』의 저자였다. 유럽에서는 엄청난 인기 작가라고 한다.

『두려움과 떨림』은 대기업 상사에 취직한 외국인 여직원이 일본 회사 시스템에 맞서다 커피를 나르고 복사를 하다가 마침내는 화장실 청소 담당이 되었다는 이야기였다. 소피아 코폴라의 〈사랑도 통역이 되나요?〉적인 것에 자주 욱해버리는 나는 줄거리만 보고 읽지 않았지만.

『이토록 아름다운 세 살』은 저자 아멜리 노통브의 인생 최초의 3년을 묘사한 것이다. 아버지가 주일 벨기에 영사인 그녀는 효고兵庫 현의 풍요로운 자연 속에서 태어나 자신을 일본인이라고 믿고 자랐다. 일본에서는 그냥 보통 아이여도 소중하게 생각하는데, 심지어 외국인 아이라니 얼마나 귀여움을 독차지했을까.

막 태어났을 때 그녀는 먹고 뱉을 뿐인 '튜브'였다. 마침내 튜브에 여러 감각이 생긴다. 자연이 연출하는 빛과 소리를 아름답다고 느끼는 마음. 태어나면 마침내 죽는다는 것에 대한 본능적 이해. 그리고 그녀는 '내 감정이야말로 내 왕조의 지배자다'라는 자각을 겨우 세 살 때 얻는다.

일본에서 태어난 벨기에 소녀, 라는 상황은 특수하다. 그러나 태어나서 세 살까지의 3년은 우리 역시 지나온 시기다. 그 무렵 일은 완전히 잊어버렸지만, 어쩌면 인생에서 가장 감정 기복이 심하고 받아들이는 자극도 컸을 3년에 대한 기억을 이 책은 흔들어 깨우려고 한다.

이 책을 읽은 후 『두려움과 떨림』도 읽어보기로 했다. '이렇게까지 심하지는 않을 텐데' 싶은 부분도 있었지만 『이토록 아름다운 세 살』을 통해 알게 된 저자와 일본의 농후한 사랑의 나날, 아니 거의 일본과 일체화된 나날을 생각하니 이 책의 유머를 순수하게 웃어넘길 수 있었다. 외국인 여직원이라는 미지의 생명체를 어떻게 다루어야 좋을지 아마도 몰랐을 것이다…….

『두려움과 떨림』에는 '내가 일본 여성을 높이 사는 이유는 용케 자살하지 않고 살아남았다는 생각이 들어서다. 일본 여성은 어릴 때부터 인간으로서의 이상을 무너뜨리도록 계속해서 요구받으며 성장한다'라는 문장이 있었다. 즉 적령기까지는 결혼하라든가, 입을 크게 벌리고 웃지 말라든가, 거품경제 시절 언저리까지 남아 있던 '여자다워야 해'라는 의식이 저자로서는 '무너뜨리도록 계속해서 요구받으며'로 보였을 것이다.

그녀는 '이렇게 해야만 한다'는 여러 의무의 사슬에서 벗어나는 출구는 '단 하나뿐이다. 기독교인 이외에게는 허락된 권리. 즉 자살이다. 일본에서는 매우 명예로운 행위로 여겨진다. 지금도 일본은 세계 정상급에 속하는 자살률을 자랑한다'라고 말한다.

하지만 말이지요, 일본도 사정은 무척 많이 달라졌습니다. 여자니까 이렇게 해야만 한다는 식은 엄청나게 격감했고……라고 말하고 싶어졌는데, 『소네자키신주曾根崎心中』를 읽고 '정말로 그럴까'라고 생각했다.

이 책은 지카마쓰 몬자에몬近松門左衛門이 쓴 〈소네자키신주〉를 소설화한 것이다. 신주心中란 정사를 뜻한다. 정사와 관련된 소설을 좋아하는 나는 현대의 명스토리텔러 가쿠타 미쓰요角田光代의 단어를 통해 되살아난 이 책에 반해 정신없이 읽었다. 오하쓰와 정사를 한 도쿠베가 실은 속아서 돈을 빼앗긴 것이 아닐지도 모른다……는 해석에 가슴이 철렁했고 그래도 '그런 것 따위는 어찌 되어도 좋아'라며 도쿠베와 죽어가는 오하쓰에게 마음이 갔다.

오하쓰는 가난해서 유녀가 되었고 그런 생활에 절망하여 죽음을 택한다. 어찌할 수 없는 속박으로부터 도망치려고 죽음을 선택한다는 이야기에 반해버린 느낌, 이는 아멜리 노통브가 지적한 자살을 명예로운 행위로 간주하고 싶어 하는 일본인의 한 유형일지도 모른다. 〈소네자키신주〉는 실화를 바탕으로 한 이야기인데, 두 사람이 단호히 죽었기 때문에 더더욱 지카마쓰는 이야기꾼으로서 탐냈고 관객이나 독자가 지금까지 열광하는 것이리라.

최근 남녀든 일가든, 함께 죽었다는 뉴스는 잘 접하지 않는다. 그만큼 일본 사회의 속박이 약해지고 있다는 것이라고 생각하고 싶다.

여행의 흔들림

오랜만에 동남아시아에 다녀왔다. 소탈한 복장을 하고 혼자 시장을 걸어 다닐 때 보글보글 샘솟던 해방감. '그래, 나는 이런 감각을 견딜 수 없이 좋아했던 거야' 하고 생각해낸다.

요즘 젊은이는 아니지만 최근 해외로는 나가지 않던 나. 국내에서만 종종 철도를 타다 보니 상당한 시간이 흘렀다.

그러다가 오랜만에 온 아시아. 과일 썩는 내음이 조금 뒤섞인 공기, 개목걸이가 없는 개들, 건조한 기후의 땅에서 찾아온 사람들을 안심시키는 습도. 몸이 중심에서부터 이완되기 시작한다.

돌아와서 다이칸야마代官山에 새로 생긴 쓰타야蔦屋 서점에서 느긋이 시간을 보내면서, 폼을 재는 일본의 모습에 몸이 굳고 있을 무렵 『고스트 열차는 동쪽 별로』를 발견했다. 아아, 폴 서루Paul Theroux가 『철도 대바자회』 때처럼 다시금 여행하고 있었다니.

『철도 대바자회』가 나올 무렵 저자는 30대였다. 그로부터 33년이 지나 60대가 된 그는 옛날과 되도록 같은 루트로 여행에 나선다. 지난번에 지났던 이란에서는 입국 비자가 나오지 않았지만 런던에서 출발하여 일본에 이르는 아시아 횡단에 도전하다.

그러고 보니 가네타카 가오루兼高かおる 씨도 저서에 나이가 든 다음에 여행에서 기대하는 즐거움은 '일찍이 여행했던 곳을 다시금 방문하는 겁니다'라고 쓴 적이 있었다. 여행자는 모두 전에 갔던 장소에 빨려 들어

갈지도 모르겠다.

『철도 대바자회』의 바자회가 무엇인가 하면, 미국 매사추세츠 주의 기차 소리가 들리는 곳에서 자란 그에게 '기차의 기적 소리는 그리운 노랫소리'며, '철도 그 자체에 바자회라고 할까 밤거리 가게의 번화함이라고 할까, 뭔가 다른 사람을 끌어당기는 불가사의한 매력이 있는 것 같다'에서 나온 것이다.

이번 제목에 들어 있는 단어는 '고스트ghost 열차'. 고스트란 과연 무엇일까……?

미얀마에서 33년 전에 묵었던 숙소를 다시금 방문했을 때 저자는 '돌아왔다'는 따스한 감정과 함께 그곳을 '무섭지 않은 유령의 집'이라고 느꼈다. 고서점에서 『철도 대바자회』를 발견하면 '더 이상 나는 당시의 내가 아니고 그 장소도 이젠 없는 거다' 하고 재확인한다. 일찍이 거주했던 싱가포르에서는 친구에게 '자네는 과거로부터 찾아온 망령이야'라는 말을 듣고, 일본에서는 '단일 언어, 단일민족, 단일 문화, 단일 규칙이라는 다른 곳에서 그 예를 찾아볼 길 없는 21세기 도시'에서 '또다시 유령이다' 하는 배제된 느낌을 받는다.

33년 전 자신과는 다른 자신. 여행지에서 위화감과 이질감을 느끼는 자신. 저자는 그런 자신을 유령에 비유하는데 여행자로서 충분한 경력을 가진 그는 유령으로서 존재하는 감각도 만끽하고 있는 것이다.

『철도 대바자회』를 쓴 시기, 개인적으로 위기 상황에 있었던 것을 모두에서 고백하는 저자. 그러나 지금 상황은 달라졌다. 폴 서루는 안정된 '홈home'을 얻었다. 가정이라는 의미뿐만 아니라 33년 전의 여행 자체가 이번 여행의 홈이 되었는지도 모른다.

『철도 대바자회』로 인기 작가가 된 그는 이번 여행에서, 터키에서는 오르한 파묵, 스리랑카에서는 아서 C. 클라크 그리고 일본에서는 무라카미 하루키村上春樹를 만난다. 한편으로 그는 어디로 가는지 모르는 인력거를 타고 위험한 국경을 넘고 섹스 타운에 출몰한다. 바자회를 즐긴 젊은이는 유령이 되었지만 그 혼이 죽을 기미는 전혀 없어 보인다.

폴 서루는 여행 도중 여기저기에서 국가 체제에 불만을 가진 사람들이나 가난한 사람들로부터 '미국에 데리고 가줘!'라는 말을 듣는다. 지금 세계에서는 미국이야말로 도원경이며 그는 그곳에서 온 여행자다. 서구식 발전이 진행되고 있는 인도에 혐오 반응을 보이는 폴 서루에게 욱하며 불쾌했던 이유는 내가 아시아인이기 때문일 것이다.

아시아인이 아시아의 가난한 나라에 갔을 때 느끼는 감정은 미국인과는 다르다. 미국인이 느끼는 오리엔탈리즘을 우리 역시 느끼는데 여기에는 얼마간의 죄책감이 뒤섞여 있다. 확실히 오리엔탈리즘에는 '아래로 보는 감각'이 있는데 우리는 같은 아시아인인데도⋯⋯라고 생각하는 것이다.

『아시아에 흘린 눈물』의 저자 이시이 고타石井光太도 그러한 감각을 가지고 여행하는 사람이지 않을까. 그는 아시아 여러 나라의 사회 변두리에서 살아가는 사람들의 모습을 쫓고 있다. 자카르타의 게이 창부, 인도나 필리핀에서 동냥하는 아이들, 아들이 행방불명된 이라크인 아버지⋯⋯. 저자는 그들의 입에서 인생 이야기를 끄집어내 듣고 사진을 찍는다. 그는 그들의 '눈물' 즉 불행에 다가가려고 하지만 이는 어딘가 속죄 행위처럼 보이는 것이었다.

『고스트 열차는 동쪽 별로』에서 폴 서루는 여행 도중, 미얀마의 가난하고 성실한 인력거 운전사에게 2년 치 집세와 새 인력거를 살 정도의 돈을 쑤욱 건넨다. 무척 훈훈한 이야기지만 어딘가 명확하지 않다는 생각도 남는다.

그리고 이시이는 인도에서 꽃 파는 가난한 남성에게 갚지 않으면 안 될 빚만큼 돈을 '줄 작정은 아니다. 갚으면 된다'며 건넨다.

선행을 하고 기분이 좋아진 폴 서루. 그리고 '줄 작정은 아니다'라는 말을 하지 않고는 돈을 건넬 수도 아마도 받을 수도 없는 일본인 청년. 미얀마인이나 인도인보다는 미국인 쪽에 가깝다고 생각하는 일본인이 더 많을지도 모르겠지만 우리는 절대로 미국인이 아니다.

스리랑카의 고아원에서 일하는 수녀님 말씀은 이시이에게 용기를 주었을 것이다. 고아가 스리랑카에서 자란다 한들 행복해질 수는 없을 테니 서구로 입양을 보내야 한다고 어느 미국인이 발언했다. 이에 수녀님은 부자가 있으면 고아도 있다, 인생에는 벽이 있지만 그렇기 때문에 더더욱 즐기지 않으면 안 된다, 고 하며 고아들을 즐겁게 지내게 한다. 그리고 그녀는 '어디 사는 누군지도 모를 미국인이 잘났다며 맘대로 결정해버리는 것을 원치 않는다'고 말한다.

우리는 때로는 잘났다며 맘대로 결정해버리는 측이 되기도 하고 때로는 그런 경우를 당하는 입장이 되기도 한다. 아시아 여행은 그러한 흔들림 안을 여행하는 것이기도 하다.

일본의 필리핀 펍선술집에서 일하다 일본인과 결혼하고 출산. 이윽고 남편은 대만인과 바람이 나서 쓸쓸함을 달래고자 각성제를 파는 이란인과 불륜, 임신. 그리고 이란인이 도망가자 남편과는 이혼하고 필리핀으로 돌아온다…… 이 여성의 이야기가 『아시아에 흘린 눈물』에 나왔다. 일본인에게 버림받은 필리핀 여자다.

그러나 필리핀 여성에게 버림받고 가난 때문에 이러지도 저러지도 못하는 일본인 남성도 상당하다. 그들의 모습을 면밀히 쫓아간 것이 『일본을 버린 남자들』이라는 책이다.

훌륭한 일본인 부인이 있는데도 필리핀 여성을 쫓아갔지만 돈이 떨어지자 곧바로 버려져 타인의 인정에 의지하여 근근이 살아간다……는 남성들을 보면 일본에서 배척당한 인상을 받는다. 그러나 내가 아시아 시장에서 느꼈던 해방감을 농축해놓은 듯한 감각에 아주 푹 빠져버렸을 그들은 실은 '일본을 버렸던' 것이다.

궁핍한 해외 일본인들의 프라이드는 의외일 정도로 높다. 그래서 그들은 일본의 제대로 된 규범에서 한 걸음 벗어났을 때 돌아갈 수가 없는 것이다. 그리고 그들의 프라이드는 땡전 한 푼 없어서 필리핀의 가난한 사람들 도움 없이는 살아갈 수 없게 되었는데도 결코 꺾이지 않고 여전히 한없이 높게 솟구쳐 있다.

인간의 무력함

친구 집에 놀러가자 근처에 오이타大分, 나카쓰中津풍 닭튀김 포장 전문점이 생겨 '드디어 도쿄에도 진출한 걸까!'라고 감개무량했다. 감개에 젖은 나머지 닭튀김을 사서 친구와 먹었다. 그 옛날 이걸 먹으러 나카쓰까지 갔던 적이 있었는데, 분명 이런 맛이었던 것 같다.

닭튀김을 먹으러 갔을 때 처음 알게 된 점은 나카쓰가 후쿠자와 유키치福沢諭吉의 고향이라는 사실이었다. 나카쓰까지 간 김에 후쿠자와 기념관을 견학한 나는 유키치가 나카쓰번의 번사藩士 집안에서 태어나 청춘의 대부분을 나카쓰에게 보냈음을 알게 되었다. 사실 후쿠자와 유키치의 생애나 공적에 대해서 잘 모른다. 그러나 딱 한 가지 '대단해!'라고 느꼈던 작품이 있는데 바로『여대학女大學 평론─신여대학』이다.

『여대학』이란 에도시대부터 메이지시대에 걸쳐 다수 출판된 여자를 위한 교육서 비슷한 것이다. 유학자 가이바라 에키켄貝原益軒의『화속동자훈和俗童子訓』의 '여자를 가르치는 법'을 바탕으로 여러 가지 버전이 세상에 나왔는데『여대학』관련서라면 내용은 대동소이하다. 잘 알려진 '삼종지례 칠거지악' 등의 가르침뿐만 아니라 어쨌든지 '여자는 남자보다 열등하기 때문에 의지를 표면에 드러내지 말고 남자에게 순종하며 살아가거라'라는 유교적 생활 교훈이 상세히 쓰여 있다.

지금이라면 말도 안 되는 엉터리 책에 속할『여대학』관련서지만 당시에는 진지하게 이 가르침이 지켜졌다. 그러나 이를 철저히 비판했던 것이 후쿠자와 유키치였다. 『여대학 평론─신여대학』을 읽으면 '실로 지당하다' 하고 속이 뻥 뚫리는 기분이 드는데 메이지시대에 후쿠자와 유키치의 논리는 너무나도 과격하지 않았을까. 그리고 왜 그는 그런 생각을 하게 되었을까. 니시자와 나오코西澤直子의 『후쿠자와 유키치와 여성』을 손에 들었다.

『여대학 평론─신여대학』은 유키치의 만년에 쓰였는데 그는 젊은 시절부터 남녀평등 사상을 가지고 있었다. 고향을 떠날 때 쓴 「나카쓰를 떠나며 남기는 글」에서 『여대학 평론─신여대학』에 이르기까지 그가 일관되게 바란 남녀평등 사상을 이 책에서는 면밀히 기록하고 있다.

유키치가 이러한 사고방식을 가졌던 이유는 그가 품은 일본 근대화의 이상에 남녀 불평등은 커다란 장애였기 때문이다. 그는 남자든 여자든 '일신독립一身獨立'하여 사회를 짊어지고 나아가야 한다고 생각했다.

여성도 집에 틀어박히지 말고 직업을 가지고 교제 범위를 넓혀야 한다는 생각을 했지만 자신의 딸들에 대한 대응은 반드시 그렇지 않았다는 점. 그리고 유키치의 남녀평등론은 남성들뿐만 아니라 당시로서는 선진적인 교육을 받았던 여성들로부터도 비판이 분출했다는 점. 이 책은 당시로서는 너무 과격했던 유키치의 사고방식이 불러일으킨 현상도 분명히 해둔다.

다시 돌아와 현재. 유키치가 목표로 했던 남녀평등은 실현되었을까. 유키치는 법률의 정비뿐만 아니라 '관습' 즉 사람들의 몸에 배어버린 감각의 전환이 중요하다고 했는데 『여대학』 같은 관습은 지금도 일본인에게 남아 있다는 생각을 떨쳐버릴 수 없다. 물론 그런 감각은 나도 모르게 '남자가 이끌어주었으면 한다'고 생각해버리는 내 안에도 있다. 지금도 여전히 우리는 에키켄과 유키치 사이를 떠돌고 있다는 것을 알게 된다.

'뭐가 방파제야, 뭐가 방파제야…….'

동일본대지진 후 1년 동안 도호쿠 사람들을 찍은 텔레비전 프로그램의 쓰나미 영상에는 이런 거듭된 외침이 들어 있었다. 지진이 발생할 때까지 바닷가에서 살았던 사람들에게 방파제는 생명과 생활을 지키는 든든한 존재였음에 틀림없다.

그러나 그 든든함은 한순간에 무너진다. 자신의 힘으로 자연에 대항하려고 한 인간의 무력함이 명확해졌다.

『해안선은 말한다―동일본대지진 후에』는 마쓰모토 겐이치松本健一가 쓴 『해안선의 역사』의 이른바 속편이다. 『해안선의 역사』를 읽고 일본 해안선이 미국의 1.5배, 중국의 2배 이상이나 된다는 사실을 알게 되었다. 그리고 하얀 모래와 푸른 소나무, 즉 '백사청송白砂靑松'의 빼어난 경치는 사람이 만든 것이고, 우리가 '해산海山 사이'에서 살아온 민족임도 알게 되었다.

'해안선이 어떻게 변해왔는지 역사적인 시점으로 바라보면, 근대 문명이 인간의 삶의 방식과 사회의 존재 양식에 미친 변화의 의미가 무척 잘 파악되지 않을까' 하는 생각에서 저자는 해안선을 주목했는데 동일본대지진 때 해안선이 엄청난 피해를 입는다. 저자는 즉시 도호쿠 세 개 현의 해안선을 돌아보았다.

각 현이나 지역에 따라 해안선의 개성은 물론 역사 또한 다르다. 그리고 쓰나미가 드러낸 것은 '쓰나미라는 엄청난 자연의 힘을 인공 구축물인 방조제로 받아친다는 근대적 발상에 한계가 보인다'였다.

사람들은 해안선을 좋을 대로 가공해왔다. 간척지에는 사람들이 살고, 사람이 많이 살지 않던 땅에는 원자력발전소를 짓는다. 예를 들어 후쿠시마 제1원전은 냉각수를 모은다는 필요에 의해, 즉 경제 효율을 높이기 위해 원래부터 있던 절벽을 해발 5미터까지 깎은 뒤에 지었다. 이렇게 가공한 해안선을 지진과 쓰나미가 덮쳤을 때 어떠했던가.

'자연을 지배·극복함으로써 문명을 손에 넣을 수 있다'는 근대 서양적인 사상, 일본인이 품었던 메이지시대 이후의 길을 대지진을 통해 다시금 돌아볼 계기가 생겼다. 그리고 저자는 '일본인의 의식에서 멀어지던 해안선과의 거리를 다시 한 번 생각해보는' 것으로부터 부흥이 시작된다고 생각한다. 그리고 그때 반드시 소중히 생각해야 할 점은 '고향'의 형태라고도 지적한다.

이 내용을 읽으며 나는 『어두운 밤, 별을 헤아리며―3·11 피해 철도에서의 탈출』을 쓴 아야세 마루彩瀬まる 씨의 생각과 공통점을 발견했다.

이 책은 대지진이 발생했을 때 마침 혼자 여행을 하기 위해 조반센常磐線을 타고 있었던 작가 아야세 씨가 기록한 대지진 당시와 그 후 그곳을 다시 방문했을 때의 이야기다. 열차 안에서 피해를 입은 저자는 마침 옆에 앉아 있던 여성과 함께 걸어서 소마相馬 시로 가려고 하는데 쓰나미 경보가 울렸다. 하늘 높이 솟구쳐 당장이라도 덮쳐오려는 바다를 보면서 필사적으로 달려 피하고, 그 후 피난소에서 만난 여성의 미나미소마南相馬 시에 있는 집으로 향할 때 원자력발전소 폭발 사고가 발생한다. 쓰나미의 공포, 방사능의 공포가 덮쳐오는 임장감에 가슴이 먹먹해진다.

저자는 대지진 후 자원봉사 활동을 하고 재해를 입을 당시 함께 지냈던 사람들을 방문하는데 거기서 실감했던 것이 후쿠시마 사람들의 현지즉 고향에 대한 깊은 마음이었다. 같은 땅에서 나고 자라 같은 얼굴을 보며 지낸 사람들에게 고향을 벗어나는 것이 얼마만큼의 고통이었는지. 그리고 지금 원자력발전소 사고 때문에 지도에서 고향 이름이 사라질 것 같은 곳까지 있다.

도회지에 살고 있는 사람들은 고향에 대한 절실한 마음을 자칫 잊어버리기 쉽다. 그러나 실제로 깊숙이서 현장을 본 사람들은 그 절실함을 이해한다. 이해하고 있는 사람들의 필치로 쓴 이러한 책의 존재는 매우 소중하다고 생각한다.

그리고 우리는 대지진을 거울 삼아 '문명화 속도'에 대해 다시금 진지하게 생각해야 할 것이다. 과연 앞으로 나아갈수록 좋은 것일까……? 이런 사실을 알아차릴 수 있었지만 '그럼 어디에서 멈추면 딱 좋을까?'라는 정답은 없다.

후쿠자와 유키치는 서양적인 근대화를 추진하는 것이 일본이 살 길이라고 생각했다. 남녀평등 역시 그를 위한 하나의 방책! 그러나 지금에 와서도 논리적으로는 올바른 남녀평등이 깊이 뿌리내리지 못한 것은 너무나도 급히 그때까지의 '관습'을 고치려고 했기 때문일지도 모른다.

급격한 문명화에 따른 폐해는 여기저기에 있다. 올바른 것은 받아들이고 돌려야 할 점은 되돌려야 하겠지만, 무엇을 받아들이고 어디에서 돌아갈지는 아직 보이지 않는다.

'생생함'의 세계

항상은 아니지만 종종 읽는 만화 잡지. 가끔 읽기 때문에 스토리가 있으면 이해하기 어렵다. 그런데 화장실에서 〈빅 코믹 오리지널〉의 책장을 넘기다가 눈길이 멈췄고, 읽으며 울어버린 것이 「간호 보조 나나짱」이었다. 이후 항상 '나나짱'을 읽을 때는 화장실에 앉아 눈물을 닦고 있는데 현재 단행본이 2권까지 나와 있다.

제목처럼 나나짱이라는 젊은 간호 보조인이 병원에서 일하는 나날을 묘사한 만화다. 무대는 히로시마의 한 병원으로, 여러 가지 증상을 가진 개성 넘치는 환자들이 입원해 있다. 작가는 실제로 간호 보조 경험이 있다고 한다.

말 그대로 간호사의 작업을 돕는 것이 간호 보조. 환자들의 기저귀를 갈아주거나 몸을 닦아주거나 식사를 도와주는 등의 일을 한다. 나나짱은 서툴지만 최선을 다하는 착한 여성. 병원 관련 작품임에도 의사는 단 한 번도 나오지 않는다. 의료 만화가 아니라 환자라는 '사람'을 그린 만화일지도 모른다.

간호 보조 일은 중노동이다. 그러나 인간에게 가장 소중한 부분인 식사나 배설을 돌보기 때문에 중환자들은 나나짱에게 마음을 연다. 인지 장애를 가진 사람이나 가족이 없는 사람, 불치병을 가진 사람…… 그들의 배경을 아는 나나짱은 항상 조용히 환자에게 다가가려고 한다.

나나짱이 상냥하기 때문에 환자들도 나나짱에게 다정하다. 때로는 너무 완고하거나 화만 내는 환자도 있지만 나나짱은 그들의 마음까지 풀어주고자 노력한다. 환자가 죽는 경우도 있지만 아마도 마지막에 나나짱과 만난 것은 행운이었을 것이다.

똥, 오줌, 피 그리고 죽음. 병원에는 생생한 실상이 있다. 이 작품은 노무라 지사野村知紗 특유의, 명쾌하지만 어렴풋이 마음이 따뜻해지는 아련한 그림으로 생생함을 훌륭히 묘사한다. 그리고 이 작품을 통해 우리가 병원에 갈 때 '생생함'이 환자나 가족에게 부담이 되지 않도록 병원 스태프들이 얼마나 노력하는지도 잘 알 수 있었다.

살아가는 데 있어서 생생함이라는 문제. 이는 인간에게 피할 수 없는 문제인데도 평소에는 감추어야 한다는 예민함을 품고 있다.

그런 '생생한' 부분을 주저 없이 다른 사람들의 눈에 노출하는 것이 조각이라는 세계다. 조각상들이 조금도 주저하지 않고 훌훌 벗은 채 모조리 노출한 모습을 보면 보고 있는 이쪽이 오히려 더 부끄러워지기 마련이다.

그러나 아무 말 없는 조각이라도 '생생한 것'의 취급에는 고뇌하는 것 같다. 그 점에 예리하게 접근한 책이 『사타구니 젊은이들—남성의 누드는 예술인가』이다.

'사타구니 젊은이들'이라는 제목, 소리 내어 읽어보면 조금 기뻐진다. 차례를 보면 '신 사타구니 젊은이들', '사타구니 누설집' 등 점점 더 소리 내어 읽고 싶은 장 제목이!

이 책은 나도 모르게 빙긋거리게 하는 사진이나 문장이 많지만 결코 그것이 다가 아니다. 남성 나체 조각에서 사타구니의 표현 방법에 관한 진지한 연구 조사인 것이다.

여성 나체상을 만들 때 조각가는 사타구니 표현에 그다지 고생하지 않는 것 같다. 그곳은 그저 아무것도 없는 매끈한 공간이다.

그러나 남성 나체상의 세계에서는 거기에 확실히 뭔가가 있기 때문에 다루기 까다롭다. 이 책의 앞부분에서 저자 기노시타 나오유키木下直之는 우선 아카바네赤羽 역 앞에 있는 한 조각상을 예로 들며 '애매모호 누드'라는 개념을 해설한다. '미래에 대한 찬가'라는 제목인 남성 두 명이 벌거벗고 서 있는 이 조각상의 하반신은 사타구니 주변만이 묘하게 애매하게 표현되었다. 작가는 이 '애매모호 누드'야말로 '긴 세월에 걸쳐 일본의 조각가가 몸에 익힌 표현이며 지혜'라고 기록한다.

남성의 하반신을 애매하게 표현하는 이유는 거기 있는 것이 너무나도 생생한 존재이기 때문이다. 조각가들은 때로는 경찰 권력과 싸우며, 때로는 시민 감정을 고려하며 사타구니를 표현해왔다.

애매모호 누드 표현의 발명 이전에도 남성 나체상의 역사는 있었다. 20세기 초 즉 메이지시대에는 나체상의 사타구니 표현을 둘러싸고 경찰로부터 수정 요구가 있거나 나체화의 문제 부분을 천으로 가리는 등의 처치도 행해졌다. 그 후 어떤 이유에선지 나체상의 성기 부분에만 이파리가 부착된 듯한 조각이 만들어지거나 사타구니가 비틀어진 듯 뭉개진 듯, 언뜻 보면 뭐가 뭔지 모를, '녹아버린 사타구니'라고 명명된 수법이 개발되는 등 온갖 종류의 사타구니를 표현하는 시대가 이어졌다.

전후에 이르면 나체상은 '사랑'이라든가 '평화'의 상징으로 사람들의 눈에 띄는 장소에 나온다. 그리고 사타구니 표현에서도 점차 애매함이 희박해진 것 같은……

그러나 남성 사타구니를 애매하게 표현하는 것은 일본인이라면 누구든지 알고, 살아가기 위한 지혜로서의 애매함과도 일맥상통할지 모른다. 거기에 있는 생생한 것을 훌륭히 흐릿하게 처리함으로써 조각가는 모든 사람이 납득할 수 있는 기분 좋은 착지점을 발견하려고 한 것이 아닐까.

회화든 조각이든 사진이든 모티브가 되기 쉬운 것은 여성의 나체다. '남성의 나체'는 부정적인 것으로……. 이 책에서는 조각 이외에도 사람들이 남성 나체를 둘러싸고 어떠한 노력을 해왔는가를 설명한다.

남성의 사타구니, 이 불가사의한 것. 없어서는 안 될 그러나 없는 것으로 생각하고 싶은 그러한 사타구니의 상반된 존재감을 실로 백일하에 드러낸 책이다.

누드라고 하면 여성의 누드……라는 고정관념은 남성 누드의 아름다움을 아는 사람들에게는 매우 성가실 것이다. 누드 세계에서 젠더는 현저히 불균형하다.

마찬가지로 옛날에는 유도계에서도 성별에 따른 편중이 엄청났다. 요즘은 일본 여자 유도가 인기와 실력을 모두 갖추어서 자칫 옛날부터 정착된 경기라고 생각하기 쉽다. 그러나 여자 유도가 정식 경기로 채택된 것은 최근 30년 정도라는 사실을 『여자 유도의 역사와 과제』를 통해 알게 되었다.

메이지시대 이후 유도를 하는 여성이 없었던 것은 아니었다. 그러나 유도의 총본산인 고도칸講道館의 가노 지고로嘉納治五郎의 방침은 여자는 시합을 하지 않고 자세를 중심으로 유도의 춤을 공연한다는 것이었다. 좋은 집안 자제들이 배우는 취미 혹은 레슨의 형태로 시작하여 그 후에도 '여자는 시합을 하지 않는다'는 방침이 지속되었기 때문에, 외국에서는 여자 경기가 시작되었지만 일본 선수는 시합에 약했다는 역사가 있었다.

미국인 여성의 노력으로 처음 여자 세계 대회가 열린 것이 1980년. 그때 출장했던 것이 바로 저자 야마구치 가오리山口香였다.

강한 여성 유도가로 불린 그녀가 얼마나 멋졌는지 아직도 내 기억 속에 남아 있다. 저자는 일본에서 경기로서의 여자 유도를 개척한 사람이기도 했다. 시합에서 실적을 남긴 뒤 다무라 료코田村亮子(지금은 다니 료코) 등 후배에게 길을 내주고 지금은 종종 유도계나 스포츠계에 예리한 제언을 하고 있다.

　바야흐로 여자 유도는 인기 경기인데 그렇지 않은 시대도 알고 있기 때문에 더더욱 저자는 역사와 문제점에 대해 썼을 것이다. 남자의 전유물이었던 유도 경기가 실은 여성에게 좀 더 적합하다는 것을 아는 일인자의 열의가 책에 가득 담겨 있다.

　'남자 세계에 여자가 들어간다'는 유형은 일찍이 여러 분야에서 보였다. 지금은 그런 세계에 '남녀는 동등하다'는 의식이 침투한 것처럼 보인다.

　그러나 지금도 분명히 남녀의 차이는 있어서 여자 유도계 사람들이 자신의 세계를 객관화하는 모습은 참고가 될 듯하다. 그리고 무엇보다 '역사와 과제'를 알게 되니 올해 런던올림픽 여자 유도가 훨씬 기대되었다.

자연과 인간의 공동 작품

거의 1년 만에 산리쿠 철도를 탔다. 1년 전에는 쓰나미의 상처가 너무나도 생생했던 다로田老 역 주변이 완전히 나대지가 되었다. 집의 토대들만이 일찍이 사람이 모여 살던 곳이었음을 이야기해준다.

철도 공제회에서 운영하는 소규모 점포 기오스크에서『코믹 이와테 2』를 발견했다. 요시다 센샤吉田戰車, 미타 노리후사三田紀房, 이케노 고이池野恋…… 등 인기 만화가의 이름이 늘어서 있다. 띠지에는 '이와테 현 현지사 책임 편집'이라는 문구가 있어서 아무래도 이와테 현 출신(혹은 거주 경험을 가진) 만화가가 그린 이와테에 대한 만화를 모아놓은 것 같다. 『코믹 이와테 1』도 있었기 때문에 모두 손에 넣는다.

판권을 살펴보니『코믹 이와테 1』은 동일본대지진 두 달 전에 나온 것이었다. 이와테 현의 닷소達增 지사의 발안으로 정리했다는, 진심 어린 기획이었다.

소녀 만화, 개그 만화, 촉촉한 이야기, 감동스런 이야기 등…… '이와테 출신'이라는 것뿐, 한 권에 모여 있는 제각각의 예술풍이 재미있었다. 모리오카盛岡, 도노遠野, 언동이 거친 고등학생, 마쓰리 그리고 미야자와 겐지 등 이와테 아이템이 곳곳에 박혀 있는데 전체적으로 한가롭고 동시에 이상향적 몽상 무드가 깊숙이 깔려 있고, 읽고 나니 이와테의 공기처럼 상쾌하다.

『코믹 이와테 2』에는 동일본대지진을 묘사한 작품이 있는가 하면 그렇지 않은 작품도 있다. 그러나 전체를 뒤덮고 있는 것은 전진 무드며 권말에는 이와테 현 출신이 아닌 호화 만화가진의 이와테 부흥 응원 일러스트도 실려 있다.

〈비밀의 현민 SHOW〉 같은 텔레비전 프로그램이나 B급 맛집이나 유루 캐릭터일본 각지에서 개발된 지역 특유의 캐릭터 등 지역 활성화 아이템으로 인해 요즘에는 지방에 관심이 집중되고 있다. 그러나 텔레비전에서 보거나 여행을 가는 것만으로는 알 수 없는 그 지방 사람들의 생활이나 분위기가 『코믹 이와테』에 감돌고 있어서 집으로 돌아가는 신칸센 안에서 읽으며 계속 이와테 기분에 잠겨 있을 수 있었다.

도쿄에 돌아와 『코믹 고향 홋카이도』 『코믹 고향 후쿠오카』도 발견했다. 역시 홋카이도와 후쿠오카, 각각의 지역 출신 만화가의 작품이 한 권에 담겨 있었다.

몬키 펀치モンキーパンチ도 야마토 와키大和和紀도 홋카이도 출신이었다! 하고 우선은 놀란다. 또한 후쿠오카라고 하면 『하카타인 순정』 『쿠킹 파파』 따위도 있어서 현지 만화에서는 앞서 있지만, 마쓰모토 레이지松本零士도 와타세 세이조わたせせいぞう도 후쿠오카였다는 것은 실로 놀랍다! 와타세 작품에서는 역시 특유의 터치로 세련되게 후쿠오카가 묘사되어 있었다.

이와테, 홋카이도, 후쿠오카. 각각을 비교해보면, 국민성이 아닌 현민성 비슷한 것이 배어나온다. 이와테가 몽상적이라면 홋카이도는 홋카이도의 매력을 그대로 제시하는 것이 아니라 분위기로 전하는 느낌이다. 그에 비해 후쿠오카는 고향 땅이 너무 좋아서 견딜 수 없다는 정열을 전면에 내세운 부분이 역시 뜨겁다(단, 와타세 작품은 예외).

각 현 출신 만화가들은 지금은 다른 지역에 사는 이가 많다. 그러나 한번 고향을 벗어난 경험을 가진 사람인 만큼 고향의 장점이 명확히 보이고 사랑은 깊어진다. 안쪽 사람의 시선과 바깥에서 보는 시선, 양자가 만화로 표현되어 있는 것이다.

B급 맛집이나 유루 캐릭터 개발에도 한계가 보이는 요즘, 만화는 상당히 강력한 지역 진흥 아이템일지도 모른다. 다른 현의 작품도 읽어보고 싶다.

노토能登에 다녀왔다. 한없이 계속되는 계단식 논. 회칠을 한 하얀 벽의 농가. 사람들이 자연 안에서 살아가는 가운데 만들어진 풍경이 아름답다. 이러한 풍경을 '문화적 경관'이라고 한다는 사실을 그 이름도 『문화적 경관』인 책을 통해 알게 되었다. 자연 그대로가 아니라 '지역의 자연조건·입지 조건 및 사회적·경제적 조건과의 강한 관련성 아래 성립된 경관'. 유네스코의 정의로 말하자면 '자연과 인간의 공동 작품'.

생각해보면 내가 일본을 여행할 때 '오!'라고 감탄하는 풍경은 문화적 경관일 때가 많다. 좁은 국토의 일본에서 있는 그대로의 대자연에 감동하기에는 많은 모험이 필요하다. 모험가가 아닌 내가 '아름답다'고 생각하는 것은 역시 집이 모여 있는 마을 모습이나 전원 풍경 등 자연이 사람들의 힘에 의해 정성스럽게 가공된 풍경이다. 예를 들어 고카야마五箇山의 합장촌이나 도나미硺波 평야의 논밭 한가운데 집이 있는 산거촌散居村, 교토의 멋진 삼나무 숲인 기타야마스기北山杉…… 등이라고 한다면 어떤 이미지인지 연상하기 쉬울 것이다.

역사, 기후, 산업. 문화적 경관은 여러 가지 조건 아래 만들어지는데, 그러한 조건이 하나라도 갖추어지지 않는다면 경관이 변화할 가능성도 있다는 말이다. 문화적 경관을 사랑하는 것은 쉬운 일이지만 옛날과는 조건이 많이 변한 지금, 경관을 계속 유지하는 것이 얼마나 힘든 일일까……라고 이전에 고카야마의 합장촌 가옥에 들어갔을 때 생각했다. 그도 그럴 것이 막상 거기서 지낸다면 엄청 추울 것 같기 때문이다. 그런 종류의 집들은…….

바야흐로 이는 합장촌 가옥에 사는 사람들이나 계단식 논을 경작하는 사람들이나, 아름다운 경관의 내부에서 생활하는 사람들만의 문제가 아니다. 그 경관을 보는 사람 그리고 경관을 남기고 싶은 사람의 힘이야말로 꼭 필요하다는 생각이 든다.

고카야마나 도나미 평야 등 유명한 곳뿐만 아니라 일본의 각지에는 화려하지 않지만 깊은 맛이 있는 문화적 경관이 아직 남아 있다. 이를 이어나가는 일은 일본인의 정신을 계승하는 것이지 않을까.

맛 또한 지역의 특색을 나타내는 것인데 강상미가 쓴 『교토의 중화요리』 표지를 봤을 때는 '이것이야말로 교토!'라고 서점에서 나도 모르게 무릎을 탁 칠 뻔했다.

결코 중화요리를 교토의 명물 요리라고는 하지 않는다. 그러나 교토의 중화요리는 분명 교토의 정신이나 풍토, 문화를 농밀하게 드러내는 음식이다.

이를 내가 처음 느낀 것은 교토의 어떤 중화요리점에서 탕수육을 먹었을 때다. 재료를 휘감고 있는, 녹말가루로 끈기를 만들어낸 그 소스의 자태가 도쿄와는 명확히 달랐다. 도쿄의 소스는 갈색에 탁한 느낌인데 교토의 소스는 거의 황금색에 투명하지 않은가. 탕수육을 보고 아름답다고 생각했던 것은 그때가 처음이었다.

탕수육뿐이 아니다. 다른 중화요리점에 가봐도 춘권이나 슈마이도 도쿄와는 사뭇 다르다. 지금은 없어진 '호마이'에서는 맛뿐만 아니라 독특한 가게 모습에도 놀랐는데…….

그리고 이 책의 표지를 장식하는 것이 바로 탕수육이었다. 교토의 중화요리는 어떤 점이, 왜 도쿄와 다를까. 이 책은 그 대답을 아주 제대로 해준다.

교토의 중화요리점을 소개하는 형태지만 이 책은 단순한 맛집 가이드가 아니다.

교토의 중화요리는 왜 기름기가 없을까. 왜 탕수육 소스는 투명할까. 그리고 마늘 등 강한 향을 가진 재료를 사용하지 않는 이유는…… 이런 의문에 대한 답을 요리인의 목소리로 직접 듣거나 고객들로부터 알 수 있다. 즉 중화요리를 통해 교토라는 도시를 볼 수 있는 책이라고 할 수 있다.

'적당히 보기 좋게 갖출 수 있도록' 주문을 하는, 전통 일식에 대항할 수 있는 중화요리가 있는가 하면 마치 요정 같은 중화요리점도 있는 교토. 그리고 교토 요리의 맛을 내는 지도리스千鳥酢교토의 식초, 국물, 구조네기九条葱교토에서 생산되는 파 등 교토만의 식재료를 사용한 중화요리는 담백하고 우아한 맛이다. 있는 그대로 말하자면 교토풍이다. 그러나 중화요리라는 개성 강한 요리도 확실히 품 안에 넣을 수 있고 마침내는 자신들 취향으로 바꿔버리는 교토 사람의 소화력은 상당히 강인하다.

한편으로 전국적으로 인기를 모으고 있는 '오쇼王將' 역시 교토가 발상지다! 그리고 교토의 라면, 하면 맛이 진한 것으로 알려져서 '담백, 우아'만도 아닌 것이 역시 교토다.

2박 3일 교토 여행에서는 중화요리를 먹을 기회는 적을지도 모른다. 그러나 황금색으로 빛나는 탕수육을 한번 먹어 본다면 실은 유도후湯豆腐 따위를 먹는 것보다 훨씬 교토의 도시성을 생생하게 느낄 수 있을 듯하다.

12
인간 임시 면허 중

악마적 순간

할머니가 101세로 타계하신 지 이제 곧 1년이 된다. 그러고 보니 작년 여름도 무척 더웠다.

우리 조부모님 중에서 가장 장수하셨고 동시에 마지막까지 사셨던 분이 작년에 타계하신 할머니다. 한 가지 '다행이다'라고 생각하는 것은 할머니가 막 100세가 되시던 무렵 마음먹고 시간을 내어 할머니의 인생 이야기를 들었고 그것을 글로 쓴 일이다.

이미 타계하신 다른 조부모님에 관해서는 그저 '할아버지', '할머니'라고만 인식했을 뿐 당신들도 당신들의 인생을 살았다는 사실을 미처 알아차리지 못했다. 어떤 어린 시절이나 청춘을 보냈는지. 그리고 어떤 것을 고민하고 기뻐했는지 모른 채 그냥 보내드렸던 것이다.

후회를 거듭한 끝에 마침내 '살아 계실 동안 이야기를 들어놓아야 해'하고 조부모님이 태어나고 자란 이야기를 조금씩 들었다. 그런데 이 이야기가 너무너무 재미있었다.

'어머나, 할머니 대담하셨네요!' 놀람의 연속이었다. 할머니가 제대로 말씀하실 수 있는 마지막 시기였기에 다시금 '다행이다'라고 생각한다.

할머니의 이야기를 듣고 진정으로 이해한 것은 너무나 당연하지만 '할머니가 처음부터 할머니였던 것은 아니다'라는 사실이었다. 어린 시절, 처녀 시절, 결혼, 출산 등…… 한 세기에 걸친 그 일생은 참으로 다채로웠다.

『여자의 24시간―츠바이크 단편선』을 읽고 할머니에게 이야기를 들었을 때의 추억이 되살아났다. 슈테판 츠바이크Stefan Zweig는 19세기 후반 오스트리아에서 태어난 유대계 작가다. 이케우치 오사무 씨의 해설에 따르면 '어느 순간 덮치는 악마의 유혹'이 평생에 걸친 주제였다고 한다.

표제작은 리비에라가 무대다. 유럽 각지에서 휴가를 위해 찾아온 손님으로 북적이던 한 숙소가 배경이다.

홀로 여행을 하던 67세의 품격 있는 영국 부인과 조연 배우 역할을 하는 '나'. 숙소에서 일어난 어떤 사건이 계기가 되어 영국 부인은 '나'에게 한 가지 고백을 한다. 그녀가 42세 되던 어느 날 24시간의 이야기였다.

노부인은 그녀의 인생이 평온하게 흘러갔음을 느끼게 하는 침착하고 우아한 자태를 하고 있었다. 그러나 그녀의 인생에 누구도 상상할 수 없는 폭풍 같은 그리고 '악마적인' 24시간이 있었으며 그것을 지금까지 아무에게도 말한 적이 없었다. 여행지에서 이제 곧 헤어질 '나'이기 때문에 비로소 털어놓을 수 있었던 것이다.

우리는 노부인의 독백에 흡입된다. 그리고 듣는 우리의 인생에도 크든 작든 그런 순간이 있었음을 기억해낸다. 어느 순간 저질러버린 부끄러운 일. 한때의 감정에 몸을 맡겨버렸던 순간…… 백발도 주름도 그런 순간들로 만들어진 것이라 생각하자 노인들의 존재가 크게 다가온다.

어르신들의 이야기는 스릴 넘친다. 2·26 사건1936년 일본 육군 황도파 청년 장교들이 '쇼와 유신'이라 칭하며 정부의 중추를 습격한 쿠데타 미수 사건 당시 아자부麻布에 살고 있던 노부부는 눈발 날리던 그날의 일을 이야기해주었다. 또 어떤 할아버지는 제2차 세계대전 당시 억류당했던 체험을 이야기해주었다. 그들은 혁명이나 전쟁 등 우리가 미처 알지 못하는 사건을 체험했던 것이다.

어르신들의 이야기를 간병이나 학문에 활용하려는 시도에 대해 쓴 책이『깜짝 놀랄 간병 민속학』이다.

저자 미구루마 유미六車由實는 어떤 인연 때문에 민속학자의 길에서 간병인으로 전직한 사람이다. 간병을 하며 어르신들의 이야기를 듣다가 민속학적 발견을 하는 경험을 축적해간다.

간병 세계에도 어르신들의 이야기를 듣는 '경청'이라는 돌봄 행위가 있다고 한다. 이는 실제로 이야기의 내용을 받아들인다기보다는 '듣고 있습니다'라는 자세를 어르신들이 느낄 수 있게 한다는 의미가 강하다.

이와 달리 저자의 경청은 어르신들로부터 가르침을 받는다는 자세가 기본이었다. 항상 돌봄을 '받는' 측에 있던 어르신들이 이번엔 '해주는' 측이 된다.

어르신들에게 이야기를 들으며 저자는 '깜짝 놀랄' 여러 가지 경험을 한다. 그리고 이는 계속 경청할 수 있는 원동력이 되기도 한다.

여기서 나는 『여자의 24시간—츠바이크 단편선』을 떠올리게 되는데 저자가 말하는 '깜짝 놀랄' 경험이란 츠바이크 작품에 나오는 '악마적인 순간'과 통하는 점이 있지 않을까.

리비에라의 숙소에서 영국 노부인이 '나'에게 이야기했던 24시간 동안의 사건도 실로 '깜짝 놀랄' 일이었다. 노부인은 평생에 걸쳐 한번쯤은 누군가에게 그 사건에 대해 모든 것을 털어놓아야 했다. 그래야만 자신의 인생이 결산된다고 생각했을 것이다.

영국 노부인의 이야기도, 우리 할머니가 부모가 반대한 상대(저희 할아버지예요!)와 결혼을 강행했던 이야기도 젊은 사람에게는 '깜짝 놀랄' 이야기다. 거기에는 '사람에게는 역사가 있노라'라는 단 한마디로 정리해버리기엔 너무 아쉬운, 살아가는 예지와 생생한 감정의 분출이 있다.

타인이 살아왔던 인생 역정에 귀를 기울인다는 건 그 사람의 인생을 인정한다는 일일 것이다. 타인으로부터 인식되었을 때 비단 어르신들뿐만 아니라 그 누구든 만족감을 얻지 않을까. 이는 자신의 이야기를 누군가 들어주었을 때의 고양감을 통해서도 미루어 짐작할 수 있다.

『인간 임시 면허 중』은 '이야기를 듣는다'는 수법은 아니지만 인생을 그대로 타인으로부터 인정받음으로써 구제된 한 여성의 이야기다.

저자 우즈키 다에코卯月妙子는 만화가다. 그리고 이 책은 그녀의 최근 몇 년간의 생활을 묘사한 만화인데 그 '생활'은 결코 평범하지 않다.

젊었을 때 결혼과 출산을 했지만 남편 회사가 도산해버리고 만다. 부채 변제를 위해 스트리퍼나 배뇨·배변 계통의 성인 비디오 여배우가 된 저자. 그 후 남편은 정신 질환이 악화되어 투신자살을 기도하고 식물인간으로 1년 반을 지내고 나서 타계한다. 저자는 등에 『반야심경』과 남편의 법명을 문신으로 새기고…….

이 작품은 '그 후'의 이야기로 저자는 25세 연상의 남성 '바비'와 사랑에 빠진다. 극단적인 성격을 가진 사람들의 사랑이 얼마나 뜨겁고 격렬한지.

한편 저자는 정신분열증을 앓고 있었다. 투약을 거르면 안 되지만 어느 순간 나아지고 있다고 생각해서 마음대로 약을 줄였고 엄청난 사건이 발생한다. 빈사 상태에 빠지는 중상을 입는다. 그것도 얼굴에…….

어떻게든 목숨은 건졌지만 치료와 재활 과정은 참혹했다. 그러나 치료 중 바비와 어머니 등 주변 사람들이 해주었던 '살아줘서 고마워'라는 한마디가 저자의 마음속에 깊이 스며든다. 이 말이야말로 저자의 인생을 그대로 인정하고 긍정해준 증거였기 때문이다.

퇴원 직후 바비와의 섹스는 행위 자체로써 인생 긍정이었다. 그 장면에서 눈물을 흘리지 않을 사람이 과연 있을까.

……여기까지 보면 엄청 무거운 이야기처럼 생각될지 모르지만 만화 터치는 가볍고 유머러스하다. 혹은 웃으면서 울게 만든다고 표현해야 할지도 모르겠다. 자신의 환각도, 사고로 격변해버린 얼굴도 객관적으로 묘사한다. 스트리퍼라든가 성인 비디오 여배우라든가 실로 여러 가지 일

을 했지만 가장 근본적인 부분에서는 역시 만화가였다고 생각되었다.

그렇다고는 해도 정신분열증을 앓는 저자에게 이런 만화 작업은 엄청나게 힘든 일이었을 것이다. 후기에는 3년 동안 매달렸다고 쓰여 있었다. 부디 이 책이 저자에게 '스스로에 의한 스스로에 대한 경청'이 되길 그리고 마음에 부여해줄 힘이 되길 바라 마지않는다.

만화의 마지막에는 '살아간다는 건, 최고다!!!'라는 심플한 말이 적혀 있다. 이렇게나 가슴 깊이 파고드는 생에 대한 찬가, 그리 흔치 않을 것이다.

'약점'이 뒤엉킨 어둠

미타니 고키三谷幸喜가 쓰고 연출한 분라쿠文樂닌교조루리 〈소레나리신주 其礼成心中〉를 감상했다. 지카마쓰 몬자에몬이 〈소네자키신주〉를 써서 큰 인기를 얻었을 때, 작품의 배경이 된 덴진노모리天神ノ森가 정사情死의 메카가 되었는데 이 작품은 그 주변을 무대로 하고 있다.

덴진노모리에 있는 만두집이 '소네자키 만두'를 팔기 시작한 것까지는 좋았는데 그 후 지카마쓰가 〈신주텐노아미지마心中天網島〉를 쓰자 아미지마網島에 있는 튀김 가게에 손님을 빼앗기게 된다. 거기에 두 가게의 아들과 딸의 러브 스토리가 뒤엉킨다. 위와 같이 〈소레나리신주〉는 지카마쓰의 패러디다. 젊은 다유大夫와 인형 조종자가 활약하는 희극 형식이다.

분라쿠는 다유가 이야기를 읊조리고 샤미센三味線오키나와를 경유하여 일본에 도입된 세 줄로 된 현악기으로 곡조를 연주하는 음악극이다. 인형은 입을 열지 않기 때문에 스토리를 설명하는 것은 모두 다유의 몫이다.

〈소레나리신주〉는 새롭게 창작된 스토리여서 사용된 용어가 이해하기 쉬웠다. 그러나 평소 분라쿠를 감상할 때는 이해할 수 없는 표현이 너무 많이 나온다. 무대 옆에서 대사를 자막으로 보여주기도 하지만 그것만 집중해서 읽고 있으면 무대가 보이지 않고 결국 조는 경우가 종종 있다.

특히 훌륭한 다유의 목소리는 관객의 정신을 섬세히 어루만지기 때문에 더더욱 잠이 온다. 따라서 나는 '너무 좋아하지만 자버린다'는 딜레마에 빠져 있다. 그런 까닭에 『조루리를 읽자』는 나에게 실로 절실했던 책이다.

〈가나데혼추신구라仮名手本忠臣蔵〉〈요시쓰네센본자쿠라義経千本桜〉〈메이도노히캬쿠冥途の飛脚〉등 여러 명작이 다루어지며 조루리浄瑠璃의 '독해'가 이어진다. 읽으면서 저절로 이해된 것은 비단 조루리의 의미만이 아니었다. 조루리와 그것을 잉태시킨 시대에 대한 설명을 통해 일본에서의 극의 의미, 전통 예능의 의미, 나아가서는 문학의 의미까지 모든 것을 점차 알게 되었다.

닌교조루리가 어째서 실시간으로 공연하는 연극 형태를 포기하고 전통 예능으로 변했는지. 지카마쓰 몬자에몬이 〈소네자키신주〉를 씀으로써 성립된 세와물世話物에도시대에 세간에서 일어난 실제 사건을 곧바로 연극 무대에 올린 장르은 왜 시대물역사적으로 유명한 사건을 소재로 연극 무대에 올린 장르과 비교했을 때 비주류 취급을 받는지. '아마도 뭐 그런 거겠지'라고 막연히 생각했던 것의 이유가 명확히 적혀 있다.

실은 지카마쓰 몬자에몬의 작품은 에도시대에는 그다지 상연되지 않았다. 메이지시대 이후 그의 작품이 재발견된 배경에는 '한 사람이 조종하던 인형을 지카마쓰 사후 세 사람이 조종하는 형태로 바뀌어 복잡한 감정 표현이 가능해졌다'는 사실도 있었다고 한다. 이 지적에 대해서는 진정으로 수긍할 수 있었다. 초대 사카타 도주로坂田藤十郎와 함께 가부키 대본을 썼던 지카마쓰 몬자에몬이 가부키에서 벗어나 닌교조루리의 작자가 되었던 것도 인간인 배우들이 '제멋대로의 자기표현'을 했기 때문이었다는 고찰에도 절로 고개가 끄덕여졌다.

저자 하시모토 오사무는 지카마쓰 한지近松半二 이후 서민을 열광시키는 작자가 나오지 않았던 것이 닌교조루리를 고전화했다고 지적하는데, 현대를 살아가는 극작가들이 다시금 이 예능을 '지금'의 것으로 끌어내는 건 불가능할까. 에도시대 극작가도 미타니 씨도 역사를 패러디한다는 의미에서는 비슷한 일에 도전하고 있는지도 모르겠다.

오사카 시장이 분라쿠에 대한 보조금을 삭감했는데 아마도 '변변치 않다', '이해할 수 없다'고 생각했기 때문일 것이다. 분명 분라쿠는 너무 복잡한 스토리를 이해하기 어려운 용어로 이야기하는 예능이다.

그러나 왜 그처럼 복잡한 양상을 띠고, 왜 그처럼 이해하기 어려운지를 알게 되면 '그런 거겠지'라고 수긍했던 에도시대 모든 서민들처럼 우리 안에도 그 세계가 깊이 납득될 것이다.

에세이집 『배우 동작 지문 모음』에는 자막이 달린 지금의 분라쿠에 대해 '자막이 있다는 것은 친절하기 그지없지만 세부를 다 안다고 해서 더 재미있을지는 알 수 없다. 연극의 패턴은 대체적으로 정해져 있기 때문에 누가 누군지 잘 모르면서 보는 동안 저절로 어느 놈이 착한 놈인지 나쁜 놈인지 알게 되고'라는 설명이 있다. 또한 젊었을 때부터 분라쿠 등의 예능을 가까이 해온 도미오카 다에코 씨는 '배우들 세계 깊숙한 내부로 스스럼없이 들어가서는 안 된다는 마음', '연기 세계에 통달한 사람이 되고 싶지 않은 마음'을 가지고 있다고 말한다.

온갖 예능을 마치 '환경'처럼 접해온 오사카 사람의 감각이란 이런 건가 보다. 여기에는 도시 사람이기 때문에 가지고 있는 수줍음이 있다.

오사카 예능뿐만 아니라 이하라 사이카쿠井原西鶴, 샤쿠초쿠釈迢空 등 도미오카 씨가 오사카 작가에 대해 기록한 필치를 읽다 보면 도쿄와는 다른 도회지 호흡이 느껴진다.

맨 처음 '샤쿠초쿠의 와카나 수필을 읽었을 때는 오사카의 어둠을 느꼈습니다'라는 관점은 오사카에서 태어난 사람이기 때문에 가능한 시각이다.

분라쿠도 오사카적인 성격이 강한 세와물은 모두 오사카의 어둠을 무대 위에서 표현한다. 도미오카 씨가 고전 명작 〈온나고로시아부라노지고쿠女殺油地獄〉를 드라마화하기 위해 각본을 쓸 때의 일이다. 도미오카 씨는 마지막 장면에서 비참한 살인을 저지르는 요헤에 역을 맡은 마쓰다 유사쿠松田優作를 처음 만났을 때 '그 사람이 불쑥 나타났을 때 겐로쿠元禄시대에서 현대로 온 요헤에의 모습이 연상되었다'고 한다. 이는 마쓰다 유사쿠의 그늘이 오사카의 그늘과 호응했기 때문은 아니었을까. 어둠이 있기 때문에 더더욱 빛나는 오사카의 매력이 너무나 깊게 배어나오는 책이었다.

〈온나고로시아부라노지고쿠〉의 요헤에는 신마치新町의 유녀에게 온통 정신이 팔려 있었다. 또한 〈소네자키신주〉에서 도쿠베가 반한 끝에 동반 자살하는 유녀 오하쓰도 있다. 분라쿠나 가부키에는 몸을 파는 여자가 종종 등장한다. 최고의 유녀는 정상급 여배우 같은 존재감을 발산하지만 하급 유녀들의 운명은 항상 어둡기 마련이다.

이전에 오사카의 도비타 홍등가를 몰래 걸어본 적이 있는데 그때는 '옛날 유곽도 이런 느낌이었을까'라는 생각을 했더랬다. 핑크빛 조명에 노출된 젊고 아름다운 언니들과 주위의 어둠이 극명하게 대비되는 것이 마치 연극 세계 같았다.

앞서 『마지막 홍등가 도비타』를 언급한 부분에서 도비타 홍등가에 대해 생각해보았는데, 이는 도비타 밖에 사는 여성이 열심히 취재를 한 책이었다.

『도비타에서 살다』는 도비타에서 실제로 요정(도비타는 손님과 젊은 여성이 갑자기 자유연애에 빠지는 장으로서, '요정'들이 밀집해 있다)을 경영하고, 그 후 젊은 여성들을 스카우트했던 남성이 직접 쓴 책이다. 도비타 한가운데 있었던 그는 요정의 개업, 여성들의 모집에서 고생담까지 아주 상세하고 리얼하게 표현했다.

'저속하다고 말하는 사람도 있지만 인간의 길을 극한까지 가보는 것도 재미있지'라는 유혹의 말에 느끼는 바가 있어서 그 길로 뛰어든 저

자 스기사카 게이스케杉坂圭介. 분명 도비타는 '인간의 길'이 얽히고설
킨 장소다. 여성들을 다루는 법, 어떤 여성들이 먹히는지, 스카우트 비결
은……. 너무 재미있어서 책장을 넘기는 손이 멈추질 않는다.

분라쿠에 나오는 유녀들은 때로 좋아하는 누군가를 구하기 위해 몸을
망치기도 한다. 그러나 요즘은 호스트에 깊이 빠졌거나 사치스러운 생활
때문에 빚에 허덕이다 도비타로 오는 여성들이 대부분이라고 한다. 도비
타는 다른 형태의 성 관련 업체보다 근무 체계에서 편한 부분이 있다고
하는데 그래서 미인들이 모여든다는 지적도 있었다.

그러나 그중에는 가족들의 부채 변제 등 절실한 문제를 안고 도비타
로 오는 여성들도 있었다.

'도비타가 있었기 때문에 가족들도 저도 살아갈 수 있게 되었습니다'
라는 젊은 여성의 말을 들으면 '그녀들을 불행에서 구제하는 것 또한 도
비타'라는 현실이 보이게 된다.

남자와 여자, 각자의 '약점'이 서로 뒤엉키며 성립된 것이 도비타 같은
도회지의 어둠이다. 어둠을 엿보는 것은 풍류를 모르는 자의 촌스러운
행동이지만 엿보지 않고는 견딜 수 없는 것 또한 마음속에 어둠이 있기
때문이다.

인생을 닮은 탈것

친구들이 순차적으로 '중년의 위기'를 맞이하는 것 같은 요즘. 물론 나도 예외는 아니라서 어느 순간 갑자기 갱년기 장애 증상을 겪는 일이……

지난날을 돌이켜보면 '아아, 정말 멀리 와버렸네'라는 생각과 더불어 앞으로 살아갈 나날을 내다보면 '어디까지 가야 좋단 말인가' 하고 고민한다. 중년의 위기란 수영장 한가운데의 가장 깊은 곳에서 문득 바닥에 발이 닿지 않는다는 사실을 알아차리고 당황하는 느낌이랄까.

호시노 히로미星野博美의 팬이기 때문에 손에 든『섬으로 면허를 따러 가다』. 어딘가의 섬으로 운전면허를 따러 갔다는 내용이라는 것은 제목만 봐도 알 수 있다. 막상 읽기 시작하자 그 계기가 저자에게 찾아온 중년의 위기였다는 것을 알고 더더욱 깊이 빠져들었다.

인간관계의 트러블이나 오랫동안 기르던 고양이의 죽음 때문에 어두운 마음을 안고 있던 저자는 상황을 타개하고자 '뭔가에 몰두하고 싶다'는 욕구를 품는다. 그 결과 '자동차 운전면허를 따기로' 한다. 인터넷에서 찾다가 느낌이 팍 온 교습소는 규슈에 있는 고토五島 열도의 후쿠에지마福江島였다. 핵심은 '말이 있고 어디에서든 타도 된다'는 것이었다.

'진짜?' 하고 나도 검색해보았는데 그 교습소는 실제로 있다. 말뿐만이 아니다. 개도 고양이도 염소도 닭도 있고 엄청 아름다운 바다가 보인다. 여기라면 가보고 싶을지도(면허는 있지만)!

고토 열도에 간 것까지는 좋았는데 교습을 받을 때는 쩔쩔매며 애를 먹었다. 빨리 나와야 하는 합숙소에서 '기숙사 원장'이라고 불릴 정도로 베테랑이 되면서 때로는 다 내팽개칠 뻔하기도 한다.

그러나 교관이나 다른 학생들, 또한 말이나 개와 교류하면서 조금씩 운전을 할 수 있게 되는 모습은 몹시 감동적이었다. 중년에게 더더욱 성장은 필요했다.

40년 넘게 차와 인연이 없던 사람이 처음으로 운전이라는 행위를 배우는 과정을 보면서 차에 대해서 다시금 생각하지 않을 수 없었다.

이 책에는 '차란 정말로 인생과 비슷해. 차를 통해 계속 인생을 배우고 있어'라고 쓰여 있는데, 분명 인생이란 자신의 뜻을 따른다고는 결코 말할 수 없는 차를 운전하는 것과 비슷할지도 모르겠다.

저자는 점차 섬에 적응하면서 '면허는 따고 싶지만 돌아가고 싶지 않다'는 상태가 되는데 과연 최종 결과는 어땠을지……? '뭔가'에 도전해보고 싶어지는 중년의 청춘을 위한 책이다.

차는 인생을 닮았다. 과연 그렇네요……라고 생각하는 나는 장롱면허 소유자다. 그렇기 때문에 여태껏 철도와 친하게 지내며 살아왔다. 탈것에 인생을 비유할 때도 머릿속에는 철도가 떠오른다. 정해진 레일 위를 달리는 쪽이 편하고 나에게는 더 맞다고.

그러나 철도를 진정으로 좋아하는 사람들은 결코 깔린 레일 위를 달리는 것을 좋아하는 인종이 아니다. 오히려 레일을 스스로 깔려는 사람들이지 않을까…….

이렇게, 하라 다케시 씨의 저작을 읽으며 항상 생각하는데 『레드 애로와 스타 하우스』의 테마는 세이부西武 철도다.

'레드 애로Red Arrow'란 세이부 철도의 특급열차 명칭이며 '스타 하우스'란 일본주택공단 단지의 특징적인 건축물 형태를 말한다. 별 모양이 많아서 스타 하우스인데, 세이부 철도가 지나가는 근처에는 일찍이 이런 형태의 공단 집합 주택이 많이 지어졌다.

세이부 철도는 이케부쿠로와 신주쿠를 터미널로 하여 제각각 거의 평행하게 도쿄 서부를 향해 달린다. 주오센中央線을 타는 나는 그리 멀지 않은 북쪽에 세이부센西武線이 달린다는 것을 알고 있는데, 청춘 시절 세이부 백화점이나 파르코 백화점을 원점으로 하는 '세이부 문화'에 젖어 있었지만 '세이부센 문화'와 가까이 하는 일은 없었다. 세이부센과 주오센의 분위기는 미묘하지만 명확히 달랐다. 그리고 세이부센의 분위기가 어째서 주오센과 다른지에 대해서도 생각해본 적이 없었다.

이 책을 읽고 나는 세이부센 문화를 이해하지 못했던 이유를 잘 알 수 있었다. 그 키워드는 '단지'였다. 세이부센을 따라 지어진 많은 단지에서는 일본공산당과 친화성이 높고 독특한 사상 공간이 만들어졌다.

이는 세이부 제국의 창시자인 쓰쓰미 야스지로堤康次郎의 의도와 전혀 달랐음을 이 책은 명확히 한다. 친미적 입장의 정치가였던 쓰쓰미는 미국식 생활을 추구했다. '미국의 디즈니랜드에 뒤지지 않는 세계 최고를 만들고 싶다'는 생각으로 세이부엔西武園을 조성한 쓰쓰미. 그의 라이벌은 도큐센東急線 주변에 영국의 교외 풍경 같은 생활을 실현시키고자 한 고도 게이타였다.

한편 경영자로서의 쓰쓰미는 '나는 아버지고 사원은 가족'이라는, 저자의 표현을 빌리자면, '세이부 천황제'의 기틀을 깐다. 극히 일본적인 심정과 미국에 대한 동경. 이러한 경영자를 우두머리로 하는 철도. 그러나 그 주변에 보이는 것은 결코 미국식 생활이 아니었다.

세이부 주변 단지에서 자란 저자가 그 코뮌적 분위기를 체감한 것은 『다카야마 코뮌 1974』에 자세하게 나오는데 이 책에서는 일본의 단지가 구 소비에트 시대에 생긴 집합 주택과 흡사하다는 점을 지적한다. 단지에는 현실 정치나 쓰쓰미 같은 대자본가에게 불만을 품은 주민들이 살고 있었다. 그리고 '지역 주민을 주체로 현 상태를 개혁하기 위한 **아래로부터의 정치사상**을 부단히 창출한다'는 세이부 철도 주변의 독자적인 분위기를 만들었다.

사철이란 말 그대로 '사私'적인 철도다. 기업과 창업자의 욕망과 의지가 강한 영향을 끼치는데 그들은 실로 '레일을 스스로 깔려는 사람'이다.

그러나 탈것이 꼭 조종하는 사람 뜻대로 움직이란 법은 없다. 뜻하지 않게 쓰쓰미 야스지로의 의지와는 딴판이 된 세이부 철도 주변. 이런 사정을 알게 되면 전후가 다른 각도에서 보인다.

자동차는 운전할 수 없고 조수석에 타는 것도 마음이 쓰여서 별로 좋아하지 않는다. 열차는 좋아하지만 종종 시각표를 잘못 읽기도 하고, 애당초 시각표 자체가 내 사정을 봐주지도 않는다.

뜻대로 되지 않아 부아가 치밀 때는 걷는 수밖에 도리가 없다. 속도는 느리지만 내가 가고 싶을 때, 가고 싶은 방향으로 확실히 나아갈 수 있기 때문이다.

『굽 낮은 게타와 스니커즈』는 걷는 즐거움 그리고 걸을 때만 느낄 수 있는 것을 잘 전해준다. 부제는 '도쿄 어제오늘 데코보코(요철) 산책'인데 이 책은 나가이 가후의 『게다를 신고 어슬렁어슬렁』에 대한 오마주라고 해도 좋을 것이다. 가후가 게타를 신고 걸었던 도쿄를 오타케 아키코 大竹昭子는 스니커즈를 신고 한 손에 카메라를 든 채 걷는다.

가후는 골목길이든 언덕 아래든 걷는 것을 좋아했던 사람인데, 이런 장소는 지금도 도쿄의 깊은 맛이 응축되어 있는 것 같다. '빌딩이나 건물이 늘어 그(가후)가 살던 무렵에 비해 훨씬 털이 수북해진 도쿄의 표면'을 '바리캉으로 깎는 마음으로 걸어'가는 저자인데 발걸음이 섬세하다. 바리캉으로 깎는다기보다는 빌딩 뿌리 부근에 살짝 들어가는 느낌이다. 도쿄의 지면에 의외로 많은 데코보코 위를 걸으며 저자는 가후의 마음속에 있던 데코보코도 느낀다.

　가만히 앉아 있을 때는 전혀 떠오르지 않았던 생각이 걷자마자 불쑥 되살아나기도 한다. 그리고 걷고 있으면 차를 탔을 때 느끼지 못했을 것도 느끼게 되기 마련이다.

　햇살이 어떻게 비치는지 기온이나 습도, 발에 느껴지는 언덕길 경사 정도……. 저자가 어떻게 걸어가는지 보고 있노라면 걷는 것에 의해 눈 이외의 감각도 민감해짐을 잘 알 수 있게 되며 내 발이라는 탈것이 사랑스러워진다.

보지 않는 능력

영화가 시작될 때까지 아직 시간이 있었기 때문에 단것을 먹으려고 유라쿠초有楽町 교통회관 지하에 있는 '오카메'에 들어갔다.

결코 '스위트'라고 자칭하지 않는 옛날 그대로의 전통 디저트점이 감소 추세인 요즘. 이 가게는 도시 속 소중한 오아시스라고 생각하며 달콤한 전통 디저트를 주문하고 나서 『마시면 고향』를 펼친다.

이 책은 일본에 오래 살았던 미국인 대학교수 마이클 모라스키Machael Molasky가 썼다. 붉은 등인 아카초칭赤提燈이 걸린 선술집에 대한 사랑 고백이자 선술집을 통한 도쿄론이다. 공교롭게 술을 마시지 못하는 나는 이 방면에 어둡기 때문에 저자가 지금까지 마시러 다녔던 여러 거리의 다양한 이자카야를 마냥 신기해하며 읽어 내려갔다.

선술집 라이프는 너무나 즐거울 것 같아서 술을 마실 줄 알았다면 참 좋을 뻔했다는 생각이 들었다. 그러나 달콤한 것을 파는 디저트 가게는 여자들의 선술집, 이것이 내가 옛날부터 가져온 지론이었다. 이성이 들어오면 안 되는 것은 아니지만 달콤한 디저트를 파는 전문점은 여자들의 아지트이자 성역이다. 선술집이 남자들에게 그러한 장소인 것처럼 말이다. 어느 쪽이든 노련한 종업원이 홀로 온 손님도 따뜻하게 맞이한다.

선술집에 있어도 딱 좋을 목재로 된 '오카메'의 탁자. 그리고 노렌상점 출입구에 쳐 놓은 발로, 상호 등을 새긴 천에 깊이 새겨진 '감甘'이라는 문자가 장사에 대한 긍지를 나타낸다.

옆자리에는 여자끼리 즐겁게 그러나 소곤소곤 이야기를 이어가는 중년의 사모님들. 또 다른 곳에서는 홀로 조용히 디저트를 먹고 재빨리 돌아가는 여직원으로 보이는 아가씨도 있다.

그런 풍경은 선술집에서 수다를 즐기고, 가끔은 홀로 마시다 훌쩍 돌아가는 남성의 모습과 몹시 흡사하다. 디저트 가게에서 감명을 받지는 않지만 당분이 가져다주는 행복감은 확실한 까닭에 저자의 기분을 '그럼, 알고말고!'라고 공감하며 읽었다.

저자는 화려한 거리에는 전혀 가지 않는다. 차례에 나열된 것은 스사키洲崎, 다치카와立川, 아카바네, 주조十条, 오하나자야ぉ花茶屋…… 등 멋들어진 거리의 이름. 홀연히 그 거리에 내려 길을 헤매다 오랜 세월 다져온 미각으로 자신에게 맞는 가게를 발견하는 것이다.

물론 이 책은 그저 단순한 이자카야 탐방기가 아니다. 예전 유곽과 이자카야의 관계. 이자카야를 키워드로 바라보는 도쿄 이스트 사이드와 웨스트 사이드. 주오센 문화와 '르 구니타치國立'. 적당히 학술적인 시점이 상당한 알코올 농도의 에세이에 깊은 맛을 더한다.

그리고 저자는 어지간한 선술집 원리주의자였다. 기분 좋은 가게에서 소동을 피우는 손님에게는 '이봐 **시로키야**白木屋는 저쪽이야!'라고 내뱉고, 편의점 오뎅 코너에 아카초칭이 있는 것을 보고는 '편의점 오뎅 가게와는 정반대거든! 절대 혼동해서는 안 되지' 하고 울분을 터뜨린다.

일본인인 나의 관점에서 보자면 '그 정도는 괜찮지 않을까'라고 생각하지만 그러나 '순수한 것'을 지켜가는 건 의외로 외부에서 온 사람일 수도 있는 법이다.

……바로 여기까지 읽은 시점에서 달콤한 디저트를 다 먹었다. 선술집처럼 이런 가게에는 오래 머무를 필요가 없다. 그럼, 영화를 보러 가볼까.

어떤 지역을 살필 때 굳이 좁은 창을 통해 봄으로써 생각지도 못했던 시야가 열리고 커다란 것이 보이는 경우가 있다. 그런 점에서 선술집의 아카초칭은 도쿄를 보는 데 아주 좋은 창이었다.

이와 달리 '어스 다이버earth diver'는 커다란 눈으로 땅을 내려다본다. 때로는 새처럼 하늘 높은 곳에서, 때로는 땅속 깊이 다이빙한다. 그리고 시공도 정신의 지층도 거슬러 올라간다.

나카자와 신이치中沢新一의 『어스 다이버』는 그런 시점으로 도쿄를 본 책인데 『오사카 어스 다이버』는 제2탄이다.

동서의 길은 '도오리通り'라고 하고 남북의 길은 '스지筋'라고 부르는 오사카. 이 책은 그 동서 축과 남북 축의 의미를 이야기하면서 시작한다. 도쿄와도 교토와도 다른 이 도시의 생성에 큰 힘이 된 것은 바다를 건너온 민족, 도래인들이었다.

지층과 시대와 정신을 관통하는 커다란 눈으로 오사카를 바라보면서 알게 된 것은 장대한 도시론만이 아니었다. 오사카는 왜 상업 도시가 되었는지. 코미디 산업의 원류와 '죽음'의 관계. 그리고 한국에서 이 땅으로 온 여신의 후예는…… 독자는 '오사카 상인', '오사카 코미디', '오사카 아줌마' 등 비슷한 어구가 반복되는 이미지가 지역의 고층과 연결됨으로써 분명하게 해부되는 모습을 볼 수 있다.

남쪽의 번잡함과 차별받는 사람들. 어스 다이버의 눈길은 더더욱 깊숙한 곳까지 파고든다. 적당한 선에서 멈추지 않으면 위험하지 않을까 하는 생각이 들 정도다. 그러나 어스 다이버는 깊게 가라앉은 문제도 퍼올리며 그 습기를 우리에게 보여준다.

그 공평하고 역동적인 시선은 『마시면 고향』의 저자와 마찬가지로 '외부 사람'이기 때문에 가능하지 않았을까. 저자는 오사카에서 나고 자란 사람이 아니다. 도쿄 출신도 아니다. 시리즈 첫 번째 『어스 다이버』에서 '시골에서 도쿄로 온 나'는 '도쿄에 살기 시작한 이래 매일같이' '이 도시의 길목과 골목, 상점가와 환락가, 겉과 속에 있는 모든 지대에 깊은 홍미를 가지고 계속 산책했다'고 말한다. 도시에서 타자이기 때문에 비로소 가능했던 대국적大局的 시선이 자극적인 오사카론을 탄생시켰다.

설령 시력이 비슷해도 보이는 것은 사람에 따라 전혀 다른 법이라고 항상 생각한다. 여자에게는 보이는 것이 남자에게는 보이지 않을 수도 있고 그 반대의 경우 또한 존재한다. 사람들은 아마도 스스로를 보호하기 위해 보지 않아도 되는 것은 보지 않는 능력을 몸에 익히는 듯하다.

그렇기 때문에 더더욱 보통 사람들에게 보이지 않는 부분까지 보여주는 책은 홍미롭다. 『이상한 일본 미술사』는 일본 회화 세계의 역사에 흠뻑 빠져들게 하는 책이다.

저자 야마구치 아키라山口晃는 우키요에浮世絵에도시대에 성립된 목판인쇄화. 풍경화, 인물화 등으로 대중에게 인기가 많았고 유럽에도 전해져 프랑스 인상파 작가들에게 영향을 주었다나 야마토에大和絵대부분 헤이안시대의 일본화를 지칭하며, 산수를 그린 작품이 많다 등과 현대 회화 세계가 뒤섞인 듯한 멋진 그림을 그린다. 회화 방면의 전문가여서 일본화의 역사를 거슬러 올라가 선을 묘사하는 방법, 공간을 다루는 방법을 보고 그린 이의 마음을 이끌어낸다.

〈조수희화鳥獸戲畵〉〈낙중낙외도洛中洛外圖〉, 셋슈雪舟, 이토 자쿠추伊藤若冲 등 우리도 '알고 있고' '본 적 있는' 그림과 화가를 다룬다. 유명한 그림은 옛날부터 쭉 지금처럼 있어왔다는 기분이 들어 실제로 그린 인간이 존재했다는 사실을 자칫 잊어버리기 쉽다.

그러나 이렇게 '볼 줄 아는 사람'이 해설해주면 '과연 그렇구나, 이 선은 한 번에 그려진 게 아니었구나'라든가 '그 꼼꼼한 〈낙중낙외도〉를 그린 사람은 역시 작업이 즐거웠겠네요'라고 붓을 쥔 화가의 모습이 바로 눈앞에 보이는 것 같다. 마치 고전문학 해설서를 읽고 고전 작가가 친구처럼 생각되는 것과 비슷하다.

미술 세계에 밝지 않은 나는 평소 그림을 봐도 '아름답다'거나 '꼼꼼하다'거나 하는 투박한 감상밖에 느끼지 못한다. 그러나 '왜 이 그림은 옆얼굴에 그려져 있는 눈이 정면에서 본 형태인 거지?' 하고 누군가 문제를 제기하면 '분명…… 이상해!'라는 생각도 든다. 지금까지 그냥 '그런 거겠지'라고 막연히 생각했던 이상스러움이 이상한 이유와 함께 머릿속에 떠오르는 것이다.

『이상한 일본 미술사』를 읽고 여러 시대의 화가들의 마음을 상상하며 지금에 이어지는 일본인의 미적 감각과 예술풍이 선명해졌다. 그리고 회화라는 스스로 살아가는 세계의 역사에 들어가 찬찬히 그 '이상함'을 봄으로써 저자가 발견했던 것은 그 역사와 이어지는 자신의 모습이지 않았을까.

간병은 가족 내에서?

금각사金閣寺 방화 사건을 제재로 작품을 쓴 미시마 유키오와 미즈카미 쓰토무水上勉. 두 사람을 비교하는 책을 쓴 적이 있었다. 원래 미시마 유키오 팬이어서 쓰기 시작했는데 여러 가지 조사를 하다가 점점 미즈카미 쓰토무 쪽으로 기우는 나를 발견했다.

미시마와 미즈카미는 대조적인 작가였다. 도쿄의 명문가에 태어나 엘리트로 성장하고 젊은 나이에 작가로서 성공했던 미시마. 이와 달리 미즈카미는 와카사若狹의 빈농 집안에서 태어나 열 살 때 교토에 있는 어느 절의 동자승이 되면서 여러 직업을 전전한 끝에 작가가 되었다. '드러난 사람', '파묻힌 사람'이라고 부를 수 있는 존재다.

그런데 미즈카미는 이른바 '사람을 홀리는 자'였던 것 같다. 여성에게는 물론 남성에게도 인기가 있었다. 미남이었을 뿐만 아니라 사람의 마음을 붙드는 기술을 가지고 있었다. 내가 미즈카미에게 기운 것도 그 탓일지 모른다…….

화려한 여성 편력으로 알려진 미즈카미지만 첫아들은 철도 들기 전에 남의 집에 맡겼다. 그 후 미즈카미는 아이 엄마와 헤어지고 아이와도 연락이 두절되었다.

아이는 어른이 되고 나서 직접 조사하여 자신의 아버지가 미즈카미 쓰토무임을 알게 된다. 지금으로부터 30여 년 전의 일이다. 『아버지 미즈카미 쓰토무』는 첫아들 구보시마 세이치로窪島誠一郎 씨가 아버지의 모습을 그려낸 책이다.

구보시마 씨는 30년 이상 친부에 대해 모른 채 살았지만 아버지가 유명 작가라는 것을 알고 나서도 원망하는 기색은 없다. 오히려 재회를 기뻐하고 이후 미즈카미가 만년에 이르기까지 아버지와 아들의 우호적인 관계는 계속된다. 미즈카미는 자기가 버린 아들의 마음까지 붙잡았다.

저자는 미즈카미의 생애를 모방하고 있는데 아버지의 행적을 오로지 예찬만 하지 않는다. '인기 있는 사람'이란 인기가 있는 만큼 다른 사람에게 상처를 주기도 한다. 이 책은 그 점을 분명히 한다.

여러 곳에 집이 있었으며 세이조成城에 있는 본가에는 거의 오지 않았다는 미즈카미.

'자기 아이를 한 번도 안아준 적이 없는 사람이 책에 아이를 사랑한다고 쓰면 사람들은 그렇게 받아들일지도 모르지. 그러나 그것은 잘못된 거야.'

장애를 가진 아이를 홀로 키웠던 미즈카미의 아내가 한 이와 같은 발언은 실로 중대한 의미를 가진다.

미즈카미는 가난이나 고생을 '팔 수 있는' 사람이었다. 주위 사람들도 이를 알고 있었다. 알고 있으면서도 그 연극성에 어느새 이끌렸던 것이리라.

일본 원자력발전소의 약 4분의 1이 집중된 후쿠이福井 현 남부, 이른바 원전긴자가 고향인 미즈카미는 일찍부터 원자력발전에 위기감을 표현했다. 이 시대에 미즈카미가 살아 있었다면 무엇을 말하고 무엇을 했을까. 가난, 고생, 그늘, 약점. 이 모두를 양식 삼아, 전술로 이용했던 미즈카미의 만만치 않은 존재감이 지금 같은 시대에 더더욱 이채를 발한다.

『아버지 미즈카미 쓰토무』에는 미즈카미 만년의 모습도 묘사된다. 뇌경색을 앓은 뒤 나가노의 별장에서 수년을 보냈던 그의 주위에는 언제나 여자들이 끊이지 않았고 한 사람씩 차례차례 미즈카미를 돌봐주었다. 실은 그 사이에 딸도 있었지만 아내의 모습은 없었고, 여러 여자 친구들이 미즈카미 주변에 있었다. 딸을 빼면 피붙이가 아닌 여자들이 기저귀 교환에서 요리까지, 눈을 감는 순간까지 간병을 했다.

이는 미즈카미가 인기 있는 사람이었기 때문에 가능했겠지만 『대간병시대를 살다』를 읽다 보면 피붙이가 아닌 사람들의 간병은 선진적인 사례임을 알 수 있다.

굳이 말하지 않아도 모두 알고 있는 저출산 고령화 사회. 그것은 간병을 받을 사람이 급증하고 그에 비해 간병을 담당할 사람이 계속 감소함을 의미한다. 사람들이 결혼하지 않고 아이를 낳지 않게 된 시대, 간병이 얼마만큼 무겁게 다가올 문제일지 자각을 촉구하고 해결책을 찾는 사람은 80세가 넘은 히구치 게이코樋口惠子 씨다.

이 책은 '간병 선진국'인 스웨덴이나 핀란드를 방문하여 일본의 미래 간병 형태를 모색하는 것이 큰 특징이다. 북구의 간병 지원 정책에는 간병인에 친족만이 아니라 친한 친구나 이웃, 개인적 견해로 친족으로 간주하는 이 등 여러 사람들도 포함한다.

일본에서는 현재 대가족 형태로 사는 고령자는 오히려 소수다. 과반수가 독거노인 혹은 부부끼리 생활한다. 비혼화가 진행되는 가운데 '부모와 미혼의 자식'만으로 지내는 고령자 비율도 '3세대 가족'을 역전하고 있다.

일본에서는 종래 '간병은 가족 내에서'라는 암묵적 이해가 있었다. 부모와 자식은 동거하고 부모가 나이를 먹으면 며느리가 간병을 하기 마련이었다. 1978년 후생厚生 백서에서 일본의 부자간 동거 비율이 월등히 높음이 '복지에서의 부외자산'이라고 간주되었던 것은 유명한 이야기다.

이 책은 간병을 둘러싼 환경이 급변하는 현상을 명확히 한다. 어린아이 수가 감소하고 가정에서 간병을 담당하는 사람 수는 급감하고 있다.

'며느리'는 친정 부모의 간병도 나 몰라라 할 수 없다. 노인이 노인을 간병하거나 부모 자식이 일대일로 간병함으로 인한 학대나 살인까지 일어나는 지금 '친족만이 짊어지지 않는 간병'은 절실히 요구되는 게 아닐까.

친족만이 짊어지지 않는다는 것은 '여자에게만 짊어지게 하지 않는다'와도 일맥상통한다. 워크 라이프 밸런스work-life balance란 단어는 상당히 널리 퍼졌지만 '남성＝워크, 여성＝라이프라는 성별의 격차'는 저출산의 원인이 되고 있다. 그리고 히구치 씨는 나아가 '워크 라이프 케어 밸런스' 시스템 구축을 급선무로 삼았는데, 남녀의 격차가 조금이라도 적은 시스템을 만드는 것이야말로 간병 문제뿐만 아니라 일본인 전체의 행복과 긴밀히 연결되어 있다.

그러고 보니 미즈카미 쓰토무는 장애를 안고 있는 아이를 아내에게만 떠맡겼다. 그의 간병을 혈연관계가 없는 여성들이 맡은 것은 미즈카미의 인덕일지도 모르지만 그곳에 아내가 없었다는 것은 그의 업이라고 할 수 있지 않을까.

간병은 육아 문제와 비슷하다. 히구치 씨의 취재에 따르면 핀란드에서는 독특한 복지 직종 양성 방법이 있어서 '전문고등학교(일본의 고교 수준)에서 처음으로 인간에 대한 케어의 기초를 배우고 그 후 **보건 코스와 간병(주로 고령자) 코스**로 나뉜다'고 한다. 너무나 이치에 맞는 시스템이다……

『아로마더링 섬의 아이들』을 읽고 간병과 육아의 공통점에 대해 더 깊이 생각하게 되었다. '아로마더링'이란 '모친에 의한 양육 행동(마더링)을 모친이 아닌 사람(아로)이 한다는 것'이다. 행동발달학 연구자인 저자 네가야마 고이치根ヶ山光一는 일찍이 일본에서 가장 출생률이 높았던 오키나와 다라마多良間 섬에서 현지 조사를 하고, 이곳의 출생률이 높은 이유는 모친에게만 육아를 지우지 않기 때문일 거라는 견해를 보였다. 여

러 사람의 손길이나 눈길이 있기 때문에 모자끼리만 과도하게 밀착하지 않는 것이다.

나도 일찍이 '출생률 일본 최고의 섬'을 보고 싶어서 다라마에 간 적이 있는데 교통신호도 딱 한 군데밖에 없는(아이들에게 신호를 이해시키기 위해), 아이가 안전하게 뛰고 돌아다닐 수 있는 곳이었다. 사탕수수 농가가 많기 때문에 부모는 농사일로 바쁘지만 조부모나 보육원, 학교뿐만 아니라 섬 전체가 아이들을 돌보는 느낌이었다.

저자는 나아가 이 섬에는 일찍이 '돌봄 누나'라는 관습이 있었다는 것을 밝힌다. 돌봄 누나란 초등학교 정도의 여자아이가 혈연관계가 없는 혹은 아주 먼 친척인 아이 부모의 의뢰를 받아 갓난아이의 부모 역할을 하며 육아를 돕는 것이다. 현재 돌봄 누나 시스템은 거의 없어졌고 대신 보육원이 노력을 하고 있는데 돌봄 누나 정신은 섬사람들 사이에 여전히 남아 있다.

이 섬의 육아 시스템을 다른 지역에 그대로 가져오기는 어려울 것이다. 그러나 상대가 어린아이든 노인이든 가정에 틀어박히지 않고 여러 사람들과 함께 '케어'한다는 자세는 우리에게 힌트가 되지 않을까 생각한다.

패자들

나카무라 간자부로에 이어 이치카와 단주로도 타계했다는 '설마'의 연속인 가부키 세계. 일개 가부키 팬에 지나지 않는 나도 새로운 가부키 좌의 오픈을 맞이하여 '가부키는 어찌 될까' 하며 약간 걱정하고 있다.

그러나 곤경에 처했기 때문에 더더욱 가부키 세계 사람들은 힘을 발휘할 것이고 팬들 또한 가부키를 더 깊게 사랑하지 않을까……라고, 『길 위의 요시쓰네』를 읽고 생각한다.

이 책의 주제는 '불우한 패자에 대한 동정심'이다. 일본인이 옛날이나 지금이나 자칫 갖기 쉬운 이 감정은 어떻게 양성되었는가. 자료나 연극에서 미나모토 요시쓰네源義経, 소가曾我 형제가 어떻게 다루어졌는가를 면밀히 살펴보며 탐구한다.

어린 시절 아버지를 여읜 요시쓰네는 구라마야마鞍馬山에서 유년기를 보내고 덴구天狗로부터 힘을 받았다고 전해진다. 히라이즈미平泉에서 오슈 후지와라 씨奥州藤原氏의 비호를 받았고 겐페이源平 전쟁 중에는 단노우라壇ノ浦 전투 등에서 대활약! 겐지源氏가 승리하는 데 공로자가 되었지만 형인 요리토모頼朝 일본 최고의 무사 정권인 가마쿠라 막부의 정이대 장군이 되어 중세를 연 인물. 요시쓰네의 이복형이다의 허락 없이 조정에서 관위를 받았다는 이유 등으로 형에게 미움을 받고 쫓기는 신세가 된다. 마지막에는 오슈奥州에서 자결한다.

천하를 얻은 요리토모조차 비교가 안 될 정도로 비참한 말로를 겪은 요시쓰네. 그리고 벤케이弁慶라는 이름의 유명 캐릭터까지 얻어 연극이나 이야기 등에서 엄청난 인기를 누리고 있다. 나는 요시쓰네의 인기는 '장남이 아닌 이들의 비애'를 느끼는 모든 일본인의 동정표라고 생각했다.

저자 시노다 마사히로篠田正浩는 요시쓰네에 대해 '정주할 수 없는 예능인의 운명과 완전히 일치한다'고 말한다. 요시쓰네의 인생이 전통 예능 세계에서 다루어지는 경우가 많은 연유인데 '차별당하고 정주가 불가능한 예능인과 요시쓰네의 도망처인 변경이 공통적이고, 고대부터 중앙에서 배제되고 소외된 예능인의 피해 의식이 작용하여 조정의 적이 되어 유랑하는 요시쓰네를 상징화하였다. 그리하여 여러 지역을 돌아다니는 성인이나 산악 수행 행자들을 신성시하는 것과도 비슷한 **불우한 패자에 대한 동정심**을 키워갔다'고 파악한다.

요시쓰네 관련 가부키로 가장 유명한 작품 중 하나인 〈간진초勧進帳〉는 7대 이치카와 단주로가 1840년에 초연했다. 11대째(현) 에비조海老蔵가 니시아자부西麻布 구타 사건으로 인한 근신에서 복귀한 후 연기했던 것도 〈간진초〉였다. 산중에서 수행하는 야마부시山伏로 변장한 벤케이 역에 아버지 단주로가, 요시쓰네·벤케이 일행에 온정을 보이는 도가시富樫 역에 에비조가 출연한다. 배역이 반대였다면 더더욱 사실적일 거라고 생각했지만 근신에서 자유로워진 아들에 대해 아버지가 온정을 보이는 역이라면 반대로 너무 납득이 되지 않았을까. 여하튼 우리는 상처 입은 에비조와 이치카와 집안을 쫓기는 신세인 요시쓰네와 벤케이 일행과 합치시켜가며 〈간진초〉를 감상한다.

그리고 앞으로 팬들은 단주로가 타계한 이치카와 집안에 요시쓰네에게 보냈던 시선을 던질 것이다. 가부키 상연 목록에는 불우한 패자에게 동정을 보내는 관객을 의식해서 쓰인 것이 많지만, 동족이라는 한정된 구성원이 하는 특수한 연극인 가부키 역시 불우한 패자에 대한 동정이라는 심정이 지탱해온 것이 아닐까.

이 책의 마지막 부분에 소가 형제가 하코네곤겐箱根権現에 기원을 드리는 장면과 도쿄—하코네 간 장거리 릴레이 경주에서 젊은이들이 달리는 모습을 중첩시켜 보는 저자의 자세가 흥미로웠다. 그리고 저자가 1950년 바로 그 릴레이에서 달린 적이 있다는 사실에도 깜짝 놀랐다.

요시쓰네나 소가 형제가 나오는 상연 목록은 시대물이라고 불린다. 정치 세계가 묘사된 시대물은 남자가 중심이 되는 이야기가 많은데, 사실 나는 여성이 이야기의 중심이 되는 세와물 쪽이 화려해서 더 좋다.

종종 세와물의 무대로 유곽이 나오고, 유녀가 등장한다. 아름다운 기모노를 입은 유녀들이 무대에 나오면 눈이 번쩍 떠진다.

그러나 요시쓰네가 남자 세계에서 패자라고 한다면 유녀 역시 여자 세계에서 패자다. 패자는 항상 극의 세계에서 주목을 받는다.

관객에게 에도시대의 유곽 모습은 어디까지나 무대 위의 세계다. 그러나 『요시와라 야화』를 읽고 '유곽이란 이런 곳'이라는 사실적인 장면이 떠올랐다.

이 책은 일찍이 요시와라에 있었던 나카고메로中米樓라고 불리우는 유곽에서 태어나 초대 이치카와 엔노스케市川猿之助에게 시집을 간 기노시 고토코喜熨斗古登子(현 엔노스케나 가가와 데루유키香川照之의 고조모, 즉 증조부모의 한 대 위)라는 여성이 들려주는 옛날이야기를, 각본가인 미야우치 고타로宮内好太朗가 듣고 정리한 이른바 '요시와라 오럴 히스토리'다. 이 고토코, 상당한 여걸이었던 것 같다.

어린 시절 '우에노上野 전쟁'까지 기억하는 고토코가 이야기하는 에도식 모습은 마치 연기 같다. 선명한 말투로 표현된 연기로만 보았던 유곽의 생활이나 관습에 어느새 완전히 흡입되어 마치 연기 세계로 들어간 듯한 기분마저 든다.

유곽의 상급 유녀인 이른바 '오이란花魁'은 당시 스타 같은 존재였다고 한다. '손님에게 무슨 말을 들어도 대답하는 일은 극히 드물었고 대체로 턱을 약간 끄덕이며 대답을 했습니다', '상하좌우를 보는 게 아니라 그저 눈을 조금 움직이는 것만으로 봅니다' 등의 이야기를 읽으면 '정말이었을까' 하고는 납득해버린다. 여덟 팔 자로 걷는 수업은 몇 년이나 걸리기도 했다는 것이다.

그러나 스타 유녀들도 '요시와라의 유곽에서는 옛날부터 고시마키腰卷라는 것을 반드시 잘라 따로따로 분리하여 끝을 바느질하지 않고 휘감도록' 정해져 있었다고 한다. 이는 손님과 트러블이 생겼을 때를 대비하는 것이었다. 즉 함께 죽자는 소동이 생기거나 흉기를 휘두르는 경우에 손이 묶여도 금방 풀 수 있도록 해두기 위해서였다.

화려해 보여도 한 치 앞에는 어둠이. 그런 요시와라의 명암이 눈앞에 언뜻언뜻 나타났다가 사라지곤 했다.

기노시 고토코는 요시와라에서 자랐지만 유녀는 아니었고 어디까지나 유곽의 주인 아가씨였다. 유녀들은 겨울에도 결코 버선을 신지 않았는데 그 점에 대해서 고토코는 '고약스럽고 무자비'하게 생각될지 모르지만 실은 그렇지 않다며, '아시는 바와 같이 잘 닦아놓은 복도에서 신는 조리草履가 비싸잖아요? 버선을 신고 층계를 오르락내리락하다가 혹시라도 버선이 미끄러져 다치기라도 하면 야단난다고, 유녀의 몸을 생각해서 그렇게 하는 거예요'라고 말한다.

그러나 나는 어디까지나 '경영자 측의 생각'일 거라고 짐작한다. 한겨울이라도 결코 버선을 신기지 않는다는 사실을 보면, 엄격히 그어진 선은 확실히 있었던 것이 아닐까.

『에도 유녀 이야기―유녀라고는 부르지 못하게 하겠어』는 경영자 측과는 반대 시점에서 접근한 에도시대 유녀에 관한 논고다. 우선 맨 처음 소개되는 것은 17세기의 『색도 오카가미』라는 책이다. 홍등가나 유녀의 역사에서 시작해서 손님으로서 어떻게 행동해야 하는가 등의 노하우, 유녀들의 생활이나 관습 등 여색과 관련된 사물을 망라한다. 라쿠고 〈2층 유곽〉의 젊은 나으리 등은 요시와라가 너무 좋아서 못 견딜 정도였다는데 『색도 오카가미』의 저자도 그렇지 않았을까.

나아가 소개하는 것은 여러 유녀의 모습. 요시와라나 다카오高尾 등 도회지의 유명 유녀를 통해서 당시에 어떤 여성이 '멋진 여성'이었는지 알 수 있었다. 지방에서 때로는 비참한, 때로는 마을 사람들에게 소중한 존재로 여겨지던 유녀들의 모습이 떠올랐다.

이 책에서는 일본과 중국, 한국 그리고 류큐의 유녀상도 비교하는데 일본의 유녀에 대한 최고의 칭찬은 '정'이 깊다, 라는 것이었다.

그리고 유녀를 '최고의 직업'으로서가 아니라 한 사람 한 사람의 인간으로 정성껏 조사하는 저자 와타나베 겐지渡邊憲司의 자세 깊숙이에도 정이 있었다. 요시쓰네를 넋을 잃고 바라보는 남성들이 많은 가운데 피차별자인 유녀에게 마음을 주는 남성의 자세는 귀중한 것이라고 생각했다.

13

표백당하는 사회

라쿠고 같은 세계

라쿠고 모임에 갔다. 당연히 도쿄의 라쿠고가들은 도쿄 말로, 오사카·교토의 라쿠고가들은 오사카·교토 말로 이야기한다. 그러나 그 외에도 어딘가 다른 점이 있는 듯한 기분이 드는데 그것은 과연……?

이런 생각을 품고 있을 때 마침 『베이초 쾌담』을 읽는다. 다케모토 노바라嶽本野ばら 씨와 라쿠고의 조합은 아주 의외였는데 간사이에서 태어난 저자는 코미디나 라쿠고를 가까이하며 자란 사람이었다. 오사카·교토의 라쿠고는 애당초 노천에서 연기했기 때문에 매 순간의 웃음이 중요했지만, 실내 좌석에서 연기하던 에도의 라쿠고는 스토리가 중시되었다고 쓰여 있었다. 이 부분에 대해서는 '과연 그렇네'라고 납득했다.

코미디에 대한 저자의 분석은 실로 예리하다. 그리고 『베이초 쾌담』에는 코미디를 해설하는 책에 종종 있기 마련인 '코미디에 대해 이렇게 아카데믹하게 분석했습니다. 대단하지요', '코미디에 대해 이토록 진지하게 고민하고 있습니다. 대단하지요' 같은 느낌이 없다. 『가쓰라 베이초─오사카·교토 라쿠고 대전집』에 들어 있는 소재를 하나씩 뽑아 제재로 삼은 에세이가 있는데 쓰는 동안 저자가 라쿠고의 등장인물 속으로 녹아든 느낌이다.

'라쿠고란 인간의 업에 대한 긍정'이라고 말한 사람은 다테카와 단시立川談志였는데 저자의 생활 역시 엄청난 업을 짊어지고 있었다. '돈이 없어 너무 곤란합니다', '카드 도산 상태'라면서도 옷을 사지 않고는 견딜 수 없고 '모에' 용품을 사지 않고는 견딜 수 없고 그때까지 살던 아파트 집세를 내지 못해 이사해야 하는 형국……이란, 정말이지 라쿠고에 나오는 사람 같은 상황이지 않을까.

나아가 대마 소지로 체포되었을 때를 라쿠고의 소재로 삼고 있는데, '아아, 계속 망나니로 살고 싶어라'라는 말이 정말로 딱 어울리는 사람이었다.

그런 저자가 '업에 대한 긍정'인 라쿠고라는 예술에 대해 말하기 때문에 이 책은 더더욱 흥미롭다. 그는 망나니로 살아가는 것이 얼마나 어려운지 아마도 알고 있었겠지만 그런 기색을 눈곱만큼도 보이지 않고 가쓰라 자코바桂ざこば와의 BL 망상 같은 것을 쓰는데 너무 재미있었다.

그가 단시를 '안 좋아합니다'라고 한 것도 이해할 수 있는 기분이 들었다. 이 책에는 '이렇게 변변치 않은 이야기를 여러분이 들어주시는 것만으로 밥을 먹을 수 있다니—라는 비굴한 태도를 개인적으로는 소중히 하고 싶다'고 쓰여 있는데 이는 오사카·교토를 깊이 연상시키는 도회성이자 멋이라고 생각한다.

가쓰라 베이초桂米朝 역시 그런 특질을 가진 사람일 것 같다. 그러나 가볍고 멋스러운 웃음 뒤에 실은 어둡고 무서운 것이 아무렇게나 놓여 있는 듯한 기분을 떨칠 수 없었다. 그런 광경이 엿보이는 책이었다.

『표백당하는 사회』에는 매춘 섬, 빈곤 비즈니스, 홈리스 걸 등 언뜻 보면 평화롭고 자유로운 현대 일본 사회의 가장자리에서 살아가는 사람들이 묘사된다. 『'후쿠시마'론—원자력 마을은 왜 생겨났을까』 등으로 알려진 예리한 사회학자 가이누마 히로시開沼博가 원자력발전이라는 주제에서 벗어나 쓴 작품인데 『베이초 쾌담』을 읽은 나는 '이건 라쿠고 세계 같은데'라는 생각이 문득 떠올랐다.

빈곤, 유곽, 죽음. 라쿠고에는 한계 상황의 이야기가 많이 나온다. 이러한 상황을 웃음으로 날려버리는 것이 바로 라쿠고다.

이와 달리 현대사회에서 한계 상황을 살고 있는 사람들에 대해서는 웃으면 안 되는 일로 여긴다. 저자는 이런 '있어서는 안 되는 일'이 교묘히 '표백'당하고 보이지 않게 되는 실례를 제시한다.

예를 들어 셰어하우스 이야기를 살펴보자. 셰어하우스란 멋진 건물에서 멋진 젊은이들이 즐겁게 지낸다는 이미지가 있는데 그중에는 저소득에 고용마저 불안정한 사람들이 모여 사는 셰어하우스도 있다. 그중 한 곳에서 정신이 불안정한 남성 거주자가 약을 잘못 복용하여 사망한다. 친족들이 시신 인수를 거부하여 그의 죽음은 유품 정리 업자에 의해 아무것도 없었던 것처럼 표백되어버린다.

이 사례를 읽고 나는 송구스럽게도 '이건 라쿠고 작품 〈라쿠다〉와 똑같네'라고 생각했다. 셰어하우스란 말하자면 연립 쪽방 다세대다. 수입이 적은 사람들이 모여 있다면 더더욱 라쿠고에 어울린다. 거기서 한 남자가 돌연사하고 시신을 어찌 처리해야 할지 곤란해서……라니 실로 〈라쿠다〉 자체이지 않나? 상황이 너무 비슷하다.

그러나 연립 쪽방 다세대 셰어하우스에서 사람이 죽었을 때는 거주자들이 몰려와서 어떻게든 하려고 하지 않는다. 셰어하우스에서 '죽음'이란 있어서는 안 될 일이며 거주자들에게 알려지지 않도록 조용히 처리된다.

라쿠고 세계에서는 사회 언저리의 한계 상황을 살고 있는 사람들이나 장소는 '일반적이라고는 할 수 없지만 있는 것이 당연'하다고 인식되었다. 특수하지만 확고한 존재감 때문에 더더욱 라쿠고 세계에서는 그들에 대해 웃어넘길 수도 있었다.

그에 비해 현대에는 한계적 장소도 사람들도 법률이나 인권 의식 등에 의해 '존재할 리 없는' 존재가 되었다. 존재함에도 불구하고 존재하지 않는 것으로 간주되기 때문에 설령 바로 옆에 그런 사람이 있다 해도 보통 사람들에게는 보이지 않는다.

사람들이 집단으로 살아가는 한 주변부는 반드시 존재한다. 가장자리가 안쪽으로 들어옴과 동시에 안쪽이 가장자리로 떠밀려 나간 결과, 사회 저변으로 가라앉는 사람들의 모습을 이 책을 통해 알게 되었다.

『표백당하는 사회』에는 일본에 살고 있는 외국인들의 모습도 묘사된다. 일본인과 위장 결혼을 해서 일본에서 일하는 사람. 어머니가 일본계 사람과 재혼했기 때문이 브라질에서 일본으로 건너온 청년. 그들의 모습 또한 가장자리의 일부다. 어느 나라든 외국인들은 자칫 가장자리로 밀려나기 쉬울지도 모른다.

해외에 사는 일본인 역시 가장자리 감각을 느끼면서 살아가는 사람이 많다고 생각한다. 가장자리에 사는 그들이 어떻게 싸우며 살고 있는지를 묘사한 책도 많다.

그러나 이탈리아에 살고 있는 우치다 요코內田洋子 씨의 에세이는 결코 가장자리 감각을 느끼게 하지 않는다. 이탈리아인과 결혼한 것도 아니고 특별한 배경이 있는 느낌도 아니다. 동양인 저자가 극히 평범하게 이탈리아 풍경에 자리 잡은 인상이다.

에세이에 기록된 것은 '이 나라는 이렇게나 멋지다'도 아니며 '일본인은 이렇게 이상하다'도 아니다. 보통 이탈리아 사람들의 빛과 그림자가 선명한 색채와 함께 묘사되어 있다.

나는 『밀라노의 태양, 시칠리아의 달』을 좋은 화집을 넘기는 느낌으로 읽었다. 저자가 한 층에 한 가족이 사는 밀라노의 6층 건물 주택으로 이사한 일을 쓴 「6층의 발걸음 소리」가 인상적이었다. 그녀는 이사를 왔다는 인사로 각 층에 살고 있는 사람들에게 어울리는 선물을 고르고 건네주기 위해 찾아간다. 모두와 점점 친해지고 '여기는 세로로 이어지는 연립 쪽방 다세대, 라고 해야 할까'라고 생각하며 사람들과 사귄다.

물론 이때의 연립 쪽방은 라쿠고에 나오는 연립 쪽방을 머릿속에 그려주시길 바란다. 연립 쪽방적인 주거 공간은 분명 모든 도회지에 존재하고 고독을 즐기는 도회인에게 약간의 오아시스를 마련해줄 것이다.

　저자는 이사도 여행도 좋아하는 것 같다. 이사를 간 곳이나 여행지 등 새로운 세계에서 그녀가 점차 받아들여지는 모습이 종종 묘사된다. 그 과정에서 차츰 알게 되는 것은 지역이 바뀌는 모습, 그리고 사람들끼리의 드라마다. 받아들여지는 저자의 모습이 아니라 받아들이는 사람들 쪽에 초점이 맞추어지고, 감정이 그리는 아름다운 곡선은 세계 어디든 다르지 않다는 것을 알 수 있었다.

　슬픔 뒤에 기다리는 구제. 무대는 건조한 공기의 이탈리아지만 묘사된 것은 마치 라쿠고의 의리와 인정을 다룬 이야기 같다. 마지막에 깜짝 놀랄 생각지도 못한 반전이 있는 것도 실로 멋스럽다.

저희 집에서는 이렇게 합니다

어머니의 날이 다가오며 거리가 카네이션으로 넘치자 요시자와 히사코吉澤久子 씨의 책이 읽고 싶어졌다.

현재 95세인 요시자와 씨의 저서는 최근 유행인 장수 관련서 코너에 있는 경우가 많은데 이번에 든 책은 『요시자와 히사코의 제철을 맛보는 메뉴 표』다. 어머니의 요리를 맛본다는 감각으로 읽는다.

전통적인 생활 지혜를 현대풍으로 바꾸어 지금에 도입할 수 있도록 힌트를 준다. 물론 그녀의 경력은 매우 긴데 내가 요시자와 씨의 팬이 된 것도 의외로 오래전이다. 고등학교 때 요시자와 씨의 신문 연재를 애독한 것이 처음이기 때문이다.

당시 요시자와 씨는 60대 중반이었다. 인간관계에 대해 할머니의 입장에서 조언하는 글이었다.

그 후 30년이 흐른 지금도 왕성하게 활동하고 계시니 몹시 기쁠 따름이다. 『요시자와 히사코의 제철을 맛보는 메뉴 표』는 먹는 것에 관한 에세이만 편집한 것이다.

이른바 레시피 책은 아니다. 그러나 읽고 있으면 그 옛날 좋았던 시절이 머릿속에 상기되며 이런저런 요리를 만들어보고 싶어진다.

미나리나 쑥갓 등 뿌리가 있는 야채를 사면 뿌리 부분은 마당에 심고 그 뒤 자라난 부분을 넣어 국을 끓인다. 시큼한 여름 밀감 즙을 식초 대신 사용하여 초밥을 만들기도 한다. 죽순 껍질로 우메보시를 싸서 조금씩 빨아먹는, 우리 할머니한테 배웠던 먹는 방법도 나와 있다. 이 책을 통해 오랜만에 그 방법과 재회하여 애틋한 기분이 들었다.

요리 연구가라든가 전직 모델 등의 직함을 가진 '생활 계통' 여성 유명인이 요즘 한창 주가를 올리고 있는데 요시자와 씨는 그 선구적 존재라 해도 좋을 것이다. 그러나 '이렇게 센스가 좋다고요', '이렇게 훌륭한 맛을 알고 있습니다', '이렇게 바쁜데 이런 것까지 하고 있습니다' 같은 자랑은 없다. '저희 집에서는 이렇게 합니다. 이런 식으로 만들면 맛이 있어서 행복합니다'라는 생활의 단편이 매우 담담하게 묘사될 뿐이다.

문예평론가 후루야 쓰나타케古谷綱武의 아내로서 시어머니와 남편을 돌보고 간병해온 요시자와 씨. 시어머니나 남편을 생각해서 요리에도 온갖 정성을 다했던 것을 알 수 있는데, 두 사람이 세상을 떠나고 혼자 살게 된 뒤에도 먹는 것에 대한 의욕은 사그라들지 않는다. '나 혼자라면 뭐든지 상관없어'라고 말하는 사람도 많지만 요시자와 씨는 자신이 먹고 싶은 것을 제대로 만든다.

그녀는 '먹보'여서라고 하는데 그 말이 맞을 거라고 생각한다. 자녀가 없기 때문에 아이나 손자를 위해서가 아니다. '자신을 위해서도' 정성껏 요리하는 모습이 독자의 요리 욕구를 자극하는 게 아닐까.

정성껏 요리를 하는 좋은 '며느리, 아내'였던 요시자와 씨이지만 결코 고리타분한 사고방식을 가진 것은 아니다. 그녀가 '전해주고 싶다'고 생각하는 것은 '어머니의 손맛'이 아니라 '가정의 맛'이다. 남성들에게는 '부엌이 여자들만의 전유물이 아닌 지금, 언제까지나 **어머니가 만들어주신 엄마 표 조림 요리**만을 그리워하면 안 되지요. 스스로 뭐든지 만들 수 있는 생활 기술을 가지지 않으면 쓸쓸해질 수밖에 없지 않을까요'라고 말하는데 이 문장은 1989년에 쓰인 것이었다. 그 변함없는 자세는 시대를 초월한다.

서점 신간 코너에서 한층 더 눈길을 끈 책이 있다. 띠지에는 커다란 눈으로 쑤욱 앞을 응시하는 젊은 날의 저자 사진이, 포스터에는 '그럼 산에 올라야지'라고 쓰여 있다. 그리고 제목은 『야심의 권장』이었다.

이 책은 현대의 젊은이들을 도발한다. 무모한 목표를 세우지 않고 안전 주행하며 살아가는 젊은이에게 '높은 산에 올라가려고 도전해야지 인생은 열린다. 일이든 연애든 결혼이든 용모를 가꾸는 일이든 매한가지다'라며 그들에게 매우 신선하게 들릴 의견을 내던진다.

'달관 세대'라고 불리는 젊은이들에 관한 신문 기사에 '큰 꿈을 이야기하면 웃음거리가 되지요'라든가 '아픈 어른? 말도 안 되는 높은 목표에 놀아나는 느낌의 사람들일까' 등이 실려 있었다. 그런 젊은이들을 상대로 '높은 산에 올라라'라고 말하는 것은 용기가 필요하다. '옛날 사람이 뭐라고 말하고 있네' 하며 웃어넘기고 거들떠보지 않을 가능성도 있기 때문이다.

그러나 저자 하야시 마리코林眞理子의 자신감에 대한 근거는 스스로의 경험이었다. 일도 연애도 잘 되지 않았던 젊은 시절부터 어떻게 해서 '일도 남편도 아이도' 모든 것을 가진 사람이 되었는지……. 그것은 야심과 노력이 있었기 때문이었다. 결코 현 상태에 만족하지 않고 '뭔가 하나 손에 넣으면 좀 더 행복해지고 싶으니까 반드시 또 다른 뭔가를 원하게 된다'며 항상 다른 산에 도전한 반생이 펼쳐지는 것이다.

일만 해온 나 같은 사람으로서는 읽고 있으면 때때로 괴로워지기도 했다. 그렇지만 '왜 내가 결혼할 수 있었는가 하면 **기백**이라는 한 마디로 다 설명할 수 있습니다'라는 부분을 읽으면 저자에게 소용돌이치는 야심이 얼마나 강력한지 압도되며 동시에 격려를 받기도 한다. 야심을 드러냄으로써 여태까지 공격도 많이 받았을 텐데 그런 비난을 스스로의 힘으로 이겨낸 모습이 보이기 때문이다.

때로는 실로 아베노믹스 그 자체다. 출진을 고하는 나팔 소리가 어딘가에서 들려오는 시기에 이 책이 서점에 진열되어 있다는 사실에서 저자가 가진 '시류를 읽는 힘'을 느낀다. 젊은이뿐만 아니라 산에 오르는 일에 지쳤거나 포기해버린 중장년층의 등도 떠밀고 있는 것처럼 생각되었다.

『주부와 연예』. 제목 정말 멋지네~. 주부와 연예. 정반대의 대극적인 존재처럼 생각되지만 저자 시미즈 미치코清水ミチコ 안에서는 극히 당연히 양자가 동거한다.

요시자와 히사코 씨는 '주부와 생활 평론'을 양립해왔고 하야시 마리코 씨는 '주부와 작가'였다. 그리고 시미즈 씨는 '주부와 연예'. 이어지는 묘미라고 한다면 역시 '연예'다.

당연한 말이지만 시미즈 씨는 연예인이기 때문에 일기 형식으로 쓴 이 책에는 연예인이 다수 등장한다. 어떤 연예인과 여행을 갔거나 가라오케에 갔거나…… 화려한 멤버가 속속 등장하는데 여기에 연예인 특유의 느낌이 희박한 것은 어찌 해석해야 할까.

생각해보면 강력한 객관성 때문이지 않을까 생각했다. 연예인이란 자의식이 강할수록 좋은 일이라고 생각했는데 저자는 정확히 선을 긋고 자신과 상대방을 바라보는 힘을 가지고 있다.

누군가의 흉내를 내는 힘도 그런 객관성이 있기 때문에 태어나는 것일지도 모른다. '좋아한다'라든가 '재미있다'는 감정으로 대상에 다가가는 것이 아니라 좀 더 선을 긋고 그곳으로부터 대상을 바라볼 때 떠오르는 특징을 끄집어낸다. 시미즈 씨가 누군가의 흉내를 낼 때 그처럼 재미있는 것은 그런 연유이지 않을까.

훌륭한 에세이도 객관성이 가져다준 선물일 것이다. 누군가 점을 봐주었을 때 점의 매력에 대해 '애당초 이렇게 이야기가 전부 제 중심인 시간도 인생에서 그리 많지 않은 걸요'라고 파악하는 문장은, 실로 '점을 즐기는 스스로'를 천장 정도의 높은 곳에서 바라보기 때문에 쓸 수 있는 말이다.

빙긋 웃으면서 읽을 수 있는 책이지만 개인적으로 매우 공감했던 것은 고독사 보도에 대한 서술이었다. 그녀는 '독신이니까', '혼자 사니까'만으로 '고독사'라고 표현하는 것은 너무 단편적이다……라고 야마구치 미에山口美江 씨의 '고독사' 보도에 대해 언급했는데, 나는 '그 말이 맞아요. 주부분도 이해해주시네요' 하고 무척 납득이 되었다. 그러나 '다나카 마키코 씨를 고릴라라고 말해버리는 사람에게는 듣고 싶지 않은 이야기일까?'라는 마지막 반전에 또 빙긋 웃어버렸다. 역시 참 훌륭하셔라.

내향형 인간의 시대

나는 명백히 내향적인 성격이다. 파티에 가면 금방 집에 오고 싶어지고 사람들과 일대일로 이야기하는 것은 가능하지만 몇 명 이상이랑 이야기하는 자리에서는 말수가 급감해버린다. 물론 이야기를 하는 것보다 쓰는 편이 훨씬 능숙하다. ……그래서 이런 직업을 갖게 된 것이고.

『콰이어트—시끄러운 세상에서 조용히 세상을 움직이는 힘』이라는 책을 봤을 때, '앗!' 하고 나도 모르게 손에 들어버렸다. '그런 시대가 오는 거야?'라고 생각하면서.

결론부터 말하자면 지금이 내향형 인간의 시대라든가 앞으로 그런 종류의 시대가 온다는 것은 아닌 듯하다. 그렇지만 내향성의 근본에 대한 해설이 있어 내향형 인간에게는 무척 가슴이 후련한 책이었다.

저자 수전 케인Susan Cain 역시 내향형으로, 하버드대학을 나와 월가의 변호사가 되었지만 '깊이 사고하고 표현하는 일이 더 맞는다'며 생각을 고쳐먹고 작가의 길로 전향한 사람이다.

내향형 미국인은 일본의 경우보다 훨씬 살기 어려운 것 같다. 미국인들은 강한 외향성의 결과로 신대륙에 이주한 조상을 가졌기 때문에 나라 전체가 외향적인 이미지다.

그런 나라에서 이 책이 팔리는 것은 '외향적이어야 한다'는 압박이 너무 강하기 때문일 것이다. 미국인 중에는 '죽음'을 두려워하는 사람보다 '스피치'를 두려워하는 사람이 더 많다고 한다.

밝고 긍정적인 리더십을 가진 사람만이 사회에 필요한 것은 아니다. 빌 게이츠도 간디도 아인슈타인도 실은 내향적이었고, 혼자 골똘히 생각하는 능력이 사회를 바꾸어왔다.

······라고 이 책은 격려하지만 이 세상에서 '외향성'이 큰 매력인 것은 분명하다.

내향적인 사람은 종종 '겁쟁이'라든가 '호기심이 희박'하다고 여겨진다. 그러나 실은 '자극에 민감'하기 때문에 더더욱 혼자 조용히 있는 것을 즐긴다고 한다. 외향적인 사람들은 큰 자극을 원하기 때문에 일부러 소음이나 인파 속으로 들어갈 수 있다는 것이다.

양자는 서로 보완할 수 있지만 두 사람이 커플이 되면 마찰도 생긴다. 서로 이해하고 다가가기 위해서는 어찌하면 좋을까······?

이 책을 읽으면서 머릿속에 떠오른 것은 내 과거에 내향성에서 유래했던 여러 가지 추억이었다. '대부분의 학교는 외향형 아이들에게 맞게 만들어져' 있고 '내향형 학생들에게는 좀 더 외향적이 되어라, 사교적이 되어라, 라고 조언하는 것 이외에 선택지가 거의 없다'는 부분을 읽고는 수업 중에 대답을 알고 있어도 손을 들 수 없었던 나날이 떠올랐다.

'공동 작업이 창조성을 죽일 때'라는 장에서는 회사원 시절 전후좌우에 사람이 있는 사무실에서 전화로 이야기하는 것에 압박을 느꼈던 나날이 떠올랐다. 그리고 회의에서 거의 발언할 수 없었던 나에게 '글로 써서 내도 좋다'고 말해준 상사도 떠올랐다······.

다행스럽게 나는 그 후 아무리 내향적이어도 어떻게든 되는 일에 종사하게 되었다. 그러나 세상에는 '외향적이 되려는 노력 부족'으로 간주될 뿐, 잠재된 능력을 발휘하지 못하는 내향적 인간이 많지 않을까. 내향적 인간뿐만 아니라, 술자리에서 구석 자리에 조용히 앉아 있는 사람에게 '입 다물고 있지만 말고 뭐라고 좀 말해봐~?'라고 야유하듯 말하는 외향적 인간에게도 읽어보라고 권하고 싶은 책이다.

자신이 겪은 대지진에 대해 『호조키方丈記』에 상세히 적은 가모노 조메이鴨長明는 동일본대지진 이후 제법 붐이다. 『가모노 조메이전』에서는 역사학자 고미 후미히코五味文彦가 사료를 정성껏 읽고 해석하면서 가모노 조메이의 인생을 규명한다.

우리는 그의 인생을 잘 모른다. 『호조키』는 읽어보면 의외로 짧은 글이라서 인생까지는 알 수 없다.

시모가모下鴨 신사의 신관 집안에서 태어난 조메이. 그러나 집안을 이어받을 입장이 아니어서 와카나 비파를 배우는 나날을 보냈다.

와카의 길에서는 고토바인後鳥羽院의 눈에 들어 『신고킨와카슈新古今和歌集』에 와카가 수록되었지만 기대만큼 출세하지는 못했다. 아버지의 죽음, 교토를 덮친 천재지변, 정치적 혼란 등 스트레스도 많은 나날 가운데 출가·은거를 시작한 것이 50대 중반의 일이다.

후세에 이름을 남긴 조메이지만 결코 처세술이 좋았던 것은 아니었던 듯싶다. 사람을 안이하게 두 부류로 나누는 건 주저되지만 재미있기 때문에 나눠보자면 그는 내향적이지 않았을까 싶다. 은둔이라고 표현하면 말이야 그럴듯하지만 일종의 히키코모리이기 때문이다.

내향적이었기 때문에 그의 은둔 생활은 길吉이라는 결과를 낳았을 것이다. 『호조키』는 조메이가 교토 사람들 한가운데 있었다면 태어날 수 없었던 작품이다. 타인에게 마음을 쓰지 않고 머물 수 있는 호조方丈라는 지극히 개인적인 사무실을 얻어 그의 재능은 더더욱 개화했던 게 아닐까.

때로는 그런 자세가 너무 외골수 같다는 느낌도 주지만 조메이는 자신의 성격에 맞는 길을 택했다. 한문이 아니라 일본어와 한문이 섞인 이른바 와칸콘코분和漢混交文으로 산문을 썼기 때문에 『호조키』는 후세 사람들에게 계속 읽혔는데 그 독특한 스타일을 발견할 수 있었던 힘은 무엇이었을까. 너무나 충분히 혼자 있었기 때문에 비로소 가능했던 것은 아닐까. 그런 생각을 떨칠 수 없었다.

가모노 조메이가 자신의 내향성을 발견함으로써 새로운 길을 걸은 사람이었다고 한다면 후지와라노 미치나가藤原道長는 외향형으로서의 인생을 완벽하게 살아낸 사람이었을 것이다.

　조메이보다 약 200년 전의 사람이었던 미치나가는 자신의 딸들을 차례차례 천황들과 결혼시켜 '섭정'으로 군림했다. 『후지와라노 미치나가의 권력과 욕망』은 미치나가의 일기인 『미도칸파쿠키御堂関白記』를 읽어나가며 미치나가의 영화를 살핀다.

　『미도칸파쿠키』는 무척 귀중한 역사 자료다. 위정자가 직접 쓴 일기가 남아 있는 예는 세계적으로 봐도 무척 희귀하다는 것이다. 미치나가의 싱크탱크 역할을 했던 후지와라노 사네스케藤原実資가 쓴 『쇼유키小右記』, 측근인 후지와라노 유키나리藤原行成가 쓴 『곤키権記』와 함께 읽으면 미치나가의 인간상이 입체적으로 떠오른다.

　미치나가는 추진력 있고 밝은 성격이었다. 천황을 상대할 때도 자신의 욕구를 강하게 드러내고 끝까지 밀어붙인다. 기쁜 일이 있으면 기분 좋게 떠들어대고 사치도 즐겼다. 그런 미치나가와 달리 사네스케가 일기에 이러쿵저러쿵 불평을 중얼거리는 것이 재미있었다.

　그러나 미치나가는 그저 밝기만 한 인물은 아니다. 의외로 그는 무서움을 많이 탔고 병에 걸리면 곧바로 천황에게 사표를 던진다. 이는 정말로 그만두고 싶기 때문이 아니라 '천황이 잡아주길 바란다'는 뜻의 표현이다. 남성의 사랑을 확인하고 싶어서 헤어지자는 말을 꺼내는 여자들의 행동과 비슷하다.

　또한 나쁜 꿈을 꿨다며 온 마음을 다해 불교에 정진하거나 자신에게 한을 품고 죽은 사람들이 해를 끼칠까봐 전전긍긍하거나 무슨 일이 생기면 금방 울어버리거나……

　권력을 가진 자이기 때문에 더더욱 느끼는 불안이 있었을 것이다. 저자 구라모토 가즈히로倉本一宏는 미치나가의 성격에 대해 '호방하면서 섬세하고, 친절하면서 냉담하고, 관용적이면서 잔인하다'고 적었다. 미치나가는 극히 외향적이고 밝은 인물이었기 때문에 마음속에 강한 빛이 가져오는 깊은 어둠이 생겼던 게 아닐까.

미치나가는 『미도칸파쿠키』에 '누군가의 눈에 띄게 하지 말고 빨리 버리도록'이라고 적었다고 한다. 일기를 타인에게 보이고 싶지 않았던 마음 약한 면도 있었던 것이다.

역시 사람의 성격을 '○○형'이라고 명확하게 분류하는 것은 불가능할지도 모른다. 조메이가 다른 사람과 즐겁게 사귄 일도 있었을 테고 미치나가도 홀로 보름달을 올려다보며 달이 기울어가는 불안으로 머리가 어떻게 될 것 같았던 날도 있었을 터다. 인간 안에서 드문드문 서로 섞이는 '성질'이라는 까다로운 것을 드러내기 때문에 일기란 재미있으며, 미치나가는 드러나지 않았으면 하는 그 무언가를 마음속에 안고 있었다고 생각한다.

완전히 어긋나 있다

안도 미키 씨 출산이라는 뉴스로 난리가 났다. '보다 빨리' '보다 강하게'라는 경기가 아니라 피겨스케이팅처럼 미를 추구하는 경기의 운동선수가 현역으로 활동하면서 출산한다는 사실이 충격적이었기 때문이다.

일찍이 여성 운동선수라고 하면 '남녀 관계는 봉인하고 이를 악물고 최선을 다한다'는 이미지가 있었다. 이는 그 옛날 커리어우먼의 이미지와도 공통되는데 스포츠든 일이든 '남자와 동등하게' 하려는 여성은 남녀 관계 및 그 끝에 있는 결혼이나 출산을 봉인하고 매진하는 경우가 많았다.

『여자 운동선수는 무엇을 극복해왔는가』에는 여성이 스포츠 경기를 하는 가운데 어떠한 문제점을 안고 왔는지 기록되어 있다. 최근 스포츠 세계에서는 여성 특유의 심신 상태를 배려하도록 바뀌었지만 아직 그 역사는 짧다. 마스다 아케미增田明美 씨의 시절에는 '생리가 있다는 것은 아직 연습이 부족하다는 말이다라고 하는 분위기'였다고 한다.

말 그대로 '여자를 버리고' 경기에 전념하지 않고는 일류 선수가 될 수 없었던 시절이 있다. 그때와 비교하면 시대는 변했다. 그러나 '극복하는' 것도 있는 반면 극복하지 못한 문제도 산적해 있다.

이를 상징하는 것이 여자 유도 선수들에 대한 폭력 문제일 것이다. 15명의 선수가 폭력적인 지도 방법을 고발하고 소노다 류지園田陸二 감독이 사의를 표명한 사건이 있었다. 책에서는 이 문제를 순서에 따라 해설하여 사건의 전말을 알 수 있었다.

야마구치 가오리山口香 씨의 인터뷰에서 지적한 것은 폭력에 대한 인식의 차이였다.

'왜 너희들은 그런 것 때문에 화내는 거지?' '모두 참아왔어'라는 인식의 남성들을 상대로 이해를 구해야만 하는 허무함이 쌓여 선수들의 성명문이 나왔다.

이 책을 읽고 유도뿐 아니라 여자 스포츠 세계의 커다란 문제점은 여성 지도자가 압도적으로 적다는 점이라고 절감했다. 여자 운동선수들의 존재 방식이 일본 사회에서 일하는 여성과 겹쳐지는 이유인데 '심적 압박은 더해졌지만 관리직은 없다'는 것 역시 공통점이다.

이 책에는 일본 여자 배구 대표팀 감독 마나베 마사요시眞鍋政義 씨와 일본 여자 축구 대표팀 감독 사사키 노리오佐々木則夫 씨와의 대담이 실려 있다. '남성 상사가 말하는 여성 심리 장악법'이라는 의미에서는 재미있는 이야기이긴 하다. 그러나 여성 지도자 부족을 호소하는 책이라면 다이이치 생명 여자 육상부 감독 야마시타 사치코山下佐知子 씨나 여자 배구 히사미쓰 제약 감독 나카다 구미中田久実 씨 등 여성 지도자들의 이야기도 정말 듣고 싶다는 생각이 들었다.

하지만 『일본 여자 배구―일본은 왜 강한가』를 읽고, '마나베 감독, 대단해!'라고도 생각했다. 처음 여자 실업팀 감독으로 취임했을 때는 선수들의 마음을 전혀 사로잡을 수 없었다고 한다. 그러나 모든 선수와 밀착하여 대화하고 상세한 데이터를 공유함으로써 불평등한 느낌을 없애는 등 여러 노력을 한 결과 새로운 일본 여자 대표팀이 탄생했다.

나아가 마나베 감독이 중시한 것은 선수들의 정신적 자립이었다. 일본 여자 배구는 부진한 기간이 길었는데, 그 이유가 '지도자에게만 의지하고 선수들이 스스로 생각하려 하지 않았던' 탓이라고 파악하는 사고

방식이 신선했다.

'지도자에게만 의지하고 스스로 생각하려 하지 않는다'는 것은 아마도 일본 여자 스포츠 세계 그리고 일본에서 일하는 여성 모두에게도 공통되는 경향이지 않았을까 싶다. 이 책은 도쿄올림픽에서 활약한 일본 여자 배구 대표팀 이른바 '동양 마녀'의 상세한 활약상도 전한다. 당시 감독이었던 다이마쓰 히로부미大松博文 감독의 엄격한 훈육을 선수들이 잘 견딘 것은 '감독을 위해'라는 마음이 강했던 탓이지 않았을까.

'동양 마녀'의 주장이었던 가사이 마사에河西昌枝(결혼 후 나카무라 마사에) 씨의 인터뷰에 따르면 결코 억지로 강요된 연습이 아니라 자신들의 의지로 한 연습이었다고 한다. 강제로 훈육되었다는 이미지는 잘못되었다는 것이다. 이는 자신들의 심신 그리고 운명을 카리스마적 지도자를 중심으로 한 어떤 집단에 의탁했을 때의 도취에 가까운 감정이라고 생각된다.

그러한 심리로 일치단결하여 승리를 얻었던 시대는 이제 끝났다. 배구뿐 아니라 세계적으로 여자 스포츠는 신장과 파워를 중시하는 시대가 되었고, 신체적으로 뒤떨어지는 일본은 일치단결만으로는 싸울 수 없게 되었다. 남자의 마초성으로 선수들을 이끄는 것이 아니라 마나베 감독이나 사사키 감독처럼 여성들과 동등한 자세로, 데이터에 따라 최대한의 실력을 발휘하게 하는 감독이 나타나게 되었다. 그것은 이미 시대적 추세일 것이다.

그러나 마나베 감독이 런던올림픽 전에 '일본 대표라는 각오, 올림픽에서 싸울 기개를 뼛속 깊숙이 체화하기' 위해 갔던 곳은 가고시마鹿児島에 있는 지란知覧특공평화회관이었다. 태평양전쟁 중 특공대가 떠났던 장소다.

마찬가지로 일본 대표였던 젊은이들에 대해 알게 됨으로써 선수들의 눈빛은 바뀌었다고 한다. 데이터 배구라는 건조함뿐만 아니라 특공대 정신이라는 습기를 주입함으로써 팀은 올림픽에서 오랜만에 메달을 획득했다.

나도 어린 시절부터 여자 배구를 즐겨 봤지만 일본 여자 배구팀은 항상 일정량의 습기를 머금고 있었다. 아니, 팬들이 습기를 원하고 있었다.

오랜 세월 스포츠 저널리스트로서 취재를 계속해왔던 저자 요시이 다에코吉井妙子는 역대 일본 대표 여자 배구 선수들과 이야기를 하면 연령이나 자라난 환경 등은 다 제각각이라도 '어딘가 비슷한 냄새를 느끼게 하는 경우가 종종 있다'고 쓴다. 나는 이 책을 통해 '비슷한 냄새'의 근원이 그런 종류의 습기이지 않을까 생각했다. 여자 운동선수들이 점점 더 천연덕스럽게 다 오픈이 되는 가운데 배구 선수들은 특유의 물기를 계속 가지고 있다. 그 습도를 한계 상태로 유지하는 감독이 명감독이 되는 것이리라.

여자 운동선수를 둘러싼 상황과 그녀들의 의식은 변화되어왔다. 이는 모든 여성을 둘러싼 상황과 의식이 바뀌었다는 사실도 나타낸다……는 것일 테지만 '정말일까'라고도 생각한다.

그 이유는 1992년에 방송된 야스다 나루미安田成美가 나온 기코만 간장 광고('간장醬油이라는 글자, 쓸 수 있어?'라고 했던 것)와 2007년부터 방송된 단 레이檀れい가 나오는 산토리 긴무기 맥주 광고의 '여자를 기분 나쁘게 만드는 느낌'이 너무 비슷해서일까……라고 『간장과 장미의 나날』의 후기를 읽고 알아차린다.

이 책의 제목이기도 한 에세이는 1993년 간장 광고에 대해 작성된 것으로 이미 20년 전 이야기다.

당시 '장미薔薇라는 글자, 쓸 수 있어?'와 '결혼해도 아직 아양을 떨려고 하는 아내'를 연기하는 야스다 씨를 보고 많은 여성이 불쾌한 기분이 들었다. 장미＝공적인 자리, 간장＝사적인 자리라고 했을 때 '간장이란 장미라고!' 하고 야스다 씨가 말한 것으로 '결혼 생활의 장미화가 진행되고 있다'는 지적은 날카롭고 지금도 강한 충격을 받는다.

그리고 긴무기 광고에 나오는 단 레이 씨가 호소하는 것도 마찬가지다. 이 20년간 도대체 여성들 의식의 어디가 변해왔단 말인가. 뭔가는 발전했겠지만 또다시 원점으로 되돌아왔단 말인가?

긴무기 광고에 나온 단 레이 씨에 대해 '뭐가 불쾌한지 전혀 모르겠다'는 남성도 많다. 남성과 여성의, 이 어긋난 느낌은 혹시 야마구치 가오리 씨가 느끼고 있는 어긋남과 비슷할지도 모르겠다. 그리고 이 어긋남은 영원히 계속될지도 모르겠다……라고는 생각하는데 야마구치 씨 쪽의 어긋남에는 장해가 동반된다. 적어도 '완전히 어긋나 있다'는 사실이 품은 커다란 문제를 알아차리길 바란다.

바다를 건넌 신

후쿠이 현 쓰루가敦賀 시에 갔다. 교토에서 고세이센湖西線을 타고 비와 호를 오른편으로 바라보면서 북상했다. 쓰루가 역에서 내리면 역 앞에는 동상이 하나 있다. 그 동상은 여행자들을 '어서 오세요!' 하고 맞이하는 것처럼 오른손을 들고 있다.

갑옷 차림이긴 하지만 전국시대보다 좀 더 오래전 시대의 사람처럼 익숙하지 않은 분위기다. 누굴까 싶었는데 '쓰누가아라시토都怒我阿羅斯等'라는 신이라고 한다. 이 '쓰누가'가 '쓰루가'의 어원이라 불리는 듯하다.

역 앞에 신의 동상이 있다니 정말 희한하네……라고 생각하며 돌아와서 서점에 갔더니 본 적이 있는 '어서 오세요' 동상이 표지에 나온 책이 있었다. 나도 모르게 집어 들었는데 『해협을 건넌 신들』이었다.

쓰누가아라시토는 아메노히보코天之日矛라는 신과 동일시된다. 『고지키古事記』에 나오는 아메노히보코는 신라의 왕자로 신기神器를 가지고 일본에 왔다고 한다.

그가 왜 일본에 왔는가 하면 그에게 넌더리가 난 아내 히메코소比賣碁曾가 일본에 건너와버렸기 때문에 그녀를 따라왔다는 것이다. 폭력 남편에게서 도망친 아내 비슷한 스토리다. 천황계 계보와 유력 귀족·호족 이야기를 중심으로 한 『고지키』 『일본서기』에서 '아메노히보코 전승은 이질적인 것'이라고 저자 가와무라 미나토川村湊는 말한다.

쓰루가 역 앞에서 동상을 봤을 때 어딘가 '익숙하지 않은 분위기'를

411

느꼈던 것은 모델이 된 신이 이국에서 왔기 때문이었다. 그리고 조선에는 비슷한 이야기를 조선 측에서 보았다고 생각되는, 일본으로 건너간 신의 이야기가 있다고 한다.

어떤 남자가 해변에서 해초를 따고 있는데 바위가 움직여서 남자를 일본으로 데리고 갔다. 남자를 찾으러 아내가 해변에 오자 또다시 바위가 움직여 아내도 일본으로 데리고 가서 부부는 일본 소국의 왕과 왕비가 되었다……는 것이 그 이야기다. 이쪽은 일본과는 달리 남자가 먼저 일본에 왔고 여자가 나중에 왔다고 되어 있다.

일본과 조선 그리고 책에 따라 한반도에서 일본으로 온 남녀의 이야기는 미묘하게 내용이 다르지만 그 옛날 한반도에서 일본으로 건너왔던 남녀가 있었음은 분명할 것이다. 물론 옛날부터 한반도에서 일본으로 온 사람들은 많았겠지만 어떤 남녀의 경우는 일본에서 신 혹은 왕과 같은 인상적인 활동을 했던 것임에 틀림없다.

일본과 조선의 신화를 해독할 뿐만 아니라 아메노히보코, 아내인 히메코소가 제신인 각지의 신사를 둘러싼 저자의 사고와 추리는 때로는 대담하다. 거기에서 고대부터 일본과 한반도 사이에 있었던 관련성이 느껴진다.

동해로 이어지는 항구도시 쓰루가. 일본에서는 '일본해'라고 불리지만 그 바다로 연결된 것은 한반도이며, 중국이다. '어서 오세요!'라고 서 있는 동상은 바다 저편으로 펼쳐지는 넓은 세계를 상징하는 것처럼 생각되었다.

이시가키지마石垣島에 새 공항이 생겨 올해 여름에는 이시가키나 이리오모테西表 등 야에야마八重山의 섬에 갈 사람들이 더 많아진 듯하다. 나도 여행을 가고 싶어졌는데 유감스럽게도 이시가키행 비행기를 탈 기회는 없고 야에야마에 대한 동경을 품으면서『유도리의 섬 야에야마 역사

문화지』를 읽는다.

그러자 바다에 떠올라 이쪽으로 온 돌 이야기가 야에야마 제도에 전해졌다고 쓰여 있어서 한반도에서 바위를 타고 일본에 온 부부의 신화가 떠올랐다. 바다는 정말 이어져 있구나…….

오키나와 본섬과 대만 사이에 이어져 있는 것이 야에야마 제도인데 가장 서쪽인 요나구니지마与那國島 등 지도에서 보면 바로 대만이 이어지는 느낌이다. 이 책은 이시가키에서 나고 자란 오타 시즈오大田靜男가 야에야마의 역사, 생활 그리고 그곳 사람들의 긍지와 분노에 대해 쓴 것이다.

제도상으로 야에야마는 오키나와 현에 속하기 때문에 일본이라는 나라에 속한다. 그러나 야에야마에는 독자적인 역사가 있고 그곳 사람들에게는 본토 일본인과도 오키나와 사람들과도 다른 감각이 있다.

야에야마 신화에서는 해의 신에게 생명을 받은 신이 하늘에서 내려와 야에야마의 섬들을 만들고 거기에 소라게를 만들어 놓았다고 한다. 그리고 소라게의 구멍에 신이 내려주신 것이 바로 인간의 씨앗……. 이와 같이 일본 본토의 신화와는 전혀 다르다.

선사시대, 조몬繩文 문화나 야요이弥生 문화와는 다른 문화를 구축한 야에야마 제도가 류큐의 지배 아래 놓인 것은 15세기다. 그 후 류큐가 사쓰마薩摩 즉 일본의 지배를 받게 됨으로써 야에야마는 '점차 변경으로 전락했다'고 저자는 기록한다. 아시아 여러 나라와 교류를 가지며 독자적인 문화를 키워왔던 야에야마는 자신 안에 '중심'을 가지고 있었음에도 일본에 편입된 결과 '일본의 끝'으로 간주된 것이다.

우리는 '류큐·야에야마가 일본이 된 것은 아주 최근, 겨우 100여 년밖에 되지 않는다'는 사실을 잊고 있다. 일본에 편입되었기 때문에 오키나와는 전후 미국의 통치하에 놓이게 된 것이기도 했다.

저자는 야에야마 제도의 역사나 예능, 한센병 역사를 연구하고 있다.

한센병 환자에 대해서도, 전쟁 중 야에야마에서 죽은 조선인에 대해서도 당사자의 입장이 되어 생각한다.

일본 본토야말로 중앙이라고 믿는 우리는 지금, 야에야마에 대해 '남쪽에 있는 관광지'라는 시각밖에 가지고 있지 않다. 그러나 야에야마 사람들은 일본 본토, 류큐, 야에야마, 조선 등 각각의 땅에서 '중앙'을 보고 있다. 또한 '국경은 닫힌 것이 아니라 교류하는 장이다. 일본은 다채로운 문화로 채색되어 있다는 사실을 알아야 할 것이다'라는 문장은 우리가 미처 알아차리지 못했던 시점을 가르쳐준다. 이는 바다를 매개로 많은 나라와 접하고 있는 섬에 사는 사람이기 때문에 가질 수 있는 감각인데, 세계적으로 보면 일본 역시 정말 작은 섬에 지나지 않는다는 것도 저절로 상기된다.

바다에 떠 있는 섬 일본. 일찍이 한반도에서 온 남녀가 신이 되었다는 신화가 있는 것은 바로 그 이유 때문이다. 사람들은 때때로 피를 흘리면서까지 국경선을 결정하려고 하는데 아시아는 역사 속에서 자연히 서로 녹아내리는 것이다.

『엄마, 밥 아직?』은 일본인 어머니와 대만인 아버지를 둔 히토토 다에一靑妙가 쓴 에세이다. 그녀 안에도 역시 대만과 일본이 서로 녹아내리고 있다.

저자의 아버지는 대만의 명문가인 안가顏家의 장남이다. 어머니와 일본에서 알게 되었고, 장녀인 저자가 갓난아이였을 때 일가는 대만으로 건너갔다. 일본인 '장남 며느리'는 열심히 대만의 맛을 익히고 매일매일 요리를 만든다. 그녀에게 대만 요리는 어머니의 맛이자 고향의 맛이었다.

그 후 일가는 도쿄로 이주한다. 저자는 일본 학교로 진학하고, 10대 전반에 아버지를 20대 전반에 어머니를 여읜다.

그리고 나서 집을 다시 지을 때 발견한 것이 돌아가신 어머니가 남긴 빨간색 상자였다. 그 안에는 노트 두 권이 들어 있었는데, 한 권에는 대만에서 어머니가 익혔던 여러 대만 요리 레시피가 있었고 또 다른 한권에는 일본 요리를 중심으로 한 레시피가……

등장하는 대만 요리가 얼마나 맛있어 보이는지 이루 말로 다 표현할수가 없다. 저자는 노트에 적힌 요리와 함께 그 맛과 가족에 대한 기억을 반추한다. 그리고 항상 밝았던 '엄마'가 이국 생활로 인해 얼마나 고생스러웠을지 이미 성인이 된 저자는 그 옛날의 기억으로 내달리는 것이다.

저자와의 공통점(밝고 요리를 좋아하고 자주 기뻐했던 엄마와 까다로운 아버지에, 형제 모두 9월생, 엄마가 죽은 후 엄마의 옛날 애인과 만난다 등……)을 엄청 많이 발견한 나는 다른 사람 일이라고는 도저히 생각하지 못한 채이 책을 읽었다. 그러나 돌아가신 부모님을 '맛'으로 생각해낸다는 것은 모든 자식들에게 공통된 감각일지도 모른다.

히토토라는 성은 어머니 고향인 이시카와石川 현의 것이라고 한다. 그러나 저자 안에 스며들어 있는 것은 아버지 고향인 대만의 맛이다. 문화는 여러 가지 방식으로 표출되지만 가장 농후하게 보이는 건 사람의 마음속에서일 것이다.

결박의 문화사

가미오카 류타로上岡龍太郎, 하면 〈러브 어택!〉이나 〈탐정! 나이트 스쿠프〉로 기억한다. 그리고 무엇보다 어느 날 돌연 연예계를 은퇴해버린 사람이라는 인상도 강하게 남아 있다.

그러나 〈러브 어택!〉을 본 건 어린 시절이고 〈탐정! 나이트 스쿠프〉도 어차피 도쿄에서 보기는 쉽지 않았기 때문에 자주 보게 된 것은 니시다 도시유키西田敏行 탐정 국장으로 교체되고 나서였다.

즉 나는 가미오카 류타로에 대해 거의 아무것도 모르는데 『가미오카 류타로—화술 예능 한평생』을 읽고 놀랐다. 이 책 자체에 그리고 가미오카 류타로라는 사람이 무척 흥미로웠기 때문에.

이 책에는 가미오카가 은퇴할 때까지 한 예능 생활 전반의 여러 업적이 기록되어 있다. 만담 트리오였던 '만가트리오漫畫トリオ'에서 요코야마 펀치横山パンチ라는 이름으로 활동하고 가미오카 류타로로 라디오, 텔레비전, 만담, 강담講談, 연극 등 여러 분야에서 활약했다.

내가 그나마 조금이라도 접했던 것은 텔레비전 프로그램 정도인데 이 책에서는 텔레비전에 대해서는 조금밖에 다루지 않는다. 아무래도 가미오카 류타로의 압도적인 이야기 실력은 손님과 서로 마주하는 라이브에서 가장 생생히 발휘된 듯하다.

가미오카류 만담 '기요스크 베스트셀러 고찰', 가미오카류 강담 '로미오와 줄리엣' 속기가 수록되어 있는데 이 또한 매우 재미있다. 그리고 가미오카류 강담 '무대포 마쓰의 일생', '하세가와 신의 세계'의 속기를 읽으면 눈시울이 뜨거워지며……. 이미 은퇴한 지 13년이 지났지만 은퇴 전에 라이브로 들어놓고 싶었다.

그러자 떠오른 것이 '아직 50대 한창 나이였는데 왜 은퇴했을까'였다. 초등학교·중학교 때 나가시마 시게오長嶋茂雄와 야마구치 모모에山口百惠 등 쇼와 역사에 길이 남을 은퇴 열기를 직접 눈으로 본 적이 있었다. 그 이후 은퇴라는 행위가 묘하게 신경이 쓰였는데 애당초 사람들은 왜 '은퇴'를 하는 것일까.

시미즈 미치코 씨는 어떤 에세이에서 요즘 일반적인 연예인은 '점점 일이 줄어들어서' '어머, 참 희한하네, 라고 생각하는 동안 점점 설 곳이 없어지는' 상태며, 은퇴 선언은 '그 옛날 거물들'에게나 가능했다고 말한다. 분명 거물이 아닌 연예인의 은퇴 선언은 들어본 적 없다. 은퇴는 스타에게만 허락된 꽃길이기 때문에 더더욱 연예인의 은퇴는 항상 사건이 된다.

저자 도다 마나부戸田學가 한, 가미오카 류타로 은퇴 9년 후의 인터뷰는 은퇴에 대한 생각이 운동선수와 공통점이 많다는 것을 보여준다.

'나는 정말이지 전혀 하고 싶지 않다. 잘도 그런 대단한 일을 해왔다고, 지금의 나로서는 불가능하다고 생각된다'라는 것은 스모 선수나 야구 선수가 은퇴 후 현역 시절을 떠올리는 감정과 비슷하다고 느꼈다. 두뇌나 성대뿐만 아니라 운동신경이나 체력도 혹사하는 예능이었던 것이다.

그러나 은퇴 이유는 그뿐만이 아니다.

'깊은 절망감이 있었다. 연예인으로서 인기가 충분히 있었는데도 그랬다. 도대체 가미오카 류타로는 제대로 칭찬받은 적이 없다'라고 하는데, 그 전 부분에는 '전통 예능이 아닌 것은 더 이상 기댈 곳이 없다'라는 언급도 보인다.

이 한 문장을 읽고 나는 '앗!' 하고 놀랐다. 농후한 역사가 퇴적해 있는 오사카·교토 지방에서 '입담'을 직업으로 하다 보면 스스로의 예능과 전통 예능을 항상 비교하지 않을 수 없었겠구나 하는 생각이 들었다. 기댈 곳, 즉 지향하는 것이나 목표를 스스로 만들어내지 않으면 안 되는 나날이 얼마나 힘들었을까.

오사카·교토의 전통 예능의 존재 양식을 보기 위해 『7대 다케모토 스미타유—한없는 예술의 길』을 펼쳐 보았다. 프랑스 문학자인 다카토 히로미高遠弘美가 분라쿠 다유 인간국보인 다케모토 스미타유竹本住大夫를 우러러보고 예찬한 책이다.

스미타유는 이제 곧 89세. 분라쿠 다유 중 최고령자다. 50대, 60대가 되어야 '중견'으로 불리는 세계지만 스미타유는 연령과 함께 실력도 톱이다.

스미타유는 연습에 열심이다. 다유의 최고 격이 된 후에도 일부러 선배 다유가 있는 곳에 가서 레슨을 받는다. 이번 생만으로는 부족할 뿐이라며 '저 세상에 가서도 연습하지 않으면 안 된다'고 말한다. 이를 위해서는 '기본을 기억하며 기본에 충실하게 있는 그대로 하면 나이 들어 꽃을 피우고 이끼가 생겨나는 것입니다'라고 한다.

전통 예능에는 규범으로 삼을 만한 '기본'이 있고 목표로 해야 할 만한 '경지'가 있다. 원점으로 돌아가 가미오카 류타로의 경우를 반추해보면 자신이 구축한 예술에서는 양쪽 모두가 존재하지 않는 것이었다. '더 이상 기댈 곳이 없다'는 말의 의미는 그런 점 아닐까 싶다.

나아가 전통 예능을 담당하는 사람들에게는 옛날부터 이어진 예술을 계승한다는 역할이 있다. 그렇기 때문에 스미타유도 더더욱 끊임없이 연습에 연습을 거듭하며 그와 동시에 제자나 후배에게도 엄격하게 레슨을 한다.

여태까지 이어져왔기 때문에 자신도 이어간다. 전통 예능을 담당하는 사람들의 그러한 정신은 평생에 걸쳐 스스로의 예능을 홀로 만들어온 사람과는 다를 것이다.

오사카 시에서 분라쿠 보조금 삭감 문제가 불거진 와중에, 뇌경색으로 쓰러졌지만 재활에 재활을 거듭하여 무대로 복귀한 후 지금도 분라쿠 다유 최고봉으로서 예술의 길을 계속 걷고 있는 스미타유. 스미타유는 전통 예능을 계승하는 사람으로서 훈장이니 문화공로자니 해서 공적으로는 엄청난 칭찬을 받고 있다.

그리고 고독한 천재로서 계속 달려온 후 자신이 개척한 예술의 길에서 돌연 사라져버린 가미오카 류타로. 『가미오카 류타로―화술 예능 한평생』에 실린 강담 '로미오와 줄리엣'의 CD를 들으면 구두로 행해지는 그 예술이 얼마나 예리한지 절실히 느껴진다. 공적으로는 '제대로 칭찬받은 적이 없을'지도 모르겠으나 이 책이야말로 가미오카에 대한 최고의 칭찬이지 않을까 싶다.

결박이라는 것에 일찍부터 흥미가 있었기 때문에 서점에서 『결박의 문화사』를 손에 들었다. 마스터 K라는 저자 이름을 보고 익명의 결박사인가 생각했는데 익명은 익명이라도 미국인 결박사였다.

잘은 모르겠지만 일본의 결박 문화는 세계적으로 찬사를 받는 것 같다. '시바리縛り'나 '긴바쿠緊縛'는 바야흐로 서양에서도 통하는 말이라 하지 않는가.

일본의 결박 문화에 진심으로 반해버린 저자는 조몬시대부터(실로 새끼줄!) 이어진 일본인과 결박의 관계를 해명한다. 그러고 보니 일본인은 결박사가 아니더라도 외국인과 비교해 보면 너무나도 능숙하게 리본을 묶을 수 있는걸? 기모노만 해도 입을 때 필요한 여러 종류의 끈이 대부분 결박이다.

외국인의 시선에 의해 일본 문화의 좋은 점을 배우는 경우가 종종 있는데 결박 역시 그랬다니! 미처 생각지도 못했다. 일본의 결박 문화를 듣고 보니 섬세하고 아름답다. 그저 묶이는 측을 공격하는 것이 아니라 아름다움이 요구되고 묶는 측과 묶이는 측의 감정은 끈을 매개로 서로 얽힌다.

일본에서는 결박된 여성들의 모습을 그렸던 화가 이토 세이우伊藤晴雨를 비롯하여 결박의 역사를 만들어온 공로자가 많다. 저자는 그들에게 한없는 존경심을 품고 소개한다.

'묶는' 건 타인의 자유를 빼앗는 것이다. 그러나 묶이는 것으로써 생기는 자유 또한 존재하지 않을까. 즉 육체를 묶임으로써 사고는 엄청나게 자유로워지며 거기에서 평범치 않은 에로틱한 기분이나 아름다움이 태어나는 것은 아닐까 하는 생각도 들었다.

이야기가 처음으로 되돌아가지만 그러고 보면 가미오카 류타로의 '절망'이란 자신의 입장이 너무 자유로웠던 탓에 생긴 것이었을지도 모른다. 결박이 많았기에, 즉 길이 좁은 까닭에 목표를 정하기 쉽고 계속해서 달릴 수 있는 전통 예능인들. 그들이 알지 못하는 고뇌를 가미오카는 맛보고 있었을지도 모르겠다…….

가족의 본질

본가에서 부모와 동거하는 같은 세대 사람들이 의외로 많다. 결혼하여 부모와 함께 살거나 이혼해서 아이를 데리고 돌아온 사람도 있는데 대부분은 독신인 채 부모와 함께 산다. 젊을 때는 가사를 모두 부모님이 해주는 것이 편해서 떠나지 않았지만 지금은 부모가 간병이 필요한 세대로 진입하고 있기 때문에 딸(혹은 아들)은 간병을 담당하게 되면서 본가에서 나갈 수 없게 되고 있다.

주간지인 〈슈칸분슌週刊文春〉에 마스다 미리益田ミリ 씨의 「사와무라 씨 댁의 이런 하루」가 연재되고 있는 것을 봐도 중년의 딸(혹은 아들)과 노년이 된 부모의 동거가 얼마나 많은지 알 수 있다. 사와무라 집안의 부모님은 두 분 모두 건강하다. 그러나 한 분이라도 건강을 해치게 되면 평온했던 나날이 와장창 허물어지지 않을까 하고 '사와무라 씨 댁'을 읽을 때마다 가슴이 조마조마하다.

오누키 다에코大貫妙子 씨의 팬인 나는 『내가 살아가는 방법』을 읽었다. 읽어봤더니 노부모와 동거하는 여성이 어찌 살아야 할지 그 '살아가는 방법'을 적은 책이기도 했다.

오누키 씨라면 듣고만 있어도 마음이 청정해질 것 같은 맑디맑은 목소리가 인상적이다. 다정하고 부드러운 노래도 많다.

그러나 문장은, 아니 그 인간성은 굵직굵직하다. 의지가 강하며 식생활에서 일하는 방식에 이르기까지 아양 떨거나 어리광 부리지 않고 신념을 지니고 행동한다.

부모님과의 동거도 '어쩐지 편했기 때문에 쭉 본가에서'라는 유형이
아니었다. 20세 때 혼자 지내기 시작해서 30대에 문득 하야마葉山에 집
을 지었지만 일이 바빠서 도쿄나 해외 등에서 지내는 나날이 이어지다
가, 마침내 노령에 이른 부모님과 하야마의 집에서 함께 지내게 되었다.
끼니를 만들거나 핫팩을 준비해 드리는 등 독신의 딸은 부모님을 받아
들이면서 서로 자립해 살고 있다.

오누키 씨는 버스 안에서 소동을 부리는 중학생을 보고 분노한다. 어
머니에 대해서도 화를 낸다. 사회악에 대해서도 의견을 말하고 쓸데없이
전력을 사용하지 않기 위해 냉방을 하지 않는다.

마지막까지 읽고 실감한 것은 자신의 생각을 고수하는 생활을 하는
오누키 씨가 '애정의 양이 많은 사람'이라는 것이었다. 고양이 한 마리에
서 지구까지, 모든 것에 쏟는 애정이 보통 사람들보다 훨씬 많기 때문에
타자에 대해 화를 내고 스스로를 다스릴 수 있는 것이다.

책의 마지막 부분에서 함께 지내왔던 부모님이 차례차례 돌아가신다.
애정이 많은 딸은 그들과 함께 지냈기 때문에 더더욱 죽음과, '부모'라는
인간 자체를 받아들인다. 부모의 임종을 지키는 '효도'는 고귀하다.

새빨갛고 두껍고 무거운 책이 서점에 쭉 쌓여 있었다. 『불타는 집』이
었다. 그러고 보니 다나카 신야田中愼弥 씨도 부모님과 동거하고 있다고
아쿠타가와상 수상 때 보도되었는데…… 하며 손에 들어 본다.

주인공은 시모노세키下関에 사는 고등학교 남학생. 부모님과 동생과
함께 사는데 그의 진짜 아버지는 따로 있다……라는 대목으로 시작하는
이 소설에는 '부친적 존재'가 몇 겹이나 되는 구조로 등장한다.

가족 안에 있는 아버지. 가족 바깥에 있는 아버지. 소년을 가르치는 여
교사의 신앙인 기독교는 '하늘에 계신 아버지인 신'의 아들 예수가 지상

에 내려와 구세주가 되었다는 종교다.

그리고 시모노세키는 다이라 씨가 단노우라壇ノ浦 전투에서 패배하여 어린 안토쿠安德 천황이 깊은 바다로 빠지는 지역이다. 천황 또한 민초에게 부친적 존재로 파악된다……

나는 이 소설을 '아버지에 대한 의심'을 규명해가는 이야기로 읽었다. 부친 그리고 부친적인 것이란 항상 아이를 돌보고 기른다고 믿지만 과연 정말로 그럴까. 실은 가장 아이를 살피지 않는 것이 아버지는 아닐까.

여교사는 도중에 절망적인 체험을 한다. 그때 그녀의 가슴에 오가는 생각은 '보고 있다. 단지 그것뿐. 당신은 항상 그래. 보고 있을 뿐 아무것도 하지 않아'라는 중얼거림이다. 이때 '당신'이란 '하늘에 계신 아버지인 신'을 가리킨다. 그리고 우리는 부친이나 부친적인 존재가 '아무것도 하지 않는다'가 아니라 실은 '보고 있는' 것조차 하지 않는 게 아닐까 하는 의심을 가진다. 또한 '보고 있지 않은' 것뿐만 아니라, 정말로 '없는' 게 아닐까 하는 생각마저 한다.

소년이 신칸센을 타고 도쿄로 가는 장면이 있는데 소년은 격하게 '후지 산을 보고 싶다'고 생각한다. 그는 지금까지 '인간도 자연도 이 나라 지면 위의 모든 것을 내려다보고 있는' '절대적으로 압도적인 산'인 후지 산을 본 적이 없었다.

소년이 후지 산을 보는 모습을 읽고 있으니, 미시마 유키오의 『금각사』에서 마침내 금각사에 방화하는 소년이 처음으로 금각사를 봤을 때의 장면이 떠올랐다. 절대적인 무언가에 대한 환상이 크면 클수록 그것과 대치했을 때 마음속에서 크게 무너진다. 그리고 후지 산 또한 일본인에게는 부친적인 존재다.

소년은 부친의 가능성을 하나씩 지워간다. 너무나도 위험한 행위지만 소년이 어른이 되어가는 데는 필요한 일일까. 두꺼운 이 책의 중량은 '부친 같은' 것일지도 모르지만, 다 읽고 난 뒤의 왼손의 가벼움 또한 '부친 같은' 것이며 종이로 된 책은 이런 부분이 참 좋다고 생각했다.

여자가 범인인 살인 사건은 확실히 흥분된다. 정말이지 남자들이 한 살인과는 비교가 안 될 정도다. 『독부들』은 우에노 지즈코, 노부타 사요코信田さよ子, 기타하라 미노리北原みのり 세 사람이 '여자의 살인 사건'에 대해 쓴 책이다.

'여자는 돌보면서 남자를 죽인다'라는 장이 있는데 제목만으로도 깊이 수긍해버렸다. 최근 몇 년 동안의 여성 범죄자 가운데 가장 인상에 남은 존재인 기지마 가나에木嶋佳苗는 남자들에게 부지런히 요리를 만들어주고 나서 결국 살해했다. 그리고 그녀의 상대는 이성 교제에 너무나 약해 보이는 타입이었다. 그녀는 성애의 장에서 약자인 남성들에게 여러 가지 의미의 케어를 해주고 원조라는 이름의 돈을 끌어냈다.

같은 시기에 비슷한 사건이 돗토리鳥取에서도 발생했는데 두 사건의 사정에 밝았던 기타하라 씨는 '돈을 빼앗긴 피해자 남성들은 모두 비슷한 얼굴로 보였다'고 말한다. 어떤 남성인가 하면 '완벽하게 과보호로 자란 남자아이들', '대다수가 장남으로. 너는 아무것도 하지 않아도 좋아라며 어머니가 몹시 소중히 했을 남자들'이라고 한다.

그것을 들은 우에노 씨는 '케어를 받아온 남자들이 케어받고 싶어서 가나에 씨 같은 사람들과 사건 거네'라고 정곡을 찌르는 한마디를 한다. 엄마 대신 돌봐준다면 돈 따위는 대단한 보상이 아니었을 것이다.

그리고 노부타 씨는 후기에 '가나에는 남자가 그리는 가족, 남자가 원하는 편리한 아내를 제공하며 연기하고 있었다'고 썼다. '가나에의 행위는 모든 가족의 본질을 노골적으로 드러내는' 것이며 '최종적으로 남성 살해로 끝났다는 것은 아내가 남편의 죽음을 바란다는 가족의 무서운 본질을 나타내고 있을지도 모른다'고도 지적했다.

여성은 종종 여성 범죄자에 대해 'ㅇㅇ는 나다'라는 감상을 품는데, 남성은 남성 범죄자에 대해 그러한 사고를 하지 않는다고 한다. 여성의 범죄에는 어딘가 보편성이 있는데, 거기에는 현대의 가족상이 그로테스크하게 농축되어 있기 때문일 것이다. 남편은 아내를 때리고 맞은 아내는 자식에게 밀착하고 밀착된 아이는 독부에게 살해되고…… 아니라고 해도 일본의 가족에게는 결과적으로 부친을 소멸시키려고 한다는 기묘한 순환이 있다.

참고로 기지마 가나에와 단 미쓰增蜜라는 두 명의 여성은 부루세라블루머와 세일러복, 원조 교제 시대에 10대를 보낸 같은 세대라고 한다. 패러디로서 '에로'를 자유자재로 장악하고 있다는 부분에서 두 사람의 공통점에 깊이 납득되지 않을 수 없었다.

나에게는 아직 300권의 책이 있다

복권에 당첨된 것이나 마찬가지다. 자다가도 웃음이 난다. 살다 살다 이렇게 많은 책에 둘러싸이다니. 공부가 좋아서 연구의 길을 선택했지만, 전공 공부를 하다 보면 언제나 시간은 약간 부족하기 마련이다. 가끔씩 대형 서점에 갈 때면 딱 보기 좋게 놓인 따끈따끈한 책들. 요 녀석들을 다 데리고 가서 만사 제쳐 놓고 책만 읽을 수 있다면…….

'명작' 독서 일기인 『책이 너무 많아』는 출판 대국 일본의 다양한 책에 대한 정보를 수록했다. 일본의 출판 시장을 거시적으로 조망하기에 정말 좋은 책이었다. 그러나 단순히 정보만을 전하지 않는다. 바야흐로 물이 오를 대로 오른 칼럼니스트 사카이 준코가 일기라는 형식을 통해 자신에 대한 수많은 이야기를 들려주기 때문이다.

번역하면서 가장 많이 든 생각은 '시간'이라는 것의 의미였다. 이 책은 2005년 4월부터 2013년 11월까지 8년 반에 걸쳐 〈슈칸분슌週刊文春〉에 연재한 글을 묶었는데, 다루는 책은 300권에 이른다. 무척 흥미로웠던 것은 긴 시간 동안 사카이 준코의 필치 자체가 변해가는 모습을 확인할 수 있었다는 점이다. 후반부로 갈수록 글의 호흡은 점점 더 길어지고, 다루는 세계는 더욱더 흥미로워졌으며 이야기를 풀어나가는 방식 또한 능숙해졌다. 완전히 몰입하게 되었다. 작가의 내면을 통해 시간적 흐름을 느낄 수 있었다.

그러나 내가 시간에 대한 흥미를 느낀 것은 이 책이 오랜 기간에 걸쳐 쓰였기 때문만은 아니었다. 8년 동안 글을 쓰며 사카이 준코의 필치가 변했듯이, 이 책을 번역하며 나의 내면 또한 변했음을 느낀다. 시간을 통해 매 순간 이야기의 결이 다르게 느껴졌다. 개인적으로 종종 떠올리는 생각이지만, 시는 나를 멈추게 하고 소설은 나를 걷게 하는 것 같다. 이야기는 한없는 시간의 흐름 속으로 나를 이끌고 가지만, 시는 걷고 있던 나를 멈추고 하고 그 순간을 영원하게 만든다. 적어도 나에게는 그러하다. 사카이 준코는 시인도 소설가도 아닌 칼럼니스트다. 나를 걷게도 했다가 멈춰 세우기도 했다. 무척 신선한 감각이었다.

작가는 라쿠고나 가부키 등 다양한 예술 장르에도 많은 관심을 보인다. 건조하게 책 소개를 시작하다가도 어느새 자신의 내면에 어린 습기를 엿보이고, 실로 흥미로운 주제를 집요하게 파고들어 고도의 긴장으로 사람을 내몰더니 마지막에 가서는 언제 그랬느냐는 얼굴로 글을 마친다. 상쾌한 바람이 분다. 이런 입체적인 전개 방식을 생각하면 사카이 준코가 극문학劇文學에 지대한 관심을 보이는 것도 납득이 간다. 글이 아니라 극이 끝나는 것 같은 산뜻한 반전을 자주 느꼈다. 뿐만 아니라 요리, 공예, 사진, 철도, 영화, 매춘, SM 등 그녀의 관심은 다채롭다. 이 모든 것을 단 한 권에 담아내다니…… 이 모든 세상 구경을 단 한 권으로 다 할 수 있다니……. 복권이었다.

이제 웃을 시간이다. 나에게는 아직 300권의 책이 있다. 이 책들과 나는 또 다른 만남을 하며 긴 시간 동안 사카이 준코와 이야기를 나눌 것이다.

2016년 1월

김수희

ㄱ

『가라오케화하는 세계カラオケ化する世界』(저우 쉰Zhou Xun · 프란체스카 타로코Francesca
　　Tarocco, 세이도샤青土社, 2007) 153쪽

『가모노 조메이전鴨長明傳』(고미 후미히코五味文彦, 야마카와쑷판샤山川出版社, 2013) 403쪽

『가미오카 류타로─화술 예능 한평생上岡龍太郎 話藝一代』(도다 마나부戶田學, 세이도샤青
　　土社, 2013) 416쪽

『가부키 100년 100가지 이야기歌舞伎百年百話』(가와무라 이와오上村以和於, 가와데쇼보신
　　샤河出書房新社, 2007) 127쪽

『가슴을 뛰게 하는 백화점胸騒ぎのデパート』(데라사카 나오키寺坂直毅, 도쿄쇼세키東京書
　　籍, 2009) 221쪽

『가와이 간지로 작품집河井寬次郎作品集』(교토국립근대미술관京都國立近代美術館 편, 도호
　　쑷판東方出版, 2005) 22쪽

『간장과 장미의 나날醬油と薔薇の日々』(오구라 지카코小倉千加子, 이솝샤いそっぷ社, 2013)
　　409쪽

『간호 보조 나나짱看護助手のナナちゃん』(노무라 지사野村知紗, 쇼가쿠칸小學館, 2011) 346쪽

『감비아 체재기ガンビア滯在記』(쇼노 준조庄野潤三, 미스즈쇼보みすず書房, 2005) 45쪽

『개 목걸이와 고로케─새끼와 즈이호의 30년犬の首輪とコロッケとセキとズイホウの30年』
　　(나가하라 세이키長原成樹, 플래닛지어스プラネットジアース, 2008) 158쪽

『개그맨의 성좌お笑い男の星座』(아사쿠사키드淺草キッド, 분게이슌주文藝春秋, 2003) 40쪽

『개인적인 일私事』(나카무라 자쿠에몬中村雀右衞門, 이와나미쇼텐岩波書店, 2005) 26쪽

『게게게의 마누라ゲゲゲの女房』(무라 누노에武良布枝, 지쓰교노니혼샤實業之日本社, 2008)
　　155쪽

『결박사 A—황홀과 우울의 나날緊縛師A 恍惚と憂鬱の日々』(아리스에 고有末剛, 오타슛판太田出版, 2008) 162쪽

『결박의 문화사緊縛の文化史』(마스터 Kマスター-K, 스이렌샤すいれん舎, 2013) 419쪽

『고목에 꽃이枯木に花が』(단 오니로쿠團鬼六, 바지리코バジリコ, 2007) 135쪽

『고민스러울 때는 산으로 가라!惱んだときは山に行け!』(스즈키 미키鈴木みき, 헤이본샤平凡社, 2009) 214쪽

『고스트 열차는 동쪽 별로ゴースト·トレインは東の星へ』(폴 서루Paul Theroux, 고단샤講談社, 2011) 336쪽

『고토 노보루—대공황에 가장 강한 경영자五島昇 大恐慌に一番强い経営者』(아라이 기미오新井喜美夫, 고단샤講談社, 2009) 224쪽

『관광 인류학의 도전觀光人類學の挑戰』(야마시타 신지山下晋司, 고단샤講談社, 2009) 197쪽

『관광觀光』(라타우트 라프샤로엔사프Rattawut Lapcharoensap, 하야카와쇼보早川書房, 2010) 114쪽

『교외의 사회학郊外の社會學』(와카바야시 데쓰오若林幹夫, 지쿠마쇼보筑摩書房, 2007) 111쪽

『교토 몽환기京都夢幻記』(스기모토 히데타로杉本秀太郎, 신초샤新潮社, 2007) 112쪽

『교토의 중화요리京都の中華』(강상미姜尙美, 게이한신엘매거진샤京阪神Lマガジン社, 2012) 354쪽

『구시다 극장串田劇場』(구시다 가즈요시串田和美, 브론즈신샤ブロンズ新社, 2007) 124쪽

『구치누이くちぬい』(반도 마사코坂東眞砂子, 슈에이샤集英社, 2011) 321쪽

『굽 낮은 게타와 스니커즈日和下駄とスニーカー』(오타케 아키코大竹昭子, 요센샤洋泉社, 2012) 372쪽

『그들의 지옥 우리들의 사막彼らの地獄 我らの砂漠』(아사쿠라 교지朝倉喬司, 나카무라 우사기中村うさぎ, 메디악스メディアックス, 2006) 101쪽

435

ㅂ

『바디 쇼핑ボディショッピング』(도나 디킨슨Donna Dickenson, 가와데쇼보신샤河出書房新社,
2009) 201쪽

『바람 속의 마리아風の中のマリア』(햐쿠타 나오키百田尙樹, 고단샤講談社, 2009) 204쪽

『바티칸 로마교황청은 지금バチカンローマ法王廳は、いま』(고 후사코鄕富佐子, 이와나미쇼
텐岩波書店, 2007) 144쪽

『반도 다마사부로—가부키좌의 명품 온나가다로의 길坂東玉三郎 歌舞伎座立女形への道』
(나카가와 유스케中川右介, 겐토샤幻冬舍, 2010) 268쪽

『방석座布團』(고 시이라剛しいら, 하쿠센샤白泉社, 2011) 298쪽

『배우 동작 지문 모음ト書集』(도미오카 다에코富岡多惠子, 푸네우마샤ぷねうま舍, 2012)
366쪽

『101번째 저녁101回目の夜』(더글라스 브라운Douglas Brown, 가와데쇼보신샤河出書房新社,
2009) 226쪽

『백화점에 가자!デパートへ行こう』(신포 유이치眞保裕一, 고단샤講談社, 2012) 223쪽

『버섯 문학 대전きのこ文學大全』(이이자와 고타로飯澤耕太郎, 헤이본샤平凡社, 2008) 283쪽

『버섯 문학 명작선きのこ文學名作選』(이이자와 고타로飯澤耕太郎, 미나토노히토港の人,
2010) 283쪽

『베이초 쾌담米朝快談』(다케모토 노바라嶽本野ばら, 신초샤新潮社, 2013) 391쪽

『본업本業』(스이도바시 박사水道橋博士, 분게이슌주文藝春秋, 2008) 40쪽

『본오도리 난교의 민속학盆踊り 亂交の民俗學』(시모카와 고우시下川耿史, 사쿠힌샤作品社,
2010) 317쪽

『분과 훈 선생님ブンとフン』(이노우에 히사시井上ひさし, 신초샤新潮社, 1991) 30쪽

요샤新曜社, 2012) 382쪽

『아름다운 서적美しい書物』(도치오리 구미코栃折久美子, 미스즈쇼보みすず書房, 2011) 332쪽

『아름다운 지구인 플래닛 워커プラネットウォーカー』(존 프란시스John Francis, 닛케이내셔널 지오그래픽샤日經ナショナルジオグラフィック社, 2009) 241쪽

『아마루베 철교 이야기余部鉄橋物語』(다무라 요시코田村喜子, 신초샤新潮社, 2010) 270쪽

『아버지 미야와키 슌조에게로의 여행父·宮脇俊三への旅』(미야와키 도코宮脇灯子, 가도카와 가쿠게이슛판角川學藝出版, 2010) 102쪽

『아버지 미즈카미 쓰토무父 水上勉』(구보시마 세이치로窪島誠一郎, 하쿠스이샤白水社, 2012) 379쪽

『아시아에 흘린 눈물アジアにこぼれた涙』(이시이 고타石井光太, 료코진旅行人, 2012) 338쪽

『아주 편안한 죽음おだやかな死』(시몬느 드 보부아르Simone de Beauvoir, 기노쿠니야쇼텐紀伊國屋書店, 1995) 259쪽

『아줌마론オバサン論』(오쓰카 히카리大塚ひかり, 지쿠마쇼보筑摩書房, 2006) 70쪽

『안데르센의 생애アンデルセンの生涯』(야마무로 시즈카山室靜, 신초샤新潮社, 2005) 56쪽

『앤의 요람─무라오카 하나코의 생애アンのゆりかご 村岡花子の生涯』(무라오카 에리村岡惠理, 매거진하우스マガジンハウス, 2008) 164쪽

『앨범의 집アルバムの家』(여성건축기술자회女性建築技術者の會, 산세이도三省堂, 2006) 116쪽

『야마노우에 호텔 이야기山の上ホテル物語』(도키와 신페이常磐新平, 하쿠스이샤白水社, 2007) 105쪽

『야마모토 슈고로 중단편 수작선집 1─기다리다山本周五郎中短編秀作選集1 待つ』(쇼가쿠칸小學館, 2005) 52쪽

『야마시타 기요시의 방랑 일기山下淸の放浪日記』(이케우치 오사무池内紀 편, 고가쓰쇼보五

로타카松本紘宇, 겐다이쇼칸現代書館, 2009) 219쪽

『즛코케 중년 삼인방ズッコケ中年三人組』(나스 마사모토那須正幹, 포푸라샤ポプラ社, 2005) 54쪽

『지어도 돼?建てて、いい?』(나카지마 다이코中島たい子, 고단샤講談社, 2010) 115쪽

『짝사랑하시는 분片想いさん』(사카자키 지하루坂崎千春, 웨이브슛판WAVE出版, 2006) 59쪽

ㅊ

『참회록—나는 어떻게 마조히스트가 되었는가懺悔錄 我は如何にしてマゾヒストとなりし乎』(누마 쇼조沼正三, 포토슛판ポット出版, 2009) 211쪽

『창조된 '일본의 마음' 신화 '엔카'를 둘러싼 전후 대중음악사創られた「日本の心」神話「演歌」をめぐる戰後大衆音樂史』(와지마 유스케輪島裕介, 고분샤光文社, 2010) 278쪽

『'채털리 부인의 연인'과 신체지「チャタレー夫人の戀人」と身体知』(무토 히로시武藤浩史, 지쿠마쇼보筑摩書房, 2010) 271쪽

『천을 자를 뿐布を切るだけ』(아스콤アスコム, 2005) 18쪽

『철도애—일본편鐵道愛 日本篇』(고이케 시게루小池滋 편, 쇼분샤晶文社, 2005) 38쪽

『'최장 편도 차표의 여행' 취재 노트「最長片道切符の旅」取材ノート』(미야와키 슌조宮脇俊三, 신초샤新潮社, 2010) 163쪽

『치마저고리 제복의 민족사チマ·チョゴリ制服の民族誌』(한동현韓東賢, 소후샤雙風舍, 2006) 73쪽

『7대 다케모토 스미타유—한없는 예술의 길七世竹本住大夫 限りなき藝の道』(다카토 히로미高遠弘美, 고단샤講談社, 2013) 418쪽

ㅍ